Alexander Kent

Freiwillige vor!

Roman

ein Ullstein Buch

ein Ullstein Buch / maritim
Nr. 20765
Herausgegeben von J. Wannenmacher
im Verlag Ullstein GmbH,
Frankfurt/M – Berlin
Titel der Originalausgabe:
The Volunteers von Douglas Reeman
erschienen bei Hutchinson & Co.
(Publishers) Ltd. of London
Aus dem Englischen
von Walter Klemm

Deutsche Erstausgabe

Umschlagentwurf: Hansbernd Lindemann
unter Verwendung einer
Farbillustration von Edward Mortelmans

Printed in Germany 1987
Gesamtherstellung:
Ebner Ulm
ISBN 3 548 207650

Mai 1987

Vom selben Autor
in der Reihe der
Ullstein Bücher:

Die Feuertaufe (3363)
Klar Schiff zum Gefecht (3376)
Die Entscheidung (3402)
Zerfetzte Flaggen (3441)
Bruderkampf (3452)
Strandwölfe (3495)
Fieber an Bord (3522)
Nahkampf der Giganten (3558)
Feind in Sicht (20006)
Der Stolz der Flotte (20014)
Eine letzte Breitseite (20022)
Galeeren in der Ostsee (20072)
Kanonenfutter (20144)
Kanonenboot (20302)
Rendezvous im Südatlantik (20318)
Duell in der Tiefe (20339)
Finale mit Granaten (20423)
Wrack voraus! (20437)
Admiral Bolithos Erbe (20485)
Die Ersten an Land, die Letzten zurück (20511)
Unter stählernen Fittichen (20549)
Aus der Tiefe kommen wir (20574)
Der Brander (20591)
Ein Schiff soll sterben (20646)
Die Faust der Marine (20715)
Torpedo läuft! (20735)

Kent/Mayger:
Bolitho-Bildmappe (20187)

CIP-Kurztitelaufnahme
der Deutschen Bibliothek
Kent, Alexander:

Inhalt

Für Audrey,
in Liebe

1 Drei von derselben Art

Die Wolken über dem Hafen von Liverpool ballten sich zu einem neuen Angriff zusammen, obgleich die Kaianlagen und Docks nach dem nächtlichen Regenguß noch vor Nässe glitzerten.

Ein typischer Liverpool-Morgen, mochten sich wohl einige beklagen; in ein paar Tagen begann der April, aber man hatte den Eindruck, es sei noch tiefer Winter. Das Gladstone-Dock war wie üblich vollgepackt mit Kriegsschiffen jeder Klasse und Größe. Da lagen Minensucher, die die Küstenwege offenhalten sollten, zusammengeschlagene kleine Korvetten oder Fregatten, und hier und da fiel die längere, elegante Form eines Zerstörers auf.

Es war das Jahr 1943, und hier in Liverpool befand sich das Hauptquartier des Oberbefehlshabers der Western Approaches, der westlichen Zufahrtswege über den Atlantik, von wo aus jede Woche die Konvois ausliefen zu allen Kriegsschauplätzen der Erde, auf denen noch immer unerbittlich gekämpft wurde. Erst tags zuvor hatte wieder ein einlaufender Konvoi das Bar-Feuerschiff passiert, nachdem er den Spießrutenlauf über den Atlantik oder das »Todesrevier«, wie es die meisten Seeleute nannten, hinter sich gebracht hatte.

Die aus Raummangel eng zusammenliegenden Kriegsschiffe schienen sich gegenseitig zu stützen nach ihrer gefährlichen Fahrt. Es waren alles Geleitfahrzeuge, die durch mühsamen Einsatz die Versorgungswege für die rostigen Frachter offenhielten, ohne deren Nachschub England nicht länger als ein paar Wochen hätte überleben können. Es wurde alles benötigt: Nahrungsmittel, Öl, Geschütze, Munition und die wertvollste Ladung von allen: Menschen.

Längsseit zweier ältlicher Zerstörer, Veteranen des Ersten Weltkrieges, lag ein größerer, der sich erheblich von all den anderen unterschied.

HMS LEVANT war bei diesem Konvoi das Führungsschiff gewesen und erst vor achtzehn Monaten im nur zwei Meilen entfernten Birkenhead von Stapel gelaufen. Bei seiner stattlichen Größe war es auch hervorragend bewaffnet. Außer ein paar Kratzern am ausladenden Vordersteven zeigte es keinerlei Spuren der zahlreichen Einsätze, mit denen es Geleitzüge beschützt und Angreifer verjagt hatte.

Die Leute der Vormittagswache arbeiteten ohne jegliche Hast auf den Decks und der Brücke und dachten dabei wahrscheinlich an ihren nächsten Landgang in diese zerbombte, trotzige und imponierende Stadt. Liverpool hatte seit dem Einlaufen des ersten Konvois im Jahre 1939 sein Herz den Tausenden von Seeleuten weit geöffnet, gleichgültig, ob sie von der Marine oder der Handelsmarine waren; allnächtlich füllten sie die Bars und Klubs, um ihre bitteren Erinnerungen an den grimmigen Atlantik zu vergessen.

In seiner Tageskajüte nahm der Kommandant der LEVANT die gerahmte Fotografie seiner Frau aus einer Schublade seines Schreibtisches und stellte sie an ihren angestammten Platz. Er war etwa dreißig, sah aber mit seinem zerfurchten und von vielen Tagen und Nächten auf der Brücke geröteten Gesicht älter aus. Das Aufstellen der Fotografie war für ihn zu einer rituellen Handlung geworden. Es bedeutete Rückkehr zum normalen Leben, wie kurz die Zeitspanne auch sein mochte. Wenn er mit dem Konvoi unterwegs war, verbrachte er seine gesamte Zeit auf der Brücke; allenfalls hielt er ein kurzes Nickerchen in der winzigen Seekabine unmittelbar hinter dem Kartenraum.

Jetzt sah er sich in seiner Kajüte um. Noch vor zwei Tagen war sie, ebenso wie die Messe, überfüllt gewesen mit Verwundeten, für die im Bordlazarett kein Platz mehr war.

Zweiundzwanzig Schiffe hatten sie auf dem langen Weg von Neufundland her verloren. Es war ein Wunder, daß sie es geschafft hatten, trotzdem so viele der keuchenden, ölverschmierten Überlebenden zu bergen.

Er warf einen Blick auf eine ungeöffnete Zeitung, welche die Postordonnanz an Bord gebracht hatte. Die Neuigkeiten handelten bestimmt alle von der Schicksalswende im Kampf der Alliierten. Jetzt gab es keine Rückzüge mehr, sie waren überall in der Offensive. Es hieß sogar, das angeblich unbesiegbare Afrikakorps sei geschlagen und werde ein für alle Mal aus Nordafrika vertrieben. Und als nächstes? Sizilien, Italien – das klang nach all den Verlusten und Rückschlägen wie ein unerfüllbarer Traum. Norwegen, Frankreich, Griechenland und die Niederlande, Dünkirchen und Singapur. Die Berichte hatten den kämpfenden Soldaten wie auch den Zivilisten frische Kraft und neuen Widerstandswillen verliehen.

Es klopfte an der Tür, und er seufzte. Delinquenten oder Beförderungen, vielleicht auch ein Seemann, der ihn privat sprechen wollte wegen einer Todesnachricht, die ihn bei seiner Rückkehr hier erwartet hatte. Aber es war nichts von alledem, sondern der Erste Offizier, der eintrat.

Der Kommandant gähnte. »Ja, Number One*?«

»Der N. O.** möchte Sie sprechen, Sir.«

»Ach ja.« Das hatte er ganz vergessen.

Der Erste Offizier fügte ein wenig hilflos hinzu: »Wir haben die Mitteilung erhalten, daß sein Nachfolger morgen vormittag eintreffen wird, Sir.«

»Schicken Sie den N. O. herein.«

Die Tür schloß sich hinter ihm, und wie aus einer anderen Welt ertönte die Pfeife des Wachhabenden durch den Deckslautsprecher: »Gefreiter Robbins beim Bootsmann melden.« Das war sie, seine Welt.

Er zog ein Bündel Funksprüche aus der Schreibtischschublade und sah sie durch. Oberleutnant Keith Frazer von der Royal Canadian Naval Volunteer Reserve*** war seit einem Jahr an Bord der LEVANT, zuerst als Hilfsnavigator, dann als Navigationsoffizier. Auf den meisten der großen Zerstörer fuhr entweder ein Berufsoffizier oder ein sehr erfahrener Reservist als N. O.; Frazer hatte vorher auf zwei Korvetten Dienst getan, von denen die eine nach einer Kollision mit einem brennenden Frachter gesunken war, als sie versuchte, dessen Besatzung zu übernehmen.

Es gab viele Kanadier im Befehlsbereich der Western Approaches, sowohl Schiffe als auch Seeleute, und diese Mischung schien sich gut zu bewähren.

Er blätterte das Bündel durch bis zu dem gesuchten Funkspruch. Er besagte, daß Frazer wegen einer von ihm beantragten Überstellung zu den Special Forces (Navy) befragt werden solle. Der Kommandant hatte versucht, ihm dies auszureden. »Cloak-and-Dagger-Brigade****«, so nannte er die Special Forces verächtlich. Es war jedoch alles vergebens gewesen, und nun würde Frazer endgültig von Bord gehen. Das bedeutete eine empfindliche Schwächung ihres kleinen, aufeinander angewiesenen Offizierskorps. Er lächelte bitter. Wenn ich beim nächsten Geleit fallen sollte, wäre ich ebenfalls zu ersetzen, warum also nicht auch der N. O.?

Die Tür ging auf, und Oberleutnant Keith Frazer trat ein.

Er war groß, hatte die breiten Schultern und die ungezwungene

* Erster Offizier oder, auf kleineren Fahrzeugen, erster Wachoffizier
** Navigationsoffizier
*** freiwilliger Reserveoffizier der kanadischen Marine
**** soviel wie: Verschwörung und Intrige

Haltung eines Athleten. Jetzt, in seiner besten Uniform statt des abgetragenen Seepäckchens und des schmutzigen Dufflecoats, wirkte er bereits wie ein Fremder.

Der Kommandant musterte ihn ernst. Frazer war sechsundzwanzig Jahre alt, aber die Krähenfüße um seine Augen und die scharfen Linien an seinen Mundwinkeln wiesen eher auf Erfahrung als auf Jugend hin.

»Nun, N. O.? Noch immer keine Meinungsänderung?«

Frazer lächelte, und die Anspannung wich aus seinem gebräunten Gesicht.

»Ich glaube nicht, Sir.« Er sah sich in der Kajüte um. Auch er erinnerte sich an diesen letzten Geleitzug. Leute, die es nicht besser verstanden, plapperten unausgesetzt über die bevorstehende Invasion, über die zweite Front und das Kriegsende. Im Atlantik kamen zwar einige Konvois jetzt besser durch, aber der Blutzoll, den sie alle entrichten mußten, war immer noch zu hoch.

Schließlich sagte der Kommandant nachdenklich: »Ich könnte einen Funkspruch abgeben und Sie zurückstellen lassen. Bei den Special Forces wissen Sie nie, wo man Sie hinstecken wird. Sie werden mir fehlen; ich habe mich stets auf Sie verlassen, N. O.«

Frazer hob die Schultern. Die Worte klangen wie ein Vorwurf, aber er kannte seinen Kommandanten und wußte, was ihn bedrückte.

Er erwiderte: »Ich bin von Anfang an auf dem Atlantik gefahren, Sir, und möchte jetzt etwas anderes tun. Etwas, bei dem ich den Feind unmittelbar vor mir sehen kann, statt stets nur sein Ziel oder Opfer zu sein.«

Der Kommandant unterdrückte ein Gähnen der Ermüdung und sagte abschließend: »Ich wünsche Ihnen viel Glück.«

Langsam wandte Frazer sich um. Die Deckenbeleuchtung spiegelte sich in den goldenen Buchstaben CANADA auf seiner Schulter. Er würde die LEVANT bestimmt vermissen. Sie kam ihm vor wie ein Vollblutpferd. Kein Wunder, daß der Alte sie liebte. Er dachte plötzlich an seinen Vater, der in Vancouver lebte, einen Ozean und einen Kontinent weit entfernt. Wahrscheinlich hatte er sich gefragt, weshalb sein ältester Sohn zur kanadischen Marine gegangen war und sich dann sogar freiwillig für diesen entsetzlichen Krieg zur Royal Navy gemeldet hatte. Er und sein Vater hatten ursprünglich eine Siedlung am Powell River gegründet und sich dann aus bescheidenen Anfängen zu einem der größten Holzproduzenten der Westküste emporgearbeitet. Jetzt hatte sich die Gesellschaft bis nach Vancouver und im Norden bis Prince Rupert ausgedehnt. Keith Frazer, der noch am Powell River geboren war, kam seine dortige Kindheit wie ein Traum vor. Sein Vater war zweifellos ein Millionär, und obwohl er jetzt einen großen Teil des Jahres auf seiner Segelyacht verbrachte, hielt er doch weiterhin ein wachsames Auge auf sein Holzimperium.

Für Keith bestand nicht der geringste Zwang, zur See zu gehen, das hatte ihm sein Vater hundertmal versichert. Er wurde in Vancouver gebraucht, besonders jetzt, da die Gesellschaft fieberhaft Kleinschiffe für die Marine baute.

Frazer merkte, daß der Kommandant ihn noch immer ansah, und sagte: »Ich melde mich also von Bord, Sir.«

Der Kommandant gab ihm die Hand. Es war vorüber.

Draußen hatte ein Sprühregen eingesetzt, und das Stahldeck schimmerte wie Glas. Mehrere Messemitglieder standen an der Stelling, die zum Deck des benachbarten Zerstörers führte.

Sie schüttelten Keith Frazer die Hand, ungewöhnlich schweigsam und feierlich. Ein paar Seeleute zeigten ihm grinsend den nach oben gereckten Daumen. Bald würde er vergessen sein, das war üblich bei der Marine. Ein anderes Schiff, neue Gesichter. Niemals zurückblikken.

Der Erste Offizier, bereits in seine tägliche Routine eingespannt, sagte kurz: »Der Wagen steht auf der Pier, Keith. Denk dran, zieh den Kopf ein, wenn es brenzlig wird.«

Auf der Pier blieb Frazer noch einmal stehen. Regen tropfte von seiner Mütze und seinem Mantel. Als er sich umblickte, war die LEVANT fast verdeckt durch die beiden älteren Zerstörer, bei denen sie längsseits lag. Aber ihm war klar, daß er sie niemals vergessen würde.

Er hörte das Anlassen eines Motors, der Fahrer gab unnötig viel Gas, während er auf seinen Fahrgast wartete.

Fahrgast wohin und zu wem? fragte er sich. Er mußte verrückt sein, die ihm wohlvertraute Welt zu verlassen, in der er gearbeitet und gekämpft hatte, seit er als Freiwilliger dazugestoßen war.

Vielleicht hatte es so sein sollen. Er beschleunigte seinen Schritt in dem plötzlichen Impuls, den Atlantik und seine blutige Grausamkeit hinter sich zu lassen.

Er setzte sich im Wagen zurecht und klopfte auf seine Tasche, um sicherzustellen, daß seine Marschbefehle noch da waren.

Special Forces! Der Offizier, der ihn damals nach dem Versetzungsantrag ausgefragt hatte, tat die Sache ziemlich beiläufig, ja beinahe grob ab. Er wollte ihn wohl auf die Probe stellen; aber daß er jetzt in diesem mit Tarnfarbe gestrichenen Wagen saß, bewies, daß er die Erwartungen erfüllt hatte.

Der Marinefahrer sah den Oberleutnant lächeln und rumpelte seufzend über die Verladegleise. Er hatte schon viele Offiziere wie diesen Kanadier gefahren, aber nur sehr wenige wiedergesehen.

Etwa zweihundert Meilen südöstlich von Liverpool, in den Außenbezirken von Canterbury, war der Regen bereits vorbei; es zeigte sich sogar eine vorwitzige Sonne.

Die Royal Navy Detention Quarters*, auch Fort Mason genannt, standen isoliert wie eine riesige graue Klippe; die Mauern waren zu hoch, als daß ein Passant hätte erkennen können, was dahinter vorging.

Im Mittelpunkt des Gefängnisses – denn das war es seit den Napoleonischen Kriegen – lag ein kopfsteingepflasterter, viereckiger Hof. Auf ihn starrten die winzigen Zellenfenster der Häftlinge wie kleine, bösartige Augen.

In einer Wachstube rollte sich der Profoß, der Oberwachtmeister, gerade eine Zigarette aus einer großen Dose zollfreien Tabaks und fuhr mit der Zungenspitze am gummierten Rand des Zigarettenpapiers entlang.

»Also, mein Sohn, ich werde es Ihnen noch mal erklären.«

Ihm gegenüber in dem sauberen, cremefarbenen Dienstraum saß ein kräftig gebauter junger Mann in Matrosenuniform. Er hatte kurzes blondes Haar, ein freundliches, ansprechendes Gesicht, das aber den Eindruck erweckte, als sei sein Besitzer durchaus imstande, auf sich selbst aufzupassen. Auf dem linken Ärmel trug er den Anker, das Abzeichen des Gefreiten, auf dem anderen die rote Krone des Wachpersonals, etwas weniger höflich auch als »Schlägertruppe« bekannt.

Mark Ives war vierundzwanzig Jahre alt und sah aus wie ein Polizist, was er auch vor seinem Eintritt in die Marine gewesen war. Er hatte im Londoner Eastend Dienst getan. Eine Menge seiner Freunde hatten bereits den Polizeidienst quittiert und waren zu den Streitkräften gegangen, einige von ihnen waren auch schon gefallen oder in Gefangenschaft geraten. Trotz der schweren Bombenangriffe auf London fühlte Ives sich in der Heimat fehl am Platz. Andere, Ältere konnten seine Arbeit genausogut erledigen. Er selbst wollte kämpfen.

* Marinehaftanstalt

Sein vorgesetzter Inspektor hatte damals versucht, ihm den Eintritt in die Marine auszureden, genauso wie der Profoß jetzt versuchte, ihn vom Übertritt zu den Special Forces abzubringen; aber er hatte seinen Willen durchgesetzt. Zuerst hatte er auf einer alten Korvette Dienst getan, hatte sich freiwillig zu den leichten Küstenstreitkräften gemeldet und sogar mit Erfolg eine Sonderausbildung als Coxswain* auf Motortorpedobooten oder Motorkanonenbooten absolviert, was ihm den Gefreitenanker eingebracht hatte. Aber dann wurde er in die Kaserne von Chatham versetzt und danach in diese Haftanstalt hier, wo er jetzt nahezu fünf Monate zugebracht hatte.

»Sie wissen doch«, griff der Profoß wieder das Thema auf, »im Herzen sind Sie immer noch Polizist und werden es auch bleiben. Hier gehören Sie her, mein Sohn. In ein paar Monaten werden Sie wahrscheinlich Wachtmeistermaat, denken Sie nur – Unteroffizier.« Er warf einen Blick auf seine eigenen Rockaufschläge, wo die goldene Krone und das Eichenlaub prangten. »Mit der Zeit könnten Sie sogar Profoß werden wie ich. Dieser verdammte Krieg wird noch viele Jahre dauern, das ist klar.« Das klang, als freue er sich darüber.

Ives starrte durch das Fenster und biß die Zähne zusammen. Die hohe Mauer um den Hof war ursprünglich weiß gestrichen gewesen, dann war ein hoher Kohlenberg dagegengekippt worden. Nun war sie schwarz wie die Nacht. Ives beobachtete die gebückten, kohleschaufelnden Gestalten der Gefangenen. Ihre Gesichter und Arme glänzten schwarz im Sonnenschein. Durch das geschlossene Fenster hörte er barsche Kommandos und das gelegentliche Trillern einer Pfeife, wenn die Gefangenen zu größerer Anstrengung angetrieben wurden.

Was für ein entsetzlicher Ort! Alles hatte hier im Laufschritt zu geschehen, dazu gab es kümmerliches Essen und wenig Schlaf. Ives dachte oft, daß die Wachen sich in einem deutschen Konzentrationslager wie zu Hause fühlen würden.

Der Profoß trat ans Fenster.

»Die da draußen tun Ihnen leid? Aber da irren Sie sich. Die meisten von ihnen sind Unruhestifter, Deserteure, Decksadvokaten, Abschaum. Jeder einzelne ist ein unverbesserlicher Tunichtgut, eine Schande für die Marine.«

»Da hätte ich ja ebensogut bei der Polizei bleiben können, Profoß.« Ives fühlte das Bedürfnis, seinen Vorgesetzten ins Gesicht zu schlagen, nicht wegen seiner Worte, sondern wegen seiner Einstellung. Der

* Gefechtsrudergänger

Profoß hatte vielleicht recht, daß sie eine Schande für die Marine waren. Aber diese Behandlung würde einige von ihnen ganz zerbrechen und andere nur noch verstockter machen.

Durch Zufall hatte Ives im Dienstzimmer den Flottenbefehl gesehen, der zur freiwilligen Meldung zu den Special Forces aufrief. Natürlich hatte er schon davon gehört: Überfälle auf die Küsten des Feindes, kleine, blitzschnelle Einsätze von äußerster Gefährlichkeit, das waren die Aufgaben der Spezialeinheiten. Alles besser als diese Hölle hier.

Ruhig sagte er: »Ich möchte gehen, Chef.«

»Ich weiß.« Der Profoß seufzte. »Nun, Sie können ja später immer noch zurückkehren, mein Sohn.«

Ives griff nach seiner Mütze.

Draußen vor dem hohen Tor tat Ives einen tiefen Atemzug. Selbst die Luft schmeckte außerhalb der Gefängnismauern anders. Er warf seinen Seesack über die Schulter und schritt auf einen blauen, geschlossenen Lieferwagen zu, auf dessen Seiten in großen Buchstaben die Abkürzung PNDQ stand. Er hatte seinen Entschluß gefaßt, hatte hier nichts mehr zu suchen. Sein Vater, ebenfalls Polizist, war bei einer Schlägerei während eines albernen Hunderennens ums Leben gekommen. Seine Mutter war in ihrem kleinen Haus in Bethnal Green bei einem Bombenangriff verschüttet worden. Jetzt lebte sie als gebrochene Greisin und geistig verwirrt in einem Heim. Nein, Ives hatte hier wirklich nichts mehr zu suchen.

Der Marinejeep, auf dessen Seiten rote Flügel gemalt waren, platschte durch die Pfützen und bog in eine leere Straße ein.

Auf dem Vordersitz neben dem Fahrer versuchte Oberleutnant Richard Allenby, RNVR*, auf seinen Knien eine Mappe zu balancieren und gleichzeitig zu verhindern, daß er aus dem Wagen geschleudert würde.

Hinter sich hörte er, wie Hazel, sein junger Gehilfe, zwischen dem Werkzeug und anderem Gerät rumorte, mit dem der Jeep vollgestopft war.

Allenby war fünfundzwanzig Jahre alt und stammte aus der Grafschaft Surrey. Sein ebenmäßiges Gesicht war ungewöhnlich blaß, der schmallippige Mund fest geschlossen. Nach Beendigung seiner Ausbildung in der King-Alfred-Kaserne war er zum Minensuchdienst

* Royal Naval Volunteer Reserve – freiwilliges Reservekorps der britischen Marine

abkommandiert worden. Er besaß eine natürliche Begabung für alles Mechanische und Elektrische, die sogar seine Ausbilder verblüffte.

In ruhigen Nächten dachte er noch oft an den kleinen Minensucher. Auf und ab, vor und zurück, fuhren sie ihre eintönigen Patrouillen, in ständiger Anspannung und oft dicht neben dem Tod, wenn ein Nachbarboot eine Mine berührte und in die Luft flog. Er hatte die Möglichkeit gehabt, zum allgemeinen Dienst versetzt zu werden, aber ein wilder Trotz ließ ihn bei den Minensuchern ausharren.

Seine Mutter fragte oft, warum er nicht befördert wurde wie einige Nachbarssöhne oder warum man ihn nicht auf ein größeres Schiff versetzte.

»Wie die Hood*?« hatte er nur geantwortet. Aber selbst dieser grausame Witz kam bei seiner Mutter nicht an.

Zwei Minensuchboote waren in einem einzigen Feuerball in Sichtweite ihrer Basis detoniert. Niemand wurde gerettet, und als die verbrannten und verkrümmten Leichen zur Beisetzung aufgebahrt wurden, hatte Allenby zum ersten Mal Furcht verspürt. Und Haß.

Er hatte um Versetzung zur Luftminenbeseitigung gebeten, was für ihn einen Kursus bei der Minen- und Torpedoschule auf HMS Vernon in Portsmouth bedeutete. Hier hatte er die neuesten deutschen Magnetminen kennengelernt.

Allenby arbeitete an den Modellen und an den wirklichen Waffen mit gleicher Hingabe, und als er seinen zweiten Ärmelstreifen erhielt, bekam er auch sofort eine Aufgabe, die seine erste wirkliche Bewährungsprobe war. Er wußte bis heute noch nicht, wie er es geschafft hatte, zu überleben. Viele Offiziere, die mit ihm zusammen ausgebildet worden waren, hatten nur bis zu ihrer ersten Mine gelebt. Wenigstens ging es rasch, und es war nichts mehr von ihnen übriggeblieben.

Die Deutschen waren sehr geschickt. Sie produzierten getarnte Flatterminen und andere kleinere Initialsprengkörper, die die großen Minen zur Detonation brachten, wenn die Entschärfung scheinbar geglückt war. Es war, als bekämpfe man eine Person und nicht nur eine Maschine.

Allenby hatte sechzehn Luftminen der verschiedensten Art entschärft, von denen eine in ein Krankenhaus gefallen war. Selbst seine Mutter war beeindruckt, als er das Georgskreuz, eine hohe Tapferkeitsauszeichnung, erhielt, die ihm der König persönlich anheftete.

* Der Schlachtkreuzer Hood wurde am 23. 5. 41 südlich der Dänemarkstraße mit 1416 Mann versenkt (Anm. des Übers.).

Aber es war Allenby klar, daß ohne baldige Versetzung seine Überlebenschancen äußerst gering waren. Früher oder später übersah man eine Kleinigkeit, oder die Nerven versagten.

Er hatte die Anforderung des Special Service gesehen und seinen Namen mit derselben Unbeschwertheit in die Liste eingetragen, mit der er sich sonst zur Beseitigung eines Blindgängers meldete.

Daraufhin war er zu einem Gespräch mit zwei Männern gerufen worden, einem Marineoffizier und einem anderen in Zivil. Es ging sehr sachlich zu, Berichte über seine bisher geleistete Arbeit und seine Erfolge lagen den beiden schon vor. Sie versuchten nicht, ihn umzustimmen, wie er beinahe erwartet hatte. Ganz im Gegenteil, sie hatten lächelnd gesagt, daß er bald wieder von ihnen hören würde. Dann bekam er Befehl, sich in drei Tagen in Portsmouth zu melden.

Und dann kam dieser Morgen, an dem er lange vor Tagesanbruch vom wachhabenden Offizier aus dem Bett geholt wurde.

Während der Nacht hatten mehrere heftige Bombenangriffe auf London und den Hafen stattgefunden, und die Entschärfungskommandos des Heeres waren völlig überlastet. Dazu kam, daß viele Bomben und Luftminen mit Verzögerungszündern oder sonstigen Tricks ausgestattet waren, die grauenhafte Unfälle verursachten.

Allenby hätte normalerweise ruhig seine Ausrüstung genommen und wäre mit voller Konzentration an die Arbeit gegangen. Aber seit seinem Versetzungsgesuch hatte er sich bereits innerlich von dieser Aufgabe gelöst.

Der wachhabende Offizier sagte schlicht: »Es ist sonst niemand verfügbar.« So war das also. Noch ein einziges, ein letztes Mal. Vielleicht wurde ihm aber gerade dieses letzte Mal zum Verhängnis.

Das Abwurfgebiet lag in den Außenbezirken von Southampton: Reihen gleicher Arbeiterhäuser, eins neben dem anderen, Rücken an Rücken. Er spürte, wie sich sein Magen zusammenzog. Diese Straßen waren immer am schlimmsten. Es gab keine Lücken, keine Seitengassen, nichts, was eine Fluchtmöglichkeit geboten hätte. In einer Stunde wäre er bereits auf dem Weg nach Portsmouth gewesen.

Er mußte also diesmal besonders vorsichtig sein.

Hazel, der junge Gefreite, der während der letzten Monate stets als sein Assistent fungiert hatte, blieb ungewöhnlich still. Er war ein freundlicher junger Mann von neunzehn Jahren, mit gutgeschnittenen, beinahe hübschen Gesichtszügen. Seine Schulbildung war gut, auf alle Fälle erheblich besser als die seines Oberleutnants, und es war eine zum Himmel schreiende Schande, daß er noch nicht zum

Offiziersanwärter ausgewählt oder gar schon zum Leutnant befördert war. Allenby hatte sich darüber bei seinem Kommandeur beschwert.

»Ihm fehlen die erforderlichen Eigenschaften für einen Offizier«, bekam er zu hören. »Er ist zwar ein netter Junge, aber –« Das Wort *aber* bedeutete bei der Marine ein unüberwindliches Hindernis.

Aber Allenby hatte nicht nachgegeben, hatte mit anderen darüber gesprochen, und sein Georgskreuz war ihm dabei zum ersten Mal nützlich gewesen. Hazel war erneut vorgeladen worden und sollte nun schließlich doch seine Chance erhalten.

Als Allenby ihm dies mitteilte, ließ der junge Mann traurig den Kopf hängen.

»Ich weiß, daß Sie es gut mit mir meinen, Sir.«

»Wollen Sie etwa nicht befördert werden?« Allenby hatte getan, als sei er wirklich ärgerlich.

»Ich würde lieber bei Ihnen bleiben, Sir.«

Wenn ein anderer das gesagt hätte, wäre Allenby wütend geworden. Aber das war Hazels Art.

Seine Versetzung nach Portsmouth hatte schließlich die Angelegenheit geregelt. Hazel würde zur Unteroffiziersausbildung in die King-Alfred-Kaserne gehen. Vielleicht würde man ihn dort wegen mangelnder Härte wieder wegschicken, aber er hatte wenigstens die Chance, sein Glück zu versuchen. Auf seine ruhige Art würde er es vielleicht doch schaffen, trotz aller Schikanen der Ausbilder.

Hazel rief plötzlich: »Dort ist es!«

Es war das übliche Warnschild *Achtung – Blindgänger*, dazu kam die völlige Verlassenheit und Leere der Umgebung, so als habe sich jedes lebende Wesen aus der Gegend zurückgezogen. Lediglich ein Polizist wartete bei der Absperrung; sein Gesicht glättete sich erleichtert, als der verbeulte Jeep anhielt.

Der Mann sagte: »Haus Nr. 28, Sir, auf der linken Straßenseite. Es gehört der alten Frau Kenilworthy.«

Als Allenby nicht antwortete, fügte er ein wenig unsicher hinzu: »Wir waren die ganze Nacht damit beschäftigt, die Straßenbewohner zu evakuieren.«

»Wir hatten auch ganz schön zu tun.« Allenby klopfte auf die Taschen seines abgetragenen Kampfanzugs, um sich zu vergewissern, daß er das erforderliche Werkzeug bei sich hatte. Er sah das verletzte Gesicht des Polizisten und wunderte sich über seine Lüge. Er hatte überhaupt nichts zu tun gehabt, sondern den vorhergehenden Abend bei einer feuchtfröhlichen Abschiedsfeier in der Offiziersmesse verbracht. Nun hatte er einen Brummschädel, und das beunruhigte ihn. Bei seiner Arbeit konnte er sich Konzentrationsschwäche oder Phantasie nicht leisten.

»Warten Sie hier, Tim, ich sehe mir die Sache erst mal an.«

Allenby schritt durch die Absperrung und weiter die Straße hinauf. Alle Häuser sahen gleich aus, und natürlich gab es hier keine geparkten Autos mehr. Eine Katze hielt mit Putzen inne, um ihn zu beobachten, als er ohne Hast vorbeiging.

Allenby dachte an eine Filmszene, in der der Sheriff langsam durch die mittäglich leere Hauptstraße eines kleinen Ortes ging, genau auf die mit gespannten Revolvern lauernden Gangster zu. Er zählte jetzt die Häuser und fragte sich, ob sie wirklich alle leer seien. Die Fensterscheiben waren mit Papierstreifen beklebt, gegen den Luftdruck bei einer Detonation. Die Hauswände waren mit Kreidezeichnungen beschmiert, es gab also noch Kinder in diesem Stadtteil, die nicht evakuiert waren.

Schon früher hatte es Bombeneinschläge in dieser Straße gegeben, ziemlich zu Anfang des Krieges, erinnerte er sich. Eine Luftmine hatte ein Haus zum Einsturz gebracht, und die Räumungsmannschaften hatten die beiden benachbarten Gebäude abgestützt, so daß eine Öffnung entstanden war, die wie eine Zahnlücke wirkte. Darin hatte die Feuerwehr einen großen Wassertank errichtet, da während der Luftangriffe oft nicht genügend Hydranten für die Schläuche zur Verfügung standen. Der Tank würde ihm notfalls Deckung geben.

Das zweite, was ihm auffiel, war ein Loch in einem der Schrägdächer sowie die Reste eines Fallschirms, die sich um einen Schornstein geschlungen hatten. Das war die Nummer achtundzwanzig. Er drehte sich um und warf einen Blick über die leere Straße. Jeep und Polizist waren verschwunden, nur Hazel stand dort mit seinem schweren Werkzeugsack über der Schulter und beobachtete ihn.

Allenby spürte, wie ein Lächeln seine Lippen umspielte. Der arme Kerl, dachte er, er hat mehr Angst vor dem Offiziersanwärterlehrgang als vor einer Mine. Er ging zur Haustür und stieß sie auf. Der Flur war eng und voller Staub von dem durchschlagenen Dach. Normalerweise war es hier vermutlich blitzsauber, dachte er. Eine alte, alleinstehende Dame sorgte gewiß für Ordnung. Vielleicht war das vorhin ihre Katze gewesen?

Er blieb einen Augenblick stehen und spitzte die Ohren, aber nicht das geringste Geräusch war zu hören. Dann packte er den Griff einer Tür, die offenbar ins Vorderzimmer führte. Ganz langsam und mit angehaltenem Atem öffnete er sie. Knirschend stieß sie irgendwo gegen und ließ sich nicht mehr bewegen. Das mußte die Luftmine sein, die noch immer an ihren Fallschirmseilen hing. Eine falsche Bewegung oder ein zu lautes Klopfen, und es war vorbei.

Leise fluchend ging er wieder hinaus und winkte Hazel heran. Als dieser keuchend angerannt kam, erklärte ihm Allenby die Situation und sagte ihm, was zu tun sei. Das war noch etwas, was Hazel auszeichnete: Niemals brauchte man ein einziges Wort zu wiederholen.

»Ich werde hinter das Haus und durch die andere Tür ins Vorderzimmer gehen, wahrscheinlich durch die Küche. Sie bleiben im Flur, außerhalb des Zimmers.«

Er sah noch einmal die Straße hinunter. Ein paar Zeitungsfetzen waren in Bewegung geraten und trieben vorbei.

Da fügte er kurz hinzu: »Wir müssen uns beeilen, es kommt Wind auf. Wir wissen nicht, wie lange das Ding schon dahängt.«

Hazel nickte betroffen. »Ich baue das Feldtelefon auf, Sir.«

»Nein, Tim, dazu haben wir keine Zeit. Wenn ich rufe, rennen Sie wie der Teufel zu dem Wassertank dort drüben. Falls die Mine hochgeht, sollten Sie dort eigentlich in Sicherheit sein.«

Er merkte, daß Hazel ihn mit weit aufgerissenen Augen entsetzt anstarrte. »Sie meinen –« Er rang sichtlich nach Worten.

Allenby klopfte ihm beruhigend auf den Arm. »Ich meine lediglich, daß wir diesmal besonders vorsichtig sein müssen.«

Er ging über den Flur in die Küche. Dahinter lag ein winziger Hof. Auf dem Kaminsims in der Küche standen Fotografien, eine von einem Soldaten mit dem grünen Barett des Panzerfahrers. Ein Heft mit Lebensmittelmarken lag vergessen auf dem Tisch.

Er trat hinaus auf den Hof und blickte durch das einzige Fenster ins Vorderzimmer. Als er die Augen mit der Hand beschattete und sein Gesicht gegen das Glas drückte, spürte er den ihm wohlbekannten Krampf im Magen.

Dort hing die Luftmine, genau unter der zerborstenen Decke, lang und bösartig, verschmiert von den Abgasen des Flugzeugs, das sie geworfen hatte. Sie war gut acht Fuß* lang. Genauso eine hatte er erst vor einer Woche entschärft. Diese Minen enthielten tausendfünfhundert Pfund Sprengstoff, vermutlich Hexanit: eine ungeheure Zerstörungskraft. Er glaubte zu sehen, daß die Mine sich bewegte, und vermutete, daß die Fallschirmleinen ein wenig nachgaben.

* 2,44 m

Mit seinem Hammer zerschlug er das Fenster, bis er bequem hindurchklettern konnte. Selbst nach all diesen Jahren haßte er es noch immer, anderer Leute Eigentum zu zerstören.

Er sah einen Schatten im Türspalt und wußte, daß Hazel dort stand, sprungbereit, um ihm irgendein Werkzeug zu reichen, wenn er es brauchte. Es genügte, daß er da war, schon das gab Allenby die nötige Sicherheit.

Er strich mit den Fingern über den Mantel der Mine, der sich anfühlte wie Eis. Mit angehaltenem Atem ertastete er die Verschlußkappe des Zünders. Die Fallschirmleinen waren jetzt steif, und die knollige Nase des todbringenden Zylinders ruhte auf den Resten eines alten Sofas. Er zog die Schublehre aus der Tasche und führte sie in die Zündöffnung ein. Das würde genügen, um zu verhindern, daß der Zünder sich bewegte und während der Arbeit zum Leben erwachte.

»Verdammter Mist!«

Hazel flüsterte: »Was ist denn, Sir?«

»Der Zünder ist verbogen, läßt sich nicht bewegen. Ich muß den verdammten Haltering mit der Hand abschrauben. Geben Sie mir den Schraubenschlüssel.« Einen Augenblick lang berührten sich ihre Finger im schmalen Türspalt, und Allenby hörte sich sagen: »Es ist eine Mine vom Typ Charlie. Wenn der Zünder losgeht, bleiben Ihnen genau zwölf Sekunden bis zur Detonation, klar?«

»Klar, Sir.« Die Finger verschwanden, Hazel fragte mit leiser und kläglicher Stimme: »Und was ist dann mit Ihnen, Sir?«

»Dann renne ich davon wie der Teufel vorm Weihwasser und springe aus dem Hinterfenster, Tim.« Im Geist malte er sich seinen Fluchtweg aus: raus und durch den Hinterhof. Dort war ein Kohlehaufen – nicht viel Deckung, aber besser als nichts.

Er wischte sich mit dem Ärmel über die Stirn. Was zum Teufel war los mit ihm? Das war doch nicht sein erster verklemmter Zünder. Während er ruhig und gleichmäßig arbeitete und ab und zu pausierte, um den Fortschritt zu schätzen, rieselte Staub auf seine Hände.

Es briste also auf. Beinahe hätte er einen Schrei ausgestoßen, als eine lose Schieferplatte vom Dach rutschte und auf dem Pflaster draußen zerbrach.

Der Haltering bewegte sich ganz wenig, vielleicht ein Achtel Zoll. Das Schlimmste schien vorüber zu sein. Bald würden die Reparaturtrupps eintreffen, eine Persennig über das Dach decken, und die Nachbarhäuser würden sich wieder mit normalen, anständigen Menschen füllen.

Ein Ziegel fiel neben ihm zu Boden, hatte seinen Kopf nur um Millimeter verfehlt. Während er noch hinaufstarrte, hörte er ein Knirschen und sah zu seinem Schrecken, daß der riesige Stahlzylinder ein paar Zoll tiefer gesackt war, bevor die Fallschirmleinen ihn wieder auffingen.

Wie versteinert starrte Allenby ihn an, sein Verstand wollte es nicht akzeptieren. Plötzlich war das Surren eines Mechanismus' zu hören, ganz leise und harmlos.

Ihm blieben jetzt genau zwölf Sekunden.

Er stand auf und wäre beinahe wieder hingefallen. So laut er konnte, schrie er: »*Raus, Tim! Lauf, um Gottes willen!*«

Er sprang durch das Fenster, zerschnitt sich eine Hand an den Glaszacken. Sein Herz schlug wie ein Dampfhammer, seine Lunge drohte zu bersten.

Er sah eine Öffnung in der Mauer und stürzte sich mit einem verzweifelten Aufschluchzen hindurch. Dann grub er seine Ellbogen in den Boden und preßte die Hände auf die Ohren.

Als die Mine detonierte, hörte er nichts. Es war ein ganz neues Gefühl und glich mehr dem Ertrinken. Irgendjemand schrie und schluchzte, aber er war nicht imstande, seine eigene Stimme zu erkennen.

Dann löschte die Bewußtlosigkeit alle seine Gedanken gnädig aus.

2 Protheros Navy

Oberleutnant Keith Frazer klopfte an die Tür mit dem Schild SPECIAL OPERATIONS. Darunter stand: *Zutritt verboten*. Er hörte keine Stimme, die ihn zum Eintreten aufforderte. Aber das war auch nicht weiter überraschend, dachte er, denn die Tür bestand aus massivem Stahl.

Er stieß sie auf und blickte in einen langen, niedrigen Raum mit gewölbter Decke. Unglaublich, daß sich dieses Labyrinth aus Büros und Gängen tief unter der Werft von Portsmouth befand. Früher mußte es wohl ein Wein- oder Spirituosenlager gewesen sein. Zwei Wrens* hämmerten auf Schreibmaschinen herum, blickten aber auf,

* Women's Royal Naval Service = Marinehelferin

als er eintrat. Sie waren jung und wirkten übermüdet, ihre Blusen waren nicht so frisch und glatt, wie es von einer Wren erwartet wurde.

Kein Wunder, dachte er. Es roch hier feucht und abgestanden, offenbar reichte die Belüftung nicht aus. Er fühlte sich wie in einer belagerten Festung.

»Sir?« Das ihm zunächst sitzende Mädchen warf einen Blick auf seine goldenen Rangabzeichen. »Sie müssen Oberleutnant Frazer sein.«

Frazer grinste. »Stimmt.« Geradezu erfrischend, daß man hier offenbar wußte, wer er war und worum es ging.

Sie lächelte freundlich. »Der Chef ist beim Kommodore, Sie möchten bitte nebenan warten. Wren-Offizier Balfour wird sich um Sie kümmern.« Sie senkte den Blick wieder auf ihre Schreibmaschine, doch dann fragte sie zögernd: »Kennen Sie einen Oberleutnant Allenby, Sir?«

Er fingerte an seiner Mütze herum. Allenby war in seiner Ausbildungsgruppe. Sie hatten sich nur kurz beim Pistolenschießen während des von zwei Royal-Marine*-Sergeanten geleiteten Handfeuerwaffen-Kursus getroffen. Die beiden Sergeanten hatten sie auch im Umgang mit Nahkampfmessern unterwiesen, die bei Kommandounternehmen verwendet wurden. Es hatte wirklich den Anschein, als solle er jetzt sogar in nähere Berührung mit dem Feind kommen, als er erwartet hatte.

»Allenby«, sagte er nachdenklich. Nur langsam formte sich das Bild dieses Mannes in seinem Gedächtnis. Er sah ein blasses, niemals lächelndes Gesicht vor sich, das von dunkelbraunen Augen beherrscht wurde. Sehr zurückhaltend, aber vielleicht mochte er Kanadier nicht. »Ja, wir haben uns getroffen, aber ganz kurz.«

Sie nickte und rammte den Wagen der Schreibmaschine in Position.

Vorsichtig fragte er: »Scheint ein netter Kerl zu sein, stimmt's?«

Sie blickte auf, und erschüttert stellte Frazer fest, daß ihre Augen voller Tränen standen.

»Es – es tut mir leid! Ich hatte keine Ahnung, daß –«

Die andere Wren sprang auf und geleitete ihn rasch zur Tür. Sie reichte mit ihrem Kopf kaum bis zu seiner Schulter, schien aber die Stärke eines kräftigen Seemanns zu besitzen.

* Marineinfanterist

»Schon gut, Oberleutnant. Vergessen Sie's.«

Ehe er sich dessen versah, stand er in dem angrenzenden Raum, der ein wenig größer und so hell erleuchtet war, daß man alle Risse und Schmutzflecken an den Wänden bemerkte.

Offizier Balfour hatte, genau wie die Wrens im Vorzimmer, ihr Jackett mit den beiden blauen Streifen über die Stuhllehne gehängt. Auch sie war jung, hatte kurzes, rotbraunes Haar, leuchtend blaue Augen und einen hübschen Mund.

»Setzen Sie sich, der Chef wird gleich hier sein«, sagte sie. In ihren Sessel zurückgelehnt, beobachtete sie ihn durch den Rauch ihrer Zigarette. Frazer setzte sich auf den einzigen freien Stuhl; alle übrigen und der Tisch waren bedeckt mit Akten, Funksprüchen und anderen Papieren.

Frazer sagte: »Ich fürchte, ich habe eines Ihrer Mädchen soeben aus der Fassung gebracht.«

Die blauen Augen blickten regungslos, nicht das geringste Blinzeln war zu bemerken.

»Sie wird sich schon wieder fangen. Hat eine schlechte Nachricht bekommen.« Nachlässig warf sie ihre Zigarette in ein Metallgefäß. »Aber wir haben eben Krieg.«

Frazer verstand den Wink und wechselte das Thema. Er fragte: »Ich nehme an, daß ich auch den Operationsoffizier sehen werde?«

Sie lächelte. »Das tun Sie bereits.« Damit beugte sie sich über den Schreibtisch und hielt ihm die Hand hin. »Lynn Balfour.«

Unwillkürlich bemerkte Frazer, wie sich ihre Bluse über der Brust wölbte, als sie sich vorbeugte. Ihr Händedruck war fest und warm.

Ein wenig unsicher fragte er: »Ich vermute, Sie wissen ohnehin über mich Bescheid?«

Sie nahm sich eine neue Zigarette, ohne ihm eine anzubieten.

»Ja. Ich sehe mir die Akten genau an, das gehört zu meinen Aufgaben.« Sie stützte sich mit den Ellbogen auf die Sessellehne und beobachtete ihn. »Sie stammen aus einer reichen Familie und hätten zu Hause bleiben können. Statt dessen gingen Sie zur See.« Sie wandte den Blick ab, ihr Oberkörper bewegte sich ruhelos unter der Bluse, als erinnere sie sich an etwas Schlimmes. »Sie haben ein Schiff verloren und wurden dann Navigationsoffizier auf einem Zerstörer. Das war sicher nicht ganz leicht für Sie.«

Darüber sprach er nicht gerne. »Wie ist unser Chef?« lenkte er ab.

»Das müssen Sie selbst entscheiden.«

»Stößt noch jemand zu uns?«

Streng tadelte sie: »Sie stellen zu viele Fragen.« Dann ließ sie sich jedoch erweichen: »Oberleutnant Allenby. Er ist erst kürzlich dazugekommen, war lange krank.« Sie hob die Schultern, als sei dieses Detail bedeutungslos. »Er ist ein Sprengstoffexperte, es macht also nicht viel aus.«

»Verstehe.«

»Sie verstehen nichts, aber das ist auch besser so.« Sie nahm einen Telefonhörer auf und sagte: »Wenn Sie mich jetzt freundlicherweise entschuldigen wollen? Ich habe zu tun.«

Frazer entspannte sich. Was hätten wohl Caryl oder einige der anderen Mädchen, mit denen er in Vancouver und sonstwo ausgegangen war, zu Offizier Lynn Balfour gesagt? In Kanada gab es keinerlei Verknappungen, keine Luftangriffe und nicht einmal viele Uniformen, sobald man die Hafenstädte verließ. Wie konnte also die kanadische Bevölkerung den Krieg verstehen? Hier in England war das anders; er hatte schon vor langer Zeit begriffen, daß es besser war, das Gute und auch das Schlechte mit den Leuten zu teilen, die man verteidigen wollte. Lediglich die Gefallenenlisten sahen diesseits und jenseits des Atlantiks gleich aus.

Lynn Balfour blickte auf ihre Armbanduhr und sagte: »Er ist jetzt da. Wenn das rote Licht aufleuchtet, gehen Sie hinein.« Dann biß sie sich auf die Lippen und fuhr fort: »Was zum Teufel ist mit Allenby los? Der Chef wird nicht gerade erfreut sein, daß er ihn warten läßt.«

In der Tat ging das rote Licht an, und Frazer stand auf. Da knallte die äußere Tür, und er merkte, wie das Mädchen den Eintretenden überrascht anstarrte.

Es war Allenby. Ohne seinen Mantel wirkte er irgendwie zu jung für seinen Dienstgrad und für die Orden auf seiner linken Brustseite.

Lynn Balfour fragte rasch: »Stimmt was nicht?«

Aber Allenby blickte nur Frazer an. Einen Bekannten zu sehen, wenn er ihn auch erst einmal kurz getroffen hatte, schien ihm Kraft zu geben.

»Das Mädchen dort draußen, die Wren –«

Sein blasses Gesicht war schweißbedeckt, als sei er krank. Die kleine rote Lampe leuchtete wieder auf, diesmal begleitet von einem ungeduldigen Summerton.

Als die Wren im Offiziersrang eilig die Innentür öffnete, ergriff Frazer Allenby am Arm und flüsterte: »Nur ruhig, Dick.«

Daß Frazer sich an seinen Vornamen erinnerte, schien Allenby aufzurichten.

»Wir sprechen später darüber, ja?« fuhr Frazer fort.

Aber Allenby hörte ihn gar nicht. Er stammelte: »Diese Wren ... Ihr Name ist Hazel. Ich glaube, ich habe ihren Bruder umgebracht.«

Das Dienstzimmer, in das die beiden Oberleutnants völlig unzeremoniell geschoben wurden, hatte etwa dieselbe Größe wie das, aus dem sie kamen. Aber es schien beinahe überfüllt durch die ungeheure Gestalt, die darin stand, die mächtigen, fleischigen Hände in die Hüften gestemmt, in einen Regenmantel wie in ein ganzes Zelt gehüllt.

Der Mann deutete mit einem Riesenfinger auf zwei Segeltuchstühle. »Frazer? Allenby?« Er nickte kurz. »Pünktlichkeit rangiert sehr hoch bei mir.« Dann hob er die dröhnende Stimme: »Lynn! Rufen Sie Gieves an und sagen Sie ihm, mein neues Uniformjackett ist immer noch zu eng.«

Frazer hörte das Mädchen durch die Tür antworten und fragte sich, wie es wohl sein würde, für diesen Mann zu arbeiten. Den Chef.

Dieser streifte seinen Regenmantel ab, und Frazer stellte fest, daß seine riesenhafte Gestalt keine Einbildung war. Er trug einen blauen Kampfanzug mit den Schulterstücken eines Fregattenkapitäns der RNVR, eine Seltenheit in dieser hohen Position. Der Chef hatte einen gewaltigen Leibesumfang, mächtige Schultern, die überragt wurden von einem riesigen Kopf. Die kahle Kopfhaut sah aus wie gegerbtes Leder, und dazu trug er einen kurzen Bart, der ihm das Aussehen eines Piraten verlieh.

»Ich bin Prothero«, verkündete er mit seiner tiefen Stimme. »Meinem Kommando untersteht die Marineabteilung der Special Operations, sowohl hier wie auf See.« Seine Worte schienen ihn zu amüsieren, denn ein Grinsen legte sein verwittertes Gesicht in zahlreiche kleine Falten. »Konteradmiral Oldenshaw hat das Oberkommando, aber er ist zur Zeit abwesend.« Er ließ sich nicht näher darüber aus.

»Doch kommen wir direkt zur Sache.« Er balancierte auf seinen Hacken. »Wir haben im Mittelmeer eine Menge Erfolge erzielt; es werden noch bedeutend mehr werden, sobald die Deutschen völlig aus Nordafrika vertrieben sind. Unsere Arbeit ist hart, sie stellt hohe Anforderungen, und alle unsere Leute sind handverlesen, je nach ihren Talenten.« Der Blick seiner kleinen Augen ruhte einen Augenblick auf Allenby. »Sie können den größten Teil dessen, was Sie bisher gelernt haben, vergessen. Dies hier ist die Marine des mitdenkenden Mannes, kein Platz für Helden in Federbetten. Wir sind da, um zu kämpfen, nicht um Karriere zu machen. Bei uns fahren keine Passagiere mit.«

Frazer vermutete, daß er diese Ansprache ziemlich oft hielt.

»Wir verwenden jeden Schiffstyp, der für unsere jeweilige Operation geeignet ist. Falls erforderlich, arbeiten wir eng mit den anderen Zweigen der Special Services zusammen, zum Beispiel mit levantinischen Schonerbesatzungen, verschiedenen afrikanischen Kommandos und sogar mit getarnten Wüstengruppen. Die Arbeit verlangt Heimlichkeit, die Fähigkeit, sich zwischen den örtlichen Schiffsverkehr zu mischen und darin zu verschwinden; aber auch mit aller Entschlossenheit die Initiative zu ergreifen, wenn der Jerry* zu neugierig und vorlaut werden sollte, was sehr bald der Fall sein wird, wenn wir ihn von Sizilien und dem Festland verdrängt haben.«

Etwas leiser fuhr er fort: »Sie haben beide ausgezeichnete Personalakten. Sie, Allenby, haben mehr als einmal Ihren Mut und Ihre Findigkeit unter Beweis gestellt. Sie werden beides brauchen können. Frazer, Sie sind Kleinbootfahrer, haben sich aber auch als hervorragender Navigator bewährt. Ihre Erfahrungen haben Sie zum größten Teil vor dem Krieg beim Hochseesegeln mit Ihrem Vater erworben. Wenigstens sagt er das.« Er sah die Überraschung auf Frazers Gesicht. »Habe mit ihm vor Cowes Regatten gesegelt, mehr als eimal.«

Allenby versuchte sich zu entspannen, aber ihm war eiskalt, selbst hier in dieser feuchtwarmen Luft. Er mußte die geballten Fäuste zusammenpressen, um ihr Beben zu unterbinden. Er versuchte, Protheros Worten zu folgen, statt dessen sah er jedoch ständig das Gesicht der Wren draußen vor sich. Ihre Ähnlichkeit mit seinem toten Assistenten war erschreckend. Wie schon so oft, seit man ihn halb erstickt aus den Trümmern gezerrt hatte, sah er auch jetzt wieder den Ablauf der Ereignisse vor sich. Durch den ungeheuren Druck der Detonation, die er nicht einmal gehört hatte, war er einige Zeit völlig taub, aber sonst unverletzt. Sechs Häuser hatte die Mine zum Einsturz gebracht. Sein Vorgesetzter hatte ihn im Lazarett besucht, das war immerhin bemerkenswert. Da Allenby mehr geleistet hatte als jeder andere Offizier des Bombenentschärfungskommandos, traf ihn nicht der geringste Vorwurf. Aber dann hatte er seinen Vorgesetzten nach Hazel gefragt.

Es war das übliche. Hazel hatte sich einfach in nichts aufgelöst. Kein Knopf, kein Uniformfetzen, nichts war gefunden worden.

* von »German« = Deutscher

Der Offizier hatte ihn gefragt: »Haben Sie daran gedacht, eine Telefonleitung zu legen, Dick?«

»Dazu war keine Zeit, Sir. Es briste stark auf.« Das war so ziemlich das letzte, woran er sich klar erinnerte.

»Haben Sie ihm denn zugerufen, daß er wegrennen sollte, als der Zündmechanismus zu arbeiten begann?« Dabei lächelte er ein wenig, hielt diese Frage wohl für töricht bei einem so erfahrenen Offizier.

Aber das war ja gerade das Furchtbare. Allenby konnte sich an nichts erinnern. Hatte er sich etwa in Sicherheit gebracht und Hazel dort, wenige Meter vor der qualmverschmierten Luftmine, stehen lassen? Ein Verwundeter im Lazarett hatte versucht, ihn zu trösten: »Er wird bestimmt nichts gespürt haben.«

Das war aber für ihn kein Trost. Sicherlich hatte sich Hazel während der wenigen Sekunden, bevor die Mine hochging, über seinen Oberleutnant gewundert, dem er so felsenfest vertraute und den er verehrte, seit sie sich das erste Mal begegnet waren. Und dann seine Schwester, die Wren draußen. Als sie ihm mit ruhiger, leidenschaftsloser Stimme sagte, wer sie war, hatte er das Gefühl gehabt, als stürzten Decke und Wände des Raumes über ihm zusammen. Er hatte versucht, ihr alles zu beschreiben – bis zu dem Augenblick, an dem sein Erinnerungsvermögen aussetzte.

»Immerhin sind *Sie* heil davongekommen, Sir.« Ihr Blick hatte dabei auf dem Band seines Georgskreuzes geruht. Hätte sie ihn ins Gesicht geschlagen, wäre das nicht schlimmer gewesen als diese Worte.

Protheros Stimme riß ihn aus seinen Gedanken.

»Noch irgendwelche Fragen, Allenby? Ist Ihnen alles klar?«

Allenby starrte ihn an wie ein gefangenes Tier. »Es . . . tut mir leid, Sir.«

Prothero lächelte, aber ohne Wärme. »Sie sind ein tapferer Mann, Allenby, aber Tapferkeit allein reicht nicht immer aus. Dazu hängen künftig zu viele Menschenleben von Ihnen ab.«

Frazer warf ein: »Er hat vor kurzem Schlimmes durchgemacht, Sir.«

Nicht einen Augenblick wandte Prothero den Blick von Allenby. »Ich weiß. Ich weiß alles von euch beiden. Trotzdem sind Sie in meiner Abteilung, und hier haben Sie nicht das Recht, sich elend oder erbärmlich zu fühlen. Haben Sie mich verstanden?«

Allenby nickte. »Jawohl, Sir.«

»Gut.« Er setzte sich. »Sie erhalten achtundvierzig Stunden Urlaub, um Ihre Privatangelegenheiten zu regeln. Offizier Balfour wird Ihnen

Marschbefehle und alles andere ausstellen. Wenn Sie sich dann zurückmelden, müssen Sie damit rechnen, kurzfristig eingesetzt zu werden.«

Frazer fragte: »Dürfen wir wissen wohin, Sir?«

»Nein.« Erstaunlicherweise grinste Prothero breit. »Da es nach Kanada für diese zwei Tage zu weit ist, schlage ich vor, daß Sie sich ein Mädchen schnappen und den Urlaub in London verbringen, klar?«

Die Tür öffnete sich einen Spalt. »Gieves ist am Telefon, Sir.«

»Danke, Lynn.« Die Besprechung war offenbar zu Ende.

Frazer und Allenby verließen den Raum und sahen sich an. Allenby fragte: »Werden Sie seinem Rat folgen?«

Frazer lachte. »Mit dem Mädchen und London? Ich glaube nicht.« Er warf einen Blick auf die Wren, die neu eingegangene Funksprüche sortierte, wobei sie eine Hand in ihrem Haar vergraben hatte. Es sei denn . . . Aber er verbannte diesen Gedanken gleich wieder. »Und was machen Sie, Dick?« fragte er.

Allenby wußte bereits, was er tun würde. Für ihn gab es keine Alternative.

»Ich fahre nach Hause.« Er warf einen kurzen Blick auf Frazers markantes Profil. Das war jemand, dem man vertrauen konnte. Als Kanadier erwartete er wahrscheinlich, daß er ihn für diesen Kurzurlaub zu sich einladen würde. Er dachte an das armselige Vorstadthaus, an die schrille Stimme seiner Mutter und seinen invaliden, unterdrückten Vater. Konnte er das riskieren?

»Wie schön. Ich beneide Sie.«

Allenby sagte: »Vielleicht könnten wir zusammen –«

Frazer lächelte. »Sicher. Warum nicht?«

Lynn Balfour sagte: »Wenn Sie nach dem Mittagessen wiederkommen, kann ich Ihnen schon Ihre neuen Pässe und sonstigen Papiere aushändigen.« Dann blickte sie von einem zum anderen. »Willkommen im Klub!«

Frazer beobachtete sie genau. Offenbar schauspielerte sie; wahrscheinlich hatte sie Schweres durchgemacht.

Sie wandte sich jetzt an Allenby. »Eins möchte ich wissen: Wie haben Sie das geschafft?« Sie sah die sofortige Abwehr in seinen Augen und fügte freundlicher hinzu: »Ich habe Ihr Foto in den Zeitungen gesehen.«

Verwirrt sah Allenby zu Boden. »Darüber habe ich nie viel nachgedacht.« Vorsichtig warf er einen Blick durch die äußere Tür. »Wenigstens bis jetzt nicht.«

Frazer beobachtete Lynn Balfour, sah das Mitleid in ihren Augen. Leise sagte sie: »Machen Sie sich bitte keine Gedanken wegen der Gefreiten Hazel. Sie wird mit der Zeit darüber hinwegkommen.«

Allenby ballte die Fäuste. »Aber Sie müssen wissen, ich kann mich nicht mehr erinnern. Vielleicht habe ich wirklich vergessen, ihn zu . . .«

Frazer sagte: »Kommen Sie, Dick. Wir gehen einen trinken.« Dann warf er Lynn Balfour einen Blick zu. »Vielleicht könnten wir –«

Sie öffnete einen Ordner. »Was?«

Frazer hob die Schultern. »Ich war zu lange auf See, das ist der Haken mit mir.«

Sie zog eine Grimasse. »Vielleicht sollten Sie doch den Rat des Chefs befolgen?«

Frazer spürte, wie er rot wurde. »Haben Sie etwa gelauscht?«

Sie lachte. »Das ist der Vorschlag, den der Chef *allen* macht!«

Im Vorzimmer saßen jetzt zwei andere Mädchen an den Schreibmaschinen. Frazer glaubte beinahe, Allenbys Seufzer der Erleichterung zu hören.

Er warf einen Blick in das blasse Gesicht des Oberleutnants. So sah also ein Held aus.

Mehr zu sich selbst sagte Allenby: »Tatsache ist . . .« Er zögerte. »Keith, war das Ihr Name? Nun, Tatsache ist, ich hatte fürchterliche Angst dabei. Jedesmal.«

Frazer lachte. »Ich glaube, wir passen gut zueinander.«

Allenby starrte ihn an und platzte heraus: »Hätten Sie Lust, mit mir nach Hause zu kommen, Keith?«

Nun hatte er genau das getan, was er seit seinem Eintritt in die Marine stets zu verhindern versucht hatte: seine Herkunft enthüllt.

Frazer, der so etwas vermutete, antwortete leise: »Ja, ich würde gern mitkommen.«

Damit war die Angelegenheit erledigt.

Ein Seemann steckte den Kopf durch die Tür und schrie: »Fliegeralarm, meine Herren!«

Mark Ives stand auf und musterte sich im Spiegel der Kleiderkammer, die sich in einem Anbau des Marinebekleidungsamtes befand. Auf seinem Hemdärmel prangte das neue Abzeichen des Quartermeisters und Gefechtsrudergängers.

Der ältliche Unteroffizier, der seit Ives' Ankunft als sein Ausbilder fungiert hatte, sagte lachend: »Bißchen besser als ein Bulle, stimmt's?«

Ives schüttelte den Kopf. »Das alles ist jetzt für mich vorbei.«

Der Unteroffizier stopfte sich sorgsam seine Pfeife und sagte: »Sie haben jetzt Anspruch auf achtundvierzig Stunden Kurzurlaub, ist Ihnen das bekannt?«

Ives ging noch einmal den Stapel seiner neuen Ausrüstung durch. Er wäre gern wieder zu den Küstenstreitkräften versetzt worden. Kleine Schiffe gaben einem das Gefühl der Selbständigkeit, das auf Flugzeugträgern und Kreuzern fehlte.

Doch er antwortete nur: »Ich bleibe hier und rede ein bißchen mit den anderen.«

Der Unteroffizier musterte ihn unauffällig. Was er sah, gefiel ihm. Schließlich sagte er: »Sie ersetzen einen Gefallenen. Vielleicht sollte ich Ihnen das nicht sagen, aber es ist besser, wenn Sie es wissen.«

Ives hob die Schultern. »Was ist denn mit ihm passiert?«

»Das weiß ich nicht genau. In dieser Truppe, zu der Sie jetzt gehören, wird immer alles geheimgehalten. Aber ich glaube, es passierte bei einem Kommandounternehmen, das schiefging.«

Ives betrachtete sorgfältig sein Nahkampfmesser und das Halfter, in dem sein Revolver stecken würde, wenn er im Dienst war. Er war schon bei der Londoner Polizei ein hervorragender Schütze gewesen. Ein guter Mehrkämpfer, in allen Sportarten ausgebildet. Rugby, Boxen, und unheimlich schnell und sicher mit Pistole und Gewehr. Endlich konnte er diese Fähigkeiten verwerten.

Das Gesicht des Matrosen erschien wieder in der Türöffnung. »Alles klar, meine Herren. Der Angriff gilt London, nicht uns.«

Der Unteroffizier seufzte. »Arme Schweine.«

Ives hatte die Bilder klar vor Augen: die Schutthaufen, die gähnenden Löcher in den Hauswänden, die umgekippten Doppeldecker – sein London. Das Gefühl, das ihm die Kehle zuschnürte, wenn er um eine Ecke bog und eine tränenerstickte Stimme schrie: »Gott sei Dank, hier kommt die Polizei!« Und dann das Aufräumen, das Bergen der Verwundeten und Toten. Und bei alledem mußte man ein gleichmütiges Gesicht machen.

Er nahm seinen Kommandodolch in die Hand und zog ihn langsam aus der Scheide. Nun hatte er die Möglichkeit zurückzuschlagen.

Der Materialverwalter trat hinzu. »Unterschreiben Sie hier.« Ihm war es gleichgültig, ob es sich um einen zukünftigen Helden handelte oder um einen Gefangenen, den er ausrüstete. Für alles mußte quittiert werden.

Lynn Balfour saß allein in ihrem hell erleuchteten Dienstzimmer und blickte einer Wren nach, die gerade die Tür hinter sich schloß, um den beiden Oberleutnants ihre Marschbefehle zu übergeben. Einen Augenblick dachte sie an diese Offiziere. Allenby war nett, wirkte aber gefährlich introvertiert. Sie fand, daß sie sich mit solchen Typen abfinden konnte, seit sie zu Protheros Spezialeinheit versetzt worden war. Zu *Protheros Navy*.

Sie dachte auch an Frazer, den langen Kanadier. Ihr war nicht entgangen, daß er wohlgefällig ihre Bluse gemustert hatte. Es mußte leicht sein, sich in ihn zu verlieben.

Dieser Gedanke stach wie ein Dolch.

Sie hatte das Schild »Nicht stören« draußen an die Tür gehängt, denn Prothero war auf dem Weg nach Plymouth zu einer Tagung. Er würde erst am späten Abend anrufen. Sie rutschte unruhig auf ihrem Sessel hin und her und zog dann die unterste Schublade ihres Schreibtisches auf. Dort lag eine halbvolle Ginflasche und glitzerte verlockend. Wann war sie voll gewesen?

Sie dachte an die kleine, ihr treu ergebene Gruppe der Mädchen draußen. Ob eine etwas vermutete? Prothero hatte offenbar noch nichts gemerkt, sonst hätte er ihr längst den Laufpaß gegeben.

Sie kippte einen Teerest aus ihrer Tasse und füllte sie mit Gin. Laut flüsterte sie: »O Gott, steh mir bei!« Dann trank sie die Tasse in einem Schluck leer. Als das Kratzen in ihrem Hals aufhörte, griff sie nach hinten und zog eine Brieftasche aus ihrer Uniformjacke.

Es war immer dasselbe. Manchmal dauerte es länger, dann wieder ging es rascher vorüber. Sie nahm sein Foto aus der Brieftasche und betrachtete es eingehend. Ihr war, als gebe es darauf noch etwas zu entdecken, obwohl sie es wohl schon tausendmal angesehen hatte.

Es stellte einen Oberleutnant zur See dar, der in den Fotoapparat blinzelte, als sie ihn an jenem letzten Morgen fotografiert hatte. Eine Träne tropfte auf ihr Handgelenk, und rasch steckte sie das Bild wieder weg. Oh, Paul du fehlst mir so sehr!

Das Telefon schnarrte neben ihrem Ellbogen.

»Zweiter Offizier, Special Operations.« Die Stimme fragte etwas, und sie erwiderte: »Ich rufe gleich zurück.«

Sie konnte kaum sehen. Alles schwamm vor ihren Augen, aber nichts in ihrer Stimme hatte sie verraten. Noch nicht.

Sorgfältig legte sie den Hörer auf und schob ihre Krawatte zurecht. Dann sagte sie: »So geht es nicht. So geht es absolut nicht.«

Aber die Worte verhallten ungehört wie immer.

Commander Aubrey Prothero lauschte auf seine eigenen schweren Atemzüge, während er die farbige Karte vor sich auf dem Tisch anstarrte. Eine einzige Lampe brannte, war aber so abgeschirmt, daß alles außerhalb der Karte im Schatten lag. Sie zeigte einen Küstenstreifen irgendwo zwischen Nordafrika und der Adria. Es war ein großer Maßstab, und bunte Nadeln und Papierpfeile markierten verschiedene Zonen oder auch Objekte.

Es war ruhig hier, dachte er, ganz wie in seinem Hauptquartier in Portsmouth. Doch Plymouth hatte schwer unter Luftangriffen zu leiden gehabt, deshalb waren die Diensträume dieser Abteilung durch Stahl- und Betonmauern geschützt.

Er spürte sein Alter nach dieser viel zu schnellen Fahrt. Sein verrückter Fahrer hatte sich selbst übertroffen, aber trotzdem war er zu spät gekommen, und das ärgerte ihn. Woran lag es? Vielleicht hatte eines seiner Mädchen die Funksprüche verwechselt oder sich beim Einsetzen der Uhrzeit vertippt. Seltsam, daß Lynn Balfour es nicht gemerkt hatte. Das war sonst nicht ihre Art.

Er blickte auf. Die anderen beiden Offiziere im Raum waren vom Heer, ein Brigadegeneral und ein Major. Ihre Ordensbänder schimmerten, aber ihre Gesichter lagen im Schatten. Dadurch wirkten sie wie zwei enthauptete Körper.

»Tut uns leid, Aubrey, daß wir Sie so drängen müssen, aber unsere Leute sind überrumpelt worden.«

Prothero hätte beinahe hinzugefügt: »Wieder mal,« konnte es aber im letzten Augenblick unterdrücken. Er grübelte noch immer über Lynn Balfour nach. Schließlich sagte er: »Es ist ein bißchen riskant, selbst für meine Leute.«

Der Brigadier antwortete: »Wir haben heute erfahren, daß Rommel auf Befehl Hitlers ausgeflogen worden ist. Er mußte das Kommando über das gesamte Afrikakorps – oder das, was davon übrig ist – an von Arnim übergeben. Nun kann es dort höchstens noch ein paar Wochen dauern.«

Prothero beugte sich über die Karte. Es war schwer vorstellbar, daß Rommel, der Wüstenfuchs, der sowohl die Hochachtung seiner eigenen Leute als auch der Achten Britischen Armee genoß, dem Druck nachgegeben hatte. Das würde der deutschen Moral erheblich schaden.

Er hörte den Tisch unter seinem Gewicht knarren. Die Karte zeigte einen kleinen Abschnitt der Nordküste Siziliens, zur Zeit kein angenehmer Aufenthaltsort. Wenn die Deutschen sich jetzt aus Nordafrika zurückzogen, würde es doppelt so gefährlich sein, in Sizilien Agenten zu landen oder aufzunehmen, selbst wenn man dabei die Hilfe der sogenannten Untergrundkämpfer in Anspruch nahm. Denn das waren größtenteils nur Banditen.

Zögernd sagte er: »Ich bin bereits seit Monaten besorgt wegen der Lage in Sizilien, fand aber für meine Ansichten kein offenes Ohr.« Er verbarg nicht seine Verbitterung. »Jetzt kommen wir möglicherweise zu spät. Die Alliierten werden die Invasion Siziliens und Italiens in Angriff nehmen, bevor die Deutschen Zeit haben, sich neu zu formieren und die Küste zusätzlich zu befestigen. Endlich ist der Feind in der Defensive. Mal sehen, wie ihm das gefällt.«

Der Major fragte leise: »Sie erwähnten ein neues Team?«

»Ja. Gute Leute.« Im Geist sah er Allenby und Frazer vor sich. Zusammen sollten diese beiden ihre Vorgänger, die gefallen oder vermißt waren, vollauf ersetzen.

Er fuhr fort: »Wir müssen Kontakt zu den Sizilianern aufnehmen. Es sind Terroristen und Partisanen, aber auf alle Fälle können sie uns nützen. Wenn die Invasion erst einmal in Gang ist, wäre es für diesen Einsatz zu spät.«

Der Brigadier verriet Erleichterung. »Meine Abteilung wird Ihnen jede Hilfe gewähren.«

Das Gesicht des Majors tauchte ins Licht, als er einige Papiere durchblätterte. »Dieser Kanadier Frazer – was ist das für ein Mann?«

Prothero überlegte. »Ein guter. Halsstarrig, aber nicht leichtsinnig. Er ist von der Art, die rasch handelt und dadurch ihre Leute ermutigt. Er hätte bald ein eigenes Schiff bekommen. Pure Verschwendung.« Beinahe hätte er hinzugefügt: wie gewöhnlich. Statt dessen fuhr er fort: »Ich fahre sofort zurück. Überlassen Sie alles mir. In ein paar Tagen teile ich Ihnen Zeitpunkt und Ausführungsplan mit.«

Der Brigadier stand auf. »Können wir noch irgendetwas für Sie tun?«

Prothero hob seine mächtigen Schultern. »Beten wäre das einzige.«

Ein Ordonnanzoffizier geleitete ihn hinaus in die Abendluft. Noch nicht sehr frühlingshaft, dachte er.

Ein Plan begann sich bereits in seinem Kopf zu formen, während er an einigen grüßenden Seeleuten vorbeiging, ohne sie zu sehen. Bald würde ein neues Fähnchen in seiner Karte stecken, der Gedanke zur Tatsache werden.

Er verachtete Männer wie die beiden, mit denen er soeben zusammengewesen war. Sie kümmerten sich einen Dreck um die Agenten, die ihre Aufträge in die Tat umsetzten. Die waren für sie lediglich Bauern auf dem Schachbrett, gesichtslose Wesen. Nur die Aufgabe als solche zählte. Es war Sache der Special Operations, wenn die eingesetzten Männer umsonst starben.

Prothero sah seinen Fahrer neben dem Wagen warten und beschleunigte den Schritt.

Nur geschah das leider von Mal zu Mal häufiger.

3 Nur eine Bagatelle

Wie immer entwickelten sich die Dinge bei Prothero sehr rasch, sobald er erst einmal grünes Licht von seinen höheren Dienststellen bekommen hatte.

Zusammen mit ein paar Soldaten und Royal Marines hockten Frazer und Allenby bald in einer überfüllten Dakota-Transportmaschine und flogen südlich bis Gibraltar. Dort hatten sie kaum Zeit zu duschen, als sie auch schon von einem streng dreinblickenden Chef der Militärpolizei zu einem Motortorpedoboot geleitet wurden, mit dem sie sofort ausliefen und durch das nächtliche Mittelmeer jagten.

Allenby saß zusammengekauert in einer Ecke der winzigen Messe des MTB und versuchte vergeblich, seine Gedanken von dieser letzten Mine loszureißen. Er dachte auch an seinen kurzen Heimaturlaub und die auffallende Änderung im Benehmen seiner Mutter, als er ihr Frazer vorstellte. Auf dem Heimweg hatte sich Allenby mehr als einmal für seine voreilige Einladung verflucht. Frazer, hieß es, sei der Sohn eines Millionärs, eines bekannten Yachtseglers. Bestimmt würde er entsetzt sein über ihr schäbiges kleines Reihenhaus und den winzigen Hintergarten, wo sein Vater sich abrackerte, um ein bißchen Gemüse zu ernten. Sämtliche Häuser in ihrer Straße wiesen Bombenschäden auf. Es gab keine Reparaturmöglichkeit, dazu waren die Angriffe zu häufig, und es gab auch keine Handwerker.

Aber Frazer hatte sich bei ihnen niedergelassen, als ob es ihm wirklich gefiele. Offenbar hatte er das Herz seiner Mutter gewonnen und es sogar fertiggebracht, daß Allenbys Vater über seine Erlebnisse in der Schlacht an der Somme sprach, was sonst niemand schaffte.

In seiner schleppenden Sprechweise hatte Frazer gesagt: »Mein Vater war auch an der Somme, Mr. Allenby.«

Der alte Mann bekam feuchte Augen, ließ aber sein scheues Lächeln sehen, das Allenby kannte und liebte. »Die Somme ist etwas, das man nie vergißt, Keith.«

Auf ihrem Rückweg zum Bahnhof hatte der Kanadier bemerkt: »Deine Eltern sind liebe Menschen. Ich hoffe, daß sie mich mochten.«

Jetzt stand Frazer die meiste Zeit auf der Brücke des MTB, wo er sich mit dem jugendlichen Kommandanten unterhielt und ab und zu auf die Karte blickte, während das Boot stampfend durch die Nacht jagte.

Die Namen an der nordafrikanischen Küste lasen sich wie Meilensteine des Krieges: Oran, das von der Royal Navy bombardiert worden war, um die Kriegsschiffe ihres Verbündeten zu versenken, nachdem die französische Regierung sich Hitler ergeben hatte. Das Bombardement war unabwendbar, damit die Schiffe nicht in Feindeshand fielen. Trotzdem hatten die in Tunis und Algier zurückgebliebenen Franzosen diese Tat niemals vergessen oder vergeben.

Auch die anderen Namen kannte Allenby noch aus den früheren Kriegsberichten: Bengasi, Tobruk und endlich El Alamein, wo die Achte Armee einen letzten, verzweifelten Widerstand geleistet und schließlich gewonnen hatte.

Wenn der Kommandant des MTB irgendetwas über ihre Aufgabe oder ihren Bestimmungsort wußte, so behielt er das jedenfalls für sich. Aber vier Tage nach dem Auslaufen von Gibraltar tasteten sie sich in den tunesischen Hafen Sousse.

Frazer und Allenby standen nebeneinander auf der Brücke, während das MTB sich mühsam einen Weg zwischen den halbversenkten Schiffen und treibenden Wrackstücken suchte. Schließlich wurde es längsseit eines Behelfsanlegers gerufen, der aussah, als sei er von Kindern gebaut worden.

Der Skipper des MTB grinste. »Dort wartet ein Jeep auf Sie. Ich lasse Ihre Sachen nachbringen.« Dann warf er einen Blick hinüber zur Stadt, die fast nur aus zerbombten Gebäuden, öden Fensterhöhlen und treibenden Rauchschwaden bestand. »Ich war hier stationiert«, sagte er stolz. »Von Sousse sind es nur hundertfünfzig Meilen nach Sizilien, und ich glaube, meine Flottille kannte jeden einzelnen Zoll der Strecke. Die Deutschen versuchten, ihr Afrikakorps nachts über See zu versorgen; jetzt wollen sie ihre Truppen auf demselben Weg evakuieren. Viele von ihnen müssen schon auf dem Meeresgrund liegen.«

Sie gaben sich die Hände. Am Steuer des Jeeps saß ein braungebrannter junger Mann in Khaki. Er trug keinerlei Rang- oder sonstige Abzeichen, aber als er von seinem Sitz sprang, stülpte er sich eine Marinemütze auf und salutierte.

»Obergefreiter Weeks, Sir. Marineabteilung 75.«

Frazer nickte. Ihre neue Einheit hatte also nicht einmal einen Namen, sondern lediglich eine Nummer wie eine Vorratskiste.

Sie stiegen ein, und der Seemann sagte: »Ungefähr acht Meilen, mehr nicht, Sir.« Damit donnerte er von dannen, daß die Räder Sand und Staub spien.

Frazer spürte eine sengende Hitze, wie er sie bisher noch nie erlebt hatte, und dazu einen seltsamen, starken Geruch. Er kam wohl aus der ungeheuren Weite der Wüste, dachte er. Das Gelände war übersät mit ausgebrannten Panzern und Lastwagen, zerschmetterten Waffen und den ihm nur allzu vertrauten Holzkreuzen.

Nordwärts Richtung Tunis ging es an der Küste entlang, die sie während der letzten Nacht draußen mit dem MTB passiert hatten.

»Ist hier viel los, Weeks?«

Der Gefreite sah Frazer mit unschuldigen Augen an. »Kann ich wirklich nicht beurteilen, Sir.«

Das Hauptquartier der Marineabteilung 75 sah aus wie ein Schrottplatz: eine lange Reihe deutscher und italienischer Fahrzeuge, Stapel von Kisten und Lattenverschlägen, Benzin- oder Wasserkanistern, dazwischen Sandsäcke und getarnte Geschützstellungen. Ringsum gähnten geschwärzte Bombenkrater.

Draußen winkte die See wie ein guter Freund. Tiefblau war sie und unberührt, sofern man die Wracks und halbversunkenen Schiffe übersah, die dicht unter der Küste lagen.

»Da sind Sie also!«

Frazer und Allenby standen einem langen, barhäuptigen Marineoffizier gegenüber. Seine verblichenen Schulterstreifen wiesen ihn als Kapitänleutnant aus, aber mit der schweren Pistole im Gürtel wirkte er mehr wie ein Infanterist. Sie salutierten beide, und der lange Kapitänleutnant grinste breit, was ihn um zehn Jahre jünger machte. Er sagte: »Ich habe hier das Kommando. Mein Name ist John Goudie.«

Er brauchte nichts hinzuzufügen, denn sein Name war bekannt genug. Goudie hatte sich auf Motorkanonenbooten von einem Ende des Mittelmeers bis zum anderen ausgezeichnet, und davor im Kanal, als nichts zwischen den siegreichen Deutschen und den weißen Klippen von Dover stand, nur seine Schnellboote.

Drei Spitfire donnerten tief über ihre Köpfe hinweg. Goudie sagte: »Die Royal Air Force hat uns die Deutschen bisher vom Hals gehalten. Luftangriffe könnten wir im Augenblick wirklich nicht brauchen.«

Frazer sah Allenby an und fragte sich, was dieser wohl dachte. Seine Gedanken waren stets schwer zu erraten, er war nicht sehr mitteilsam. Aber sie kamen gut miteinander aus.

Ihm fiel wieder der Besuch bei den Allenbys ein und die Art, wie Dick seine Mutter beobachtete, als fürchte er, was sie im nächsten Augenblick sagen würde. Aber Frazer empfand lediglich Bewunderung für die Frau und ihren beinamputierten Mann. Das Haus wirkte ein wenig heruntergekommen, aber gerade das liebte er an England. Überall zeigte sich trotziger Widerstandswille, auch in der Weise, wie Allenbys Mutter den Teetisch gedeckt hatte. Das mußte die beiden mehr als eine Wochenration an Lebensmittelmarken gekostet haben.

Bei dieser Gelegenheit hatte er auch seinen einzigen Fehler begangen. Er bot ihnen an, nach Hause zu schreiben und seine Angehörigen zu bitten, daß sie den Allenbys einige Lebensmittelpakete schickten. Aber Dicks Mutter hatte ihn nur kühl gemustert. »Wir kommen aus, besten Dank. Man gewöhnt sich daran, und im Überfluß haben wir ohnehin nie gelebt.«

Später hatte Allenby versucht, sich für sie zu entschuldigen, aber Frazer wehrte ab: »Sie hatte recht. Meine Bemerkung stellte mich auf die gleiche Stufe mit den überheblichen Yankees.«

Kapitänleutnant Goudie führte sie zu ein paar Felsblöcken, von wo aus er auf einen Naturhafen von ovaler Form hinunterdeutete. Man hörte Sägen und Hämmern, und aus einigen niedrigen getarnten Zelten erklang flotte Musik.

Als sie sich dem Hafen näherten, beobachtete Frazer das Kommen und Gehen. Die Leute trugen nichts weiter als Shorts und hätten Zivilisten sein können. Aber alle waren jung, zäh und durchtrainiert und amüsierten sich offensichtlich über die beiden Ankömmlinge in ihren unbequemen Uniformen.

Das hier war eine völlig andere Marine. Frazer mußte plötzlich an die LEVANT denken und fragte sich, ob man ihn dort bereits vergessen hatte. Wo war sie wohl im Augenblick? Stampfte sie zurück nach Halifax, oder bewachte sie einen Konvoi aus Handelsschiffen, der sich gerade anschickte, von St. John's auf Neufundland auszulaufen?

In seine Gedanken hinein sagte Goudie: »Hier, meine Herren. Willkommen in unserer Messe.«

Es war ein etwas größeres Zelt als die anderen und möbliert mit einfachen Holzplatten auf Böcken. Dazwischen standen Verpflegungs- und Munitionskisten als Sitzgelegenheiten.

»Setzen Sie sich, meine Herren«, fuhr Goudie fort. »Wenn Sie all den Schmutz und die Unordnung ignorieren, werden Sie sich gar nicht unbehaglich fühlen.« Goudie wartete, bis ein Seemann mit einem leeren Tablett unter dem Arm eintrat. »Gin, denke ich. Große Gläser«, sagte er zu ihm.

Frazer sah zu, wie er eine Segeltuchmappe öffnete und einige Papiere herauszog. Sehr kühl und selbstsicher, aber gespannt wie eine Stahlfeder. Wenn auch nur die Hälfte der Legenden stimmte, die er über Goudie gehört hatte, dann war es ein Wunder, daß er noch lebte.

Schließlich blickte Goudie auf und sagte abrupt: »Ich nehme an, der Boß hat Sie ins Bild gesetzt?«

Sie nickten und nahmen ihre Gläser vom Tablett. Der Gin brannte in der Kehle wie Feuer. Frazer bemerkte, daß Allenbys Augen feucht wurden, als er versuchte, den Hustenreiz zu unterdrücken.

Goudie zog eine Grimasse. »Das Wasser hier ist ungesund. Die Deutschen haben einige Brunnen vergiftet, bevor sie die Gegend verließen. Gott segne sie dafür! Und unsere Eismaschine ist noch in Alexandria, soviel ich hörte.« Auch das schien ihn zu amüsieren.

»Hier.« Er breitete eine abgenutzte Seekarte auf dem Tisch aus. »Die Nordküste von Sizilien, und *hier* –«, er stach mit einem Teelöffel auf die Karte, »ist das Objekt.«

Objekt. Trotz der Hitze und des Gins wirkte das Wort auf sie wie eine eiskalte Dusche. Sie wurden also ohne die geringste Vorbereitung sofort eingesetzt.

Goudie sah ihren Gesichtsausdruck und sagte milde: »Nun, wir hatten Sie eben früher erwartet und nicht damit gerechnet, daß Ihre glücklosen Vorgänger so rasch ins Gras beißen würden.«

Frazer öffnete den Mund zu einer Frage, schloß ihn aber wieder, als Goudie fortfuhr: »Der Feind läßt uns ohnehin keine andere Wahl. Er zieht sich aus Nordafrika so schnell zurück, daß es das reinste Wettrennen ist. Unser Ziel ist ein nagelneues Kraftwerk, das die Deutschen in Sizilien errichtet haben. Wie Sie sicher wissen, bekommt die Insel Strom vom Festland über Kabel, die in der Straße von Messina verlegt sind. Wenn wir unsere Invasion starten, müssen wir sicherstellen, daß diese Leitung unversehrt bleibt. Aber das soll nicht unsere Sorge sein, das ist Sache der Techniker, wenn sie endlich an Land stolpern. Dieses neue Kraftwerk aber ist aus einem anderen

Grund wichtig. Die Deutschen springen unbarmherzig mit jedem um, den sie der Sabotage verdächtigen. Für uns aber ist die Résistance, oder wie man die Leute dort nennt, unsere einzige Hoffnung. Sie hegen wenig Sympathie für die italienische Regierung, die Deutschen aber hassen sie.«

Zum ersten Mal sprach Allenby. »Unser Einsatz soll also der Résistance den Rücken stärken? Er soll ihnen zeigen, daß wir sie unterstützen, und nach einer gelungenen Invasion...«

Goudie nickte. »Sie haben eine kurze Leitung, das ist gut.«

Frazer warf einen Blick auf die Karte. »Wie kommen wir hin, Sir?«

»Nördlich und westlich von Sizilien wimmelt es von Fahrzeugen. Da sind die Schiffe, die an der Evakuierung Nordafrikas beteiligt sind, und natürlich die Fischereiflotten, ohne die es gegen die Deutschen erhebliche Unruhe gäbe. Aber jetzt haben wir und die Amerikaner dort die Luftüberlegenheit, und unsere leichten Küsteneinheiten jagen selbst am hellen Tag von Sousse und Bône aus.« Er sah sie der Reihe nach an. »Somit müßte es uns möglich sein, durch die deutschen Patrouillen zu schlüpfen, uns mit den sizilianischen Patrioten zu treffen, das Kraftwerk in die Luft zu jagen und wieder abzuhauen. Wir haben den Vorteil der Überraschung für uns. Nichts dergleichen wurde bisher an der Nordküste Siziliens versucht. Sie ist zwar weiter entfernt, aber nur schwach verteidigt.« Stirnrunzelnd ergänzte er: »Wenigstens haben mir das unsere schlauen Nachrichtendienste versichert.«

Hornklänge zerrissen die Stille, und Goudie hob entschuldigend die Schultern. »Wir haben die Royal Marines hier. Sie sind zwar gute Kämpfer, halten aber eisern an ihrem Zeremoniell fest, ob in der verdammten Wüste oder sonstwo. Aber Gefreiter Weeks wird Ihnen jetzt Ihre Unterkünfte zeigen, die Sie ohnehin nicht lange in Anspruch nehmen werden.«

Frazer grinste. »Klingt ziemlich ominös.«

Nachdenklich musterte ihn Goudie. »Das ist es auch.«

Draußen brannte die Sonne heißer als je zuvor.

Allenby sagte zögernd: »Es ist nicht ganz das, was ich erwartet habe.«

Frazer schlug ihm auf die Schulter und erwiderte lachend: »Ein tolles Understatement, Dick. Ich bin stolz auf dich!«

Goudie schloß den Zelteingang und ließ sich vom Messesteward einen weiteren Gin bringen.

Ein junger Oberleutnant kam von der gegenüberliegenden Seite herein und warf sich in einen Segeltuchsessel.

»Wie sind die beiden, Sir?«

»Prima.« Goudie spürte, wie seine Augen feucht wurden, als ihm der Gin auf der Zunge brannte. »Es ist eine einfache Sache. Rein und raus, keine Komplikationen. Nur eine Bagatelle.«

Der Oberleutnant nahm ein abgegriffenes Magazin zur Hand. »Ich nehme an, das hat Bill Weston auch gedacht, Sir.«

Mit zornblitzenden Augen fuhr Goudie herum. »Bill ist tot, oder? Es war möglicherweise sein eigener, großkotziger Fehler. Wir hatten noch Glück, daß es zu diesem Zeitpunkt passierte, sonst hätten wir das Boot und die gesamte Besatzung verloren!« Er bemühte sich, das Glas ruhig auf den Tisch zu stellen, aber seine Hand zitterte zu stark. Daraufhin rief er nach einem weiteren Gin.

Der Oberleutnant stand auf und stotterte: »Tut mir leid, Sir. Ich hatte nicht die Absicht, damit zu unterstellen –«

Goudie bedeutete ihm, sich wieder zu setzen. »Vergessen Sie's. Es ist der Krieg und das, was er uns antut. Haben Sie Frazer gesehen, den kanadischen Oberleutnant? Jede Patrone, die wir verschießen, jeden Benzinkanister, den wir verbrauchen, haben wahrscheinlich Frazer und Leute wie er durch den gesamten Atlantik geschleust. Allenby ist was anderes. Zunächst war er beim Minenräumdienst, aber damit nicht zufrieden, ging er an Land, um diese verdammten Blindgänger zu entschärfen. Sie sind beide tapfere Männer.«

Er warf einen Blick auf das wieder gefüllte Glas, als hasse er es. »Aber jetzt sind sie hier, in *unserem* Krieg, wo sie lernen müssen, sich wie wir die Hände schmutzig zu machen.«

Kapitänleutnant John Goudie, ausgezeichnet mit dem Distinguished Service Cross mit Spange und zweimal in den Kriegsberichten erwähnt, blieb mit aufgestützten Händen stehen und starrte hinunter in den kleinen Hafen.

»Sehen Sie, dort liegt es, meine Herren.«

Frazer starrte Goudies gebräuntes Gesicht und das von der Sonne gebleichte Haar an. Jegliche Spannung, die er vielleicht eben noch empfunden hatte, war verschwunden. Er folgte der Richtung von Goudies Blick. Dort lag ein schlankes, grau gestrichenes Motorboot, das wohl einmal als Privatyacht gedient hatte. Frazer sagte: »Das Ding muß eine schöne Stange Geld gekostet haben.«

Goudie lachte. »Nein, das daneben.«

Daneben? Frazer gewahrte ein seltsames, sehr niedriges Fahrzeug, das wie eine Schute aussah, nur daß es von Waffen starrte. Es war gespickt mit doppelläufigen Flugabwehrgeschützen.

Goudie erklärte: »Das ist ein Marinefährprahm, ein MFP. Wir haben ihn erst vor ein paar Wochen von den Deutschen erbeutet. Sie sind schnell, haben ganz wenig Tiefgang, fast wie ein Landungsfahrzeug, und wurden zu Hunderten für die Versorgung und später für die Evakuierung des Afrikakorps verwendet. Für ihre Größe sind sie enorm stark bewaffnet und haben hervorragende Dieselmotoren.«

Frazer rief sich ins Gedächtnis, was er über die leichten Küstenstreitkräfte der Briten gehört hatte: daß nämlich ihre MTB mit hochexplosiven Benzinmotoren ausgestattet waren, während die Deutschen mächtige Dieselmotoren fuhren, die nicht gleich bei den ersten Leuchtspurgeschossen Feuer fingen.

Goudie sagte erklärend: »Der Stützpunktmechaniker hat gute Arbeit geleistet. Die Motoren laufen wie Butter.« Dann blickte er Frazer an. »Er gehört Ihnen.«

Frazer erwiderte seinen Blick. »Mir?«

Goudie wandte sich an Allenby. Obwohl dieser sich umgezogen hatte und jetzt Khaki trug, schien er sich doch noch von allen anderen zu unterscheiden.

»Sie haben beide Ihr Wachoffizierspatent. Sie übernehmen also das Kommando, Dick, wenn irgendetwas schiefgeht.«

Frazer sagte: »Glauben Sie, daß die Deutschen das schlucken, Sir?«

»Ich hoffe es. Dieser Prahm ist jedenfalls alles, was wir im Augenblick haben.« Dann lächelte er fröhlich. »Dazu zwanzig Marineinfanteristen und einige gut verstaute Sprengladungen. Sie sollten eigentlich zum Frühstück zurück sein. Eine Bagatelle.« Das schien sein Lieblingswort zu sein.

Dann wurde er ernst. »Sie haben einen neuen Gefechtsrudergänger, sehr guter Mann. Er heißt Ives. Die anderen sind Oberleutnant Westons alte Besatzung und waren schon an mehreren Einsätzen beteiligt.«

»Weston? Er war der...«

Ungeduldig sah Goudie ihn an. »Ja. Der.«

Während Goudie zum Hafen hinabstieg, ließ er den Blick über die ihm unterstellten Fahrzeuge schweifen. Beim Special Service, und besonders beim Special Boat Service, hatte man gelernt, alles und jedes zu benutzen, was in erreichbarer Nähe war, und es mit tödlicher Wirkung einzusetzen.

Beiläufig winkte er zu dem vertäuten Fährprahm hinaus, und sofort legte dort ein Dingi ab. Zu seinen beiden Begleitern sagte er:

»Es ist ein Leutnant an Bord, heißt Archer. Ein guter Mann, aber behalten Sie ihn im Auge. Er riskiert mitunter ein bißchen zu viel.«

Frazer fragte: »Wie stark ist die Besatzung?« Es ging ihm alles etwas zu schnell. Plötzlich war er Kommandant eines deutschen Marinefährprahms, den er offensichtlich in einen feindlichen Hafen steuern sollte. Nur mal eben so. Für Goudie schien das nichts Besonderes zu sein. Eine Bagatelle.

»Zwanzig«, antwortete er, »außer Archer, dem Gefechtsrudergänger und einem Unteroffizier namens Gregson, dem einzigen Berufssoldaten an Bord.«

Der Mann an den Riemen pullte sie hinüber. Er war so ölverschmiert, als sei er soeben durch die Bilgen gekrochen.

Frazer stieg über die niedrige Bordwand und hörte Goudie sagen: »Keine Fallreepsgäste, fürchte ich, und kein Hornsignal.«

Goudies beiläufige Bemerkungen gingen Frazer allmählich auf die Nerven. Was zum Teufel war mit dem Kerl los?

Ein großer blonder Mann trat aus dem Schatten und grüßte. Inmitten der geflickten und überpinselten Einschußlöcher wirkte er sehr sauber und zuverlässig. »Mein Name ist Ives, Sir.« Er sah Frazer an. »Quartermeister und Gefechtsrudergänger.«

Frazer lächelte. Das gefiel ihm. Ives besaß offensichtlich Überblick, sonst hätte er Allenby angesprochen. Er sagte: »Ich habe Sie in der Eastney-Kaserne gesehen.«

»Stimmt, Sir.« Ives klopfte auf die Pistolentasche an seiner Hüfte. »Hier gefällt's mir besser.«

Er führte sie die erste Leiter hinauf zu einem langen leeren Raum, in dem Truppen oder Vorräte befördert werden konnten.

Allenby flüsterte: »Er sieht aus wie ein Polizist, Keith.«

Goudie grinste. »Das war er auch.«

Zuletzt wurden Frazer und Allenby vollständig Ives überlassen, und Goudie verschwand.

Sie kletterten durch den langen Rumpf, sprachen mit den Maschinisten, den beiden Heizern und mit den Männern, die alles andere besorgten. Gregson, der Unteroffizier, war Artillerist und trotz seiner zerknitterten Khakiuniform von einer steifen Zurückhaltung, die ihn sofort als ehemaligen Ausbilder auf Whale Island kennzeichnete. Der Leutnant war ein verbindlicher, eifriger junger Mann mit rötlichen Augenbrauen und Haaren. Sieht ein wenig neurotisch aus, dachte Frazer. Er lächelte bei jeder Gelegenheit, wodurch er noch verrückter wirkte.

»Zufrieden?« Goudie tauchte genauso plötzlich wieder auf, wie er verschwunden war.

»Ja. Natürlich hätte ich gern noch mehr Zeit...«

Goudie schnitt ihm das Wort ab. »Die haben wir aber nicht. Ich sorge dafür, daß die Beladung bei Sonnenuntergang beendet ist. Dann können wir auslaufen. Die Einzelheiten teile ich Ihnen später mit.«

»Sie kommen mit uns, Sir?« Warum war er so überrascht? Goudie war bestimmt nicht der Typ, der einem grünen Neuling vertraute. Atlantikerfahrung zählte hier überhaupt nicht, das hatte er unmißverständlich klargemacht.

»Natürlich.« Ein paar Sekunden lang musterte ihn Goudie, sein gebleichtes Haar flatterte in der heißen Brise. »Aber wenn Sie meinen, Sie schaffen es nicht, dann sagen Sie's. Ich lasse Sie jederzeit ablösen.« Bei diesen Worten lächelte er nicht mehr.

Ruhig antwortete Frazer: »Vergessen Sie's.« Er wandte den Blick ab, um seinen Ärger zu verbergen. »Sir«, fügte er betont hinzu.

Goudie nickte befriedigt. »Gut. Dann wollen wir also auslaufen und ein bißchen Geschichte machen, klar?«

Allenby salutierte, als Goudie leichtfüßig ins Dingi sprang. Niedergeschlagen sagte er: »Und dabei sind wir gerade erst angekommen.«

Frazer wandte dem Dingi den Rücken zu. »Tut es dir leid, daß du dich freiwillig gemeldet hast, Dick?«

Allenby sah seinen Freund an und schüttelte den Kopf. »Nein, jetzt nicht mehr.«

Er war erstaunt, als er merkte, daß es stimmte.

4 Zum Teufel mit der Vorsicht!

Frazer erwachte und konstatierte sofort die ungewohnten Bootsbewegungen sowie das regelmäßige Pochen der Maschinen.

Ein Schatten stand neben seiner Koje. »Tee, Sir. Kurs null-drei-null, See ein bißchen kabbelig.« Damit verschwand er.

Frazer schwang die Beine über den Rand der Koje und fuhr sich mit den Fingern durchs Haar. Seit England hatte er sich nicht mehr richtig sauber gefühlt. Vorsichtig schlürfte er den heißen Tee und zog in der Dunkelheit eine angewiderte Grimasse, denn er schmeckte nach Dieselöl.

Er knipste eine kleine Lampe an und stieg in seine alten Seestiefel. Die waren auf zahlreichen Geleitfahrten ein Teil seiner selbst geworden. Er seufzte und glitt von der Koje auf das Deck, das sogleich unter ihm wegsackte wie ein Sprungbrett. Im Geist sah er die sizilianische Küste vor sich. Seit zwei Tagen waren sie jetzt auf See – oder würden es sein, wenn sie das winzige Fischerdorf erreichten, in dem die Deutschen ihr Kraftwerk errichteten. Bei der letzten Einweisung vor dem Auslaufen hatte Goudie ihnen auf der Karte eine kleine Pier gezeigt, von der eine Schmalspurbahn zu einem Steinbruch in der Nähe führte.

Frazer schnallte seinen Pistolengurt um und dachte an den Mann, der sie an Land begleiten würde. Er nannte sich Major Thomas, aber welcher Einheit er angehörte oder welche Rolle er hier spielte, war nicht herauszufinden. Wie Allenby mit einem etwas schiefen Lächeln bemerkte: »Engländer? Nie im Leben! Mit diesem Akzent gehört er eigentlich auf die andere Seite.«

Draußen war es kühl und stürmisch. Frazer stieg in das flache Brückenhaus hinauf und wartete, bis sich seine Augen an die Dunkelheit gewöhnt hatten. Es war kurz nach drei Uhr morgens, und sie steuerten jetzt Südkurs auf die sizilianische Nordküste zu, nachdem sie während der beiden Tage die Insel weiträumig umfahren hatten, um deutsche Küstenpatrouillen und Radargeräte zu meiden.

Einige kritische Augenblicke hatte es gegeben. Während ihrer ersten Nacht auf See war ein britisches U-Boot ganz in ihrer Nähe aufgetaucht. Deutlich hatten sie das Donnern der Kompressoren gehört, als es seine Ballasttanks lenzte, dann das Öffnen einer Luke und das Klicken des Verschlußstücks beim Laden des Deckgeschützes.

Goudie hatte ihnen angekündigt, daß sie ein U-Boot treffen würden: das Bindeglied zwischen ihnen und dem Hauptquartier in Portsmouth. Es wurden keine Signale ausgetauscht, aber Frazer hatte die Anwesenheit des Bootes so deutlich gespürt, daß sich seine Nackenhaare sträubten. Ob U-Boot oder *submarine* genannt, er haßte sie allesamt.

Allenby kam aus der Dunkelheit auf ihn zu. »Guten Morgen, Sir.«

Frazer grinste. »Um Gottes willen, Dick. Warte gefälligst, bis ich Kommandant eines wirklichen Schiffes bin, ehe du mich mit ›Sir‹ anredest!«

Zusammen traten sie in den vorderen Teil der Brücke. Goudies Mechaniker mußten sich wirklich beeilt haben, denn noch immer hing der Geruch frischer Farbe in der feuchten Luft, und Frazer sah, daß der Kartenraum, eher eine Box, hastig zusammengezimmert worden war, zum größten Teil aus alten Proviantkisten. Seine Wände waren nicht dick genug, um auch nur einen Kinderpfeil abzuhalten, aber wenn die Tür geschlossen war, drang wenigstens kein Lichtschein nach draußen, so daß notfalls Seekarten oder Hafenpläne auch unter hellsten Lampen studiert werden konnten.

Die Ladeluke war gefüllt mit großen Lattenverschlägen, alle mit Wehrmachtnummern und -buchstaben markiert. Ihr Inhalt hatte jedoch keineswegs mit dem deutschen Rückzug aus Nordafrika zu tun. In jeder Lattenkiste hockten zwei schwerbewaffnete Marineinfanteristen, und gnade demjenigen, der irrtümlich einen dieser Behälter wegzuschieben versuchte.

Goudie kam aus dem Kartenraum. »Alles ruhig?« Er nickte Frazer zu. »Haben Sie schlafen können?«

»Besser als ich dachte.«

Doch Goudie hörte gar nicht hin. »Lassen Sie die Leute auf Gefechtstation gehen.« Er verschwand in der Dunkelheit, wahrscheinlich zu einer Besprechung mit dem mysteriösen Major Thomas.

Frazer warf einen Blick über das seltsame Fahrzeug, das seinem Kommando unterstand. Entweder hatten sich seine Augen bereits an die Dunkelheit gewöhnt, oder der Himmel wurde schon heller. Er sah die Ausguckposten auf beiden Seiten der Brücke und die nach oben zeigenden Rohre der Flakgeschütze. Allerdings erkannte er noch nicht die Trennungslinie zwischen See und Himmel, auch waren keine Sterne zu entdecken. Ein stürmischer Morgen, fürwahr. Vielleicht würde sich der Sturm als Bundesgenosse erweisen.

Leutnant Archers lange Gestalt erschien, und Allenby sagte zu ihm: »Schicken Sie die Leute auf Gefechtsstationen, Sub*. Sie sollen langsam machen und dabei jeden Lärm vermeiden.«

Archer antwortete seelenruhig: »Die Leute wissen, was zu tun ist. Man braucht es ihnen nicht zu sagen.«

Frazer fuhr herum. »Sagen Sie es ihnen trotzdem, Sub. Und von jetzt ab wiederholen wir keine Befehle mehr, klar?«

Während der Leutnant die Brückenleiter hinunterstieg, sagte Allenby leise: »Du hättest nicht für mich einzutreten brauchen, Keith.«

Frazer überraschte es selbst, daß Archer ihn so wütend gemacht hatte. Schließlich antwortete er: »Mir war eben danach. Das Dumme

* Sublieutenant = Leutnant z. See

ist, Dick, du hast so lange Blindgänger entschärft, daß dir möglicherweise die Archers dieser Welt nur etwas albern vorkommen.«

Allenby lächelte. Er hatte Archer gegenüber ein wenig an Boden verloren, und Frazer wußte das. Archer besaß all die Dinge, die Allenby sich wünschte. Er war gut erzogen, stammte aus bester Familie, sprach mit dem richtigen Akzent, und vor allem ging von ihm eine selbstverständliche Autorität aus, der sich Allenby trotz seines Georgskreuzes nicht gewachsen fühlte.

Er ging hinüber zu Kompaß und Ruder, wo Ives wie ein Felsblock stand.

»Alles in Ordnung, Swain*?«

Ives lächelte. »Bestens, Sir. Hätte nie gedacht, daß ich einmal ein Ding wie dieses steuern würde.« Er deutete mit dem Kopf achteraus. »Es ginge leichter, wenn wir nichts im Schlepptau hätten.«

Allenby pflichtete ihm bei. Aber das war eine von Goudies Ideen gewesen: Ein alter Zweimastschoner unter italienischer Flagge und mit italienischen Abzeichen fuhr im Zickzack an einer langen Schleppleine hinter ihnen her, als wolle er ständig ausbrechen.

Goudie hatte gesagt: »Der Gegner braucht Zeit, bevor er handelt. Wie die meisten Leute im Gefecht sieht er das, was er erwartet. Dieser Schoner kann uns ein paar kostbare Minuten verschaffen, wenn wir sie am nötigsten brauchen.«

Allenby ertappte sich dabei, daß er zum ersten Mal über ihre Erfolgsaussichten, ja über ihre Überlebenschancen nachdachte.

Die Nachrichtenabteilung hatte mit geradezu stählerner Härte behauptet, es gäbe keine deutsche Garnison in diesem Fischerdorf. Jeder Soldat würde an der Südküste gebraucht, für den Fall einer alliierten Landung.

Allenby trat wieder zu Frazer auf die Gräting. »Wir sind genau im Zeitplan, äh, Keith.«

Frazer spürte Allenbys Nervosität und wunderte sich. Das nach alldem, was er durchgemacht hatte? Schließlich sagte er: »Wir haben genügend Sprengstoff unten im Laderaum, um die halbe Insel auszulöschen.«

Allenby hob die Schultern. »Eine Ladung muß sofort angebracht werden. Aber ich habe Befehl, noch eine zweite mit erheblich verzögerter Zündung zu hinterlassen, bevor wir wieder ablegen.«

Frazer bemerkte erstaunt die Änderung in Allenbys Ton. Anschei-

* Kurzform von Coxswain = Gefechtsrudergänger

nend hatte er dieselbe Aversion gegenüber versteckten oder verzögerten Sprengladungen, wie er selbst gegenüber U-Booten.

Ives flüsterte: »Hier kommt der Major, Sir.«

Major Thomas trug ein starkes Nachtglas um den Hals und eine deutsche Maschinenpistole unter dem Arm. Wie die meisten in dieser Abteilung schien er erbeutete Waffen des Feindes der eigenen Ausrüstung vorzuziehen. Weil dafür leichter Munition zu beschaffen war, oder weil sie nichts bei sich haben wollten, an dem man sie später identifizieren konnte?

Thomas fragte: »Wo sind wir?«

Frazer wies über das Brückenkleid. »Dreißig Meilen nordöstlich von Palermo. Die letzte der Liparischen Inseln liegt etwa acht Meilen an Backbord querab.«

Thomas beugte sich vor und starrte hinaus in die Dunkelheit. »Dies ist der beste Ansteuerungskurs, weil so die geringste Gefahr besteht, von ihren Radargeräten aufgefaßt zu werden.«

Frazer hörte sorgfältig hin. Thomas sprach zwar ein perfektes Englisch, aber ohne jegliche Betonung, etwa wie ein tauber Mensch sprechen würde. Irgendetwas war fremdartig an ihm.

»Leuchtgranate, Sir! Peilung Grün vier-fünf*!« Das Licht war sehr weit entfernt. Mit smaragdgrünem Schein trieb es unter den dickbäuchigen Wolken dahin.

Frazer senkte sein Glas. Wahrscheinlich ein örtliches Signal, vielleicht ein Patrouillenfahrzeug, das heimkehrende Fischerboote durchsuchte.

Thomas knurrte: »Der Seegang wird gröber. Diese Halunken werden heute nacht tief schlafen.«

Er verschwand wieder, und Allenby sagte leise: »Von dem möchte ich nicht gefangengenommen werden.«

Als nächster erschien Goudie. »Gehen Sie jetzt mit der Fahrt herunter«, befahl er.

»Beide Maschinen langsame Fahrt voraus.« Frazer spürte, wie der Rumpf in ein tiefes Wellental sackte. »Schicken Sie Archer nach achtern, er soll auf den geschleppten Schoner achten. Ich möchte nicht, daß das verdammte Biest uns rammt.«

Sie waren beinahe am Treffpunkt angekommen. Frazer fragte sich, was diese Sizilianer wohl für Menschen waren. Er hatte Archer sie verächtlich »einen Haufen unwissender Banditen« nennen gehört.

* fünfundvierzig Grad an Steuerbord

»Signal, Sir! Gut frei an Backbord voraus.«

Frazer nickte. »Beide Maschinen stopp.« Das Fahrzeug begann unangenehm zu stampfen und zu rollen, als es antriebslos in der groben See lag. Das Signal erschien wieder, ein schwaches Licht tief unten, knapp über dem Wasser, das sich in den Wogen spiegelte.

Und Wogen waren es in der Tat, dachte Frazer. Die armen Marineinfanteristen würden sich vermutlich fragen, wie lange sie noch in ihren reichlich unbequemen Verstecken ausharren mußten. Er hoffte nur, daß sie nicht seekrank wurden.

Thomas sagte: »Fischerboot. Halten Sie es im Visier.« Die Geschütze senkten sich und richteten sich auf das kleine Fahrzeug, das jetzt aus der Dunkelheit auftauchte.

»Es ist das richtige.« Thomas' Stimme klang gepreßt. »Sie kommen mit mir, Allenby. Ich habe ein paar Leute zu Ihrer Unterstützung abgeteilt.«

»Noch eine Leuchtgranate, Sir. Dieselbe Peilung.«

Sie beobachteten das leuchtende Grün, das wie ein Tröpfchen geschmolzenes Glas wirkte.

Goudie sagte: »Irgendjemand scheint da hellwach zu sein.«

Thomas erwiderte nichts, und Frazer hatte das Gefühl, daß die beiden einander nicht sehr schätzten. Aber vielleicht war es nur die übliche Aversion zwischen Heer und Marine.

Das Fischerboot ging mit einem heftigen Stoß längsseit, und Frazer hörte Unteroffizier Gregson jemanden anschnauzen, er solle mehr Fender zwischen die beiden Bootskörper packen. Es war ein gefährlicher Augenblick. Ihre Besatzung reichte nicht aus, um gleichzeitig die Geschütze zu besetzen, Leinen zu bedienen und Fender auszubringen. Zu viele Häuptlinge und zu wenig Indianer, dachte Frazer.

Ob wohl Oberleutnant Bill Weston auf diese Weise umgekommen war? Beim Absetzen eines Kommandotrupps oder von Agenten in feindlichen Gewässern?

Allenby hielt einen Augenblick inne und warf noch einen Blick auf die Brücke, dann ließ er sich hinunter auf das Deck des Fischerbootes. Es stank nach Fisch und Bilgenwasser.

Eine untersetzte Gestalt in Schafsfelljacke trat aus dem winzigen Ruderhaus zu Thomas.

Allenby sah sich nach seinen zwei vermummten Helfern um, die in großen Taschen den Sprengstoff trugen. Plötzlich fiel ihm dabei wieder Hazel und dessen Schwester in Portsmouth ein.

Thomas sagte kurz: »Dies ist Maroca, der Anführer.«

Maroca musterte Allenby. Er machte nicht den geringsten Versuch, ihm die Hand zu geben, und zeigte keinerlei Gemütsbewegung. Vielleicht mißtraute er jedem Uniformierten.

Thomas fuhr fort: »Alles klar. An der Pier liegt ein deutsches Patrouillenboot, wie immer. Wir laufen jetzt ohne weitere Verzögerung ein; Sie alle wissen, was Sie zu tun haben.«

Seine Worte klangen frisch und zuversichtlich, aber Allenby hatte den seltsamen Eindruck, daß er damit nur Maroca beeindrucken wollte, der offenbar während ihres kurzen Gesprächs neben dem Steuerhaus einige Schwachstellen im Angriffsplan entdeckt hatte.

»Vergessen Sie nicht, das Patrouillenboot muß unversehrt gekapert werden!« Rasch sagte Thomas ein paar Sätze in fließendem Italienisch, worauf Maroca nickte und mit weißleuchtenden Zähnen grinste.

»Ablegen.« Thomas gab ein Zeichen zu dem großen Fährprahm hinauf, die beiden Bootskörper drifteten auseinander, während Frazer seine Maschinen starten ließ.

Der Motor des Fischerboots hustete krächzend und sprang an. Diesel mischte sich unter den bereits vorhandenen Gestank. Aber schmutzig oder nicht, das Boot entwickelte erstaunliche Geschwindigkeit. Thomas spürte Allenbys Überraschung und sagte: »Sie benutzen es sonst zum Schmuggeln.«

Wieder hörte Allenby den leichten Akzent heraus. War er polnisch? Durchaus möglich.

Plötzlich sagte Thomas: »Noch etwas: Maroca sagt, daß seine Leute die Telefonleitung zum Kraftwerk gekappt haben.« Nur mit Mühe konnte er seinen Ärger verbergen. »Das war zu früh, verdammt noch mal! Wenn die Deutschen oder die örtliche Polizei es merken, kann das unangenehm für uns werden. Diese Narren! Man kann keinem einzigen von ihnen trauen.«

Allenby überlegte, was das für sie bedeutete. Der Feind hatte möglicherweise inzwischen angegriffen, Marocas Leute überwältigt und wartete jetzt auf das Erscheinen des Landungstrupps. Allenby hatte einiges darüber gehört, wie die Deutschen mit Partisanen und Widerstandskämpfern umsprangen; selbst seine Marineuniform würde ihn da nicht schützen. Aber wenn Männer wie Prothero und Thomas den Krieg abkürzen konnten, war dies sicherlich alle Risiken wert.

Es schien eine Ewigkeit zu dauern, bis der Ausguck die Küste sichtete: einen dunkleren Schatten ohne jegliche Substanz. Aber genau wie die Wüste konnte man sie riechen und die seltsame Bedrohung spüren, die von ihr ausging.

Allenby wandte sich an seine neuen Assistenten. Er wußte deren Namen nicht, denn Thomas hatte geäußert, es sei besser, wenn sie unbekannt blieben.

Er sagte zu ihnen: »Bleibt dicht bei mir und haltet den Sprengstoff bereit.« Gern wäre er zum Fährprahm zurückgekehrt und hätte Frazer über die gekappte Telefonleitung informiert. Das hätte dieser eigentlich wissen müssen.

Der eine Mann rollte seine tief in die Stirn gezogene Wollmütze hoch, und Allenby sah, daß es Gefreiter Weeks war, der sie als erster bei Marinegruppe 75 begrüßt hatte.

Selbst in der Dunkelheit merkte Weeks Allenbys Überraschung. »Der Skipper hat gesagt, ich soll mitgehen, Sir. Er dachte, es sei Ihnen lieber, wenn Sie jemanden dabei haben, den Sie kennen.«

Trotz seiner angespannten Nerven mußte Allenby lächeln. Frazer dachte an solche Dinge, obwohl er selbst in weitaus größerer Gefahr schwebte als alle anderen, da er ja auf einer schwimmenden Bombe stand.

Weeks fügte hinzu: »Außerdem bin ich Torpedomann.« Das besiegelte die Angelegenheit.

Thomas stieß hervor: »Achtung – recht voraus.« Er nahm den Riemen seiner Maschinenpistole von der Schulter und spannte den Hahn. Ringsum auf dem schmutzigen Deck taten die anderen dasselbe. Allenby bemerkte einen Mann, der so dicht mit Handgranaten behängt war, daß er wie eine seltsame Frucht aussah.

Weit im Hinterland stach ein Scheinwerferstrahl in die Wolken, bestrich ihre Unterseite und ging dann wieder aus.

Es war Allenby klar, daß die ganze Operation von dem genauen Einhalten des Zeitplans abhing. Aber wenn Marocas Männer schon den einen Fehler gemacht hatten, konnten sie leicht einen weiteren begehen.

Eine halbe Stunde schleppte sich hin, und nur die Maschinengeräusche sowie der Gischt, der über den plumpen Bug des Bootes hinwegfegte, wirkten laut.

Leise fragte Allenby: »Was geschieht mit den Gefangenen, Sir?«

Rasch wandte sich Maroca ihm zu und erwiderte heiser: »Keine Gefangenen.« Dabei grinste er und schien sich an Allenbys plötzlicher Beklemmung zu weiden.

Thomas riet beiläufig: »Halten Sie sich da raus. Diese Leute sind anders als wir.«

Die Umrisse einer Pier hoben sich schwarz aus der kabbeligen See, und noch immer kam kein Anruf, kein rasselndes Maschinengewehrfeuer. Allenby dachte an Marocas Worte und vermutete, daß die Posten, falls es überhaupt welche gegeben hatte, bereits tot waren.

Dort lag auch das an der Pier vertäute Patrouillenboot. Selbst in der Dunkelheit erkannte Allenby seine schnittigen Formen: ein italienischer U-Boot-Jäger. Er sollte ihnen die Flucht ermöglichen, wenn sie ihre Aufgabe erledigt hatten. Aber zuerst mußten sie es kapern.

Er glaubte, in der Ferne Frazers Dieselmotoren zu hören, sagte sich aber im selben Augenblick, daß die Einwohner dieses kleinen Ortes an das Kommen und Gehen von Schiffen gewöhnt waren.

Thomas zog sich seine Baskenmütze in die Stirn und sagte leise, aber eindringlich: »*Jetzt!* Bevor irgendein verdammter Posten aufmerksam wird.«

Allenby schluckte krampfhaft. Dies erinnerte ihn wieder an die verlassenen Straßen, durch die er gegangen war, auf der Suche nach Blindgängern. Nur war hier das Ziel unbekannt.

Der MFP gehorchte dem Ruder und schwang in weitem Bogen herum, wobei er den Schoner hinter sich herschleppte.

Frazer blickte nach oben zu dem plumpen Dreibeinmast. »Schicken Sie einen tüchtigen Mann dort hinauf, Sub. Das Dröhnen der Dieselmotoren übertönt zwar hier unten alle anderen Geräusche, aber vielleicht kann er dort oben besser hören.«

Archer tippte einem Mann auf die Schulter und sah dann zu, wie er die Leiter hinaufstieg.

Frazer lächelte in sich hinein. Archer war noch immer beleidigt wegen der Zurechtweisung vorhin. Aber Allenby – der war wirklich seltsam. Niemals tat er freiwillig seine Meinung kund, noch verriet er sonstwie seine Gedanken. Aber die Art, wie er mit Sprengstoff umging, zeigte eindeutig, daß er auf diesem Gebiet große Erfahrung besaß.

Goudie knurrte: »Zum Teufel, warum dauert das so lange?«

Frazer sah ihn an. Er konnte jetzt ziemlich deutlich Goudies Gesicht erkennen, auch die der anderen um ihn herum. Es wurde wirklich mit jeder Minute heller.

Archer meinte: »Vielleicht hat der Motor des Fischerboots versagt, Sir.«

Frazer wandte sich ab, als Goudie greulich zu fluchen begann. Es war wirklich nicht Archers Glückstag.

Er blickte auf seine Armbanduhr, als der Ausguck im Mast schrie: »Schiff recht achteraus! Kommt rasch näher!«

»Alle Geschütze klar zum Feuern!«

Frazer lief zur achteren Brückenreling und richtete sein Glas achteraus. Dieser verdammte Schoner hatte die rasche Annäherung des anderen Fahrzeugs verdeckt. Als er den Schatten im Glas hatte, sah er auch den weißen Schnurrbart am Bug des Verfolgers.

Goudie sagte: »Verdammt, Thomas hat den Dolmetscher mitgenommen. Auch das noch!«

Frazer fragte: »Ist es Ihrer Meinung nach ein Schnellboot?«

Goudie schüttelte den Kopf. Er vor allen anderen mußte wissen, wie ein Schnellboot aussah und wie dessen Motorengeräusche klangen.

Schließlich traf er eine Entscheidung. »Scheinwerfer einschalten! Mal sehen, ob er sich täuschen läßt.« Er bückte sich und suchte etwas in der Dunkelheit. Als er sich wieder aufrichtete, sah Frazer, daß er sich eine weißbezogene deutsche Offiziersmütze aufgesetzt hatte.

Der große Scheinwerfer erwachte zischend zum Leben und schnitt einen gletscherblauen Strahl achteraus in die Dunkelheit. Alles war jetzt in leuchtende Helligkeit getaucht: der Schoner mit der aufgemalten italienischen Flagge an der Bordwand, das quirlende Kielwasser, das an ihm vorbeiströmte, und etwa eine halbe Kabellänge*weiter achteraus das fremde Fahrzeug.

Es war klein und niedrig und hatte lediglich ein einzelnes Buggeschütz, anscheinend eine Örlikon**. An Deck standen mehrere Seeleute, die sich gut festhielten, wenn ihr Fahrzeug über die kurzen, steilen Wellen preschte. Es schienen Italiener zu sein, aber im Steuerhaus waren Offiziere zu erkennen, von denen einer genauso eine Mütze trug wie Goudie.

Dieser sagte jetzt: »Sie haben oft Deutsche an Bord, um sicherzustellen, daß ihre Bundesgenossen spuren.« Er warf einen Blick hinauf zu der großen, leuchtend roten Flagge an ihrem Dreifußmast. »Dies hätte genügt, um Italiener hinters Licht zu führen.« In dem blauen Licht war das Balkenkreuz und das kleine Hakenkreuz in der Ecke klar und deutlich zu erkennen. »Wenn wir jetzt Feuer eröffnen,

* eine Kabellänge = 0,1 Seemeile = 185,2 Meter
** Zweizentimeter-Maschinengewehr Schweizer Fabrikation

alarmiert das die ganze Küste. Vielleicht erwischt es dann Thomas und seine Gruppe noch auf offener See, bevor sie landen können.« Er rieb sich das Kinn und beobachtete das andere Fahrzeug mit zusammengekniffenen Augen. »Langsamste Fahrt voraus. Lassen Sie bitte Fender ausbringen, als rechneten wir mit Besuchern.« Er suchte nach Gregson. »Alarmieren Sie die Marineinfanteristen und sagen Sie dem Funker, er soll aufpassen. Wenn diese Halunken anfangen zu funken, eröffnen wir das Feuer. Danach können wir Thomas und Ihren Freund auflesen und abhauen wie der Teufel.«

Seine Stimme klang jedoch nicht sehr hoffnungsvoll. Am hellen Tag würden sie nicht sehr weit kommen. Je mehr er darüber nachdachte, desto windiger kam ihm der ganze Plan vor. Was, wenn das Patrouillenboot nicht am Steg lag? Wie sollte Allenbys Gruppe dann entkommen?

Goudie sagte: »Da sind sie.« Er sprach so ruhig, als beobachtete er einen Fischschwarm. »Zunächst werfen sie einen Blick auf den Schoner; was habe ich Ihnen gesagt? Aber sie werden gleich wissen wollen, warum wir uns hier an der Nordküste Siziliens herumtreiben.« Er stieß einen Seufzer aus, als eine metallische Stimme über den schmaler werdenden Wasserstreifen dröhnte. Dann nahm er den Lautsprecher aus seiner Halterung und schwenkte ihn über dem Kopf, um anzudeuten, daß er kaputt sei.

Frazer hörte ein Krachen aus dem Laderaum, wo offenbar eine der Lattenkisten, in denen die Royal Marines lagen, aufgestemmt wurde. Die Atmosphäre war so gespannt, daß er kaum atmen konnte.

Der Richtschütze an der nächsten Örlikon drehte diese vorsichtig zur Seite, so daß die Doppelläufe genau auf das näherkommende Motorboot gerichtet waren. Einer der Deutschen winkte und deutete auf den Scheinwerfer.

»Er möchte, daß wir ihn abschalten.« Goudie knöpfte die Pistolentasche auf. »Aber den Gefallen können wir euch nicht tun, Jungs.«

Wie oft hatte Goudie wohl derartige Situationen erlebt? fragte sich Frazer. Ihn fröstelte. Die feindlichen Seeleute standen nun mit Wurfleinen bereit, ihr einziges Geschütz war unbesetzt. Einer von ihnen winkte und versuchte sich über den Lärm der Maschinen verständlich zu machen. Der Abstand betrug nur noch ein paar Meter. Zwei Leinen flogen herüber, wurden von den britischen Seeleuten aufgefangen und sorgfältig festgemacht.

Plötzlich hörte er drüben einen scharfen Alarmruf. Irgendetwas mußte zufällig ihre wahre Identität verraten haben. Zwei Pistolenkugeln knallten gegen die Brücke und zertrümmerten das gläserne Brückenkleid. Die eben noch so entspannt wirkenden italienischen Seeleute zerrten jetzt verzweifelt an den Leinen, die die beiden Fahrzeuge zusammenhielten. In diesem Augenblick kletterten die Marines aus ihren Verstecken und schwärmten in tödlichem Schweigen über das Deck aus. Ihre Zähne und Augen leuchteten im Scheinwerferlicht aus geschwärzten Gesichtern, wodurch die ganze Szene noch unheimlicher wirkte.

Die Italiener schienen buchstäblich zu schrumpfen, als diese unheimlichen Gestalten auf ihr Boot vordrangen. Hier und dort blitzte ein Dolch im Scheinwerferlicht auf, dann war alles vorüber. Die beiden Deutschen kamen mit erhobenen Händen aus dem Steuerhaus. Das Ganze hatte höchstens drei Minuten gedauert.

»Scheinwerfer abschalten!« Es kam ihnen allen vor, als seien sie blind, als der Strahl erlosch.

Goudie rief: »Öffnet die Bodenventile und stellt sicher, daß die Leichen mit untergehen. Wenn ein Patrouillenboot nach ihnen sucht, wird es nur den Schoner vorfinden. Mit etwas Glück nehmen sie an, daß es sich um eine Schießerei zwischen dem Patrouillenboot und Partisanen auf dem Schoner gehandelt hat.« Er wandte nicht einmal den Kopf, als ein entsetzlicher Schrei die unheimliche Stille durchbrach.

Frazer war gerade im Begriff, sich nach den beiden Deutschen zu erkundigen. Jetzt wußte er, daß dies sinnlos war. Er spürte, wie sich ihm vor Ekel der Magen umdrehte.

Goudie sagte beiläufig: »Besser wir tun es als die Sizilianer, verstehen Sie? Bei ihnen hätte es erheblich länger gedauert.«

Er sah, wie der Entertrupp an Bord zurücksprang und die Leinen losgeworfen wurden. »Gut gemacht, keine Verluste«, hörte er Goudie murmeln. Er warf einen Blick hinüber auf das italienische Motorboot, das bereits zu sinken begann. »Jetzt müssen wir die verlorene Zeit einholen, also zur Hölle mit der Vorsicht! Beide Maschinen äußerste Kraft voraus! Werft den verdammten Schoner los. Ohne ihn hätten die Deutschen sicherlich eine Warnung gefunkt.«

Frazer gab die Befehle weiter und wunderte sich, daß seine Stimme so ruhig blieb, da doch sein ganzer Körper vor Widerwillen bebte. Als er Goudie einen Blick zuwarf, sah er, daß dieser still vor sich hinlächelte, als habe er einen guten Witz gehört.

Er überprüfte den Kompaß und tastete sich in den hölzernen Kartenraum. Um ihn herum vibrierte und rasselte es, als die Maschinen auf höchste Umdrehungen gingen. Er sagte sich, daß die Besatzung des Patrouillenboots eben für ihren Mangel an Wachsamkeit mit dem Leben bezahlt hatte, brachte aber sein Gewissen damit nicht zum Schweigen.

Archer kam auf die Brücke, und als Frazer den Kartenraum verließ, sah er, daß der Leutnant mit gerunzelter Stirn eine Armbanduhr ans Ohr hielt. Als er den Arm senkte, bemerkte Frazer einen Blutfleck auf Archers Wange. Mit zwei langen Schritten überquerte er die Brücke und riß Archer die Uhr aus der Hand. »Wir sind noch nicht so tief gesunken, daß wir Leichen fleddern!« Mit diesen Worten warf er die Uhr über Bord.

Er sah Archers Augen aufblitzen, dann hörte er den dumpfen Donner einer Detonation. Sie war so stark, daß sie den Rumpf wie ein schwerer Hammer traf.

Goudie, der das kleine Drama mit der Armbanduhr beobachtet hatte, sagte ruhig: »Sparen Sie sich Ihren Zorn für den Feind auf. Ich glaube, es geht gleich los.«

5 Der Überfall

Allenby lag auf den Knien und blickte hinauf zu dem gewaltigen stählernen Hochspannungsmast. Noch befand sich kein Kabel daran, aber er vermutete, daß dieser Mast der erste der langen Stromleitung sein würde, sobald die deutschen Ingenieure ihr Kraftwerk beendet hatten.

Weeks sah zu, wie der Oberleutnant seinen Beutel öffnete und sorgfältig Werkzeuge auf den nackten Boden legte. Der Infanterist wartete neben ihm, den Blick auf die im Dunkel blaß schimmernde Form des neuen Kraftwerks gerichtet. Er schien die knappen Kommandorufe der davonhetzenden Partisanen überhaupt nicht zu hören, als diese jetzt in Richtung des Dorfes schwärmten und Deckung suchten.

Allenby spürte den Boden unter seinen Knien. Es war harter Fels, und trotz der Nähe der See roch er nicht die geringste Feuchtigkeit.

Leise sagte er: »Ein einziges Bein des Mastes sollte genügen.« Es fiel ihm ganz leicht, sich auf seine Arbeit zu konzentrieren und die Tatsache zu ignorieren, daß er sich in Feindesland befand. Das würde ihm vielleicht erst später zum Bewußtsein kommen. Er fühlte, wie seine Lippen steif wurden, als er den Draht packte, den Weeks für ihn abrollte. Durchaus möglich, daß es kein Später für ihn gab. Er fragte sich, wie Frazer wohl zurechtkam. Dreißig Meilen östlich von Palermo lag eine große deutsche Garnison. Es wäre geradezu ein Wunder, wenn sie von dem Überfall noch nichts gemerkt hätten. Allenby versuchte, seine rasenden Gedanken unter Kontrolle zu bringen. Er mußte sich jetzt konzentrieren. Dies hier war seine Aufgabe. Die anderen würden schon selbst zusehen, daß sie klarkamen.

Major Thomas rannte gebückt über die schmalen Gleise und starrte zu ihm herunter. »Fertig?« Allenby nickte, ohne aufzublicken. Es wurde schon ständig heller. Die Pier und das dort liegende Patrouillenboot waren von hier aus nicht zu sehen, und das Dorf schien lediglich ein Haufen heller Würfel zu sein. Aber das würde nicht lange so bleiben.

Scharf erwiderte er: »Beinahe fertig. Ich will den Mast über die Schienen fallen lassen, das dauert eine Minute länger.«

Thomas grunzte etwas Unverständliches und hob sein Nachtglas an die Augen.

»Die Partisanen sagen, alle Einwohner des Dorfes hätten sich versteckt oder in die Berge geflüchtet.«

Allenby sah den Soldaten an. »Machen Sie weiter.«

Thomas fuhr fort: »Ich war vor ein paar Wochen hier.« Er schien unbedingt reden zu müssen. »Der Kommandant des Patrouillenboots ist auf unsere Seite übergetreten, er will die Invasion nicht abwarten. Er wird unsere Gruppe zum Treffpunkt bringen.«

Der Soldat kam den Hang heruntergelaufen, sein geschwärztes Gesicht grinste breit.

»Alles fertig, Sir.« Als er sich zu Boden warf, klaffte seine Lederkombination über dem Kampfanzug ein wenig auf, und Allenby bemerkte das Abzeichen der Royal Engineers, den Zickzack-Blitz, auf seiner Schulter.

Er hörte sich selbst sagen: »Mein Vater war auch Pionier.«

Der Mann musterte ihn neugierig, sagte aber nichts.

Thomas gab einigen rennenden Gestalten ein Zeichen, und eine von ihnen, in der wohlbekannten Schafsfelljacke, rutschte und hielt an. Maroca konnte sehr schnell laufen, wenn er wollte.

Der Begleiter des Majors sagte: »Ich meine, ich hätte einen Schuß gehört.« Doch Thomas ignorierte ihn und sprach grimmig flüsternd auf den vierschrötigen Partisanen ein.

Dann sagte er zu den anderen: »Die Carabinieri sitzen in dem neuen Gebäude. Als die Telefonleitung durchschnitten wurde –«, er warf Maroca einen wütenden Blick zu, »sind sie mit den Ingenieuren in Deckung gegangen.«

Maroca murmelte: »Dann werden sie eben alle zusammen sterben.«

»Es wird sehr laut werden«, warnte Allenby. »Ich rate Ihnen, in Deckung zu gehen. Bei diesem harten Steinboden gibt die Detonation ein ungeheures Echo.«

Thomas musterte ihn finster. »Ich kenne Ihr Metier, Oberleutnant!«

Weeks zog seine Wollmütze tiefer herunter und preßte beide Hände über die Ohren, als Allenby sagte: »Also los.«

Die Detonation war wie ein Donnerschlag, und es schien ihnen allen eine Ewigkeit zu dauern, bis sie wieder atmen konnten. Scharfe Steinsplitter und Staub regneten auf sie nieder. Allenby spürte die Erde unter seinem Körper beben und schloß daraus, daß der Hochspannungsmast umgestürzt war. Als er auf die Füße taumelte, sah er ihn in einem Gewirr von Stahlträgern über den Gleisen der Schmalspurbahn liegen.

Weeks meinte leise: »Heute fahren keine Züge mehr!«

Thomas winkte mit seiner Maschinenpistole und rannte, gefolgt von Maroca, hinüber zu dem neuen Betonbau.

Allenby keuchte vor Schreck, als eine dünne Leuchtspurschnur vom Dach des Betongebäudes herabpeitschte. Er hörte die Geschosse krachend ins Gestein schlagen; die Querschläger summten wie wütende Hornissen.

Weeks rief gepreßt: »Aus ist's mit der Ruhe!« Er spannte den Hahn seiner Maschinenpistole und schlug mit der Handfläche auf das Magazin um sicherzustellen, daß es festsaß.

Allenby duckte sich, da weitere Geschosse über ihre Köpfe heulten. Die Schützen, wer sie auch sein mochten, konnten bei dem trüben Licht und dem wirbelnden Staub bestimmt nicht viel sehen. Sobald es aber hell wurde, konnten sie den Stoßtrupp festhalten, bis Verstärkung eintraf.

Allenby wischte sich mit dem Handrücken den staubigen Mund. Das Gebäude hätte leer, die Wachen von Marocas Leuten erledigt sein sollen. Statt dessen ... Er zog Weeks am Ärmel. »Hier entlang. Wir müssen dichter ran.«

Weeks nickte. »Ein verdammtes Durcheinander ist das geworden!« Überraschenderweise grinste er. »Wenn man sich auf die Stoppelhopser verläßt, ist man verlassen. Stimmt's, Sir?«

Schüsse kamen jetzt auch aus dem Dorf, und Allenby sah Beton unter dem Kugelhagel der Partisanen von der hohen Wand absplittern.

Keuchend kam Thomas zurück. »Ich gebe Ihnen Feuerschutz, Oberleutnant. Laufen Sie hinüber und legen Sie eine Sprengladung an die Ecke des Gebäudes.« Er warf einen Blick auf seine Uhr. »Die Royal Marines sollten bereits in Stellung sein. Es wird Zeit!«

Allenby kroch über Felsbrocken und das Gewirr zerfetzten Geräts. Er hörte einen Menschen in Todesangst schreien, es wirkte auf ihn wie ein Schlag. Er versuchte, nicht an die Nähe der Gefahr und des Todes zu denken. Immer wieder sagte er sich, er sei so etwas gewöhnt, es sei für ihn nichts Neues.

Weeks neben ihm rief: »Keine Fenster im Gebäude, Sir.«

Allenby griff nach seiner Tragetasche und gab dem Pionier ein Zeichen. »Die zweite Ladung, rasch.«

Der Mann kroch eilends neben ihn. »Dort, Sir. Lücke in der Mauer.« Sie war wahrscheinlich für die Starkstromkabel bestimmt.

Allenby preßte sich gegen die Mauer und sah zu, wie der Pionier die Sprengladung anbrachte. Einmal blickte er auf und stellte fest, daß sich die Mauerkrone deutlich vom Himmel abhob. Aber noch hielten die niedrig ziehenden Wolken den Tag ein wenig auf.

Jetzt brauchte nur einer zufällig über die Mauer zu blicken und sie hier zu entdecken. Eine Handgranate hätte genügt.

»Fertig, Sir!«

Allenby hörte Rufe von oben in italienischer, nicht in deutscher Sprache. Aber war das so wichtig?

Weeks sagte: »Die Partisanen haben sich zurückgezogen.« Das klang verwirrt. »Wir brauchen doch ihren Feuerschutz!«

Allenby knirschte mit den Zähnen und fühlte den Staub dazwischen wie damals, als man ihn aus den Trümmern herausgegraben hatte. Aber jetzt war keine Zeit zum Phantasieren. Die Feinde mußten jeden Augenblick da sein. Mit seinem Feuerzeug brannte er die Zündschnur an, die Flamme wirkte im Dämmerlicht wie ein Leuchtsignal.

»Lauf!« Wie Betrunkene stolperten sie den Hang hinab. Allenby glaubte, Thomas und einige andere zu sehen, die sich in Richtung auf die Dorfhütten zerstreuten.

Nach der gewaltigen Detonation, die den Hochspannungsmast

umgelegt hatte, wirkte die zweite eher wie ein dumpfer Schlag; aber immerhin hörte Allenby das Herabregnen der Trümmerstücke. Ein Baugerüst und ein Betonmischer stürzten um und rutschten in einer Lawine hangabwärts.

Thomas schrie: »Jetzt! *Angriff*!«

Stimmen und Schüsse hallten von den Berghängen wider. Allenby sah einige von Marocas Männern vorwärtsstürmen und im Laufen feuern. Irgendwo schrillte eine Pfeife, und Weeks keuchte: »Da kommen die Royal Marines, Gott segne sie!«

Der große Marinefährprahm mußte hinter einer vorspringenden Landzunge sein, wo, wie Allenby wußte, der neuerbaute Anleger lag. Thomas rannte vorbei und rief: »Wir haben fünfzehn Minuten vergeudet!«

Allenby seufzte. Länger war das nicht? Ihm kam es vor, als seien es Stunden gewesen.

Weitere Gestalten rannten auf ihn zu, und er erkannte in ihnen Royal Marines. Sie liefen gebückt, da sie noch mehr Sprengstoff schleppten.

Allenby nickte ihnen zu. »Folgt mir.«

Das Feuer wurde sporadischer, nur noch vereinzelt hörte Allenby Schüsse, dafür aber das Krachen von Handgranaten, die Marocas Leute jetzt in das Gebäude warfen. Ein Unteroffizier der Marineinfanteristen sagte: »Fertig, Sir.« Seine Stimme klang angespannt und wild.

Allenby kletterte auf den umgekippten Betonmischer, seine Augen tränten von all dem Rauch und den blendenden Mündungsblitzen der Handfeuerwaffen. Er sah die Umrisse der großen Generatoren, die Laufplanke an der Innenseite des Gebäudes, wo zwei leblose Körper lagen.

Thomas berührte seinen Arm und fragte scharf: »Schaffen Sie es?«

Allenby sah eine Gestalt, die von einigen Partisanen über die Laufplanke gehetzt wurde. Er wandte den Blick ab, als der Todesschrei des Mannes in einem Röcheln erstarb.

Heiser sagte er: »Die Maschinenanlage ist ganz anders, als der Nachrichtendienst sie beschrieben hat. Ich brauche eine viel größere Sprengladung.« Er sah den Unteroffizier an. »Die beiden roten Pakete. Bringen Sie sie her.« Zu Thomas sagte er: »Es wird eine halbe Stunde dauern, weil . . .«

Thomas starrte ihn an, sein Gesicht war so nahe, daß Allenby seine Wut fast körperlich spürte.

»*Eine halbe Stunde*? Die Deutschen werden in spätestens zehn Minuten hier sein!«

Ein Mann kam durch den Rauch gerannt und sagte Thomas etwas ins Ohr.

Wieder ruhiger, erläuterte der Major: »Irgendwas stimmt mit dem Patrouillenboot nicht. Ich werde mich darum kümmern.« Er sprach so langsam und deutlich, als fürchte er, Allenby würde ihn nicht verstehen. »Der Kommandant des Bootes scheint geglaubt zu haben, der Überfall sei mißglückt.«

Allenby starrte ihn an. »Das glaube ich auch!« Er fuhr herum, als wieder ein entsetzlicher Todesschrei ertönte. »Können Sie diese Wilden nicht im Zaum halten?«

Thomas trat einen Schritt zurück; zufällig oder beabsichtigt, die Mündung seiner Maschinenpistole zeigte jedenfalls auf Allenbys Magen. Weeks und der Pionier starrten sie in plötzlichem Schrecken an, als könnten sie nicht glauben, was sie sahen.

»Sie kümmern sich um Ihre Arbeit, ich kümmere mich um das Boot.« Seine Augen schimmerten aus dem geschwärzten Gesicht wie zwei helle Steine. Dann machte er auf dem Absatz kehrt und verschwand.

Allenby wartete einen Augenblick, bis er sicher war, daß seine Stimme ihm wieder gehorchte. »Gehen Sie zu den Marines und helfen Sie ihnen beim Anbringen der Sprengladungen, Weeks.« Aber sein Verstand revoltierte noch immer gegen den geradezu unmenschlichen Wutanfall des Majors.

Der Pionier lud sich zwei Sprengstoffpakete auf die Schultern und folgte Allenby tiefer hinein in das halbfertige Gebäude.

Staub und Rauch verbargen gnädig einige Spuren des Gemetzels, dennoch waren die Wände blutverschmiert, wo Handgranaten die Verteidiger in Fetzen gerissen hatten. Im trüben Licht sahen die Blutflecken aus wie Teer.

Allenby verrichtete mechanisch und sicher seine Arbeit, während seine Gedanken immer wieder abschweiften.

Er hörte, daß sich jemand zu ihm hintastete, und ohne aufzublicken wußte er, daß es Maroca war. »Ihre Leute sollen das Dorf räumen lassen und die Einwohner in Deckung schicken«, sagte er. Da der Mann nicht antwortete, drehte sich Allenby auf den Knien herum und fuhr ihn scharf an: »*Jetzt sofort*!«

Einige Marines kamen vorbei und befestigten ihre Zusatzladungen an den staubbedeckten Maschinen. Allenby sah zu, wie sie alles sorgfältig anbrachten, und fügte langsam hinzu: »Sonst jage ich uns alle hier in die Luft.«

Die Marines waren fertig und schlossen sich wieder ihren Kameraden an. Allenby hörte fernes Gewehrfeuer. Aber es kam ihm unwichtig vor, schien ihn kaum zu berühren.

Maroca grinste und versuchte zu lachen. »Sie scherzen, oder?«

»Das ist kein Scherz.« Allenby stand auf und sah, daß Weeks drohend seine Maschinenpistole auf Maroca richtete. Jeden Augenblick nun mußten die Deutschen auf der Küstenstraße eintreffen, wenn sie nicht stocktaub waren.

Maroca sah von den angebrachten Sprengladungen zu den Rollen Zündschnur, die vor Allenbys Füßen lagen. Dann schüttelte er langsam den Kopf. »Sie sind ja verrückt!« Sein Blick folgte Allenby, der sich bereits über die Zünder beugte. »Gut, ich werde tun, was ich kann.«

Allenby richtete sich auf und packte Marocas schmutzige Felljacke.

»Es sind doch *Ihre* Landsleute, zum Teufel! Ist Ihnen das völlig gleichgültig?«

Maroca schüttelte ihn ab und rannte so schnell davon, als rechne er mit einem Schuß in den Rücken.

Allenby blickte auf seine Hände und stellte fest, daß sie keineswegs bebten. Vielleicht war er schon jenseits von Gut und Böse? Der Gedanke ließ ihn lächeln, aber er unterband das sofort. Wenn ich anfange zu lachen, kann ich nicht mehr aufhören, dachte er.

Ein Seemann blickte durch die Lücke in der Mauer und sah ihn neben dem Sprengstoff stehen. »Zeit abzuhauen, Sir«, rief er. Sein Blick ließ den Sprengstoff nicht los. »Auf dem Fährprahm schalten sie die Zeitzünder ein, sobald Sie fertig sind, Sir.«

Weitere Schüsse ertönten. Eine riesige Stichflamme stieg von einem Berghang auf, wo offenbar ein Öltank getroffen worden war.

Allenby blickte zu den Wolken auf und stellte fest, daß der Tag angebrochen war; zwar noch grau und trübe, aber zweifelsfrei ein neuer Tag.

Gewehrkugeln peitschten durch das Gebäude, und er sah den Pionier ohne einen Laut vornüber aufs Gesicht fallen.

Weeks lief zu ihm, um ihm zu helfen, aber Allenby sagte: »Es ist zwecklos. Bleiben Sie in Deckung.« Er hatte in seinem jungen Leben schon genügend Tote gesehen, um zu erkennen, daß hier jede Hilfe zu spät kam.

Plötzlich waren sie allein in der Halle, bis auf die Leichen. Selbst der

Seemann war wieder verschwunden. Allenby schüttelte sich. Er hatte vergessen, ihn nach Frazer zu fragen. Er warf einen Blick auf den toten Pionier und dessen geschwärztes Gesicht. Wer war das?

Weeks sagte unsicher: »Ich höre ein schweres Fahrzeug kommen, Sir. Einen Panzer oder deutschen Truppentransporter.«

Allenby nickte. Auch er hörte das ferne Klirren von Ketten. Man hatte ihm eingeschärft, mit der Sprengung so lange wie möglich zu warten.

»Laufen Sie zurück zur Pier, Weeks, und sagen Sie, ich jage die Ladungen hier selbst hoch. Wenn sie detoniert sind, sollen sie die auf dem Fährprahm zünden, klar?«

Weeks stand ganz still und duckte sich nicht einmal, als eine Gewehrkugel hinter ihm einschlug.

»Ich bleibe bei Ihnen, Sir. Für alle Fälle.«

Ärgerlich fuhr Allenby herum, entspannte sich aber sofort wieder. Es war das gleiche selbstverständliche Vertrauen, das Hazel immer gezeigt hatte, bis zu seinem Ende.

»Warum nicht?« Er fing an, Draht auszustecken, während Weeks ständig neben ihm blieb.

Das Feuer nahm zu, es waren jetzt Maschinengewehre eines anderen Typs, vielleicht die vom Patrouillenboot. Angenommen, das Boot lief ohne sie aus, oder die Italiener gingen im letzten Augenblick zur anderen Seite über und verhinderten ihr Entkommen? Thomas würde dann mit Maroca und den anderen Partisanen im Binnenland verschwinden, während der Stoßtrupp ... Ihn schauderte. Die Deutschen würden keine Gnade walten lassen nach dem, was sich hier ereignet hatte.

»Weit genug, Sir.« Allenby ließ sich wieder auf die Knie nieder. Aus dem Augenwinkel sah er einen zinnfarbenen Glanz, die See. Sie sollte blau sein wie in Reiseprospekten und Erzählungen, dachte er vage.

»Alles klar, Sir?«

Allenby zog seinen Mützenschirm ins Gesicht. Er war jetzt wieder voll da.

»Los!« Er drückte den Hebel hinunter und duckte sich, als sich der ganze Hang wie bei einem Vulkanausbruch in die Luft erhob und dann in einer Sintflut von Fels- und Betonbrocken herabregnete. Endlich verzog sich der Rauch, und er sah, daß das Bauwerk auf die Hälfte seiner Höhe verringert, daß der obere Stock auf die nagelneue Maschinenanlage gestürzt war und sie unter sich begraben hatte.

Allenby hob den Kopf und knurrte: »Nichts wie weg!«

Weeks raste hinter ihm her, die Ohren immer noch taub von der gewaltigen Detonation. Aber trotz Staub und Trümmern sah er nur Allenby, den blassen und seltsam entschlossenen Oberleutnant, der kaum jemals lächelte, der aber die Zeit fand, ein paar stinkende Sizilianer zu retten.

Weeks erkannte den Anfang der Pier, über die gerade zwei tote Marineinfanteristen zu dem vertäuten Boot gezogen wurden. Ihr Schicksal schwebte über ihnen allen. Auch sie konnten jeden Augenblick getötet werden; aber hier war die See, und das bedeutete für Weeks Sicherheit und änderte schlagartig alles.

Oberleutnant Keith Frazer spähte angestrengt über das Brückenkleid zum Land, das wie auf einem Karussell an ihrem Bug vorbeiraste.

»Mittschiffs! Recht so!« Er hörte, wie Ives in aller Ruhe den Befehl wiederholte, und dankte Gott für dessen Kaltblütigkeit.

Sie hatten nur einmal gestoppt, zum Aussetzen des Bootes mit dem Stoßtrupp, bestehend aus einem halben Dutzend Royal Marines, die sich mit Thomas und seinen Leuten treffen und das Kommando über das italienische Patrouillenboot übernehmen sollten. Dann traf ihn die Wirklichkeit wie ein Faustschlag. Es war alles so beiläufig geplant worden, ohne ein mögliches Umschwenken der Italiener zu berücksichtigen. Er hatte das Leuchtspurfeuer auf die Pier gesehen, hatte die Einschläge der Kugeln auf dem hölzernen Steg gehört, wo eigentlich der Landungstrupp der Royal Marines in Position sein sollte.

Ein Ausguck vorn rief: »Ankerlieger recht voraus!«

»Alle Maschinen äußerste Kraft zurück.« Die Brücke schüttelte sich, als die starken Dieselmotoren reagierten.

Kapitänleutnant Goudies hagere Gestalt rannte zur Brückennock. »Fahren Sie daran vorbei!« rief er.

»Steuerbord stopp!« Frazer packte das Brückenkleid. »Backbordmaschine halbe Fahrt voraus, Ruder Steuerbord fünfzehn!«

Als die Fähre sich wie auf einem Teller drehte, spürte Frazer, wie ihre Backbordseite gegen den Ankerlieger krachte und ihn mitschleppte. Seine Ankerkette hatte sich offenbar um ihr Ruder geschlungen.

»Beide Maschinen halbe Fahrt voraus«, sagte Frazer.

Ives rief: »Ruder klemmt, Sir.«

Goudie trat neben Frazer und sagte leise: »Das macht jetzt auch nichts mehr.« Dann schrie er nach vorn: »Klar zum Aussteigen im Bug! Archer, springen Sie mit diesen Leuten an Land, so schnell Sie können!«

Frazer versuchte, sich nicht die trocken gewordenen Lippen zu lecken. Er dachte an Allenby. Ob er noch am Leben war?

Die erste Sprengung war schlimm genug gewesen, aber die zweite hatte noch drohender gewirkt mit ihrem dumpfen Ton.

Der Ausguck rief: »Der Schoner steuert seewärts, Sir. An Backbord voraus!«

Frazer brauchte nicht durchs Glas zu sehen. Die Partisanen hauten ab, zumindest einige von ihnen.

Goudie sah ihn an. »Stoppen Sie die Maschinen.« Er trat näher heran, so daß die anderen ihn nicht hören konnten, und wartete, bis Frazer seine Befehle erteilt und den Fährprahm mit ihrem an sie gefesselten Begleiter zum Kopf der Pier gebracht hatte.

Dann flüsterte er ihm zu: »Der Schoner ist für sie wertvoll, sie versuchen nur, ihr eigenes Fell zu retten.«

Frazer beobachtete, wie ihr Bug über den neuen Anleger hinausragte, wo alles für das Beladen und Löschen schneller Versorgungsfahrzeuge vorbereitet war. Die neugebaute Straße mit ihrem Gleisanschluß hätte die Anlage vollenden sollen.

Schließlich sagte er: »Dies hätte doch die Royal Air Force viel besser machen können.«

Goudie sah ihn an. »Die Leute hier müssen allein zurechtkommen, wenn wir nach dem Krieg wieder abziehen; und wir möchten doch nicht, daß die Sizilianer sich dann daran erinnern, daß unsere Bomber ihre Dörfer ausradiert haben, oder?«

Frazer straffte sich, als der Fährprahm mit seiner Bordwand gegen die helle Betonmauer der Pier stieß. Wenn die Sprengladungen unten im MFP erst hochgingen, mußte das die ganze Anlage zerstören. Er überprüfte seine Gefühle und stellte überrascht fest, daß es ihm gleichgültig war. Schließlich war Krieg. Er hatte so viele Unschuldige sterben gesehen, bei den Luftangriffen auf Liverpool oder Southampton. Jetzt waren eben die anderen dran.

Er rief: »Maschinen abstellen. Der Chief und seine Leute sofort an Deck!«

Vom Bug sprangen die Marineinfanteristen unter Führung von Leutnant Archer mit gezogener Pistole an Land. Bei all diesen Detonationen mußte der Feind jetzt bald reagieren. Die Marines mochten zwar mit den Leuten hier im Ort fertig werden, aber man konnte nicht erwarten, daß sie es mit einer deutschen Panzerdivision aus Palermo aufnahmen.

Als die Motoren schwiegen, hörte er Schüsse und heisere Kommandorufe, während der Landungstrupp über die Pier aufs Geleise zulief. Ives trat vom Ruder zurück und wischte den Staub vom Kompaß.

Frazer lächelte. »Es wird Zeit für uns.« Er sah, wie der Chief und seine beiden Heizer über das schmale Seitendeck nach vorn liefen. Ob sie wohl alle als Gefangene enden würden? Er hatte schon oft damit gerechnet zu fallen, in die Luft zu fliegen oder zu ertrinken. Im Atlantik war das normal. Aber ein Gefangener? Eingesperrt wie ein gemeiner Verbrecher?

Der Artilleriemaat tauchte aus dem Laderaum auf, seine Mütze saß noch so korrekt wie bei einer Parade.

»Alles klar zur Sprengung, Sir«, sagte er mit völlig ruhiger Stimme.

Frazer nahm seine Mütze ab und fuhr sich mit den Fingern durchs Haar. Ein Seemann kam gerannt und starrte Goudie an. »Ich habe soeben Mr. Allenby gesprochen, Sir.« Er machte eine Pause und rang keuchend nach Luft. »Er wird den Betonbau selbst in die Luft sprengen. Obergefreiter Weeks ist bei ihm geblieben.«

Goudie fuhr auf: »Was ist mit Major Thomas? Wie weit...« Er unterdrückte seine plötzliche Sorge und fuhr ruhiger fort: »Dann müssen wir unsere Verzögerungszündung gleich einschalten. Wenn Allenbys Ladung hochgeht, bekommen wir bestimmt bald Gesellschaft.«

Frazer packte den Seemann am Arm. »Wie geht's Oberleutnant Allenby? Weiß er nicht, welches Risiko das ist?«

Der Seemann hob die Schultern, erleichtert, daß er davongekommen war. »Kühl wie eine Hundeschnauze war er, Sir. Nicht zu fassen.«

Frazer sagte: »Ich warte hier auf ihn, falls...«

Goudie deutete vielsagend mit dem Kopf auf den Seemann und zog Frazer zur Seite. »Wir haben keine Zeit für heroische Gesten! Sie gehen auf die alte Pier und übernehmen das Patrouillenboot. Das heißt, falls es noch heil ist«, fügte er sarkastisch hinzu. »Alles übrige entscheide ich, klar?«

Wütend sah Frazer ihn an. »Wenn *Sie's* sagen, Sir?«

Goudie meinte mehr zu sich selbst: »Immer will er uns irgendwas beweisen.« Wie für Unteroffizier Gregson, der ihn neugierig ansah, fügte er hinzu: »Wenn uns jemals eine Invasion auf dem italienischen Festland gelingen sollte, werden wir nicht weiterkommen als bis zu den Stränden, wenn wir nicht endlich lernen, sie zu hassen!«

Mühsam hielt Gregson ein Grinsen zurück. Er kannte Goudie schon lange. Der war bestimmt ein guter Offizier, aber ein Satan, wenn jemand ihm zu widersprechen wagte. Das vergaß er nie.

Frazer schritt zornig über den Steg. Zwei Tote lagen neben einem schwarzweiß gestreiften Schilderhaus. Ihre Waffen und ihre Stiefel waren verschwunden, und einer von ihnen schien die Vorbeigehenden anzustarren, als bäte er noch ein letztes Mal um sein Leben. Beiden waren die Kehlen durchschnitten worden. Frazer sah wieder die glitzernden Dolche an Bord des italienischen Patrouillenbootes vor sich und schauderte.

Er stieß auf Archer und zwei bewaffnete Seeleute mit einem verwundeten Marineinfanteristen. Eine Zigarette baumelte ihm aus dem Mundwinkel, obwohl das Rauchen hier lebensgefährlich war.

Archer musterte Frazer vorsichtig. »Wir gehen jetzt hinüber zum Patrouillenboot, Sir?«

»Ja. Leider steht uns nichts Größeres zur Verfügung.«

Einer der Seeleute neigte den Kopf und lauschte. »Panzer auf der Straße, Sir.«

Archer starrte ihn an. »Und zwar mindestens einer. Das hat uns gerade noch gefehlt!«

Ein paar Royal Marines liefen vorbei, einer von ihnen gab dem verwundeten Kameraden ein Zeichen mit hochgerecktem Daumen. Er rief: »Zwei von uns hat's erwischt! Wir gehen jetzt zur Pier.«

Frazer schritt weiter. Mit Augen und Ohren nahm er das bedrohliche Knattern von Gewehrfeuer wahr und stellte fest, daß die Landmarken jetzt erheblich klarer zu erkennen waren. In einer Stunde ist heller Tag, dachte er, gleichgültig, wie dicht die Wolkendecke ist. Wenn wir das Patrouillenboot wirklich in Gang kriegen, sind achtzehn Knoten wohl das höchste, was wir aus ihm herausholen können. Er stellte sich die Karte des Küstengebietes vor. Sie würden vermutlich nicht sehr weit kommen, bevor die Deutschen sie fanden.

Als er um den Landvorsprung bog, sah er die alte Pier und an deren Ende das Patrouillenboot liegen. Sie hatten erwartet, daß man sie mit offenen Armen begrüßen würde. Was für eine Illusion! Jeder wußte, daß nach einer Invasion der Alliierten nur diejenigen Italiener treu zu ihren deutschen Bundesgenossen stehen würden, die nicht anders konnten. Aber noch war es nicht soweit. Major Thomas mußte dem Kommandanten des Patrouillenbootes für seinen plötzlichen Seitenwechsel einen hohen Lohn in Aussicht gestellt haben.

Archer trat neben ihn. »Es ist vorüber. sie haben das Boot genommen.«

Frazer beschleunigte den Schritt. Archers Stimme klang so enttäuscht, als bedaure er, nicht dabeigewesen zu sein.

Ein Marineinfanterist mit geschwärztem Gesicht, die Maschinenpistole unterm Arm, grüßte lachend die beiden Marineoffiziere. »Gehört alles Ihnen, meine Herren. Die Italiener sind unter Bewachung.«

Frazer stieg rasch an Deck. Das Boot war schlank und schnittig, aber nur mit zwei doppelläufigen Maschinengewehren bestückt. Ein paar Seeleute setzten bereits frische Magazine an. Ein anderer, den Frazer als ihren einzigen Signalgasten kannte, stand mit gespreizten Beinen über einem toten Italiener und holte die Flagge nieder.

»Übernehmen Sie, Archer.« Er merkte, daß er gespannt lauschte. Die vorletzte Sprengung... Er dachte an seinen Freund Allenby.

Archer zeigte mit gezogener Pistole auf die Leute. »Alles los bis auf Vor- und Achterleine. Klar zum Ablegen!« Der Chief und seine beiden Heizer kletterten unter Deck; bereits nach wenigen Minuten sprangen die Motoren an und ließen den Bootsrumpf erzittern.

Frazer warf einen Blick in eine der Kammern, anscheinend die Kajüte des Kommandanten. Überall lagen Papiere und Dokumente herum. Der Kommandant, etwa in seinem eigenen Alter, lag in einem Sessel, in der herabbaumelnden Hand noch die Pistole. In der anderen hielt er krampfhaft das Bild einer jungen Frau, ehe ihm die Kugel den halben Kopf weggerissen hatte. Scham oder verspätetes Ehrgefühl hatten wohl im letzten Augenblick seinen Frontwechsel wieder rückgängig gemacht.

Füße trappelten über die Pier, und Frazer hörte Goudies schneidende Stimme: »Die Deutschen sind im Dorf! Alle Geschütze auf den Anfang der Pier richten!«

Frazer fand Goudie in dem kleinen Steuerhaus, das mit Ives und dem jungen Signalgast bereits überfüllt schien. Er sah Goudie an. »Sie werden doch Allenby nicht zurücklassen?«

Goudie warf einen raschen Blick auf seine Uhr. »Unsere Sprengladungen am Prahm drüben und hier detonieren in fünfzehn Minuten. Wollen Sie mit in die Luft fliegen?«

Archers Stimme klang dazwischen. »Alle Leinen ein, bis auf Vor- und Achterleine, Sir.«

Frazer starrte angestrengt durch die Fenster des Steuerhauses. Er spürte Ives am Ruder und hörte Goudies aufgeregtes Atmen.

Es war schlimm genug gewesen, ein torpediertes Schiff des Konvois zurückzulassen. Aber selbst dann versuchte man noch irgendwie zu helfen.

Goudie sagte mit gefährlich ruhiger Stimme: »Ich warte.«

»Was ist mit Major Thomas?«

»Aber der bleibt doch bei den Partisanen, habe ich Ihnen das nicht gesagt?«

»Nein, das haben Sie nicht.«

Frazer fuhr herum, als zwei Fenster des Steuerhauses mit einem Knall barsten und die Leute unten an Deck mit Splittern übersäten. Das ganze Boot hob sich und wurde gegen die Pier geworfen. Einen Augenblick glaubte Frazer, sie hätten einen Artillerievolltreffer erhalten. Dann sah er, daß der ganze Hang plötzlich hinter einer Qualmwolke und fliegenden Trümmern verschwunden war.

Nichts und niemand konnte eine solche Detonation überleben.

Goudie riß den Blick von den wirbelnden Qualmwolken los. »Das gibt uns jetzt weniger als zehn Minuten Zeit. Also werfen Sie endlich los und steuern Sie Nordkurs, sonst erwischt uns draußen noch eine Küstenbatterie.« Er sprach ruhig und schien sich wieder völlig unter Kontrolle zu haben.

Frazers Augen brannten vor Verzweiflung. Er sah Allenbys blasses Gesicht im Bunker vor sich, nachdem er mit der Wren gesprochen hatte, und dann wieder, als er ihn mit zu sich nach Hause genommen hatte.

Zögernd rief er: »Vorleine los, absetzen vorn!«

Er nahm den Hörer ab und wartete auf die Meldung des Chiefs.

In diesem Augenblick schrie der Signalgast: »Da kommen sie, Sir!«

Frazer starrte hinüber zur Pier. »Belege den Befehl! Holen Sie diese Leute an Bord!«

Als die letzte Leine vom Poller losgeworfen war und die Schrauben das Wasser aufwühlten, stolperte Allenby, gefolgt von Weeks, ins Steuerhaus.

Goudie musterte ihn teilnahmslos. »Sie sind spät dran.«

Weeks antwortete an Allenbys statt: »Er ist vorher noch zum Fährprahm gelaufen, Sir, um sich zu vergewissern, daß die Sprengladungen richtig angebracht waren.«

Ives rief: »Nordwest zu Nord liegt an, Sir.«

Frazer schlang den Arm um Allenbys Schultern, die dick mit Staub und Schmutz bedeckt waren. »Du verrückter Hund! Du hättest bei dieser letzten Sprengung draufgehen können!«

Allenby warf einen Blick in Goudies ausdrucksloses Gesicht. »Keineswegs. Die Zeitzünder am Prahm waren nicht richtig eingestellt.«

Später, als das Patrouillenboot zu voller Geschwindigkeit aufgelaufen war und mit seinem scharfen Vordersteven eine schäumende

Bugsee aufwarf, hörten sie das gewaltige Getöse ihrer letzten Detonation. Vor der Küste war es zu diesig, um etwas zu sehen, aber der Donner rollte so lange wie bei einem Gewitter im Gebirge.

Allenby trat ans achtere Fenster des Steuerhauses und blickte überrascht zur britischen Kriegsflagge an der Gaffel hoch, die der Signalgast wohl im Flaggenspind des Italieners gefunden hatte. Vielleicht war sie für Täuschungsmanöver gedacht gewesen?

Schließlich sagte er wie zu sich selbst: »Ich hoffe nur, daß sich alle rechtzeitig in Sicherheit bringen konnten.«

Ihm war klar, daß die anderen den Sinn seiner Worte nicht verstehen konnten, obwohl Weeks wahrscheinlich später mit Genuß herumerzählen würde, wie Oberleutnant Allenby gedroht hatte, sich mit dem Führer der Partisanen in die Luft zu sprengen, wenn dieser sich weiter weigerte, die Dorfbewohner zu warnen. Hätten sie das gleiche auch für uns getan? Er lächelte, und die Müdigkeit verschwand aus seinem Gesicht. Vermutlich nicht. Aber für ihn war es den Einsatz wert gewesen.

Er beobachtete, wie das Land achteraus im Dunst verschwand, und sah einen Sonnenfinger durch die niedrigen Wolken stechen. Er hatte ein Gefühl, als habe er eine Mine entschärft. Auch danach hatte er stets nur das Bedürfnis gehabt, allein zu sein.

Obwohl er eingekeilt zwischen den anderen stand, während das Boot über die unruhige See fegte, fühlte sich Allenby von allen isoliert.

Er sah zwei Möwen zu, die um die Mastspitze kreisten. *Ich habe es geschafft*! dachte er. Ich habe es wieder einmal geschafft.

6 Eine tolle Nacht

Die Sonne brannte erbarmungslos auf Zelte und Fuhrpark der Marinegruppe 75 herab. In der engen Bucht lag das Sammelsurium kleiner Schiffe, darunter auch das gekaperte italienische Patrouillenboot, völlig bewegungslos; lediglich die Masten und Aufbauten schienen in Bewegung, was aber in Wirklichkeit auf das Hitzeflimmern zurückzuführen war.

Allenby zog sich den Mützenschirm über die Augen, starrte über den Ankerplatz und fragte sich, wie es möglich war, daß so viele

Menschen und Fahrzeuge in dieser kahlen Einöde den feindlichen Fliegern bisher entgangen waren.

Er sah das italienische Patrouillenboot und rief sich ins Gedächtnis, wie er und Weeks in allerletzter Minute an Bord gezogen wurden, als es bereits im Begriff war abzulegen. Jetzt kam ihm das Ganze mehr wie ein Traum vor. Sie waren ohne weiteren Zwischenfall vom Dorf weggekommen und genau zur festgelegten Zeit am vereinbarten Treffpunkt, von wo zwei Zerstörer und eine Staffel Jagdbomber sie zur Basis zurückbegleiteten. Dieses aufwendige Geleit machte Allenby erst richtig klar, was sie erreicht hatten.

Goudie wartete, bis das Boot vertäut war, dann trieb er ihnen die Selbstzufriedenheit rasch wieder aus. Sie hätten zwar gute Arbeit geleistet, sagte er, aber der wahre Zweck ihres Einsatzes sei es gewesen, die Aufmerksamkeit des Feindes von einem anderen Teil der sizilianischen Küste abzulenken, damit dort Waffen und Munition für die Partisanen gelandet werden konnten. *Wo* das war, sagte Goudie nicht.

»Sie brauchen dringend Waffen, denn von Männern wie Maroca–«, er spuckte den Namen förmlich aus, »kann man nicht erwarten, daß sie mit Schrotflinten und Spaten kämpfen!«

In Sichtweite der nordafrikanischen Küste hatte Frazer die Maschinen stoppen und die gefallenen Italiener der See übergeben lassen. Allenby fragte sich, ob wohl irgendwer bemerkt hatte, daß Frazer dem toten Kommandanten vorher das Foto seiner Frau in die Innentasche der Uniformjacke gesteckt hatte?

Er hob die Klappe des Zelteingangs und schlüpfte hinein. Die Luft drin war heiß wie in einem Backofen. Frazer stand vor einem Spiegel und rasierte sich mit großer Konzentration, nackt bis auf die Sandalen. Allenby sah, daß er nach einem Handtuch griff und es um seinen wohlgeformten Körper schlang. Das war eine automatische Bewegung und hatte nichts mit Scheu zu tun. Außerdem hatte Allenby bereits früher die große Brandnarbe an Frazers Hüfte gesehen; die Haut wirkte dort wie Pergamentpapier.

Frazer bemerkte Allenbys Gesichtsausdruck und hob die Schultern. »Hab' ich mir so angewöhnt.«

Allenby setzte sich auf sein Feldbett und beobachtete ihn. »Wie ist es passiert?«

»Unser Skipper versuchte, während eines Westgeleits an einem brennenden Schiff längsseits zu gehen. Er war ein sehr guter Kommandant, Oberleutnant wie wir jetzt. Sonst war er immer verdammt vorsichtig und ein hervorragender Seemann. Aber es muß wohl an dem

Frachter gelegen haben, denn der war Kanadier wie er selbst. Vielleicht kannte er jemanden an Bord.« Frazer streifte Rasierschaum ab. »Auf jeden Fall schoren wir heran, die See schleuderte uns noch einmal dagegen, und dann standen auch wir in Flammen.« Sein Blick ging in weite Ferne, schien Allenby nicht mehr zu sehen. In Gedanken schwamm er wieder im eiskalten Atlantik, das brennende Öl erfaßte die Rettungsflöße, griff mit rasender Geschwindigkeit auf die Menschen über . . .

»Ich wurde schließlich geborgen, aber nur wenige von uns überlebten.« Er ließ das Handtuch tiefer gleiten und prüfte die Narbe beinahe haßerfüllt. »Alle sagten damals, ich hätte Glück gehabt. Vermutlich stimmt das.«

Er sah den Brief in Allenbys Händen. »Nachrichten von zu Haus? Du Glückspilz!«

Allenby versuchte, den Brief zu verbergen. Es schien ihm ungerecht, daß er Post bekam, während die für Frazer bestimmten Briefe Monate unterwegs waren, wenn sie ihn überhaupt jemals erreichten.

»Von meiner Mutter.«

Frazer wischte sich den Schaum vom Gesicht. »Alles in Ordnung daheim?«

»Meinem Vater geht es nicht gut.« Seltsam, daß seine Mutter es überhaupt erwähnte. Sonst schrieb sie nur, wie sie selbst mit allen Schwierigkeiten fertig wurde. »Er hat es durchgesetzt, daß er jetzt Feuerwache gehen darf. Nicht ganz leicht mit nur einem Bein.«

Frazer setzte sich neben ihn. »Ich stelle es mir nicht sehr gemütlich vor, jede Nacht auf dem Dach einer Fabrik oder sonstwo zu sitzen und nach Brandbomben Ausschau zu halten.«

Allenby nickte. Sein Vater mußte wirklich krank sein, sonst hätte seine Mutter nichts darüber geschrieben.

Frazer fuhr fort: »Ich hätte Lust, irgendwohin ins Binnenland zu fahren. Selbst Sousse wäre eine Erholung nach diesem Schrottplatz.«

Allenby sah ihn an. »Dazu hätte ich auch Lust.«

Frazer fragte ruhig: »Hast du ein Mädchen daheim in England, Dick?«

Allenby schwieg und wandte den Blick ab. Frazer mit seinem guten Aussehen und seiner Familie hatte da bestimmt keinerlei Schwierigkeiten. Aber Allenby hatte noch nie ein Mädchen berührt, außer bei einem unbefriedigenden Geknutsche im Kino und einem gefährlichen Techtelmechtel mit der Frau seines Kommandanten. Noch jetzt schwitzte er bei der Erinnerung.

Niemand sonst schien Probleme mit Mädchen zu haben, dachte er. Jedesmal, wenn die Landurlauber an Bord zurückkamen, prahlten sie mit ihren Eroberungen. Die Verheirateten schienen die Schlimmsten zu sein. Vielleicht hatte er auch Angst vor einer Geschlechtskrankheit. Sogar darüber machten die Seeleute ihre Scherze. »Sich die Gießkanne verbiegen« oder »sich die Musik wegholen« – das Risiko schreckte sie keineswegs. Selbst in der Messe wurde es akzeptiert. Wenn ein Offizier plötzlich von Bord verschwand, hieß es: »Er ist auf der Ritterburg!« Das war eine Bezeichnung für die Hautklinik.

Der Zelteingang wurde aufgeklappt, und Kapitänleutnant Goudie trat ein. Er sah aus, als wäre er in der glühenden Hitze meilenweit gelaufen; sein Khakihemd war dunkel vor Schweiß.

Sie hatten in letzter Zeit nicht viel von ihm gesehen, außer bei einigen kurzen Besprechungen. Er wirkte angestrengt und schien immer dicht vor einem Wutausbruch zu stehen.

Mit einem schiefen Lächeln musterte er Frazer. »Sie ziehen sich wohl besser was an, sonst denken die Leute noch, Sie beide hätten was miteinander.«

Allenby wurde rot, aber Frazer sagte beruhigend: »Das war nur ein kleiner Scherz, Dick. Sie haben solche immer auf Lager, stimmt's, Sir?«

Goudie setzte sich auf eine Kiste. »Gebt mir was zu trinken, ja?« Allenby goß ihm ein großes Glas Gin ein und sah mit Staunen, wie Goudie es in einem Schluck leerte.

Endlich sagte Goudie: »Packt eure Sachen, alle. Wir hauen ab.« Er hielt Allenby das Glas hin und ließ es sich erneut füllen.

»Darf man fragen, wohin?«

»Wir starten in zwei Stunden, somit ist es wohl unbedenklich, wenn ihr es erfahrt.« Er sah sie beide nacheinander an. »Es geht nach Gibraltar. Die Yankees fliegen uns hin.«

Frazer setzte sich. »Sie auch, Sir?«

Mit einer einzigen Bewegung kippte Goudie den Gin hinunter. Es sah aus, als hasse er ihn. »Ja. Dort muß irgendetwas Größeres los sein. Jedenfalls scheint es so.«

Allenby sagte: »Gut.« Er senkte den Blick, als ihn beide anstarrten. »Ich – ich mag Gibraltar.«

Goudie warf den Kopf zurück und lachte. »Verlieben Sie sich nicht zu sehr in die Stadt, mein Junge. Ich bezweifle, daß wir uns lange dort aufhalten werden. In dieser Abteilung hier pflegen wir uns rasch zu bewegen.« Sein Ton änderte sich wieder. »Also, packen Sie Ihre

Sachen und halten Sie sich bereit. Ich schicke Ihnen ein paar Leute, die sie verstauen, wenn der Wagen ankommt.« Er wischte sich über den Nacken und starrte angewidert auf seine nassen Finger. »Verdammte Hitze. Ich wette, die deutschen Soldaten vom Afrikakorps sind heilfroh, daß sie hier weg sind. Die schäkern jetzt mit hübschen Italienerinnen in Neapel.«

Allenby hielt den Mund, denn Goudie meinte das nicht humorvoll.

Schließlich sagte Goudie: »Ich gehe und teile jetzt Archer die guten Neuigkeiten mit.«

Frazer stöhnte. »Kommt er auch mit?«

»Ich bin knapp an guten Offizieren.« Goudie lächelte bissig. »Und er ist nicht so überempfindlich wie einige andere.« Damit schlüpfte er durch den Eingang, und sein Schatten verschwand schnell von der Zeltwand, als er davonschritt.

Frazer strich mit der Hand über seine verbrannte Hüfte, ohne sich dessen bewußt zu sein.

»Fieser Hund«, sagte er leise. »Warum muß er immer sticheln?«

»Er versucht, dich zu reizen.«

Frazer lächelte. »Das schafft er wirklich.«

Allenby sah sich in dem kleinen Zelt um und erinnerte sich an den Augenblick im Kraftwerk, als er nicht damit gerechnet hatte, jemals zurückzukehren. Er sah zu, wie Frazer seine Kiste packte, wobei ihm das zerzauste Haar in die Stirn fiel. Wenigstens würden sie zusammenbleiben, egal, was man mit ihnen vorhatte.

Kurz vor Sonnenuntergang erreichten sie Gibraltar, und trotz des schwachen Tageslichts war der Anblick der Stadt beeindruckend. Das überfüllte Flugzeug drehte eine Schleife und stieß dann steil zur Landebahn hinunter, die aus der Luft nicht größer aussah als eine Holzplanke.

Hafen und Bucht waren so voller Schiffe, daß ihre Rümpfe und Aufbauten sich zu überlappen schienen. Truppentransporter lagen da, Frachter, Reparaturschiffe, Landungsfahrzeuge jedes Typs und jeder Größe, und rings um sie herum ankerten die vertrauten, mit Tarnfarbe gestrichenen Geleitzerstörer.

Der Gipfel des zerklüfteten Felsens wurde von letzten Sonnenstrahlen vergoldet und wirkte ganz wie das unzerstörbare Symbol, zu dem er im Lauf der Jahrhunderte geworden war.

Die Straßen unten waren ebenso überfüllt wie das Flugzeug, Khaki und Marineblau herrschten vor, eine ziellose Menschenmenge schob sich durch die engen Gassen und suchte Entspannung vor dem nächsten Einsatz. Außer ein paar dicht verschleierten Araberinnen schienen aber nicht viele Frauen anwesend zu sein, obwohl Allenby gehört hatte, es gäbe hier einige Wrens. Sie hatten in dieser Männergesellschaft genügend Auswahl, dachte er neidisch.

Goudie kam türknallend aus einem kleinen Dienstraum und sah zu, wie ein paar Seeleute das Gepäck brachten.

»Er ist hier. Wir werden ihn gleich sehen.«

Allenby fragte: »Wen, Sir?«

Goudie hob die Schultern. »Den Boß.«

Sie folgten ihm zu einem kleinen Lastwagen. Unterwegs zeigte ihm Frazer, der hier verschiedentlich zur Brennstoffergänzung eingelaufen war, die Kasematten und schweren Geschütze, mußte aber bald zugeben, daß er sich tiefer in den Verteidigungsanlagen, in die sie danach gefahren wurden, auch nicht auskannte. Schließlich wurden sie zu Fuß durch einen der vielen Tunnels geleitet, die im Lauf der Jahre tief in den Fels gemeißelt worden waren. Es war kühl hier unten.

Ihre Pässe wurden mehrmals geprüft, mißtrauische Gesichter musterten sie, und Frazer fragte sich schließlich, wie viele andere wohl schon so durchgeschleust worden waren wie die Kälber zum Schlachten.

Man führte sie in einen hellerleuchteten Dienstraum, dessen rohe Wände mit Karten und Luftbildern bedeckt waren.

Commander Aubrey Prothero schritt über den steinernen Boden und schüttelte ihnen streng nach Rang die Hände. Er war ganz in Weiß, und die Shorts, in die sein massiger Körper gezwängt war, wirkten so, als könne man sie als Zelt benutzen.

Ein weiterer Offizier war bei ihm, ein Kapitän zur See, der das DSO* und andere Orden auf seiner makellosen Uniformbrust trug. Er war hager und hatte ein Habichtsgesicht, das neben Prothero so blaß wirkte, als käme er kaum jemals ans Tageslicht.

Ernst stellte Prothero ihn vor. Es war Kapitän zur See Jocelyn Heywood, Chef des Stabes beim Kommandierenden Admiral Special Operations.

Frazer musterte ihn. Also eine wichtige Persönlichkeit. Und somit war sicher, daß ihre nächste Aufgabe ebenfalls wichtig sein würde.

Alle setzten sich, Prothero auf die Kante eines Schreibtisches. Wahrscheinlich mißtraute er den Segeltuchstühlen.

* Distinguished Service Order, eine Tapferkeitsauszeichnung

Kapitän Heywood sagte: »Ich habe die Berichte über Ihren kürzlichen Einsatz gelesen. Für einige von Ihnen war es das erste Mal.« Sein Blick ruhte kurz auf Allenby. »Die Ergebnisse waren zum größten Teil zufriedenstellend, unsere Ausfälle minimal.«

Allenby lauschte der kühlen und ruhigen Stimme, die noch einmal die Einzelheiten der Operation rekapitulierte, sah den italienischen Ingenieur, der auf der Laufplanke von den Partisanen erstochen wurde, und dachte an die beiden Royal Marines, die auf der Pier gefallen waren. *Minimal*?

»Jedoch«, Heywood sah jetzt Prothero an, »ein paar Punkte muß ich noch erwähnen. Sie, Oberleutnant Frazer, verzögerten das Ablegen, weil Sie auf Mr. Allenby warteten. Ihre Eigenwilligkeit hätte den Erfolg der ganzen Unternehmung gefährden können. Treue ist eine schöne Eigenschaft, persönliche Beziehungen aber, die zu eng werden, sind etwas anderes. Denken Sie künftig daran, ja?«

Er wartete keine Antwort ab, sondern wandte sich an Allenby. »Und Sie hatten eine Meinungsverschiedenheit mit Major Thomas, hörte ich.«

Allenby wurde rot. »Ich war der Meinung, daß er unverantwortlich handelte, Sir. Ich konnte unmöglich das gesamte Dorf in die Luft sprengen. Es waren Leute in diesen Häusern...« Seine Stimme erstarb.

Heywood nickte. »Genau wie ich dachte. Aber Sie waren dort, um eine Aufgabe zu erfüllen, zu der Sie sich freiwillig gemeldet haben.« Sein scharfer Blick wanderte zu Goudie, und er fügte streng hinzu: »Major Thomas hat ebenfalls einen vollständigen Bericht geschrieben.«

Ärgerlich begegnete Goudie seinem Blick. »Es kümmert mich einen Dreck, was Thomas sagt oder schreibt!«

Prothero beugte sich vor. »*Was* haben Sie da gesagt?«

Knapp antwortete Goudie: »Tut mir leid, Sir. Aber dieser Mensch ist durch und durch schlecht, ein Killer. Ich habe oft genug mit ihm zusammengearbeitet, um das Vergnügen zu kennen, das ihm Mord bereitet.«

Frazer erwartete, daß der Kapitän Goudie für seinen unkontrollierten Ausbruch unter Arrest stellen würde. Doch statt dessen fragte Heywood nur: »Wie lange sind Sie schon bei Special Operations? Achtzehn Monate, glaube ich. Und davor haben Sie sich sowohl im Kanal wie auch im Mittelmeer als tapferer Offizier erwiesen. Das beansprucht einen Mann.«

Verblüfft starrte Goudie ihn an. »Wenn Sie der Meinung sind, daß ich Urlaub benötige, Sir, daß ich überbeansprucht ...«

Heywood fiel ihm ins Wort: »Ich entscheide darüber, was zu tun oder nicht zu tun ist, *klar*?« Er beugte sich vor, seine Stimme war noch immer sehr ruhig. »Ich schätze Initiative; ich schätze aber nicht, wenn sie zur Insubordination oder zu noch Schlimmerem wird!«

Er nickte Prothero zu. »Fahren Sie bitte fort.«

Prothero musterte die drei Offiziere, die winzigen Augen glitzerten gefährlich in seinem rötlichen Gesicht.

»Nächsten Monat werden die Alliierten mit der Invasion Siziliens beginnen. Der Name ist *Operation Husky*.« Sein Blick streifte einen Augenblick hinüber zu seinem Vorgesetzten, als erwarte er Einspruch. Vielleicht, dachte Frazer, versucht er auch nur, den Schaden zu reparieren, den Goudies Ausbruch verursacht hat.

Prothero fuhr mit seiner volltönenden Stimme fort: »Die Deutschen werden um jeden Fußbreit Bodens kämpfen, wie sie es immer getan haben. Ihre Bundesgenossen jedoch, unabhängig davon, was Mussolini denken mag, werden um so eifriger überlaufen, je weiter die Front vorrückt.«

Frazer dachte an den jungen italienischen Offizier, den sie auf See bestattet hatten. Wie ihn würde es viele geben.

»Das Verhalten ihrer höheren Offiziere wird ihnen ein Beispiel geben. Sie müssen sowohl tapfer wie von unserem Sieg überzeugt sein, denn wenn ihre deutschen Vorgesetzten entdecken, was sie vorhaben, wird die Bestrafung schrecklich sein, dafür wird schon die Gestapo sorgen.«

Captain Heywood kreuzte die Beine, als würde er ungeduldig. Prothero verstand den Hinweis. »Es gibt einen solchen höheren Offizier, der bereits unter Gestapobewachung stehen soll: General Gustavo Tesini, ein hochgeachteter Offizier aus bester italienischer Familie, dessen Division eine der wenigen war, die sich während des nordafrikanischen Feldzugs auszeichnete, bevor Rommel auf der Wüstenszene erschien.«

Frazer runzelte die Stirn. Über den Krieg im Mittelmeer, besonders soweit er das Heer betraf, hatte er nur gelegentlich etwas gelesen. Und doch klang ihm der Name des Generals irgendwie vertraut.

Protheros Augen glitzerten wie Glassplitter.

»Sie müßten sich eigentlich erinnern. General Tesini ist oder war ein Freund Ihres Vaters. Sie sind verschiedentlich in Regatten gegeneinander gesegelt.«

Frazer nickte, erstaunt über Protheros umfangreiches Wissen. »Ja, Sir. Ich habe ihn zweimal getroffen, als mein alter Herr die ONONDAGA segelte. Es muß ein paar Jahre vor dem Krieg gewesen sein.«

Prothero strahlte so über das ganze Gesicht, daß sein Spitzbart wie ein großer Stoßzahn vorragte.

»Ja, das ist er. Wenn dieser hochangesehene General öffentlich sein Mißtrauen gegen die Deutschen zum Ausdruck bringt, wird die gesamte italienische Armee desertieren und zu uns überlaufen, sobald sich eine günstige Gelegenheit bietet. Es wäre etwa so, als würde sich Rommel gegen Hitler wenden.«

Heywood sagte: »Zuverlässige Quellen haben mich informiert, daß er zum Seitenwechsel bereit ist. Aber es muß vor der, äh, Operation Husky sein, sonst würde man es ihm als Opportunismus auslegen, als schlaue Vorsichtsmaßnahme, um sich selbst rechtzeitig in Sicherheit zu bringen.«

Prothero grunzte verärgert über die Unterbrechung. »General Tesini ist viel zu wichtig für die Deutschen, als daß sie etwas gegen ihn unternehmen würden. Er ist Eigentümer einer kleinen Insel vor der Nordostküste Sardiniens, die ihm und seiner Familie immer als Ruhesitz gedient hat. Er ist auch jetzt dort, *muß* dort sein, wenn Sie ihn holen werden.«

Goudie setzte sich mit einem Ruck auf. »Das ist verdammt weit weg, Sir.«

Heywood sagte aalglatt: »Hier in Gibraltar liegen zwei Motorkanonenboote. Sie waren eigentlich für eine andere Aufgabe vorgesehen, aber diese hier ist vordringlich. Sie sind mit Zusatztanks ausgerüstet, und jeder Mann der beiden Besatzungen ist eigens ausgewählt. Sobald Sie näher informiert sind, werden Sie die beiden Boote nach Tunis bringen. Bei wirtschaftlichster Fahrt sollten Sie in etwa zweieinhalb Tagen dort sein.« Sein Blick streifte ihre angespannten Gesichter. »Das ist das äußerste an Zeit, was ich Ihnen gewähren kann, um sich mit den Booten und ihren Besatzungen vertraut zu machen.« Sein Blick blieb auf Goudie gerichtet. »Sie sind der erfahrenste MKB-Kommandant, den wir haben. Es ist also die richtige Aufgabe für Sie.«

Frazer blickte in Goudies gespanntes Gesicht. Heywood wäre vielleicht anderer Meinung, dachte er, wenn ihm Goudies Verbitterung bekannt wäre und die Tatsache, daß er schon anfing durchzudrehen.

Heywood fügte hinzu: »Der General hat eine einzige Bedingung gestellt: Sie müssen seine Familie und einige persönliche Dinge mitnehmen, sonst willigt er nicht ein.«

Goudie blickte Frazer an und zog eine Grimasse. »Warum auch nicht? Je mehr, desto besser.«

Heywood fuhr ruhig fort: »Wenn etwas schiefgeht, solange Sie dort sind, merken Sie sich eins: Der General darf nicht lebend in Feindeshand fallen. Habe ich mich klar genug ausgedrückt?«

Goudie antwortete: »Ja, das haben Sie, Sir.«

Zum ersten Mal stand Heywood auf. Er war sehr groß.

»Noch irgendwelche Fragen?« Er warf einen Blick auf die Wanduhr. »In fünfzehn Minuten habe ich eine Stabsbesprechung.« Er sah, daß Allenby zögerte, und fragte: »Sie haben noch etwas auf dem Herzen?«

»Das Dorf in Sizilien, Sir, konnten sich die Einwohner rechtzeitig in Sicherheit bringen?«

Gleichmütig musterte ihn Heywood. »Das konnten sie, Allenby. Aber dann kam die SS und erschoß fünfzig Männer und Knaben.«

Allenby starrte in das helle Licht. »O mein Gott!«

Frazer sagte: »Du hattest nichts damit zu tun, nicht das geringste.«

Goudie packte seine abgewetzte Mütze und betrachtete sie eingehend.

»Das wird zur Folge haben, daß die Sizilianer und Italiener die Deutschen noch mehr hassen, stimmt's, Sir?« Er lächelte finster. »Oder war das von Anfang an der Hauptzweck?«

Heywood schritt zur Tür. Zu Prothero sagte er. »In zehn Minuten also.«

Prothero wartete einen Augenblick und sagte dann zu den beiden Oberleutnants: »Sie machen inzwischen weiter. Ich habe einen Mann abgeteilt, der Ihnen zeigt, wo Sie sich umziehen und essen können.«

Frazer und Allenby gingen hinaus; noch während die Tür hinter ihnen zuschlug, hörten sie Prothero Goudie laut und wütend anfahren: »Ich dulde dieses Benehmen nicht, haben Sie verstanden? Es kümmert mich einen Dreck, ob Sie ein Held sind. Wenn das Unternehmen schiefgegangen wäre, hätte Major Thomas Sie alle an einen sicheren Ort in den Bergen geführt – aber hätten *Sie* das auch gekonnt?«

Ihr Führer machte sich mit diskretem Hüsteln bemerkbar, worauf Allenby und Frazer ihm durch weitere Tunnel nach unten folgten.

»Ist Commander Prothero endlich fertig?«

Beide blieben stehen, und Frazer rief: »Diese Stimme kenne ich doch!«

Sie kam aus einem anderen Gang, ihre weiße Bluse hob sich geradezu geisterhaft von der dunklen Felswand ab.

»Was für ein Zusammentreffen!«

Zweiter Offizier Lynn Balfour blickte von einem zum anderen, ihr weißgeränderter Hut war nicht imstande, das kurze, kastanienbraune Haar zu bändigen.

Frazer sagte: »Ich hätte mir so was denken können«, und fühlte sich plötzlich plump und ungeschickt.

Eilig sagte sie: »Ich muß gleich weiter, es gibt eine Menge zu tun. Ihr haltet uns im Hauptquartier ganz schön in Trab.« Dann wurde sie ernst. »Freut mich, daß Sie wohlauf sind, alle beide.«

Frazer fragte: »Besteht Aussicht, daß Sie sich eine Stunde freimachen können? Vielleicht zum Essen?«

Nachdenklich betrachtete sie ihn. »Ich glaube nicht, aber ich werde es versuchen.«

Leise fragte Allenby: »Wie geht es der Wren-Gefreiten, die ich –«

Sie sah ihn freundlich an. »Joanna? Oh, ihr geht es gut.« Das war alles.

Allenby sagte zu Frazer: »Ich gehe schon vor, Keith.« Lächelnd sah er Lynn Balfour an. »Es war nett, Sie wiederzusehen.«

Sie blickte ihm nach. »Armer Kerl. Es bedrückt ihn noch immer sehr.«

Frazer lächelte. »Nach Ihren Worten wird es ihm schon sehr viel besser gehen.« Er bemerkte die Zurückhaltung in ihren Augen und fügte sanft hinzu: »Sie haben ihm ihren Namen genannt, verstehen Sie? Jetzt ist sie für ihn Wirklichkeit, jemand, um den er sich kümmern kann, falls er wieder nach Hause kommt.«

Sie wich einen Schritt zurück. »Sagen Sie das nicht! Bitte sprechen Sie nicht so!«

Frazer erwiderte: »Tut mir leid, wirklich. Aber ich bin ebenfalls ein Realist.«

Das Echo von Stimmen klang durch die Gänge, Prothero und Goudie unterhielten sich offenbar laut miteinander.

»Allem Anscheinen nach haben sie einen Versöhnungsschluck getrunken,« sagte Frazer. Die plötzliche Qual in ihren blauen Augen entging ihm.

Schließlich antwortete sie: »Ich kann mich heute abend wirklich nicht freimachen.« Sie studierte eingehend seine Gesichtszüge, als suche sie irgendetwas. Oder irgendjemanden. Mit dem Versuch eines Lachens sagte sie: »Schließlich bin ich verlobt. Was würden die Leute sagen?«

Protheros riesiger Schatten fiel auf sie und dröhnte: »Hier sind Sie also, Lynn. Was sollte ich wohl ohne Sie anfangen?«

Frazer blickte ihrer schlanken Gestalt nach, als beide in den Gang einbogen, der zum Konferenzraum führte. »Verdammt!« murmelte er.

Goudie fiel neben ihm in Schritt. »Pech gehabt?«

Frazer fragte: »Lynn Balfour ist verlobt? Wer ist der Glückliche?«

»Hat Sie Ihnen das gesagt?« Goudie sah ihn von der Seite an. »Das war vor zwei Jahren. Ihr Verlobter war einer von meinen Kommandantenschülern in Felixstowe. Eines Nachts vor Hoek van Holland ist er gefallen.«

Frazer fuhr herum. »Aber sie sagte doch gerade –«

Goudie antwortete schroff: »Ich war dabei, als es ihn erwischte. Ein Geschoß aus einem deutschen Schnellboot hat ihn in Stücke gerissen. Sagen Sie es ihr aber nicht.«

Sie sahen Allenby warten und beschleunigten den Schritt. Frazer starrte noch einmal in den anderen Gang, aber er war leer. Zwei Jahre! Und sie klammerte sich immer noch verzweifelt an die Erinnerung.

Er hatte es nicht wahrhaben wollen. Aber seit diesem Tag in Portsmouth war ihm klar, daß er sich die ganze Zeit selbst etwas vorgemacht hatte. Lynn war weder irgendein hübsches Mädchen für ihn, noch hatte er die Absicht, eine Eroberung zu machen. Es war etwas ganz anderes. Und jetzt das! Wie konnte er hoffen, mit jemandem zu konkurrieren, den sie so liebte, als wäre er noch am Leben, und auf dessen Rückkehr sie immer noch wartete?

Leutnant Archers lange Gestalt tauchte auf, seinem Gesicht sah man die Neugierde an und die Fragen, die er nur mühsam zurückhielt.

Frazer stöhnte: »O Gott, der hat mir noch gefehlt.«

Goudie schien es zu überhören. »Sie kommen gerade zur richtigen Zeit, Sub, um für uns die Drinks zu bestellen. Heute nacht machen wir einen drauf! Wer weiß, was morgen auf uns zukommt?«

Der Hammer schien Frazers Schädel zerschmettern zu wollen, während er mit seinem Bettuch kämpfte und die Augen zu öffnen versuchte, trotz des grellen Lichts, das ihn von oben blendete.

Er hatte einen schweren Alptraum gehabt, Flammen gesehen,

sterbende Menschen schreien gehört. Er stöhnte und stellte benommen fest, was ihn geweckt hatte. Das erklärte auch das Hämmern in seinem Schädel.

Die Tür stand weit offen, eine Gestalt im Bademantel und mit zerzaustem Haar blickte sich suchend im Raum um wie ein Terrier, der eine Ratte verfolgt. Schließlich sagte der Mann ärgerlich: »Ich dachte schon, sie wären alle tot hier drin, verdammt!«

Frazer warf einen Blick auf Allenby, der mit dem Gesicht nach unten auf seinem Bett lag. Er hätte wirklich tot sein können, dachte er und erinnerte sich vage daran, wie er ihn hierher geschleppt und ausgezogen hatte. Er bezweifelte, daß Allenby noch etwas davon wußte.

Stöhnend versuchte er, seine Lippen zu befeuchten. Seine Zunge schmeckte wie ein schmutziger Filzlappen.

Der Mann blieb beharrlich. »Wer von Ihnen ist der Kanadier?«

Frazer dachte darüber nach. Dunkel erinnerte er sich, daß Goudie schrecklich betrunken gewesen war und Archer einen Streit mit einem der Offiziere der Garnison vom Zaun gebrochen hatte.

»Das bin ich.« Mit einer weiteren riesigen Anstrengung brachte er heraus: »Warum?«

Der Mann starrte ihn an. »Telefon. Unten neben meiner Kammer.« Er schlurfte von dannen und murmelte: »Es ist eine Schande, daß einige Leute nicht die geringste Rücksicht auf die Wachgänger nehmen!«

Mühsam glitt Frazer vom Bett und stand auf. Einen Augenblick dachte er, der Offizier der Wache sei wieder zurückgekehrt, aber das Klopfen war nicht an der Tür, sondern in seinem Kopf.

Er warf sein Bordjackett über die Schultern und taumelte in den Gang. Nichts bewegte sich dort außer dem Telefon, das langsam an seinem Kabel hin und her schwang.

Seine nackten Füße klatschten auf den Fliesen, und ihn fröstelte. Das Seltsame an Gibraltar war, daß es am Tage glutheiß und während der Nacht eiskalt sein konnte.

Er tastete sich zum Telefon hin. »Hier spricht Oberleutnant Frazer.« Zumindest war es das, was er zu sagen beabsichtigte. Aber seine Stimme war belegt und klang fremd.

»Ich bin es.« Ihre Stimme drang laut an sein Ohr, und er merkte, daß sie beinahe schrie, weil ein Dröhnen im Hintergrund zu hören war. Anscheinend ein Flugzeug.

»Wo sind Sie? Sind Sie in Schwierigkeiten?« Er war jetzt hellwach.

Als sie nichts sagte, glaubte er, sie habe aufgelegt, und fügte rasch hinzu: »Bitte sagen Sie's mir.«

Langsam antwortete sie: »Ich mußte Sie einfach anrufen, mußte Ihnen sagen...« Ihre Stimme war kaum noch zu verstehen, und das Dröhnen der Motoren drang von neuem an sein Ohr. »Ich wollte mich entschuldigen. Ich war so grob zu Ihnen. Sie konnten ja nicht wissen...«

Frazer preßte die Hörmuschel an sein Ohr und bedeckte das andere mit der Handfläche, um nichts zu verpassen. Sie war entweder in Tränen aufgelöst oder krank.

Schließlich sagte sie: »Ich konnte Sie nicht so gehen lassen, das wäre nicht fair gewesen.« Sie lachte, das Lachen ging aber sofort in einen Hustenanfall über.

»Sagen Sie mir, wo Sie sind.« Er bemühte sich, langsam und ruhig zu sprechen. »Irgendwie werde ich es schaffen, zu Ihnen zu kommen.«

Wieder eine lange Pause, und er meinte, sie schwer atmen zu hören. Offenbar nahm sie sich sehr zusammen.

»Das ist nicht möglich, Mr. Frazer, ich muß weg. Sie wissen, der Krieg und so...«

Er antwortete: »Passen Sie gut auf sich auf.« Und nach einigem Zögern: »Lynn. Ich möchte Sie wiedersehen, wirklich.«

»Ja.« Ihre Stimme klang jetzt ein wenig verwirrt. »Passen auch Sie gut auf sich auf. O Gott, ich glaube, mir wird schlecht.« Der Hörer wurde aufgelegt.

Frazer rüttelte mehrmals am Telefon, bis die verdrossene Stimme des Telefonisten sagte: »Ich kann die Verbindung nicht wieder herstellen, Sir. Aber der Anruf der Dame kam mit der höchsten Dringlichkeitsstufe. Hat wohl allerhand Einfluß.«

Frazer legte auf und schritt langsam zurück durch den Gang. Zu seiner Überraschung saß Allenby auf der Bettkante und rieb sich die Augen.

Er sah auf. »Ist irgendwas los?«

Frazer schüttelte den Kopf. »Nur ein Anruf. Lynn Balfour.« Sie mußte offenbar eine ganze Menge getrunken haben, um sich dazu durchzuringen.

Allenby grinste. »Ein Glück, daß sie dich dabei nicht sehen konnte, Keith.«

Frazer stellte fest, daß er noch immer splitternackt war, nur die Jacke hing lose über seinen Schultern. Er trat zum Fenster und zog den Vorhang zur Seite. Unten brannten ein paar schwache Lichter im

Werftgelände. Daran konnte er sich nur schwer gewöhnen: an die fehlende Verdunkelung in Gibraltar.

Sie hatte ihn angerufen, um ihm Glück zu wünschen oder sich zu verabschieden. Was hatte er auch anderes erwartet? Sie hatte die große Liebe ihres Lebens verloren und war kaum zu einer Wiederholung dieser schmerzlichen Erfahrung bereit.

Allenby sagte: »Wirst du sie wiedersehen?«

»Hoffentlich. Ich *muß*.«

Gut, daß sie bei Prothero war. Er würde schon auf sie aufpassen, sie gehörte zu ihm. Er warf sich wieder aufs Bett.

Der erste Hornruf zerriß die Stille: *Rise, rise**! *Überall zurrt Hängematten*! Es war ein Signal, das schon Generationen von Seeleuten verflucht hatten.

Mit wackligen Beinen quälte Allenby sich hoch. »Ich habe Hunger«, sagte er.

Frazer dachte sofort wieder an Lynn Balfour. Hatte sie ihn deshalb angerufen, weil sie etwas über seine nächste Aufgabe wußte? Über ihre geringe Überlebenschance?

Allenby entging nicht die offensichtliche Besorgnis seines Freundes. Er hatte gemerkt, was Frazer für das Mädchen empfand, beinahe vom ersten Augenblick an. Seufzend suchte er nach seinem Handtuch. Plötzlich kam ihm die Erinnerung, so deutlich, als habe jemand ihren Namen laut ausgesprochen.

»*Joanna*.« Er wiederholte den Namen laut und warf dann einen verwirrten Blick auf Frazer. Aber der war bereits wieder eingeschlafen.

Es muß wirklich eine tolle Nacht gewesen sein, entschied Allenby.

7 *Jupiter*

Kapitänleutnant John Goudie stand vorn auf der kleinen Brücke des Motorkanonenbootes** und musterte seine drei Offiziere. Gemeinsam mit dem anderen Boot waren sie noch vor Morgengrauen aus

* to rise = Weckruf, auch bei der deutschen Marine
** englisch Motor Gunboat (MGB)

Gibraltar ausgelaufen. Jetzt, im strahlenden Sonnenschein, zeigte ihnen das Mittelmeer sein anderes Gesicht. Die See war ruhig und tiefblau, und nur ein unebener rötlicher Streifen an Steuerbord verriet die Nähe von Land.

Frazer beobachtete Goudie. So wie die See schien auch er sich verändert zu haben. Er sah heiter aus, ja sogar freudig erregt. Vielleicht war dieses Motorkanonenboot genau das, was er brauchte.

Der andere Offizier war ein sonnengebräunter junger Mann von neunzehn Jahren, Leutnant zur See David Ryder, einer der wenigen, der sich von der ursprünglichen Besatzung noch an Bord befand. Er machte einen angenehmen Eindruck, und Frazer war dankbar, daß Archer drüben im zweiten Boot fuhr, etwa zwei Kabellängen an Backbord. Die Motorkanonenboote führten keine taktischen Nummern am Bug, und ihre schnittigen, siebzig Fuß* langen Rümpfe waren schwarz gestrichen, so daß sie eher wie Piratenboote wirkten als wie Kriegsschiffe.

Frazer blickte hinüber zum Land. Irgendwo dort drüben lag die unmarkierte Grenze zwischen Marokko und Algerien. Bisher hatten sie nur eine ostwärts fahrende Zerstörerflottille gesehen und ein paar Aufklärungsflugzeuge. Die waren dicht über sie hinweggebraust, wahrscheinlich um ihren Fortschritt zu melden. Frazer hoffte, daß nur wenige Leute von Kampfgruppe *Jupiter* wußten, wie Prothero sie genannt hatte.

Goudie sagte: »Diese MGBs sind sehr handlig.« Ohne Mütze wehte sein sonnengebleichtes Haar in der Brise wie Getreide auf dem Feld. »Wenn Boote für diese Aufgabe geeignet sind, dann sie.«

Auf die Vorkante der Brücke war eine Reihe Hakenkreuzflaggen gemalt, die bisherigen Abschüsse. Das Boot war nicht sehr groß und hatte nur eine Besatzung von zwölf Mann, starrte aber von Waffen. Vorn am Bug war ein Zweipfünder, am Heck eine doppelläufige Örlikon und vier schwere Maschinengewehre. Seine Feuerkraft, zusammen mit der eindrucksvollen Höchstgeschwindigkeit von zweiundvierzig Knoten, machte das MGB zu einem tödlichen Gegner.

Ihr nächstes Ziel war Tunis, um die Treibstofftanks zu füllen, dann würde es nordwärts gehen ins Tyrrhenische Meer zwischen Italien und Sardinien, eins der wenigen Gebiete, in dem bisher noch kaum gekämpft worden war. Das traf sich gut, denn sie brauchten diesmal das Überraschungsmoment. Und eine gute Portion Glück.

* 21,34 Meter

Frazer warf einen Blick auf Ives, der am Ruder stand und ruhig die Speichen einmal in dieser, dann in der anderen Richtung drehte. Allem Anschein nach hatte er bereits das richtige Gefühl für den kraftvollen Rumpf unter seinen gespreizten Beinen. Er sah zufrieden aus. Sie liefen jetzt etwa sechzehn Knoten. Es würden erheblich mehr sein, wenn die drei mächtigen Packardmotoren ihre volle Leistung entfachten.

Ives spürte nichts von Frazers forschendem Blick. Er fühlte sich hier zu Hause, hatte erreicht, was er sich immer gewünscht hatte: auf einem kleinen Boot zu fahren, dessen Sinn und Zweck man erkannte und auf dem echte Kameradschaft herrschte. Er lauschte dem gleichmäßigen Brummen der Motoren. Die Werft hatte gute Arbeit geleistet.

Er hatte Goudie mit seinen Offizieren sprechen gehört und setzte sich die aufgefangenen Gesprächsfetzen selbst zusammen. Mit etwas Glück konnten sie die Inseln rund um ihren Bestimmungsort als Deckung ausnutzen, um die feindlichen Radar- und anderen Ortungsgeräte zu unterlaufen. Auch war es gut zu wissen, daß sie mit Frazer einen erstklassigen Navigator an Bord hatten. Er mochte Frazer gern, ebenso wie Allenby, soweit er ihn kannte. Er bezweifelte jedoch, daß irgendjemand Allenby wirklich kennen konnte.

Der Zweipfünder auf der Back schwang plötzlich herum, und Ives beobachtete den Richtschützen, Obergefreiten Sullivan, der ein paar kleinere Justierungen vornahm. Sullivan war Londoner wie er selbst, aber für Ives ein rotes Tuch an Bord: streitsüchtig, großmäulig, ein richtiger Angeber. Er war in Bethnal Green aufgewachsen, nicht weit von dem Revier, in dem Ives einst seine Runden gegangen war. In der letzten Nacht vor dem Auslaufen aus Gibraltar, als sie durch das Boot krochen, um den Bestand an Munition, Vorräten und Proviant aufzunehmen, hatte Sullivan ein paar Bemerkungen über die Polizei im allgemeinen und über die in Londons Eastend im besonderen gemacht.

Er mußte etwas über Ives' Herkunft erfahren haben. Man brauchte schließlich kein Genie zu sein, um das zu erraten. Ives war solche Bemerkungen gewöhnt und nahm sie gleichmütig auf. Aber mit Sullivans Äußerungen war es was anderes. Vor den anderen hatte er gestichelt: »Polizisten sind alle bestechlich, stimmt's, Swain?« Er hatte Ives zwar angegrinst, aber sein Blick zeugte nicht von Humor. »Mein Alter ist Buchmacher in Bethnal Green. Wie oft habe ich gesehen, daß der Bulle die Hand aufhielt und dann ein Auge zudrückte.« Als Ives nicht antwortete, fuhr Sullivan fort: »Ich wette, als du selbst noch Bulle warst, hättest du es sicher nicht anders gemacht, stimmt's?«

Jetzt hatte Ives genug. »Ich weiß nicht, was ich damals gemacht hätte. Aber was ich jetzt tue, wenn du weiter so quatschst, das weiß ich genau: Dann breche ich dir nämlich ein paar Knochen, klar?«

Sullivan hatte ihn verblüfft angestarrt, aber angesichts Ives' körperlicher Überlegenheit hatte er es vorgezogen zu schweigen.

Seitdem hatten sie kaum mehr miteinander gesprochen. Ives kam zu dem Entschluß, daß er etwas in der Angelegenheit unternehmen mußte. Es war schlimm, ins Gefecht zu gehen, wenn es Groll in den eigenen Reihen gab. Er fluchte leise auf sich selbst und griff rasch in die Speichen. Das Boot war erheblich vom Kurs abgekommen, zum Glück aber hatte keiner der Offiziere es bemerkt.

Allenby beobachtete das andere MGB mit Bewunderung. Wie oft hatte er an Bord seines Minensuchers gehört, daß die Seeleute Verwünschungen und Beleidigungen hinterherriefen, wenn die MTBs oder MGBs an ihnen vorbeigezischt und in einem Schauer von Gischt verschwunden waren. Die *Glory Boys*, so wurden die Schnellbootfahrer genannt. Es war die übliche Rivalität zwischen den einzelnen Waffengattungen und nicht wenig Neid. Aber das Gefühl der Überlegenheit, das einem diese schnellen Boote verliehen, war geradezu ansteckend.

Dann kehrten seine Gedanken wie so oft zu der Wren-Gefreiten in Portsmouth zurück. Frazer hatte wenigstens Lynn Balfour in Gibraltar wiedergesehen, wohingegen er . . . Er schüttelte sich. Wohin sollte das führen? Höchstwahrscheinlich würden sie einander nie wieder begegnen. Vielleicht wurde sie versetzt, oder ihm selbst wurde der Garaus gemacht. Es war sinnlos, sich um sie zu grämen. Aber noch immer sah er ihre Augen vor sich, hörte ihre Stimme, ihre bitteren Worte. Er konnte ihr nichts erklären. Seine Erinnerung an die wichtigen Augenblicke vor der Minendetonation war völlig ausgelöscht.

Der Funker, ihr einziger an Bord und zugleich Signalgast, Chiffrierer und Funker, steckte den Kopf durch die Luke und rief: »Anruf von Alpha zwei, Sir: Flugzeug in Rot vier-fünf* im Anflug.«

Goudie nickte und drückte mit dem Ellbogen auf den roten Knopf. Als der Alarm durchs Boot schrillte und Männer auf ihre Gefechtsstationen rannten, sagte er ruhig: »Ändern Sie Kurs, steuern Sie Südost. Zeigen Sie ›verstanden‹ an Alpha zwei.«

* fünfundvierzig Grad an Backbord

Der Handscheinwerfer klapperte kurz, dann rief der Signalgast: »Bestätigt, Sir!«

Goudie hob das Glas. »Dort sind sie. Zwei von den Halunken.«

Allenby war geblendet. Durch das reflektierte grelle Licht fingen seine Augen an zu tränen. Woher wußte Goudie, daß es sich um feindliche Maschinen handelte? War es Instinkt? Ein sechster Sinn, durch harte Erfahrung erworben?

Er blinzelte und hielt dann das Glas stetig auf die beiden winzigen Objekte gerichtet. Die Sonne spiegelte sich so in ihren Cockpithauben aus Plexiglas, daß diese zu brennen schienen. Der Sinn von Goudies Anordnung, die beiden Kanonenschnellboote in Dwarslinie mit großem Abstand fahren zu lassen, leuchtete Allenby jetzt ein. Sie hatten dadurch ein sehr viel größeres Blickfeld, und die Gefahr des Überraschtwerdens war erheblich geringer.

Goudie rief: »Sagen Sie dem Chief, er soll sich für höchste Umdrehungen bereithalten.« Sorgfältig verfolgte er die beiden Flugzeuge mit dem Glas. »Verdammter Mist! Auf die hätte ich gut verzichten können!«

»Sie drehen, Sir, fliegen achteraus an uns vorbei.«

»Sie riskieren einen Blick.« Goudie ließ sein Glas sinken.

Leutnant Ryder meldete: »Gefechtsstationen besetzt, Sir.« Auch er beobachtete die beiden Maschinen, die jetz in steilem Winkel heruntergingen.

»Me 210, Sir.« Ryders Stimme klang besorgt, und Frazer vermutete, daß es der neuen Besatzungsmitglieder wegen war. Auf jedem Schiff, selbst auf dem kleinsten, mußten die Leute einander genau kennen, mußten wissen, was die Stärke oder die Schwäche jedes einzelnen ausmachte. Goudie hatte es oft genug ausgesprochen: Dafür gab es nie genügend Zeit.

Er sagte jetzt: »Jagdbomber. Aber hier werden sie mehr zur Aufklärung eingesetzt.« Er biß sich auf die Lippen. »Warum, zum Teufel, haben die Pomadenjünglinge* sie durchgelassen?«

Allenby fragte: »Wie ist ihre Feuerkraft?«

Goudie senkte das Glas und wischte sich die Augen trocken. »Stark. Vier Zweizentimer- und ein paar andere Kanonen. Das kann eklig werden. Also runter von der Brücke, Sub. Sie auch, Mr. Allenby.« Betont wandte er den zweimotorigen Flugzeugen den Rücken. »Ich will nicht all unsere Eier in einem Korb haben.«

* Die Royal Air Force

Ryder war zwar sehr jung, aber er hatte derartige Situationen schon oft erlebt. »Kommen Sie mit nach achtern«, sagte er grinsend zu Allenby. »Vielleicht können wir einen mit den Örlikons erwischen.«

Als sie vorsichtig über das vibrierende Seitendeck gingen, sah Allenby den Gefreiten Weeks an einem doppelläufigen Maschinengewehr warten. Weeks blinzelte zwar durch seine Optik, sagte aber, als die beiden Offiziere vorbeikamen: »Dachte, Sie könnten mich vielleicht brauchen, Sir.«

Allenby klopfte ihm auf den Arm. »Und ich dachte, Sie wären Torpedomann?« Es tat gut, Weeks zu sehen, egal was Captain Heywood über Freundschaften sagen mochte.

Das Heck sackte ab, da die Schrauben sich tief in das kochende Wasser wühlten, als beide Boote jetzt auf Höchstfahrt gingen.

»Da kommen sie!« Ryder stellte durch einen kurzen Blick sicher, daß die schlanken Rohre der Örlikons bereits auf den führenden Jagdbomber gerichtet waren.

Allenby wandte sich zur Brücke um, aber das Flimmern des Sonnenlichts war so stark, daß er kaum ihre Umrisse erkannte.

Ryder schrie: »Die Schufte fliegen in die Sonne! Das werden sie bereuen!«

Aufklärung, hatte Goudie gesagt. Vielleicht führten sie Kameras mit sich und knipsten gerade die beiden fremdartigen Boote in schwarzer Tarnfarbe.

Prothero wäre wenig begeistert gewesen, wenn er das gewußt hätte. Vielleicht wurde die Operation jetzt sogar abgeblasen? Aber noch während er darüber nachdachte, verwarf er diesen Gedanken schon wieder. Der Chef des Stabes sah in ihnen eher Waffen als Menschen. Verbrauchsgüter, auswechselbar.

Die führende Messerschmitt fing ihren Sturzflug und ihre Drehung ab und flog jetzt dicht über der Wasserfläche von achtern an. Die hochaufschäumende Hecksee des Bootes machte den Eindruck, als reiche sie bis zum Bauch des Flugzeugs. Eine Glocke schrillte blechern durch das heisere Donnern der Motoren.

»*Feuer eröffnen*!«

Die Örlikons und ein paar Maschinengewehre erwachten rasselnd zum Leben, ihre Leuchtspurgeschosse hoben sich kaum vom klaren Himmel ab.

Sie hörten nicht die Kanonen des Flugzeugs, sahen aber die Einschläge auf dem Wasser genau aufs Bootsheck zulaufen. Allenby wäre beinahe gestürzt, als das Ruder hart übergelegt wurde und die See über die niedrige Seitenreling hereinbrandete.

Ryder rief dem Geschützführer zu: »Auf ihn, Taylor! Gib's dem Schuft!« Aber das Geschützfeuer, das Donnern der Flugzeug- und ihrer eigenen Motoren machte jedes Wort zwecklos.

Die Maschine drehte in einer Steilkurve ab, und Allenby sah die Leuchtspurgeschosse des anderen Bootes sich mit der üblichen täuschenden Langsamkeit wie rote Bälle erheben, bevor sie das schrägliegende Flugzeug in ein feuriges Maschennetz hüllten.

Laut schrie Ryder: »Er ist getroffen!« Jubelnd schwang er seine Mütze, als eine lange, fettige Rauchfahne den jetzt ungleichmäßigen Flug der Maschine markierte.

Das zweite Flugzeug griff von Steuerbord an, und diesmal spürte Allenby das Hämmern einiger Geschosse gegen Rumpf und Schutzschilde der Örlikons.

Wieder änderte Goudie den Kurs, und ihr Zweipfünder griff in den Kampf ein, drehte sich mit Leichtigkeit auf seiner vollautomatischen Pivotierung, als der Geschützführer die Maschine so lange verfolgte, bis er sie aus dem Visier verlor. Allenby hatte einmal erlebt, wie ein übereifriger Geschützführer die halbe Brücke seines eigenen Schiffes wegschoß, als er sich voll und ganz auf den Angreifer konzentrierte.

Jetzt hörte er, wie die Leute sich gegenseitig etwas zuriefen. Es hatte keine Ausfälle gegeben. Ein Seemann lief mit neuen Magazinen zu den Örlikons und klopfte im Vorbeirennen dem Geschützführer auf die Schulter. Sie strahlten wie Schuljungen nach einer gelungenen Verschwörung.

»*Klar zum Feuern*!«

Ryder sah dem Jagdbomber nach, der jetzt hochzog und auf neuen Angriffskurs drehte. Das Sonnenlicht glitzerte auf der Kanzel, und Allenby glaubte, die Köpfe der Besatzung zu erkennen, die sich umwandten, um die zwei schnellen Boote zu beobachten.

Deutlich konnte er die schwarzen Balkenkreuze auf den Tragflächen und den seltsam grünen Tarnanstrich der Rümpfe sehen. Wahrscheinlich kamen sie von Sizilien.

Die Geschütze drehten sich suchend, dann richteten sie sich wieder auf das feindliche Flugzeug, das erneut niedrig auf sie zukam. Allenby vernahm das anschwellende Donnern seiner Motoren, das scharfe Rattern seiner Maschinengewehre und Kanonen. Die Luft war voll kreischendem Metall, und er hörte mehrmals den Aufschlag der Stahlgeschosse.

Jetzt leckten die Leuchtspurschnüre nach dem Bauch der Maschine, als sie über ihre Köpfe dahinbrauste, wobei ihr Schatten über das Deck glitt. Der Pilot war entweder verwundet oder total verrückt, denn trotz des konzentrisch auf ihn gerichteten Feuers beider Boote flog er genau auf Alpha zwei zu und behielt diesen Kurs stur bei.

»*Holt ihn runter*!« Ryder schluchzte beinahe, während er sich an einer Deckstütze festhielt, um beim harten Kurswechsel nicht zu fallen. Alpha zwei drehte verzweifelt ab, als dem Kommandanten die Absicht des Piloten klar wurde und die Bombenklappen sich bereits wie gierige Kiefer öffneten.

Einschläge explodierten auf Tragflächen und Rumpf, im Sonnenlicht sahen sie aus wie leuchtende Blutstropfen.

Allenby packte die Reling. »Allmächtiger Gott!«

Noch einmal drehte Alpha zwei verzweifelt, aber die Bombe fiel mit scheinbarer Langsamkeit und traf das Boot genau mitschiffs. Zunächst schien es, als sei sie ein Blindgänger.

Dann jedoch kam die Detonation. Allenby spürte den Schlag und beobachtete erstarrt, wie das andere Boot taumelte, aber seine Drehung fortsetzte, wie die See über die Reling hereinbrach, aber nicht mehr zurückflutete. Jetzt schoß eine riesige Stichflamme aus dem geborstenen Rumpf, und Allenby vermutete, daß Munition oder Treibstoff explodiert waren. Das brennende Benzin breitete sich wie mit feurigen Pfeilspitzen rasend schnell über die Wasserfläche aus, während in großem Umkreis Wrackstücke herunterregneten und verschieden große Fontänen emporschleuderten.

Eine Stimme schrie: »Flugzeug! Grün vier-fünf!«

Die Geschütze schwangen herum, aber die Alarmglocke schepperte zweimal. Das Feuer wurde sofort eingestellt. Drei Spitfires brausten mit ihrem wohlbekannten pfeifenden Heulen über sie hinweg.

Goudie ließ auf halbe Fahrt gehen, und in der plötzlichen Stille hörte Allenby ihn schreien: »Ihr kommt wieder einmal zu spät, ihr Idioten!« Er drohte mit der Faust, als die drei Jagdflieger hinter dem feindlichen Flugzeug herhetzten. Es war jedoch nicht mehr nötig, denn der getroffene Bomber verlor an Höhe und stürzte steil in die See, wo er aufblitzend verschwand.

Allenby hörte sich murmeln: »Tapferer Kerl.«

Die Spitfires änderten Kurs und waren bald nur noch winzige Flecken vor der Sonne. Aus ihrer Höhe konnten sie wahrscheinlich die erste Me 210 mit ihrer verräterischen Rauchfahne ausmachen. Dann war die Lebensspanne des deutschen Piloten nur noch sehr kurz.

»Von Gefechtsstationen wegtreten! Kletternetze ausbringen!«

Die beiden Offiziere stiegen wieder zur Brücke hinauf, wo der Funker Ives' Handgelenk verband, das von Metallsplittern zerschnitten worden war.

Frazer sah Allenby an und zog eine Grimasse. Beide drehten sich jedoch um, als Goudie schrie: »Holt diese Leute an Bord!«

Nur sechs Mann waren von Alpha zwei übriggeblieben. Allenby hielt es für ein Wunder, daß sie überlebt hatten. Das Maschinenpersonal war unter Deck zerrissen worden, die anderen hatte entweder die Bombendetonation getötet oder sie waren bei lebendigem Leibe im Wasser verbrannt. Der Kommandant, den Allenby nur einmal bei der Abschlußbesprechung in Gibraltar gesehen hatte, lebte nicht mehr. Aber Leutnant Archer war davongekommen und kletterte als letzter über das Netz an Bord, während Alpha eins langsam zwischen dem grauenhaften Treibgut kreuzte.

Frazer mußte verzweifelt mit ansehen, wie das sich rasch ausbreitende brennende Benzin einen Schwimmer erreichte. Er war so nahe, daß er erkennen konnte, wie die Haare des Mannes Feuer fingen. Er machte jedoch keinen Versuch zu entkommen, wahrscheinlich war er schon tot oder besinnungslos. Frazer sah sich wieder auf der Korvette, in einem anderen Seegebiet. Auch dort hatte brennender Treibstoff für viele denselben schrecklichen Tod bedeutet.

Archer kletterte zur Brücke hinauf, Gesicht und Hände kohlschwarz. Das Wasser strömte aus seinen Kleidern, während er sich wild umsah.

Goudie sagte: »Gehen Sie unter Deck, Ryder, und sehen Sie zu, was Sie für die anderen tun können. In einer Minute komme ich nach.« Die Kletternetze wurden bereits wieder unter der Reling verstaut.

»Marschgeschwindigkeit, N.O.* Stellen Sie den neuen Kurs fest.«

Der Funker fragte heiser: »Soll ich einen Funkspruch absetzen, Sir?«

Wütend fuhr Goudie herum. »An wen denn? An den lieben Gott?« Nur mühsam schien er sich zu beherrschen. »Wir halten Funkstille. Ich hoffe, diese Idioten im Stab denken daran!«

Allenby sah Archer an. »Bin froh, daß Sie's geschafft haben, Sub.« Archer starrte mit leerem Blick durch ihn hindurch.

Frazer sagte zu Allenby: »Übernimm die Wache, Dick. Ich gehe in den Kartenraum und setze den neuen Kurs ab.« Sein Blick schweifte

* Navigationsoffizier

nach achtern. Möwen kreisten bereits über dem Treibgut, warteten auf das Erlöschen der Flammen. Ihm wurde beinahe übel.

Allenby fragte leise: »Wird der Einsatz jetzt abgeblasen?«

Frazer riß sich vom Anblick des grauenhaften Trümmerfeldes los. »Wenn du Goudie hier auf der Brücke erlebt hättest, würdest du das gar nicht erst fragen.« Er schlüpfte in den Kartenraum und rief über die Schulter zurück: »Ich glaube, er ist völlig durchgedreht.«

Ives hörte Frazers Kommentar, sah ihn aber nicht an. Er überprüfte noch einmal seine Reaktion auf das, was sich hier abgespielt hatte. Es war gleichgültig, ob sie den Einsatz fortsetzten oder nicht, denn an seiner Stelle würden andere, genauso gefährliche auf sie zukommen. Seine Mundwinkel hoben sich in einem traurigen Lächeln. *Melde dich nicht freiwillig, wenn du keinen Spaß verstehst.* Während des kurzen, heftigen Gefechts jedoch waren ihm nicht einen Augenblick Zweifel gekommen, weder am Boot noch an sich selbst. Durchgedreht oder nicht, Goudie hatte ihm vertraut, hatte kaum ein Ruderkommando gegeben. Er hatte ihm nur die erste Drehung befohlen. Er warf einen Blick auf sein verbundenes Handgelenk und lächelte dem jungen Funker zu.

»Besten Dank!« Er dachte an den Oberwachtmeister im Militärgefängnis und fügte hinzu: »Mein Sohn.«

In der winzigen Messe des Kanonenboots, wo die Offiziere ihre Behelfsmahlzeiten einnahmen, schliefen und über ihr Schicksal nachdachten, saß Allenby allein, die Ellbogen auf den Klapptisch gestützt.

Es war ziemlich dunkel, einmal, weil es keine anständigen Oberlichter gab, und zum anderen, weil das Boot an einem Zerstörer festgemacht hatte. Offensichtlich durfte niemand an Land, um sich Tunis anzusehen, damit nichts über Kampfgruppe Jupiter bekannt wurde.

Er runzelte die Stirn. Von »Gruppe« konnte eigentlich nicht mehr die Rede sein.

Nur Goudie war irgendwo an Land, und Frazer war an Bord des Zerstörers gegangen, um in dessen weitaus größerem Kartenraum zu arbeiten. Das Boot stieß leise gegen die Fender, und Allenby hörte Musik aus dem Vorschiff. Die Männer schienen sorgenfrei und bei bester Laune zu sein. Seeleute brauchten nicht lange, um zu begreifen, daß Überleben das einzig Wichtige war.

Er las noch einmal den Brief durch, den er soeben an seine Mutter geschrieben hatte. Gott allein wußte, wann sie ihn bekommen würde. Allenby war fünfundzwanzig, für Kriegszeiten ziemlich alt, aber seine Handschrift war die eines Schuljungen.

Er wußte nie so recht, was er schreiben sollte. Die wichtigen Dinge waren geheim, und persönliche Gefühle wurden nach jedem geglückten Einsatz mehr zu seiner Privatsache. Bestimmt hätte sein Vater gern etwas darüber gehört. Er war zwar im ersten Weltkrieg selbst durch die Hölle gegangen, unterbrach seinen Sohn aber nie, wenn dieser ein Schiff oder seine Kameraden beschrieb.

Er klebte den Umschlag zu und überlegte, ob ihn wohl ein Zensor während der langen Reise lesen würde. Dann blickte er erneut auf seinen Schreibblock nieder. Er hatte sich bis zum Schluß aufgehoben, was in Wirklichkeit für ihn am wichtigsten war. Möglicherweise würde Joanna den Brief nie zu sehen bekommen; oder sie hielt ihn vielleicht für lächerlich. Auch konnte er, was am schlimmsten war, ihren Schmerz erneut aufwühlen.

Um sich noch Zeit zu lassen, adressierte er erst einmal sorgfältig den Umschlag: Wren-Gefreite Joanna Hazel. Wie sollte er anfangen? Er kaute auf seinem Federhalter herum und spielte mit dem Gedanken, Frazer zu fragen. Nein, das wäre töricht gewesen.

Mit seiner runden, sorgfältigen Handschrift begann er zu schreiben.

Als Frazer an Bord zurückkehrte, hörte Allenby ihn gar nicht. Erst als der lange Oberleutnant sich durch die Tür duckte und seine Mütze auf eine Bank warf, blickte er auf und versuchte, den Brief mit einem Unterarm zu verdecken.

Frazer setzte sich und warf ein paar Seekarten auf den Tisch. »Du hast dich also dazu durchgerungen? Gut.«

Allenby wurde rot. »Ich bin nicht sicher, ob –«

Frazer sah ihn an, aber seine Gedanken waren woanders. »Es ist die einzige Möglichkeit, Dick. Was hast du schon zu verlieren?«

Sie wandten beide den Blick zum Niedergang, als jemand an Oberdeck dröhnend hinfiel. Stimmengewirr setzte ein.

Frazer grinste. »Goudie ist wieder da. Nicht zu überhören.«

Goudie betrat die Messe und stellte sorgfältig eine Segeltuchtasche ab. Seine Augen waren rotgerändert, er sah völlig erledigt aus.

Frazer fragte freundlich: »Kann ich was für Sie tun, Sir?«

Goudie sah ihn mit verschwommenem Blick an. »Ich habe Ryder losgeschickt, Gin holen.«

Gefreiter Weeks, der noch als Messesteward fungierte, kam herein und stellte wortlos frische Gläser und einen Krug Wasser auf den Tisch.

Goudie grinste breit, als Allenby die Gläser füllte. Aber sein Grinsen wirkte unglaublich traurig. Schließlich sagte er: »Der brave alte Weeks. Er hat mich soeben davor gerettet, in den Hafen zu fallen. Ein Glück, daß es nicht unser tapferer Gefechtsrudergänger war. Er hätte mich möglicherweise direkt in die nächste Ausnüchterungszelle geschleppt.«

Schweigend hörten die anderen zu. Goudies qualvoller Zerfall war schrecklich anzusehen.

Er kippte den puren Gin hinunter, als wäre es Wasser. Schließlich sagte er abrupt: »Sie haben mich mal nach Ihrem Vorgänger Oberleutnant Bill Weston gefragt, stimmt's?«

Frazer nickte, während Goudie sich ein weiteres Glas so voll schenkte, daß der Gin überlief.

»Es hätte keineswegs dazu kommen müssen. Aber es geschah aus zwei Gründen.« Goudie holte tief Luft. »Weston hatte einige Agenten abgesetzt und wartete auf ein paar andere, die er mitnehmen sollte. Der zweite Grund war der, daß Weston sich für besonders menschlich hielt, für eine Art Christus in Uniform.« Er schwieg wieder, und sie fragten sich, ob Goudie bereits den ganzen Tag getrunken hatte.

Er fuhr mit undeutlicher Stimme fort: »Major Thomas hatte das Kommando.« Sein Blick heftete sich böse auf das Gestell mit den Pistolen, als wolle er sie zählen. »Alles ging schief. Die Deutschen bekamen Wind von der Sache und schnappten sich die Agenten, die abgeholt werden sollten. Thomas verschwand mit seinen Männern, und Weston – sehr tapfer, aber etwas einfältig – blieb noch da und wartete, dieser Idiot. Er erhielt die Spange zu seinem DSC, aber posthum. Es hieß bei der Verleihung an seine Eltern, daß er weit über das Maß hinaus seine Pflicht erfüllt habe. Schön, nicht?«

Allenby schluckte heftig. Der Gin machte seinen leeren Magen zu einem Reibeisen. Was mußte er da erst bei Goudie anrichten?

Frazer fragte: »Archer hat das Boot zurückgebracht, Sir?«

»Stimmt. Archer hätte dafür einen weiteren Kolbenring und einen Orden bekommen müssen, bekam aber beides nicht.«

»Tut mir leid, Sir,« sagte Frazer. »Ich muß ihn falsch beurteilt haben.« Die erste Flasche Gin war bereits leer.

Goudie schielte, als erinnere er sich mühsam an Frazers Worte. Dann schüttelte er den Kopf. »O nein, Archer ist ein Arschloch. Sie hatten recht mit Ihrer Beurteilung.«

Ryder kam mit einiger Schwierigkeit den Niedergang heruntergeklettert, unter jedem Arm einen Karton voll Flaschen. Er war zwar noch jung, aber ein rascher Blick in ihre Gesichter sagte ihm mehr als Worte. Schließlich fragte er vorsichtig: »Der Einsatz geht also weiter, Sir?«

Goudie starrte ihn an oder versuchte es wenigstens. »Sie reden nur, wenn Sie gefragt werden.« Dann sah er die Kartons. »Aha, der Versorgungsoffizier hat funktioniert.«

Ryder antwortete unbehaglich: »Nicht ganz, Sir. Ich mußte für den Gesamtbetrag einen Bon unterschreiben.«

Goudie kicherte in sich hinein. »Typisch! Noch so ein verdammter Schreibtischkrieger!«

Schließlich sagte er: »Ja, der Einsatz läuft weiter wie geplant – das heißt, beinahe.« Zum ersten Mal sah er die beiden Briefe, die Allenby geschrieben hatte. »Gute Idee. Ich nehme doch an, Sie haben Ihr Testament gemacht? Vielleicht die letzte Gelegenheit.«

Goudie fummelte in seiner Segeltuchtasche und zog einen umfangreichen Umschlag heraus. »Und hier ist etwas Lesestoff für Sie, N.O.«

Frazer öffnete den Umschlag und breitete den Inhalt auf dem Tisch aus. Er überflog Daten, Zeiten, Erkennungssignale, alles mehr oder weniger so, wie im ursprünglichen Plan vorgesehen, nur daß sie jetzt allein fuhren. Was aber, wenn Goudie so weiter trank? Sein Blick blieb auf dem Einsatzdatum haften. Noch drei Tage Frist. Er sah Goudie an, aber der schien eingeschlafen zu sein, in der Hand noch ein leeres Glas. Sein Gesicht war wieder entspannt, beinahe jugendlich.

Allenby fragte leise: »Irgendwas Neues, Keith?«

Frazer schob ihm den Einsatzbefehl hin. Nach ihrer Ankunft am Treffpunkt würde Major F. Thomas wieder das Gesamtkommando übernehmen. Frazer meinte: »Ich möchte nur wissen, wofür das F steht.«

Goudie öffnete noch einmal die Augen. »Das sollten Sie eigentlich erraten.« Er winkte mit dem Glas. »Drei Tage Zeit.« Die Augen fielen ihm zu. »Wenn er diesmal wieder Schweinereien versucht, bringe ich ihn um.« Sein Kopf fiel auf den Tisch, er war eingeschlafen.

Ryder nahm ihm das leere Glas aus der Hand. »Ich frage mich manchmal, ob wir diesen Krieg auf die richtige Art und Weise führen.«

Frazer lachte. »Dann tragen Sie Ihre Bedenken doch dem Kriegsminister vor, Sub!«

Allenby nahm die beiden Briefe und seine Mütze, stieg an Deck und kletterte die Leiter zum Zerstörer hinauf, wo der Quartermeister und der Posten ihn neugierig musterten. Würden sie ihn aufhalten?

»Für die Postordonnanz, Sir?« fragte der Quartermeister höflich.

»Ja.« Allenby sah zu, wie der Mann die Briefe in den Postsack neben seinem Wachstand warf. Es war erledigt.

Allenby wandte sich um und salutierte zur Flagge auf dem Achterdeck. Trotz allem fühlte er sich sehr erleichtert.

8 Nicht für König und Vaterland

In der Abenddämmerung lag die See ruhig da bis auf eine langsam und gleichmäßig laufende Dünung: als ob das schwarze Wasser atmete. An Deck und auf der kleinen Brücke schwankten die Geschützbedienungen und die Wachgänger im gleichen Rhythmus mit dem Schiff. Sie wurden sich der ungeheuren Stille außerhalb ihrer kleinen Welt, des Gefühls der grenzenlosen Einsamkeit erschreckend bewußt.

In der Messe war die Luft feucht und mit Benzingestank geschwängert, während das Boot immer langsamer auf sein Ziel zuhielt.

Allenby saß mit dem Rücken an der Bordwand, wie alle anderen nur mit leichtem Khakihemd und Hose bekleidet. Lediglich an den Schulterstücken war er als Offizier zu erkennen. Immerhin ein Trost, dachte er vage. So konnte er wenigstens nicht als Spion oder als Partisan erschossen werden. Aber machten die Deutschen wirklich so feine Unterschiede?

Goudie stand im Eingang und starrte ihn beim Reden finster an. Er sah angestrengt aus, zeigte aber sonst keinerlei Spuren der vorangegangenen Sauferei. Erstaunlich, dachte Allenby, wie er sich verändern konnte, ganz wie seine Laune es ihm eingab.

Ryder saß mit verschränkten Armen da, die Augen im Schatten seines abgewetzten Mützenschirms. Ihm gegenüber hörte Archer gespannt Goudies abschließender Einsatzbesprechung zu. Allenby stellte fest, daß Archer gelegentlich die Finger einer Hand öffnete und wieder zur Faust ballte. Abgesehen davon war er nicht anders als vor der Zerstörung seines Bootes.

Goudie sagte: »Unser erstes Anlaufziel ist ein Yachthafen an der Südostecke der Insel: ein Naturhafen und sehr klein, wie Sie auf der Karte sehen.« Alle blickten auf die Karte mit ihren Linien und

Kreuzen, wo Frazer den geheimen Einsatzbefehl in harte Fakten umgesetzt hatte. »Wir werden dort gut versteckt liegen, während die Verhandlungen mit General Tesini laufen.« Sein Blick wurde unstet. »Mit Major Thomas und seiner Gruppe treffen wir gleich nach unserer Ankunft zusammen. Beim geringsten Zwischenfall hauen wir sofort wieder ab.«

Allenby dachte an die große Entfernung zwischen Tunis und ihrem Ziel. Abhauen würde nur eine Verzögerung ihrer endgültigen Vernichtung bedeuten. Er wartete auf irgendein Zeichen der Verärgerung, als Goudie von dem Major sprach, aber es kam keines. Goudie war im Einsatz ein völlig anderer als an Land, wog ihre Chancen ab und entwarf Alternativen. Er hatte wirklich reiche Erfahrung. Trotzdem fragte sich Allenby, ob dieser Einsatz oder einer der vorangegangenen, die Goudie mit soviel Mut geleitet hatte, auch nur den geringsten Einfluß auf den Kriegsausgang hatten.

Er hörte Scharren auf der Brücke und vermutete, daß Frazer beim Überprüfen ihrer Position hin- und herlief.

Goudie sagte jetzt: »Kurz vor Hellwerden laufen wir ein. Thomas und seine Gruppe sollten etwa eine Stunde zuvor eintreffen.« Er ging nicht näher auf Einzelheiten ein, und Allenby nahm an, daß Thomas mit einem U-Boot oder örtlichen Fischern herübergekommen war. Das setzte voraus, daß Thomas schon Kontakte auf der Insel hatte. General Tesini mußte wirklich wichtig sein. Aber was Thomas betraf, so hielt der es wahrscheinlich für viel praktischer, ihn einfach umzubringen.

Es war, als habe Goudie seine Gedanken gelesen, denn er sagte ruhig: »Die Invasion Siziliens muß glücken. Sie ist unser erster Schritt zurück nach Europa. Wenn irgendetwas schiefläuft oder sich erheblich verzögert, werden die Italiener möglicherweise wieder fest an der Seite ihrer deutschen Bundesgenossen stehen. Für einen Erfolg brauchen wir aber die Italiener.« Ein wenig bissig fügte er hinzu: »Mit anderen Worten: Wir brauchen ihren Verrat. So will es zumindest der Plan, der weit weg von Leuten ausgedacht wurde, die besser informiert sind als wir hier.«

Lauschend neigte er den Kopf, als ein Mann auf der Brücke hustete, und fuhr dann fort: »Uns hier, die wir diese Pläne ausführen müssen, bleibt nur eine Richtschnur: Bei dieser Art Krieg kämpfen Sie nicht für König und Vaterland, sondern für Ihre eigene kleine Gruppe. Da gibt es kein Regelbuch und auch keinen Platz für Überempfindliche.« Sein Blick ruhte einen Augenblick auf Allenby. »Das Ganze ist kein

Spiel, wir *müssen* gewinnen. General Tesini ist von größter Wichtigkeit.« Sein Blick wurde härter. »Aber nicht lebenswichtig. Wenn er seine Meinung ändert oder uns zu verraten versucht, erschießen Sie ihn. Habe ich mich klar ausgedrückt?«

Alle nickten.

»Gut.« Goudie öffnete seine Pistolentasche und zog die schwere Luger hervor. »Gehen Sie noch einmal über das Boot und überprüfen Sie alles. Wir bleiben auf Gefechtsstationen, bis ich Gegenbefehl gebe, klar?«

Allenby blieb noch einen Augenblick sitzen, nachdem Goudie und die anderen gegangen waren. Er klopfte auf seine Taschen und überprüfte seinen Revolver. Ihm war, als ginge er zum Entschärfen einer Bombe.

Er sah sein Gesicht im Glas des Schlüsselkastens. Selbst in dieser schwachen Beleuchtung sah es blaß aus. Sein Haar quoll unter der Mütze hervor, viel zu lang für den Geschmack der Marine. Seine Mutter wäre entsetzt gewesen.

Er setzte die Mütze in einem solchen Winkel auf, daß es ausgesprochen flott aussah, und zwang sich zu einem Lächeln: *»Bagatelle.«*

Frazer beugte sich über den Kompaß und musterte sorgfältig die Leuchtscheibe. Noch immer war der Himmel voller Wolken, was die Ermittlung ihrer genauen Position sehr erschwert hatte; aber mit etwas Glück sollten sie zeitgerecht den Kurs auf den kleinen Yachthafen ändern können. Er überprüfte seine Gefühle und entdeckte, daß er fast stolz war auf seine Leistung als N.O.

Beinahe wäre er über Ives' lange Beine gestolpert, der gegen das Flaggenspind gelehnt schlief. Armer Ives, dachte er; er hatte ihn durch einen Seemann ablösen lassen müssen, damit er wenigstens kurz ruhen konnte. Bei der Ansteuerung der Insel mußte der Gefechtsrudergänger wieder in Form sein.

Frazer dachte auch an Lynn Balfour und den Mann, den sie verloren hatte, aber immer noch liebte. Warum konnte er sie nicht vergessen? Es war doch unwahrscheinlich, daß sie eine Bindung eingehen würde mit einem, der genauso gefährdet war wie ihr gefallener Verlobter. Aber sie hatte ihn in Gibraltar angerufen. Sie hatte ... Frazer straffte sich, als er Goudies Schritte auf der Brückengräting hörte. Immer trug er diese ausgelatschten Seestiefel. Sie mußten ebenso viele Gefechte erlebt haben wie ihr Eigentümer. Goudie gehörte nicht in dieses Jahrhundert, dachte Frazer, eher schon in die alte Segelschiffsmarine oder als Skipper auf einen Freibeuter.

Goudie trat zu ihm ans gläserne Brückenkleid und blickte hinunter zu dem wie eine Pfeilspitze vorwärtsdrängenden Bug. Nur ein gelegentlich aufleuchtender weißer Gischtstreifen kennzeichnete die Grenze zwischen Bootskörper und Wasser.

»Ganz pünktlich, N.O.« Es war eine Feststellung, kein Lob.

»Ich bin zufrieden, Sir.«

Aber Goudie hörte nicht zu, wie üblich. Schließlich sagte er: »Ich wollte ein zweites Boot als Ersatz für Alpha zwei haben, wissen Sie.«

Frazer wartete. Vermutlich war dies der Grund gewesen, warum Goudie sofort nach ihrem Anlegen in Tunis an Land gegangen war.

Schließlich fuhr Goudie fort: »Aber ich hätte mir die Mühe sparen können. Es war, als wollte ich eine Vergnügungsfahrt organisieren, so haben sich diese Schreibtischkrieger aufgeführt.« Er schlug mit der Faust auf das Brückenkleid, und Frazer glaubte die Energie zu spüren, die diesen Mann vorwärtstrieb. Sie war wie ein Fieber.

»Prothero war nach England zurückgeflogen. Über ihn hätte ich vielleicht etwas erreichen können.«

Frazer fragte: »Hat er solchen Einfluß?«

Goudie hob die Schultern. »Er spielt immer genau nach den Regeln. Wie Cricket. Aber so war er immer schon.«

Frazer war erstaunt. »Kannten Sie ihn denn schon vor dem Krieg, Sir?«

Goudie wandte sich ihm zu. »Er hat Abenteuerbücher für die Jugend geschrieben, wußten Sie das nicht? Unter dem Pseudonym *Spindrift**.«

Spöttisch schüttelte er den Kopf. »Ihr draußen in den Kolonien habt eure Bildung eben sträflich vernachlässigt.« Dann änderte sich seine Stimmung wieder. »Ich bin im Kartenraum, wenn Sie mich brauchen.«

Was hatte wohl Goudie vor dem Krieg gemacht? fragte sich Frazer. Er lachte glucksend in sich hinein und sah, wie der Ausguckposten ihn erstaunt anblickte. Prothero und Abenteuerbücher für Jugendliche! Das paßte zu ihm.

Schattenhafte Gestalten bewegten sich an Deck und bei den Geschützen. Archer war vorn beim Zweipfünder, Ryder achtern bei den leichteren Waffen und den Wasserbomben. Allenby stand klar zum

* Gischt

Einspringen, falls einer von beiden ausfiel. Vier Offiziere und zwölf Mannschaftsgrade: lauter Häuptlinge und nur wenige Indianer.

Er hörte Ives leise schnarchen und wünschte, auch er könnte sich irgendwo hinlegen und schlafen. Sie hatten noch eine lange Nacht vor sich.

Er streckte sich stöhnend. Zeit, noch einmal den Schiffsort zu überprüfen. Es gab ihm einen Ruck, als er sich erinnerte, daß der italienische General seinen Vater kannte und daß sie zusammen auf der ONONDAGA gesegelt waren. Goudie hatte ihm gesagt, was mit Tesini geschehen würde, wenn etwas schiefging. Angenommen, Goudie gab *ihm* den Befehl, Tesini zu erschießen? Konnte er das?

Er brütete noch immer über diesen Gedanken, als Allenby die Treppe heraufkam, um ihn abzulösen, damit er heißen Kakao trinken konnte.

Mit einem Ruck fuhr Frazer auf und stellte ungläubig fest, daß er im Stehen eingeschlafen war, trotz der ungleichmäßigen Bootsbewegungen, trotz allem, was Erfahrung und Marinedisziplin ihm diktierten.

Ein Seemann sagte: »Funkspruch, Sir.«

Frazer taumelte zum Sprachrohr. Das mußte es gewesen sein, was ihn geweckt hatte. »Was gibt es, Funker?«

»Ich habe einen Sender gehört, Sir, konnte ihn aber nicht verstehen. War Deutsch, glaube ich. Ganz in der Nähe.«

»Verdammt!« Frazer erwog fieberhaft diese Nachricht, sein Kopf war wieder vollkommen klar. »Halten Sie weiter gute Horchwache, ich melde es dem Kommandanten.« Das erwies sich jedoch als unnötig, denn Goudie war bereits da.

»Der Funker hat ein –«

Goudie nickte lebhaft. »Ja, habe ich gehört. Brauche keinen Nachrichtendienst.« Er dachte laut. »Wie weit noch?«

»In fünfundvierzig Minuten sollten wir die Insel in Sicht bekommen, Sir. Wenn die Wolken aufreißen, etwas eher.«

Goudie blickte zum Himmel. »Das werden sie nicht. Geben Sie durch: absolute Stille auf dem Oberdeck. Und sagen Sie dem Chief, er soll nicht mit Schraubenschlüsseln werfen. Es ist sonst nicht Art der Deutschen, unnötige Funksprüche herauszufurzen. Sie müssen sich hier verdammt sicher fühlen.«

Ihre Blicke trafen sich in der Dunkelheit. Frazer sagte: »Also sind sie hier auf der Insel.«

Goudie rieb sich das Kinn. »Wenn das zutrifft, können sie uns hereinlegen. Andererseits wäre das ein doppelter Grund für absolute Funkstille.«

Das Sprachrohr quiekte wieder. »Keine weiteren Funksprüche, Sir.«

Goudie grunzte. »Das entscheidet die Frage. Wir laufen direkt ein.« Frazer wartete. Goudie hatte beabsichtigt, Allenby mit ihrem eigenen kleinen Boot vorauszuschicken, damit er an Land alles erkunden und ihnen den Weg weisen konnte. »Der Yachthafen wurde vom Nachrichtendienst als sauber bezeichnet, aber der Feind könnte ihn seither vermint haben.« Goudie fuhr ebenso gelassen fort: »Lassen Sie sofort zusätzliche Automatikwaffen ausgeben. Wir müssen möglicherweise einen Angriff abwehren oder uns den Rückweg freischießen.«

Frazer sah Ives' breite Schultern, die sich deutlich gegen den bewölkten Himmel abhoben. Er stand also wieder am Ruder. Seltsam, wenn man es recht überlegte. Ives hatte weniger See-Erfahrung als irgendein anderer, und doch schien er eine Zuversicht auszustrahlen, die geradezu ansteckend wirkte.

Leise sagte Goudie: »Es kann bedeuten, daß General Tesini ein bißchen unsicher ist, weil er möglicherweise glaubt, daß die Deutschen sein kleines Spiel durchschauen.« Er schien aber nicht im geringsten beunruhigt; es war lediglich ein weiteres Problem, das sie lösen mußten.

Frazer überlegte, was wohl geschah, wenn der Feind genau wußte, was sich hier abspielen sollte. Dann waren sie innerhalb der nächsten Stunden allesamt tot.

Jede Bewegung hatte auf der Brücke und an den Geschützständen aufgehört. Sie wußten alle, worum es ging. Die Geschütze waren gespannt und entsichert, alle Ohren strengten sich an, um das erste verräterische Geräusch aufzufangen.

Goudie sagte nachdenklich: »Eins ist wichtig, N.O., wir müssen den Sender zerstören, und zwar verdammt schnell.« Dann verfiel er wieder in Schweigen.

Das Boot gierte und war bei dieser geringen Fahrt kaum steuerfähig. Auf offener See konnten sie jedes andere Schiff überholen, selbst die tödlichen deutschen Schnellboote, aber hier, dicht unter Land, waren sie wie Krüppel.

Er starrte über das Brückenkleid und sah, daß die Maschinengewehre sich vorsichtig von einer Seite zur anderen bewegten. Das war Weeks. Im Dämmerlicht erkannte er die Schlangen der Munitionsgurte, weitere lagen dicht dabei, klar zum sofortigen Nachladen. Vorn am Bug schwenkte der schlanke Zweipfünder seine Rohre ebenfalls von einer Seite zur anderen. Das war Obergefreiter Sullivan. Was stand eigentlich zwischen ihm und Ives? Ihre gegenseitige Abneigung war beinahe physisch.

Archer war auch da, er wartete im Schatten und spähte durch sein Glas nach den ersten Anzeichen von Land. Wenn sie ohne weitere Zwischenfälle in den Yachthafen kamen, sollte Archer beim Boot bleiben. Goudie hatte es beiläufig erwähnt, obwohl er ursprünglich Ryder dafür abgeteilt hatte. Aber Goudie waren Archers Schwächen genau bekannt. Vielleicht war der Luftangriff und die Schnelligkeit, mit der Alpha zwei versenkt wurde, zu viel für ihn gewesen.

»Brücke! Land in Sicht, Backbord voraus.«

Sämtliche Gläser richteten sich auf die angegebene Stelle, und Goudie sagte: »Gute Navigation, N.O.« Seine Stimme klang heiser, und Frazer war völlig überrascht über dieses ungewohnte Lob.

Plötzlich lag die Insel dicht vor ihnen. Unglaublich, daß sie schon so nahe gewesen und doch bis jetzt unsichtbar geblieben war. Frazer kannte diese Schwierigkeiten bei nächtlichen Annäherungen, sie machte ihm aber die Gefahr noch deutlicher.

»Alle Geschütze klar zum Feuern!« Goudie packte das Brückenkleid mit beiden Händen. »Kein einziges Geräusch darf zu hören sein, klar?«

»Morsespruch, Sir!«

Goudie ließ etwas hören, das wie ein Seufzer klang. »Soll auf Antwort warten.«

Frazer lauschte dem Brummen ihrer Motoren und dem Echo, das von der felsigen Küste zurückprallte, als fahre dort ein anderes Schiff. Es schien betäubend laut, aber auch das war nur eine übliche Täuschung.

Er sah das abgehackte Stammeln einer Morselampe und hörte Goudie sagen: »Scheint in Ordnung. Zeigen Sie ›verstanden‹.«

Frazer blinkte mit seiner Lampe einmal kurz hinüber. Sie war mit einem Stück Flaggentuch umwickelt, aber immer noch hell genug. Zu hell, falls dort feindliche Wachposten standen.

»Gut,« sagte Goudie. »Hauptmaschine stopp. Backbord und Steuerbord langsam voraus. Klar bei Wurfleinen, aber bleiben Sie wachsam.«

Zwei Seeleute sprangen von Bord, als eine hölzerne Anlegebrücke aus der Dunkelheit auftauchte. Ihre Gummisohlen machten nicht das geringste Geräusch, während sie nach vorn liefen, um die Vorleine wahrzunehmen. Der Zweipfünder und mehrere Maschinengewehre deckten jede ihrer Bewegungen, aber abgesehen von einer regungslosen Gestalt im Kampfanzug schienen sie die gesamte Insel für sich allein zu haben.

Goudie und Frazer kletterten hinunter auf die Pier. Nach all den Stunden langsamster Fahrt mit ihrem unangenehmen Schlingern brauchten beide einen Augenblick, um ihr Gleichgewicht zu finden.

Goudie starrte den Mann an, der mit seiner abgedunkelten Morselampe die Zeichen gegeben hatte. Er war ringsum mit Munitionsgurten behängt und trug eine deutsche Maschinenpistole in der Armbeuge. Auf der Bluse seines Kampfanzugs konnte man gerade noch einen Obergefreitenwinkel erkennen.

»Alles in Ordnung?« Goudies Stimme klang ruhig, aber Frazer kannte ihn jetzt genug, um es für eine sorgsam einstudierte Show zu halten.

Der Soldat nickte. »Major Thomas ist oben bei dem italienischen General.« Er sprach mit leicht ausländischem Akzent, ähnlich wie Thomas selbst bei seinem Temperamentsausbruch auf Sizilien.

Er fügte hinzu: »Es sind auch Deutsche hier. Sie haben ein Boot auf der anderen Seite der . . .« Er suchte nach dem richtigen Wort und zeigte dann in die Dunkelheit, wo man eine vorspringende Landzunge ausmachen konnte.

Goudie fuhr auf: »Was für ein Boot, Mann?«

Der Soldat sah ihn an, sein Gesichtsausdruck war jedoch nicht zu erkennen. Kühl antwortete er: »Transporter«, dann, nach einem winzigen Zögern, »Sir. Er sollte einige persönliche Dinge des Generals abholen.«

Frazer pfiff leise durch die Zähne. Das komplizierte die Angelegenheit.

Schließlich sagte Goudie: »Dieses Boot hat einen Sender. Der muß sofort zum Schweigen gebracht werden.« Er sah Frazer an. »Holen Sie alle Leute von Bord bis auf das Maschinenpersonal. Aber auch sie sollen ihre Maschinenpistolen ständig bei sich haben. Archer übernimmt das Kommando und kann drei Seeleute bei sich behalten. Die übrigen will ich so schnell wie möglich hier sehen. Allenby soll seinen Zaubersack mitbringen.«

Gleichmütig sah der Soldat zu, wie die Seeleute über die Pier hetzten. Dann sagte er: »In dieser Hütte dort steht ein Telefon, das mit dem Haus des Generals verbunden ist.«

Frazers Augen gewöhnten sich allmählich an die Dunkelheit. Er sah die lange, schmale Silhouette einer Motoryacht, die von vorn bis achtern mit einer maßgeschneiderten Persenning zugedeckt war. Der General schien noch immer ein reicher Mann zu sein – und einflußreich, denn sonst wäre sein Boot von der Marine beschlagnahmt worden.

Ungeduldig scharrte Goudie mit dem Fuß, während Ives seinen kleinen Landungstrupp antreten ließ.

Er fragte den Soldaten: »Was macht Thomas?«

»*Major* Thomas erklärt dem General die Einzelheiten, Sir.«

Goudie knöpfte seine Pistolentasche auf. »Aus welchem Land kommen Sie?«

Der Soldat hob die Schultern. »Tut mir leid, Sir, das darf ich nicht sagen.«

Wütend wandte ihm Goudie den Rücken und ging ihnen voran über die Pier. Aus den Worten des schweigsamen Soldaten schien hervorzugehen, daß die Deutschen an nichts anderem interessiert waren, als Tesinis persönliche Habe abzuholen. Entweder war er in Ungnade gefallen, oder er wurde auf dem Festland gebraucht.

Rasch sagte Goudie: »Hier lebt fast niemand, nur ein paar Bauern auf der anderen Seite der Insel. Alle übrigen arbeiten für Tesini. Das ist günstig für uns.«

Das Haus war jetzt trotz der Dunkelheit deutlich zu erkennen. Es war weiß und lag am Ende einer langen, schnurgeraden Auffahrt, zu deren beiden Seiten Bäume ein geisterhaftes Spalier bildeten.

Einer von Thomas' Leuten lag neben einer Marmorstatue, von wo aus er mit seinem leichten Maschinengewehr den gesamten Garten bestreichen konnte. Er sah nicht auf, als sie an ihm vorbeikamen. Etwas seltsam Unwirkliches umgab die Gruppe des Majors; sie war furchteinflößend und irgendwie fremdartig. Die Deutschen hatten so viele Länder besetzt, daß diese Leute von überall her stammen konnten. Sie hatten wohl guten Grund für ihren Haß.

Dicht bei dem säulengeschmückten Eingang lag eine weitere Gestalt. Diesmal war es ein toter Deutscher, umgeben von den Scherben zerbrochener Teller und Schüsseln. Wahrscheinlich eine Ordonnanz, dachte Frazer; er konnte das Blut riechen und hatte den dringenden Wunsch, sich Hände und Gesicht im nahen Springbrunnen zu waschen.

An der Tür blieb er stehen und spürte, daß Ives dicht hinter ihm war. Der fremde Soldat trat beiseite, und Frazer stieß die Doppeltür auf. Finsternis empfing ihn. Plötzlich spürte er, wie ihm der Lauf einer

Handfeuerwaffe hart in die Rippen gestoßen wurde und eine Hand mit geschicktem Griff seine Pistole aus dem Halfter zog.

Dann hörte er die Stimme von Major Thomas: »Schließen Sie die Türen, machen Sie Licht an.«

Die Seeleute drängten in eine reich verzierte Halle, und der Soldat, der Frazer mit solcher Leichtigkeit die Pistole abgenommen hatte, grinste ihn vergnügt an.

Thomas sagte: »Gib sie ihm wieder zurück.«

Frazer nahm die Pistole und knurrte böse: »Versuch das noch mal, und ich mache Mus aus dir.« Er war selbst überrascht, daß seine Stimme dabei so ruhig klang.

Thomas sah Goudie an. »Nur *ein* Boot?« Das klang wie eine Anklage.

Goudie nickte. »Wir schaffen es trotzdem.«

»Sie wissen Bescheid über den deutschen Transporter?« Thomas blickte hinauf zur Decke, wo man Möbel im oberen Stockwerk scharren hörte.

Goudie sagte: »Oberleutnant Allenby kümmert sich darum.«

Frazer trat ruhelos von einem Fuß auf den anderen. Warum fingen sie nicht endlich an? Jemand von dem deutschen Boot konnte jeden Augenblick ins Haus kommen.

Ruhig berichtete Thomas: »Es sieht so aus, als würde der General zurückgerufen, um einen neuen Posten zu übernehmen. Er wird vielleicht den Verdacht hegen, daß man ihm mißtraut. Das spricht er natürlich nicht aus, er bleibt absolut fest bei seinen Bedingungen.« Er sah zu, wie einer seiner Leute eine Tasche mit Papieren zur Tür trug. »Drei Deutsche waren beim General, einen haben Sie wahrscheinlich draußen gesehen. Der zweite wurde erschossen, als er versuchte, den Strand zu erreichen. Der dritte wird soeben verhört. Es mag Dinge geben, die wir wissen sollten.« Er strich seinen Pistolengurt glatt. »Kommen Sie, machen Sie dem General Ihre Aufwartung.« Er lächelte verächtlich: »Er bildet sich ein, er könnte uns Befehle geben.«

General Gustavo Tesini machte eine beeindruckende Figur. Er war groß und kräftig, aber wohlproportioniert in seiner makellosen grünen Uniform. Sein Haar war grau, und sein gepflegter, weißmelierter Spitzbart sah aus, als würde er regelmäßig gekämmt. Seine tiefe, volltönende Stimme paßte zu seiner Erscheinung. Jovial sagte er zu Frazer: »Ganz der Vater!«, und schüttelte ihm herzlich die Hand. Doch blieben seine Augen dabei klein und scharf, genau wie die von Prothero.

Goudie sagte: »Ich habe nur *ein* Boot zur Verfügung, General, Sie sollten daher nur das Wichtigste mitnehmen. Wie viele Personen sind Sie insgesamt?«

Ernst sah ihn der General an. »Ich sprach gerade mit Ihrem Oberleutnant.« Es klang wie eine Zurechtweisung.

Wütend knurrte Thomas: »Ich gehe zu dem Gefangenen.«

Abrupt wandte er dem General den Rücken, ging hinaus und warf die Tür hinter sich zu.

Ruhig sagte Tesini: »Ein grober Kerl.« Dann kehrte er zum Thema zurück. »Meine Frau ist hier und mein jüngster Sohn, außerdem ein paar Bedienstete, aber die können hierbleiben.«

Neugierig musterte ihn Frazer. Er zweifelte daran, daß sein Vater jetzt noch viel für den Mann übrig gehabt hätte.

Goudie fragte: »Der deutsche Gefangene ist ein Offizier?«

Der General schüttelte den Kopf. »Bedauerlicherweise nicht. Es ist eine junge Frau vom Heeressekretariat. Sie fungiert unter anderem als Dolmetscherin und wurde mir geschickt, um einige Papiere auszusuchen.« Der General lehnte sich ein wenig zurück, seine glänzenden Stiefel quietschten auf dem Teppich. »Eine widerliche Angelegenheit, das Ganze.«

Goudie sagte: »Wir bleiben den ganzen Tag hier, aber zuerst müssen wir diesen verdammten Sender ausschalten. In der Dämmerung laufen wir dann aus.« Er sah Frazer an. »Sehen Sie nach, ob Allenby zurechtkommt.«

Frazer gab Ives ein Zeichen, und zusammen verließen sie das Haus. An einem sprudelnden Springbrunnen machten sie kurz Halt, um sich zu orientieren.

Ives sah zu, wie Frazer sein Taschentuch ins Wasser tauchte und sich Gesicht und Hals damit wischte. Es wurde schon hell, und er entdeckte ein paar Flecken blaßblauen Himmels zwischen den niedrigen Wolken. Seltsam, diese Umgebung, dachte er. Hier waren sie umgeben von Bäumen und süß duftenden Blumen, Statuen und Springbrunnen, während zwei Deutsche tot am Boden lagen und andere auf ihrem Boot, keine hundert Yards entfernt, vielleicht gerade starben.

Sie fuhren beide herum, als ein durchdringender Schrei ertönte, der aber im nächsten Augenblick verstummte, als hätte man eine schalldichte Tür zugeworfen. Frazer flüsterte: »Allmächtiger Gott!«

Ives sah ihn an. »Wir können nicht einfach hier stehen und nichts tun, Sir!« Seine Stimme klang flehend.

Frazer wischte sich mit dem Handrücken den Mund. »Nein, das können wir wirklich nicht.«

Er zog die Pistole, und Ives folgte ihm durch das Gebüsch.

9 Freund oder Feind?

Allenby nahm die Mütze ab und hob langsam den Kopf. Es war schwierig, in der Dunkelheit einen genauen Standort auszumachen, dachte er bereits zum hundertsten Mal. Der Boden fiel zur See hin ab und bestand aus rauhem, wahrscheinlich vulkanischem Gestein. Die vereinzelten Büsche boten einige Deckung, und er hörte, wie Weeks nach ihrem raschen Lauf keuchte.

»Die Deutschen scheinen nicht allzusehr beunruhigt zu sein,« flüsterte er.

Weeks kroch neben ihn, und zusammen lauschten sie dem traurigen, rhythmischen Gesang einer deutschen Stimme: entweder ein Grammophon, oder einer der Besatzung hatte das Radio eingeschaltet.

Allenby sah Weeks an. »Fertig?«

Der Seemann nickte. »Wir lassen sie die Hände hochnehmen und verschnüren sie dann wie Hühner.Ich habe ein paar Stricke mit.«

Wieder hob Allenby den Kopf. Er konnte den schwachen Schimmer der See ausmachen und einen plumpen schwarzen Schatten neben dem kleinen Anlegesteg. Kein Kriegsschiff. Das hätte auch alles zunichte gemacht. Er tastete nach dem Sprengstoff in seiner Tasche. Wie dicke Zigarren, aber tödlich.

Es waren keine Posten zu sehen. Die Deutschen fühlten sich offenbar vollkommen sicher hier.

Eine leichte Brise rauschte in den Büschen und bewegte einen großen Teppich wilder Blumen. Tausende von Mohnblüten, wie beim Waffenstillstandstag in England.

Er riß sich zusammen. Er mußte wohl stärker übermüdet sein als gedacht, wenn er sich in diesen wichtigen Augenblicken ablenken ließ.

Weeks zischte: »Was war das?«

Allenby blickte über die Schulter. Hatte da jemand geschrien? »Eine aufgestörte Möwe, denke ich.« Schließlich sagte er entschlossen: »Los!« Er zog den Revolver und hörte, wie Weeks seine

Maschinenpistole entsicherte. Leise fuhr er fort: »Bleiben Sie dicht neben mir und versuchen Sie, nur auf festem Untergrund zu kriechen.«

»Stimmt irgendetwas nicht, Sir?«

Allenby biß sich auf die Lippen. *Nervös*. Oder war es der Instinkt, der ihm schon mehr als einmal das Leben gerettet hatte?

»Ich bin nicht sicher ...« Sie fuhren beide herum, als Getrappel auf dem groben Boden zu hören war und eine Gestalt auf sie zulief. Es war Ryder. Allenby hatte den jungen Leutnant absichtlich zurückgelassen, als einzige Verbindung zwischen ihnen und Goudie. Außerdem besaß er nicht die geringste Erfahrung bei dieser Art Unternehmung.

Allenby rief so laut er wagte: »Hauen Sie ab, Sie verdammter Idiot!«

Ryder rief: »Ein Schrei! Haben Sie ihn nicht gehört?« Weiter kam er nicht. Man hörte ein leises Klicken, und irgendetwas in den Mohnblüten, durch die Ryder gebückt lief, flog in die Luft.

Allenby warf sich gegen Weeks, und zusammen rollten sie seitwärts in die Büsche.

Der Krach war ohrenbetäubend. Allenby hielt den Atem an, als Stahlsplitter und Erde auf sie herabregneten. Es hatte nur Sekunden gedauert, und doch wußte Allenby jede entsetzliche Einzelheit. Dort mußte ein Stolperdraht gespannt gewesen sein, und Ryder hatte ihn mit den Füßen ausgelöst. Bei der Mine handelte es sich wahrscheinlich um eine Art »Schmetterling«. Sie konnten von Flugzeugen abgeworfen werden, und sobald sie den Boden berührten, öffneten sie ihre Schwingen und warteten auf die geringste Berührung.

Ryder krümmte sich und schluchzte: »O Gott! O Gott, *helft mir*!« Die Worte rangen sich im Todeskampf von seinen Lippen.

Allenby sagte: »Kommen Sie, Weeks. Es ist unsere einzige Chance, *jetzt*!«

Unfähig sich zu bewegen, starrte Weeks zu Ryder hinüber.

»Lassen Sie ihn.« Allenby zog einen der Sprengkörper aus der Tasche und riß den Sicherheitsfaden ab. »Sie erledigen uns sonst alle.«

Er haßte sich für seine Worte, aber er rief: »Wir kommen gleich zurück, David!« Eine andere Gestalt kam den Hang herunter, und Allenby rief beinahe schluchzend vor Erleichterung: »Legt ihm einen Verband an!« Selbst in dem trüben Licht erkannte er, daß es Obergefreiter Sullivan war.

Dann rannte er auf den Landungssteg, Weeks dicht hinter sich.

Sullivan sah ihnen nach und kniete neben dem stöhnenden Offizier nieder.

Ryder keuchte: »Hat mein Bein erwischt.« Er biß die Zähne zusammen, um einen Schrei zu unterdrücken. »O Gott!«

Sullivan riß sein Verbandspäckchen aus der Tasche und tastete den Körper des jungen Offiziers ab. Er blutete aus mindestens zwei schlimmen Wunden. Sullivan mußte sich fast übergeben, als er Ryders Bein berühren wollte, denn da war keins mehr, lediglich ein zerfetzter Stumpf, aus dem das Blut rhythmisch herausschoß.

Es würde nicht mehr lange dauern, dachte Sullivan. Aber er sagte: »Hier, Sir, so ist's besser. Das sollte fürs erste genügen.«

Dann hielt er Ryder fest im Arm, bis er starb.

Die Explosion hallte noch in Allenbys Ohren nach, während er auf den Landungssteg rannte und vom Deck des vertäuten Transporters Rufe hörte. Das Schiff hatte einen plumpen Rumpf und einen großen Schornstein. Vielleicht war es ein alter Schlepper oder ein Lotsenversetzboot.

Zwei Köpfe erschienen über der Reling, und Allenby warf seine zigarrenförmige Bombe nach ihnen. Er hörte eine kurze, bösartige Explosion, und die Köpfe verschwanden.

Dann rannte er auf dem Steg weiter und feuerte seinen Revolver auf eine andere Gestalt ab, die sich im Schatten bewegte. Anstatt sich zu verstecken, hob der Mann die Hände.

Weeks war bereits an Bord und richtete seine Maschinenpistole auf einen Niedergang.

Da hörte Allenby plötzlich das Stakkato von Morsebuchstaben.

»Hier runter!«

Er zwängte sich durch eine Schwingtür und sah Licht. Das mußte der Funkraum sein.

»Bleib zurück!« Er rannte zur Tür und versuchte, sie zu öffnen, aber sie war verschlossen. Wie dringend und bedrohlich die Morsebuchstaben klangen! Allenby zog einen kleinen Sprengkörper aus einer anderen Tasche. Er war nicht größer als zwei Zigaretten und hatte einen auf drei Sekunden eingestellten Zünder. Er riß den Plastikbezug ab und warf den Sprengsatz unten an die Tür, dann raste er zurück. Trotzdem wurde er beinahe umgerissen durch den gewaltigen Druck, während Rauch und Staub über Deck fegten.

Weeks starrte ihn ängstlich an. »Alles in Ordnung, Sir?«

Sie drehten sich um und warteten, bis der Funker aufhörte zu schreien, dann lief Allenby zurück in den Funkraum. Der Sitz war zerschmettert und der Funker selbst gegen das Schott geschleudert worden. Die weiße Farbe war blutverschmiert, wo er zu Boden geglitten war. Allenby blickte in die vorquellenden Augen des Mannes, ihm war, als seien sie noch lebendig. Doch unterhalb der Taille war nicht viel von ihm übriggeblieben.

Weeks sagte: »Zwei liegen tot an Deck, Sir. Was machen wir mit dem Gefangenen?« Er richtete die Mündung seiner Maschinenpistole auf den Deutschen. »Soll ich...«

»Nein. Hier müssen noch andere sein.«

Sie fanden einen Unteroffizier und drei weitere Seeleute, die sich im Mannschaftsraum unter der Back versteckten. Sie schienen zu alt für die deutsche Marine, und Allenby vermutete, daß es sich um die ursprüngliche Besatzung handelte. Sie nahmen offenbar an, daß sie von einer erheblich stärkeren Streitmacht angegriffen worden seien. Für sie war der Krieg jetzt vorbei, es sei denn, Goudie entschied, sie hier zurückzulassen oder sie umzubringen. Weeks hätte das ohne weiteres getan, wenn Allenby es befohlen hätte. Aber sie fanden einen Geräteraum mit Stahltür und trieben die kleine Besatzung dort hinein. Während Allenby das Vorhängeschloß zudrückte, sagte er: »Wenn sie ein bißchen gesunden Menschenverstand haben, bleiben sie ruhig hier drin, bis ihre Kumpels eintreffen.«

Neugierig musterte ihn Weeks. »Hoffentlich hat dieser Funker seinen Notruf nicht mehr durchgeben können, Sir.«

Sie verließen das jetzt in tödliches Schweigen gehüllte Boot, das allmählich erkennbare Form annahm.

Sullivan saß noch immer auf dem Hang neben Ryders Leiche. Trotz des schwachen Lichts erkannte Allenby den dunklen Blutfleck in dem dichten Mohnbeet.

»Wir nehmen ihn mit ins Haus.« Er hob Ryders Mütze auf, die verblichene Seemütze mit dem geteerten Abzeichen daran, auf das er so stolz gewesen war.

»Tut mir leid, David.« Er fuhr zusammen, als die anderen ihn erstaunt ansahen, denn er hatte sich eingebildet, nur zu Ryder und sich selbst zu sprechen.

Als sie sich dem Herrenhaus näherten, drehte Allenby sich dort, wo der Steingrund in grünen, gepflegten Rasen und saubere Terrassen überging, noch einmal um und blickte hinaus auf die See. Es hätte ein wunderschöner Anblick sein können, dachte er.

Heute habe ich drei Menschen getötet. Er steckte den Revolver ins

Halfter und seufzte tief; laut jedoch sagte er: »Na und?« Aber der Gedanke blieb haften wie Pech.

Als Frazer die Tür aufstieß und in den Raum stürmte, erstarrten die Männer darin wie ein lebendes Bild des Schreckens.

Mehrere Mitglieder der Gruppe Thomas standen in Kampfanzügen ohne Rangabzeichen um einen Stuhl herum, unter der einzigen Lampe im Raum. Eine junge Frau war an diesen Stuhl gefesselt, so straff, daß das rohe Fleisch an den Handgelenken hervortrat. Sie war vollkommen nackt, Gesicht und Körper waren übersät mit blauen Flecken, und ein leuchtender roter Blutfaden lief ihr aus dem einen Mundwinkel.

Ives hielt seine Maschinenpistole klar zum Feuern, er hatte die grauenhafte Szene mit einem einzigen Blick erfaßt. Die Frau war jung, ihr Haar leuchtete dunkel in dem scharfen Licht. Auf ihren Oberschenkeln waren blutverschmierte Stellen, sie war also nicht nur geschlagen, sondern auch vergewaltigt worden.

Major Thomas starrte Frazer an. »Was zum Teufel wollen Sie hier?« Dann wies er mit dem Kopf auf den Stuhl und sagte zu seinen Leuten: »Macht weiter!«

Einer seiner Männer rauchte eine schwarze Zigarre; er griff mit einer plötzlichen Bewegung nach der rechten Brust des Mädchens und drückte sie so heftig, daß die Unglückliche sich vor Schmerzen wand. Der Mann preßte die Warze zwischen Daumen und Zeigefinger und hielt das glühende Ende der Zigarre dicht davor.

»Sie weiß etwas!« Thomas sah zu, wie ein zweiter Mann die Finger ins Haar der jungen Frau grub und ihr Gesicht so drehte, daß sie die sich langsam ihrer Brustwarze nähernde Zigarre sehen mußte.

Frazer durchquerte den Raum mit einem einzigen Sprung und schlug die Mündung seines Revolvers mit solcher Gewalt auf das Handgelenk des Mannes, daß der Knochen krachte.

Frazers plötzliche Bewegung brachte Leben ins Bild. Der Kopf des Mädchens fiel nach vorn, und sie keuchte mehrere Male, dann schluchzte sie lautlos in sich hinein.

Frazer sagte: »Binde sie los, *sofort*!«

Thomas fauchte: »Was zum Teufel erwarten Sie? Diese Nazihure weiß vielleicht etwas. Ich wette, daß sie gewohnt ist, Geständnisse unserer Leute niederzuschreiben, wenn die verhört werden, so und noch schlimmer.«

Frazer versuchte, Ruhe zu bewahren, obwohl er am ganzen Körper vor Zorn und Widerwillen bebte. Ihm war klar, daß er die Folterer ohne Ives' Anwesenheit erschossen hätte.

»Sie kotzen mich an! Zwar tragen Sie unsere Uniform, aber Sie beschmutzen sie mit Ihrer widerlichen Grausamkeit und Ihrem entsetzlichen Haß!«

Ives hatte das Mädchen mit raschen Bewegungen losgebunden und fing es auf, als es ohnmächtig wurde. Unendlich vorsichtig trug er es in den angrenzenden Raum, erstarrte aber, als eine Detonation das Gebäude erschütterte.

Frazer rief: »Das ist zu laut für Allenby und auch zu nah!«

Ives legte das Mädchen auf eine Couch und kehrte zurück, um ihre Uniformjacke zu holen. Rock, Bluse und Unterwäsche lagen auf einem Haufen, waren naß und stanken nach Urin. Thomas sah mit ausdruckslosem Gesicht zu. Mehrere Minuten lang herrschte unbehagliches Schweigen, dann füllte sich plötzlich die Eingangstür mit Gestalten. Als erster erschien Goudie und sagte: »Gehen Sie hinunter und helfen Sie den anderen. Allenby hat die Bootsbesatzung zwar erledigt, aber Archer rief vom Yachthafen an: Die Schufte haben vorher noch einen Notruf gefunkt.«

Er sah Ives und warf einen Blick auf das Mädchen im angrenzenden Raum.

»Verdammt, Thomas, da sind Sie zu weit gegangen!« Er fuhr herum und sah ihn an. »Ryder ist tot – Ihretwegen. Als er den entsetzlichen Schrei hörte, lief er los und geriet in eine Mine. Die Deutschen haben anscheinend beabsichtigt, den ganzen Küstenstreifen über dem Strand zu verminen.«

Wütend starrte Thomas ihn an. »Sehen Sie? Die Person wußte das wahrscheinlich. Ich hätte es aus ihr herausgekriegt!«

Goudie steckte die Pistole zurück. »Macht jetzt nicht mehr viel aus, oder?« Er blickte sich im Raum um, als sähe er ihn zum ersten Mal: das Blut auf dem Stuhl, die beschmutzten Uniformstücke und die Unterwäsche des Mädchens. »Sie genießen Ihre Arbeit, nicht wahr, Major?«

Allenby kam in den Raum. Er sah müde aus und womöglich noch blasser als sonst.

»Boot und Besatzung sind sichergestellt, Sir.« Er sah den Stuhl, auf dem das Mädchen gefoltert worden war, und sagte dumpf: »Ryder hörte den Schrei und kam gerannt, um uns zu warnen. Dabei geriet er in die Mine. Ohne diesen Schrei wären er und drei deutsche Seeleute noch am Leben.« Er sah Thomas an und fügte hinzu: »Wenn *Sie* unser

Verbündeter sind, dann bin ich wohl auf der falschen Seite, Sie Schwein!«

Goudie holte tief Luft. »Das reicht jetzt! Schluß damit: Stellen Sie zwei Posten ab, einen auf das Dach des Hauses, von dort hat er guten Überblick. Wir bleiben heute getarnt hier liegen und laufen bei Anbruch der Dunkelheit aus, vielleicht auch schon früher. Ich habe Archer gesagt, er soll das MKB mit Yachtpersennings tarnen, für den Fall, daß uns Aufklärer überfliegen. Gott sei Dank können keine Flugzeuge hier landen, aber Schiffe werden bald genug eintreffen, wenn der Funkspruch verstanden wurde.« Etwas milder fuhr er fort: »Sie haben gute Arbeit geleistet, Allenby. Ihr anderen auch.« Nun sah er Ives an. »Holen Sie sich eins von den italienischen Dienstmädchen, das kann Ihnen bei der jungen Deutschen helfen. Bleiben Sie hier bei ihr, ich vertraue sie Ihnen an.«

Zu Frazer sagte er: »Kehren Sie zum Boot zurück und passen Sie auf, daß das Gepäck des Generals so verstaut wird, daß es uns nachher nicht im Wege ist, klar?« Zuletzt warf er einen Blick auf die Leute von Major Thomas. »Und schafft mir dieses Gesindel aus den Augen. Ich möchte keinen von ihnen sehen, bis wir auslaufen.«

Weeks fragte: »Was ist mit Mr. Ryder, Sir?«

Goudie zog Pfeife und Tabaksbeutel hervor. »Begraben Sie ihn im Garten, das ist das einzige, was wir für ihn noch tun können.« Dann sah er Frazer an. »Ich könnte jetzt einen Drink gebrauchen. Sagen Sie Archer, er soll Rum an die Leute ausgeben und für uns Gin besorgen.«

Er verließ den Raum, ohne Thomas noch einmal anzusehen.

Frazer blickte Allenby an. »Ich bin froh, daß du es geschafft hast, Dick.« Er versuchte zu lächeln, aber das gelang ihm nicht. »Wieder einmal.«

Im angrenzenden Raum, hinter verschlossenen Türen, fing Ives an, mit einem feuchten Tuch das Blut von den Gliedmaßen des Mädchens zu wischen, während die Italienerin mit der Wasserschüssel aus sicherem Abstand zusah.

Die junge Frau stöhnte und öffnete die Augen. Ives sah das Entsetzen in ihrem Blick, als ihr Gedächtnis zurückkehrte. Sowie sie begriff, was Ives tat, fuhren ihre Hände sofort nach unten, um ihre Blöße zu bedecken.

Ives deckte sie mit der Uniformjacke zu und sagte: »Sie brauchen nichts zu fürchten. Vertrauen Sie mir.« Seine Stimme war leise und beruhigend. Er spürte, wie sie zurückzuckte, als er begann, das Blut von ihrem verletzten Mund abzutupfen. Er zögerte jedoch keinen Augenblick, sondern fuhr damit fort und spülte dann das Tuch in der Schüssel mit warmem Wasser aus, die die Italienerin ihm hinhielt. Langsam, ganz langsam begann die junge Frau sich etwas zu entspannen, obwohl ihre Augen noch immer weit aufgerissen waren vor Verzweiflung.

Ives hatte schon früher mit verletzten Frauen zu tun gehabt, sei es bei Verkehrsunfällen, Luftangriffen oder nach Schlägereien in Kneipen; aber solche Wunden hatte er noch nicht erlebt. Sie hatte ein junges, hübsches Gesicht, und ihr Körper war trotz der Schnitte und blauen Flecken so schön, daß es ihm den Atem verschlug.

Er zwang sich weiterzusprechen. »Tut mir leid, daß ich nicht deutsch spreche, Miß. Aber so viel ich gehört habe, sind Sie Dolmetscherin?« Er spürte ihr erneutes Beben, als er ihr das Haar aus den Augen strich, und kam sich plump und hilflos vor.

»Ich hole Ihnen gleich etwas zu essen, aber zuerst müssen Sie versuchen, ein wenig zu ruhen.«

Sie richtete sich auf und bedeckte ihre Brüste mit dem Handtuch. »Bitte, gehen Sie nicht weg.« Sie warf einen Blick zur Tür, die Augen sofort wieder schreckgeweitet. »Diese Männer –«

Ives sagte: »Die tun Ihnen nichts mehr zuleide, dafür sorge ich.«

Sie musterte seine Gesichtszüge und sah dann das Band an seiner Mütze mit den Buchstaben HMS. »Marine«, sagte sie.

Ives nickte traurig. »Stimmt, Miß, und weit weg von zu Haus.«

Die Tür öffnete sich, und Allenby trat mit einem Becher in der Hand ein.

»Hier, Swain. Etwas Cognac aus dem Keller des Generals.« Er versuchte, nicht das nackte Mädchen anzustarren, und schämte sich gleichzeitig seiner Verwirrung. Entsetzt erinnerte er sich, daß ein Seemann gesagt hatte, sie sei vergewaltigt worden. Sie hatte wunderschönes dunkles Haar, so ähnlich wie das von Joanna. Was hätte er wohl empfunden, wenn Joanna gefoltert und vergewaltigt worden wäre?

Ives hielt ihr den Becher an die Lippen. »Trinken Sie mit dieser Seite, Miß, dann tut es nicht so weh.«

Sie sah Allenby an und sagte: »Danke, Herr Oberleutnant.«

Allenby spürte, wie er zu erröten begann. Rasch eilte er aus dem Raum.

»Sie arbeiten mit ihm zusammen?«

Erneut drückte Ives das Tuch aus und nickte. »Ja, Miß. Er ist kein schlechter Offizier.«

Impulsiv streckte sie den Arm aus und berührte seine Hand. »Ich danke Ihnen für alles, was Sie getan haben. Ich hatte solche Angst. Die Männer haben mich verletzt. Ich war bisher noch nie mit einem Mann zusammengewesen, verstehen Sie? Sie lachten mich aus und hielten mich fest, während die anderen über mich herfielen.« Sie fing an zu schluchzen, die Tränen liefen ihr über Wangen und Brust.

Ives deckte sie mit einer Wolldecke zu, die er bis zu ihrem Kinn hinaufzog.

Er sagte: »Ich sitze dort drüben in der Ecke, für den Fall, daß Sie mich brauchen.« Er sah sie nicken und gab ihr sein Taschentuch. »Weinen Sie sich tüchtig aus.«

Sie hatte seine Worte nicht verstanden, aber ihr Blick zeigte, daß sie begriff.

Als Ives sich in den Armsessel fallen ließ, flüsterte sie: »Das werde ich Ihnen nie vergessen.« Aber Ives war bereits tief eingeschlafen.

Dieser Tag war der längste, an den Frazer sich erinnern konnte. Obwohl Ryder und die beiden Deutschen begraben worden waren, schien immer noch alles nach Tod zu riechen.

Er hatte den General einige Male gesehen und war befremdet über so viel Selbstsicherheit. Wenn seine deutschen Bundesgenossen hier erschienen wären, um seine Flucht zu verhindern, hätte er wahrscheinlich erklärt, daß er gefangengenommen worden sei und verschleppt werden sollte. Die toten Deutschen machten diese Aussage glaubhaft. Ohne die geringsten Skrupel würde er wieder die Seite wechseln.

Während des Tages gab es mehrmals falschen Alarm. Flugzeuge wurden gesichtet, passierten aber die Insel in großem Abstand und schienen nicht auf Such- oder Patrouillenflug zu sein.

Als es endlich Nachmittag war und Archer meldete, daß alle wertvollen Besitztümer des Generals im Rumpf des MKB verstaut seien, wobei man selbst den letzten verfügbaren Raum ausgenutzt hatte, trat Allenby zu Frazer in einem der wunderschön möblierten Räume, von denen aus man auf die Terrasse blickte. Jenseits davon lag die blaue See, funkelnd und einladend.

Allenby begann: »Ich werde froh sein, wenn wir hier endlich wegfahren.« Er sah sich um und fügte erbittert hinzu: »Dies wäre mal ein Ziel, das ich mit Freuden in die Luft sprengen würde!«

Frazer versuchte, ihn aus seiner Depression zu holen. »Das geht nicht, Dick, eines unserer hohen Tiere wird wahrscheinlich bald hier einziehen wollen.«

»Glaubst du wirklich, Keith?« Allenby hatte dunkle Ringe um die Augen vor Übermüdung. »Ich muß immer wieder an David denken. Ich hätte so etwas vermuten und ihn warnen müssen.«

Besorgt blickte Frazer ihn an. »Wie solltest du? Du warst in viel größerer Gefahr als David, aber seine Uhr war abgelaufen.« Er hob die Schultern. »Wir wollen uns lieber darauf konzentrieren, wie wir hier herauskommen.« Er wandte sich um, als Klaviermusik durch die Tür drang. Der General spielte, und Frazer mußte zugeben, daß er seine Sache verstand.

Goudie kam herein, knallte die Tür hinter sich zu und warf seine Mütze auf einen Stuhl.

»In zwei Stunden laufen wir aus. Schaffen Sie General Tesini, seine Frau und seinen Sohn dreißig Minuten vorher an Bord. Sehen Sie zu, daß die drei sicher untergebracht werden, falls es das überhaupt gibt. Er hat sich nun doch entschlossen, ein paar Bedienstete mitzunehmen.« Goudie, der einen Zettel in der Hand zerknüllte, fügte wütend hinzu: »Es wird kein Treffen mit dem Unterseeboot geben. Wir haben soeben den entsprechenden Funkspruch erhalten. Somit sind wir auf dem gesamten Weg auf uns allein gestellt. Flugzeuggeleit soll so bald wie möglich zur Verfügung stehen.«

Frazer machte eine kurze Überschlagsrechnung. Das würde bedeuten, daß auch Thomas und seine Leute an Bord blieben. Eine fröhliche Fahrt würde es also bestimmt nicht werden.

Allenby fragte: »Was ist mit den Gefangenen, Sir?«

»Die bleiben hier, das läßt eine Entführung überzeugender erscheinen. Wahrscheinlich sagen sie, daß sie zehn zu eins unterlegen waren.« Er trat ans Fenster und starrte hinaus auf die blaue See. »Übrigens, die Invasion läuft an. ›Operation Husky‹ beginnt übermorgen früh.«

Allenby sah Frazer an. Kein Wunder, daß das Oberkommando unter diesen Umständen kein Unterseeboot in diesem Seegebiet haben wollte. Jede zusätzliche Aktivität konnte die Dinge verzögern und die rechtzeitige Aufforderung General Tesinis an seine italienischen Kameraden, zu den Alliierten überzulaufen, verhindern.

Schließlich fuhr Goudie fort: »Der Rest der italienischen Dienerschaft bleibt hier, für sie besteht keine Gefahr.«

Allenby fragte: »Und die andere Gefangene, Sir?«

Irgendetwas in Allenbys Ton machte Goudie stutzig. »Wir lassen sie ebenfalls hier. Schließlich gehört sie zu den Feinden. Sie muß gefesselt werden, bevor wir auslaufen, ist das klar?«

Allenby sagte: »Wenn ich aus diesem verdammten Krieg –«

Grinsend fiel ihm Goudie ins Wort. »Dann können Sie machen, was Sie wollen. Aber vorher haben wir noch eine Aufgabe zu erledigen.« Er stülpte sich die Mütze über und marschierte hinaus in den Sonnenschein.

Von Haus und Grundstück zogen sie sich in kleinen Gruppen zu zwei und drei Leuten zurück. Das italienische Peronal war in der Küche und im Keller verschwunden. Das ganze Haus erweckte den Eindruck gespannter Erwartung.

Goudie stand am Telefon und sprach noch einmal kurz hinein. Dann legte er den Hörer auf und riß die Leitungsdrähte aus der Wand.

Zu Allenby sagte er: »Frazer ist an Bord, klar zum Auslaufen.« Seine Stimme klang genauso entspannt wie damals, als sie aus Gibraltar ausgelaufen waren. Die See war sein Freund, die verstand er.

Goudie sah Obergefreiten Sullivan an der Tür stehen. »Rufen Sie den Ausguck vom Dach herunter.«

Sullivan nickte. »Aye, aye, Sir.« Er wies mit dem Kopf in den Gang, der zu dem angrenzenden Flügel führte. »Swain auch, Sir?«

»Ja. Er soll die Gefangene wieder fesseln.«

Sullivan eilte durch den Gang und hielt nur einmal kurz an, um eine kleine silberne Standuhr an sich zu nehmen. Er steckte sie in seinen Beutel mit Verbandszeug und sah, daß dieser noch blutverschmiert war, mit dem Blut von Leutnant Ryder. Er stieß eine Tür auf, hinter der Ives und das Mädchen saßen.

Grob rief Sullivan: »Befehl vom Kommandanten, Swain: Sie soll wieder gefesselt werden. Wir laufen aus.« Er trat einen Schritt auf sie zu. »Ich kann das ja machen.«

»Faß sie nicht an! Ich mache das selbst!«

Sullivan starrte ihn an und fletschte höhnisch die Zähne. »Oh, ja?« Aber er erkannte die Gefahr, die ihm von Ives drohte, und trat rasch den Rückzug an. Über die Schulter rief er: »Ich weiß nicht, warum du dich aufregst. Schließlich ist sie eine Deutsche, genau wie die anderen!«

Die Tür schlug hinter ihm zu, und in der plötzlichen Stille vernahm Ives ihr erregtes Atmen. Sie war im Lauf des Tages mehrmals eingeschlafen, aber jedesmal wieder mit einem Ruck aufgewacht, als hätte sie den Alptraum noch einmal durchlebt. Selbst im Schlaf hatte sie mehrmals laut aufgeschrien und kurze, verängstigte Sätze gesprochen. Ives bedauerte, daß er kein Deutsch verstand, sonst hätte er ihr vielleicht helfen können.

Er fragte: »Sie haben gehört, was er sagte?«

Sie blickte zu ihm auf, ihre Augen suchten in seinem Gesicht. »Ja. Müssen Sie mich wirklich fesseln?« Sie bebte am ganzen Körper, als habe sie Fieber.

Er blieb neben ihr stehen. »Ich mache es ganz locker. Aber es ist bestimmt besser für Sie.« Sie verstand den Sinn seiner Worte nicht, deshalb fuhr er fort: »Wenn Ihre Leute kommen, und das wird schon bald sein, müßten sie sonst annehmen, Sie wären besser behandelt worden als die anderen. Möglicherweise würden sie glauben –«

Langsam nickte sie. »Das tun sie ohnehin.«

Ives holte die Stricke wieder herbei und machte sich an die verhaßte Arbeit. Leise sagte er: »Die Dienstboten des Generals werden für Sie sorgen.«

Er kniete vor ihr nieder. Ihre nackten Fußgelenke waren blutunterlaufen trotz der Salbe, die er von der Frau des Generals erhalten hatte. Er nahm einen Fuß in die Hand, er fühlte sich glatt und kühl an, obwohl es im Raum heiß und drückend war. Stimmte das wirklich? Oder war nur ihm so heiß? Die Frau des Generals hatte ihm gesagt, daß das Mädchen Christiane hieß. Es schien ihm wichtig, das zu wissen. Aber wozu eigentlich? Möglicherweise glaubte sie noch immer, daß ihr Land den Krieg gewinnen würde.

Schließlich band er die Stricke um die Gelenke und steckte die Finger dazwischen, damit die Fessel so lose wurde wie möglich, ohne Mißtrauen zu erregen.

Einmal war sie im Schlaf beinahe von ihrer Pritsche heruntergerollt. Sie mußte wieder einen Alptraum gehabt haben. Ives hatte sie vorsichtig zurückgelegt und zugedeckt. Vorher aber hatte er wieder ihre Brüste gesehen und den Wunsch verspürt, sie zu berühren, und sei es nur, um ihre Erinnerung an die Schmerzen und Verletzungen wegzuwischen.

Als er aufstand, hielt sie ihm die Hände entgegen, damit er auch sie fesseln konnte. Ihr Blick ruhte dabei ständig auf seinem Gesicht. Sie mußte seine Unentschlossenheit bemerken, vielleicht erriet sie sogar seine Gedanken.

Nach beendeter Arbeit trat er zurück und sah sie an. »Das sollte genügen.«

Sie nickte. »Es tut gar nicht weh. Danke.« Ihr Blick folgte ihm, als er die Mütze aufsetzte und den Pistolengurt umschnallte.

Ives hörte, wie Goudie mit Allenby sprach und Gläser klirrten. Gott helfe uns, wenn Goudie sich jetzt besäuft, dachte er vage. Das hätte uns gerade noch gefehlt.

»Ich – ich möchte Sie gern etwas fragen«, begann er ungeschickt. »Es ist nur, daß ich –«

Leise fragte sie: »Was ist denn? Sagen Sie's mir ruhig.«

Ives sagte mit verzweifelter Entschlossenheit: »Ich würde Sie gern küssen, Christiane, bevor ich gehen muß.«

Sie blieb ganz ruhig und schwieg, aber ihre Lippen öffneten sich ein wenig, während sie zu ihm aufblickte. Dann fing sie an zu weinen, Tränen glänzten in ihren Augen, als sie ihn ansah.

Ives beugte sich herab und berührte ihre Wange mit den Lippen. Sie drehte jedoch den Kopf so, daß ihre Lippen sich für ein paar Sekunden trafen.

Ives strich ihr über die Schulter. »Vielleicht sehen wir uns eines Tages –«

Sie nickte. »Ich werde Sie niemals vergessen.«

Die Tür schloß sich hinter ihm. Ives schritt an Sullivan vorbei, ohne ihn zu beachten.

Als sie allein war, senkte Christiane den Kopf und ließ ihren Tränen freien Lauf. Ives hatte sie gerettet, ohne ihn hätte sie sicher den Verstand verloren. Und jetzt war er gegangen.

Allenby beobachtete Ives, als dieser durch den Korridor ging. Er hatte ihn noch nie so grimmig gesehen.

»Alles in Ordnung, Swain?«

Ives sah ihn an, und sein Gesicht hellte sich langsam auf.

»Ja, Sir. Ich glaube schon.«

Sie drehten sich beide um, als Goudie die schmale Steintreppe von der Dachterrasse herunterpolterte.

»Ich habe Sie gerufen, Allenby!« Er beruhigte sich wieder und fügte fast beiläufig hinzu: »Wir haben Gesellschaft bekommen. Steigen Sie hinauf und sehen Sie selbst.«

Sie folgten ihm aufs Dach. Es war zwar Abend, aber die Steinplatten waren noch immer heiß von der Sonne. Der Himmel hatte sich wieder bezogen und war jetzt rötlich gefleckt.

Allenby musterte zuerst das am Steg liegende deutsche Schiff, aber Goudie sagte leise: »Nicht dort unten. Drüben, jenseits der Landzunge.«

Allenby spürte, wie sich sein Magen zusammenzog. Dort draußen lagen zwei schwarze Silhouetten reglos auf der leichtbewegten See. Sie mußten von der anderen Seite der Insel gekommen sein und hatten sich dabei wohl dicht unter Land und somit außer Sicht gehalten.

Allenby merkte, daß er flüsterte. »Was sind das für Schiffe?«

Goudie ließ ein kurzes Lachen hören. »Oh, alte Freunde von mir. Deutsche Schnellboote. Sie haben geankert, es ist dort sehr flach. Falls sie beabsichtigen, in den Yachthafen einzulaufen oder dichter an den Landungssteg zu gehen, werden sie vermutlich bis zum nächsten Tageslicht warten.« Er warf einen Blick zu den Wolken. »Es ist ohnehin gleich dunkel. Vermutlich werden sie bleiben, wo sie jetzt sind. Sie können von dort aus sowohl den Landungssteg wie unser Versteck hinter dem Vorland bestreichen. Aber sie werden bald einen Landungstrupp absetzen, der weitere Einzelheiten erkunden soll. Ich rechne damit, daß sie den Notruf gehört haben.«

In seinem Hirn schien es fieberhaft zu arbeiten. Er sah Ives an und sagte: »Gehen Sie zurück zum Boot, Coxswain. Sagen Sie Oberleutnant Frazer, wir laufen sofort aus. Sie sollen die Wasserbomben klarmachen, geringste Tiefeneinstellung.« Er lächelte verschmitzt. »Selbst dann noch werden sie uns wohl den Arsch abreißen.«

Er sah Ives nach, der eilends hinunterlief. »Guter Mann.«

Allenby fragte: »Werden wir kämpfen, Sir?«

»Wenn wir uns von gleich zu gleich mit ihnen einlassen, sind wir die Verlierer, glauben Sie mir.« Er schlug Allenby auf die Schulter, seine erste vertrauliche Geste. »Wir müssen sie überraschen, das ist unsere einzige Chance. Sie haben etwa im Abstand einer halben Kabellänge geankert. Ich beabsichtige, mit Höchstfahrt zwischen ihnen durchzulaufen. Wie gefällt Ihnen das?«

Allenby hob die Schultern. »Es wird lebhaft werden.«

»Das stimmt.« Er klopfte auf seine Pistole im Halfter. »Dieses Mädchen kann den Deutschen viel über uns erzählen.« Er sah Allenby bestürztes Gesicht und fuhr ruhig fort: »Seien Sie unbesorgt. Mord ist nicht mein Stil.« Er grinste traurig. »Außerdem würde mir Ives das niemals verzeihen.« Sie rannten die Stufen hinunter und durch das verlassene Haus. Vor sich sahen sie den in tiefe Schatten getauchten Yachthafen und die dunklen Umrisse ihres an der Pier liegenden Motorkanonenbootes.

Allenby warf einen Blick zurück, aber das Haus war bereits von der Dämmerung verschluckt. Er dachte an Ives und das Mädchen, das er zurückließ, an Major Thomas und David Ryder, der nach einem kurzen Gebet im Garten des Generals begraben worden war. Er dachte auch an all die anderen, die morgen und übermorgen sterben würden, unabhängig davon, ob der Durchbruch gelang oder nicht.

In seine Gedanken hinein sagte Goudie scharf: »Wollen mal sehen, was unser kleines Boot leisten kann!«

10 Letzte Chance

Kapitänleutnant John Goudie stand an der achteren Brückenreling, die Hände auf die Hüften gestützt, während er den Vorbereitungen zum Ablegen zusah.

Frazer stieg hinauf zur Brücke und meldete: »Alles verstaut, Sir.«

Lächelnd fragte Goudie: »Wieso plötzlich so formell?«

Frazer antwortete: »Macht der Gewohnheit, Sir.« Er dachte an den vollgepackten Rumpf unter seinen Füßen. Eine einzige Granate würde genügen, um das Boot in ein Schlachthaus zu verwandeln. »Ich habe den General, seine Frau und seinen Sohn im Funkraum untergebracht. Das Dienstpersonal habe ich auch noch dazugestopft.« Er versuchte zu lächeln. »Kein Platz mehr zum Tanzen, fürchte ich.«

Goudie sah ihn gleichmütig an. »Leuchtet mir ein. So haben sie die Kombüse direkt vor sich, die Offiziersmesse und dann den Maschinenraum hinter sich und die Brücke genau über ihren Köpfen. Die Messe ist zwar kein Bunker, aber sie wird unsere Passagiere vor fliegenden Splittern so gut schützen, wie es auf diesem Boot möglich ist. Gut gemacht, N.O.«

Frazer fügte hinzu: »Die Männer von Major Thomas sitzen zum größten Teil auf dem Messedeck, seinen Maschinengewehrschützen habe ich aber auf dem Achterdeck postiert. Wir können jedes bißchen zusätzliche Feuerkraft gebrauchen.«

Ein Licht blinkte von der gegenüberliegenden Seite des Hafens herüber. Goudie hatte Archer und einen Seemann im Beiboot ausgeschickt, damit sie die vor Anker liegenden Schnellboote im Auge behalten konnten. Er hatte schon gemeldet, daß die Deutschen das Transportschiff am Landungssteg angemorst hatten. Bestimmt wunderten sie sich darüber, daß sie keine Antwort erhielten.

Der Signalgast las Archers Morsespruch und sagte: »Ein Dingi legt von einem Schnellboot ab, Sir.«

Goudie rieb sich das Kinn. »Wird eines von diesen Schlauchbooten sein. Das braucht mindestens fünfzehn Minuten.« Er sah eine Gestalt im Overall auf der Leiter zur Brücke und fragte rasch: »Alles klar zum Auslaufen, Chief?«

Wright, der Chief, der die Maschinenanlage des MGB betreute, nickte. »Alles klar wie immer, Sir.«

»Wir legen sofort ab, sobald Archer an Bord ist. Das Beiboot lassen wir hier, es ist ohnehin zuviel Gewicht an Bord.«

Sie hatten eine Menge ausladen müssen: Reservetrossen, Trinkwasserbehälter, Dosengemüse und andere Konserven, alles, was ihre Geschwindigkeit mindern würde.

Goudie musterte den Chief. »Viel Glück!«

Das Klatschen von Riemen war im Halbdunkel zu hören, und Frazer sah das Beiboot längsseit kommen. Eine bedrückte, ja gereizte Stimmung hing über ihnen allen wie eine dunkle Wolke.

Goudie sagte zu Ives: »Setzen Sie Ihren Eierkocher auf, Swain!«

Ives bückte sich nach dem zu seinen Füßen liegenden Stahlhelm. Er haßte das Ding, es erinnerte ihn an die Bombenangriffe auf London. Schon wollte er erwidern, daß niemand sonst einen Stahlhelm trug, als Goudie trocken hinzufügte: »Sie sind wichtig, und Sie können sich nicht ducken und weglaufen wie die anderen, klar?«

Ives setzte den Helm auf und zog den Kinnriemen fest. »Klar, Sir.« Er rieb sich die Wange und rief sich ihre Tränen ins Gedächtnis, den salzigen Geschmack ihrer Lippen, als sie sich geküßt hatten. Wenn irgendeiner davon erfuhr, würden sich alle totlachen.

Goudie kletterte vorn über die Brücke hinauf und stand schließlich oben auf dem kleinen Kartenraum. Er brauchte die Stimme nicht zu heben, es war an Bord so still wie im Grab. Immerhin befanden sich die Deutschen auf der anderen Seite der schmalen, rasch dunkler werdenden Landzunge.

Allenby stand neben Frazer und sah zu, wie das Beiboot mit einem Fußtritt weggestoßen wurde und Archer nach vorn zum Zweipfünder ging.

Goudie sagte: »Wir laufen sofort Höchstfahrt. Wenige Minuten danach sind wir bereits im Gefecht. Geschützbedienungen, herhören! Ich weiß, daß ihr alle schon mehrfach in Gefechten gewesen seid, aber in der Eile könnten es selbst die Veteranen unter euch vergessen: Die Rümpfe der Schnellboote sind aus Stahl und nicht wie bei uns aus Holz. Konzentrieren Sie also Ihr Feuer auf die Oberdecks, die Aufbauten und die Brücken. Nehmen Sie das Boot an Steuerbord zuerst unter Feuer, weil wir das Boot an Backbord so dicht wie möglich passieren.« Er warf einen Blick nach achtern; mit seinem ruhigen Gesicht und den gekreuzten Armen wirkte er irgendwie beeindruckend vor den rosa Wolken. »Wasserbombentrupp, Sie werfen erst, wenn Befehl dazu kommt.« Dann nach kurzem Zögern: »Das ist alles, Jungs. Gute Jagd.«

Frazer beobachtete die Gesichter der in seiner Nähe Stehenden. Das waren einmal der junge Funker, dann Ives und der Maschinengewehrschütze unter der Steuerbordbrückennock. Bei Trafalgar oder in der Skagerrakschlacht können sie nicht viel anders ausgesehen haben, dachte er.

Goudies abgewetzte Stiefel landeten wieder auf den Grätings, und er sagte: »Sie gehen nach achtern zu den Wasserbombenwerfern und den Örlikons, Allenby. Und vergessen Sie nicht, die Stimmung dort wird ein wenig gedrückt sein, die Leute denken an Ryder, der normalerweise bei ihnen gewesen wäre.«

Frazer warf Allenby einen Blick zu. Ob er wohl bemerkte, auf welch erstaunliche Weise Goudie auch an die kleinsten Einzelheiten dachte?

Allenby sagte im Vorbeigehen lächelnd: »Bis nachher, Keith.«

Frazer berührte grüßend seinen Mützenschirm. »Das will ich hoffen! Halt den Kopf unten.«

Goudie sah sich noch einmal auf der Brücke um. »Vorleine los! Los achtern!« Die Trossen schlängelten sich an Bord. »Absetzen vorn!«

Langsam bewegte sich das MGB weg von der Pier und stieß das aufgegebene Beiboot und einen treibenden Bootshaken beiseite, während der Wasserstreifen zwischen Land und Boot immer breiter wurde.

Goudie sagte zu Ives: »Wenn die Brücke ausfällt, übernehmen Sie, bis Mr. Allenby von achtern kommt. Das muß klappen, eine zweite Chance gibt es nicht.«

Er zog die nicht angezündete Pfeife aus der Hosentasche und steckte sie zwischen die Zähne.

Frazer warf einen Blick zurück zum Land, das bereits in tiefem Schatten lag. Er dachte an den Sohn des Generals, den er zuletzt im Funkraum gesehen hatte: ein hübscher Junge mit dunklen, verängstigten Augen. Ein Gutes hatte diese Enge wenigstens: Wenn das Schlimmste geschah, waren sie alle zusammen. Er hörte, wie Ives das Ruder ausprobierte, und rief sich ins Gedächtnis zurück, wie zart er den nackten Körper der jungen Frau aufgehoben und in den Nebenraum getragen hatte, um sie den gierigen Blicken ihrer Peiniger zu entziehen. Hatte ihn das so tief beeindruckt, daß er nicht darüber hinwegkommen würde?

Goudie warf einen Blick auf seine Armbanduhr. Dann beugte er sich über das rote Sprachrohr.

»Chief? *Anlassen*!«

Donnernd erwachten die Motoren zum Leben, die Luft schien zu vibrieren unter dem ungeheuren Lärm. Benzindunst fächerte über die Brücke, und ein Seemann bekam einen Hustenanfall. Der Rumpf bebte, das Klappern der Munitionskästen und des losen Geschirrs stimmte in den wilden Chor mit ein.

Goudie starrte angestrengt auf die Spitze der Landzunge und wartete, bis das Boot querab war. Dann: »*Äußerste Kraft voraus*!«

Das Motorkanonenboot schien einen Sprung nach vorn zu machen, als sei eine unsichtbare Fessel plötzlich gekappt worden. Innerhalb von Sekunden nahm das Boot Höchstfahrt auf, die Bugsee schoß gischtsprühend zur Seite, und das schäumende Kielwasser, aufgewühlt von den drei Schrauben, bildete eine schnurgerade Furche auf der glatten See.

Frazer packte die Reling und spürte, daß der Rumpf sich hob wie ein Wasserflugzeug und mit ihnen aufs Meer hinausjagte. Gischt prasselte wie Schrot gegen das Brückenkleid.

Ohne den Kopf zu wenden, schrie Goudie: »Das ist Leben!«

Sie hielten sich so dicht unter der Landzunge, wie es zu verantworten war, und drehten dann hart nach Backbord, als die vor Anker liegenden Schnellboote überraschend rasch in Sicht kamen. Ihre dunklen Silhouetten schienen sich zu überlappen wie zwei Schlangen, die sich auf einer Glasfläche sonnten. Solche Gedanken gingen Frazer durch den Kopf, als sich eine einzelne rote Perlenschnur von See her erhob und auf sie zukam.

»*Feuer eröffnen*!«

Goudies Stimme ging unter im sofort einsetzenden Hämmern der Örlikons und dem gewaltigen Krachen des Zweipfünders. Dann fügten die Maschinengewehre ihr ohrenzerfetzendes Rattern hinzu. Die Geschosse fegten über die Wasserfläche und spiegelten sich darin wie Blut.

Eine Stimme schrie: »Da schwimmt was im Wasser! Backbord voraus!«

Frazer straffte sich in Erwartung der Kollision. Bei dieser Geschwindigkeit würde sie ihnen den Boden aufreißen.

Es war das deutsche Schlauchboot, dessen Paddel in der Luft verharrten, als die bewaffneten Seeleute wie gelähmt das heranbrausende Motorkanonenboot anstarrten.

Es versetzte dem Schlauchboot einen nur leichten Schlag, aber der genügte, um es in einem Wirbel von Schaum zum Kentern zu bringen. Gesichter mit offenen Mündern, die wie schwarze Löcher wirkten, blickten kurz zu ihnen auf; die Schreie wurden erstickt vom Donnern der Motoren.

Kugeln beharkten ihren Rumpf, und Frazer hörte die Kartenhausfenster splittern. Krachend schlugen Granaten ein, das Deck unter Frazers Füßen bäumte sich auf. Das nächstliegende Schnellboot mußte wohl die Ankerkette gekappt haben und nahm nun schwankend Fahrt auf, als seine mächtigen Daimler-Benz-Motoren hustend zum Leben erwachten.

Goudie schrie gellend: »*Wasserbomben klar zum Werfen*!«

Einschläge krachten rings um die Brücke; die weiße Gefechtsflagge schwebte herab wie ein Geist, als ein Geschoß die Flaggleine zerfetzte. Der Signalgast lief hin, um eine neue Flagge zu setzen, aber Goudie packte ihn am Arm. »Wir können auch ohne sie kämpfen, junger Narr!«

Dabei grinste er. Sein Gesicht wechselte im Widerschein der Leuchtspurgeschosse und detonierenden Granaten ständig die Farbe.

Das Schnellboot kam näher, und Frazer sah mehrere Gestalten in Deckung rennen, als das kleine MGB beinahe längsseit war. Goudie drückte auf den Klingelknopf neben seinem Ellbogen, und sofort hörten sie das metallische Scheppern der Wasserbomben, die aus ihren Gestellen über Bord geschleudert wurden. Plötzlich blitzte es an Steuerbord auf, und der Lauf des einen Maschinengewehrs flog hoch in die Luft, bevor er klatschend in der See verschwand. Der zweite Lauf zeigte gen Himmel. Teile des Schützen, der noch vor Sekunden auf das Schnellboot gefeuert hatte, hingen in blutigen Fetzen in den Halteriemen.

Zwei helle Wassersäulen schossen himmelwärts, als die Wasserbomben detonierten.

Eine mußte ganz dicht unter dem Rumpf hochgegangen sein, denn es sah aus, als wolle das Schnellboot kentern, bevor es sich in einem Schwall von Gischt und Rauch wieder aufrichtete. Frazer duckte sich, als weitere Geschosse in die Mahagoniplanken schlugen. Das Schnellboot mußte zumindest ein schweres Leck davongetragen haben.

Aber das andere hatte ebenfalls die Ankerkette gekappt und drehte nun auf zur Verfolgung, sein Buggeschütz bereits auf das MGB gerichtet. Goudie fluchte greulich, weil weitere Granaten in den Rumpf einschlugen. »Als nächstes wird er die Motoren erwischen!« Wieder drückte er wild auf den Knopf, und Sekunden später detonierten weitere Wasserbomben achteraus. Aber der deutsche Kommandant war ein alter Fuchs und kannte diesen Trick. Das große Schnellboot rollte von einer Seite zur anderen, als es im Zickzack-Kurs um die verräterischen Wassersäulen herumfuhr.

»Heckgeschütze ausgefallen, Sir!«

Goudie rief: »Holt Weeks vom MG weg und schickt ihn nach achtern. Das ist unsere einzige Chance.«

Frazer blickte sich um. »Der Feind kommt nicht auf, Sir!«

»Das will er auch nicht! Er hält sich frei von uns, bis er einen Volltreffer landet.«

Die doppelläufige Örlikon eröffnete wieder das Feuer, und Frazer malte sich Weeks dort unten bei Allenby aus. Gut, daß die beiden zusammen waren.

Das Brückenkleid schien über Bord zu fliegen. Leuchtende, gezackte Löcher zeichneten sich auf der dünnen Beplankung ab, als ein neuer Feuerstoß das Oberdeck wie eine Bandsäge beharkte.

Ives schrie: »Der Skipper ist getroffen, Sir!«

Frazer sprang über die schwankende Brücke und fing Goudie auf. Eine Menge Blut tränkte sein Hemd, aber seine Augen waren weit geöffnet, als er keuchte: »Lassen Sie mich! Bringen Sie das Boot aus diesem Schlamassel raus!«

Frazer lehnte ihn gegen die Wand und wunderte sich kurz darüber, daß er selbst nicht getroffen war. Dann sah er den jungen Funker in der gegenüberliegenden Ecke bei der Leiter sitzen. Seine Beine waren ausgestreckt, und er starrte seine Hände an, die sich wie rote Klauen in seinen Magen gekrallt hatten, als wolle er seine Eingeweide zurückhalten. Gnädigerweise sank sein Kopf im nächsten Augenblick vornüber. Er war tot. Eine Granate mußte seinen Körper durchschlagen haben, bevor sie detonierte und die Brücke mit ihren Splittern übersäte. Ohne ihn hätte die volle Wucht des Einschlags Goudie getroffen.

Frazer rief ins Sprachrohr, mußte sich aber zweimal wiederholen, bevor Wright ihm antwortete. Gott allein wußte, wie es dort unten aussah. Jede Explosion, gleichgültig wo, mußte dort unten klingen, als sei sie bei ihnen im Maschinenraum, während die Männer zwischen ihren donnernden Motoren herumkrochen.

»Chief! Ich drehe gleich hart nach Steuerbord!«

Wright erwiderte: »Hier unten ist alles klar.«

Frazer sah sich auf der Brücke um. Goudie war noch bei Bewußtsein und versuchte mit Augen und Ohren zu erfassen, was vor sich ging. Der tote Funker schwankte im Rhythmus der Bootsbewegungen, als schliefe er; der einzige noch überlebende Seemann versuchte, sein Knie zu bandagieren, in dem ein fliegender Holzsplitter stak.

»Turner! Gehen Sie nach achtern und sagen Sie Mr. Allenby, ich mache kehrt und greife an! Die Nebelbojen über Bord.«

Der Seemann vergaß seinen Schmerz und starrte Frazer an, bevor er die Leiter hinuntertaumelte. Er war kurz vor dem Zusammenbrechen gewesen, aber die Tatsache, daß Frazer sich trotz allem an seinen Namen erinnerte, schien ihn wieder aufzurichten.

Ein Metallstück prallte von Ives' Helm ab. Er drehte wieder das Rad, wütend über das, was dem Boot angetan wurde. Dann dachte er, daß ohne Goudies Beharrlichkeit das Stück deutschen Stahls jetzt fest in seinem Schädel säße.

Es konnte nicht mehr lange dauern. Kein Holzboot vermochte auf die Dauer derartig schweren Beschuß auszuhalten. Die Überlebenden würden vielleicht auf die Insel zurückkehren. War er dann gezwungen, dem Mädchen noch einmal in die Augen zu sehen? Diesmal selbst als Gefangener?

Bei jeder heftigen Kursänderung schoß die See über das schmale Achterdeck, so daß man sich kaum auf den Beinen halten und dabei noch klar zu denken vermochte. Allenby klammerte sich an dem verwundeten Seemann fest, während dieser Frazers Instruktionen überbrachte.

Das Boot schüttelte sich wild, und die Schrauben schleuderten wahre Wasserwände achteraus; das sah aus wie ein gigantischer Fischschwanz. Allenby stolperte zur Halterung der Nebelbojen, und während noch die erste über Bord fiel, kurz verschwand und sich dann taumelnd im Kielwasser aufrichtete, löste er schon die zweite aus ihrer Halterung. Er sah den Qualm aufsteigen und sofort eine bizarre Wolke bilden.

»An die Wasserbombenwerfer! Hören Sie auf zu feuern, Weeks, und fassen Sie mit an! Sie auch, Turner, Sie sind noch lange nicht tot!«

Allenby versuchte zu schlucken, aber sein Mund war wund vom Pulverqualm, vom aufsteigenden Nebel und vom lauten Rufen. »Wir werfen sie alle auf einmal! Es ist unsere letzte Chance!«

Er überprüfte die Tiefeneinstellungen, soweit seine tränenden Augen dies zuließen. Es würde einen gewaltigen Knall geben. Möglicherweise ging ihr eigenes Boot dabei drauf, wenn es nicht vorher bereits zu sinken begann. Es mußte allmählich durchlöchert sein wie ein Pfefferstreuer.

Er hörte Frazers Stimme von der Brücke nach achtern dringen, spürte die plötzliche Änderung der Schraubengeräusche, als die Steuerbordmaschine stoppte, dann äußerste Kraft zurückging, und als gleichzeitig das Ruder hart übergelegt wurde. Mit aller Kraft hielt Allenby sich fest, während der verwundete Seemann sich an ihn klammerte und jedesmal aufstöhnte, wenn er mit dem riesigen Holzsplitter gegen die Halterung stieß.

Jetzt mußten sie kentern, dachte Allenby. Er sah, wie die See über das Deck schoß, hochbrandete und im nächsten Augenblick um ihre Beine und den verlassenen Geschützsockel wusch. Als er endlich aufblickte, war der Nebel verschwunden. Ungläubig starrte er Weeks an. Sie hatten tatsächlich gedreht und rasten nun in voller Fahrt auf die Nebelbank zu. Der Schnellbootkommandant hatte wohl angenommen, daß sie mit Hilfe des Nebelschirms entkommen wollten, um ihn dann in der Dunkelheit endgültig abzuschütteln. Aber nun würde er gleich eines Besseren belehrt werden. Überraschenderweise warf Allenby den Kopf zurück und brach in unkontrolliertes Gelächter aus.

Besorgt starrten ihn die anderen an und dachten wahrscheinlich, er sei restlos übergeschnappt.

Er lachte noch immer wild, als sie in die Nebelwand eintauchten, benommen und völlig geblendet, während er auf die unmittelbar bevorstehende Kollision wartete.

In flacher Bahn zischte eine Kette von Leuchtspurgeschossen an Steuerbord vorbei. Der deutsche Kommandant hätte seine Position nicht besser verraten können, selbst wenn er das gewollt hätte.

Die Klingel neben Allenby schepperte, und er sprang auf. Sein wildes Lachen verstummte, als er und Weeks sich auf die Wasserbomben warfen. Für den Bruchteil einer Sekunde fragte er sich, ob er ohne dieses Klingeln überhaupt jemals mit Lachen aufgehört hätte.

Die Wasserbomben rollten über Bord, und es dauerte nur Sekunden, bis die nächsten ihnen folgten. Wer diese Halterungen auf dem MGB angebracht hatte, mußte genau gewußt haben, was man von dem Boot erwartete.

Es versetzte Allenby einen Schock, als der hochaufschäumende weiße Schnurrbart der Bugwelle aus dem Nebel auftauchte. Das Buggeschütz des Schnellboots schoß noch immer in dieselbe Richtung, wo es sein Ziel auch getroffen hätte, wäre Frazer nicht so hart herumgegangen. Alle Vorsicht war jetzt überflüssig. Das Schnellboot jagte mit äußerster Kraft auf sie zu. Das Motorkanonenboot holte wieder stark über, und Allenby fiel an Deck, halb erstickt unter einer Tonne Wasser.

Während er noch fest an Deck gepreßt wurde und mit den Händen verzweifelt Halt suchte, spürte er die Detonation der Wasserbomben. Es war, als erhielten sie einen Minentreffer. Der Bootsrumpf schien unter ihm hochzuspringen, und er hörte plötzlich ein metallisches

Schrillen aus einem der Wellentunnel. Wenn der Chief diese Maschine nicht sofort stoppte, würde sich die Schraube gleich durch den Schiffsboden fressen.

Weeks schüttelte ihn, von seinem ganzen Körper strömte Seewasser.

Das Schnellboot ging mit der Fahrt herunter. Als es von seinem Gegner abließ und drehte, sah Allenby, daß es bereits schwere Schlagseite bekam und Rauch aus seinem Bug quoll.

Weeks fuchtelte wild in der Luft herum und schrie Hurra. Selbst der sture MG-Schütze von der Gruppe Thomas kam stolpernd auf die Beine und starrte grinsend und ungläubig zum Schnellboot zurück.

Frazers Stimme aber ließ keinen Zweifel daran, daß noch nicht alles vorüber war.

»Komm auf die Brücke, Dick!« Dann fügte er für alle hinzu: »Gut gemacht, Jungs! Aber die werden bereits über Funk um Hilfe gerufen haben, wir müssen uns also eiligst aus dem Staub machen!«

Allenby stieg auf die Brücke und sah bestürzt die Kugel- und Splitterlöcher, die großen Blutlachen, die sich im Rhythmus des vibrierenden Decks zu kräuseln schienen. Jemand hatte den Funker mit einer Signalflagge zugedeckt, und Allenby sah Ives neben Goudie knieen und einen Verband um dessen Schulter legen, während ein Ersatzmann am Ruder stand. Es war das erste Mal, daß Ives die Spaken aus der Hand gab, seit sie den Inselhafen verlassen und ihren verrückten Durchbruch begonnen hatten.

Frazer wischte sich mit einem schmutzigen Taschentuch das Gesicht.

»Der Chief mußte die Steuerbordaußenmaschine stoppen, irgendwas ist heiß gelaufen. War nicht zu vermeiden.« Besorgt musterte er das blasse und rußverschmierte Gesicht seines Freundes. »Ist mit dir alles in Ordnung?«

Allenby nickte. Er fühlte sich so seltsam leer im Kopf.

Frazer fuhr fort: »Wir haben drei Männer verloren, Dick, außerdem sind drei verwundet, darunter der Skipper.« Er zögerte. »Archer ist unterwegs, um die Beschädigungen festzustellen. Willst du –?«

Allenby nickte. »Ja. Ich gehe nach unten.« Er warf noch einen Blick auf den flaggenbedeckten Körper. »Armer kleiner Funker«, sagte er geistesabwesend.

Er tastete sich hinunter, wobei ihn das ungleiche Dröhnen der Maschinen beunruhigte. Ihre Geschwindigkeit würde dadurch sinken, das Boot nur schwer auf Kurs zu halten sein. Hieß das, sie konnten nach all dem, was sie vollbracht hatten, nun doch noch eingeholt und vernichtet werden?

Dem Chief war es gelungen, die Pumpen in Gang zu bringen. Als Allenby am Fuß der Leiter verhielt, sah er Wasser aus den Planken spritzen, wo die feindlichen Geschosse die Bordwand durchschlagen hatten. Der Funkraum war voller Menschen. Der General saß in eine Ecke gedrückt und hatte die Arme um Frau und Sohn gelegt. Der Junge lächelte Allenby tapfer an, brach dann aber in Tränen aus. Die Dienstboten starrten ihn an wie einen Geist, als er sich an den Türrahmen klammerte. Allenby vermutete, daß er aussah wie etwas, das gerade aus der See gefischt worden war. Er zwang sich zu einem Lächeln. »Niemand verletzt?«

Erstaunlich, wie sein Lächeln und der Klang seiner Stimme ihnen wieder Mut gab. Alle begannen zur gleichen Zeit zu sprechen, aber Allenby hätte ohnehin nicht viel verstanden. In seinen Ohren dröhnte noch immer Geschützfeuer.

Er sagte beruhigend: »Wir werden versuchen, etwas Heißes zu trinken herbeizuschaffen.«

Er sah ihr glückliches Nicken, erst jetzt schien ihnen klar zu werden, daß sie noch am Leben waren. Allenby kannte ähnliche Situationen, das Blutbad, das die Detonation einer Bombe oder Mine verursacht hatte. Eine Tasse Tee für die Überlebenden wirkte dann immer Wunder.

Er schob sich weiter nach vorn und blickte in die Kombüse. Sie hatte einen Granattreffer erhalten, diesmal war's also nichts mit Tee.

In der Tür zur Messe sprach Major Thomas mit seinem Unteroffizier. Es klang wie polnisch, aber beide gingen bei Allenbys Erscheinen zu Englisch über.

Thomas fragte barsch: »Ist es vorbei?«

Allenby musterte ihn mit Widerwillen. »Beide Schnellboote sind außer Gefecht gesetzt, Sir. Eins wird wahrscheinlich sinken.« Er hörte selbst den Stolz in seiner Stimme. Zum ersten Mal wurde ihm klar, was sie erreicht hatten.

Thomas beeindruckte das aber kein bißchen. »Wir hatten drei Tote.«

Wortlos ging Allenby an ihm vorbei und sah die Leichen auf dem Messetisch liegen. In der Bordwand klafften mehrere Löcher, durch die Wasser hereinschoß, so oft sie mit dem Bug in ein Wellental tauchten.

Die meisten Lampen waren zerbrochen, aber Allenby sah trotzdem, daß der eine Tote den Arm in der Binde trug: der Soldat, dem Keith Frazer im Verhörzimmer das Handgelenk zerschmettert hatte. Vielleicht würde sein Freund also doch nicht mit einer kriegsgerichtlichen Untersuchung rechnen müssen. Eigentlich sollte er eine Auszeichnung dafür erhalten, dachte Allenby.

Thomas sagte: »Ich möchte den General sprechen.«

»Ich melde es der Brücke, Sir.« Thomas ärgerte ihn. »Für die Wartezeit schlage ich vor, daß Sie Ihre Männer die Löcher hier stopfen lassen. Es ist schon schlimm genug, ohne daß alle Bilgen voll Wasser laufen.«

Brüsk wandte er ihm den Rücken zu und ging hinauf zur Brücke. Absichtlich hatte er Thomas nicht gesagt, daß Goudie so schwer verwundet war, daß er die Kommandogewalt nicht mehr ausüben konnte. Thomas war ohnehin unerträglich, er brauchte nicht gleich zu wissen, daß er nun ihr Vorgesetzter war.

Frazer hörte sich seinen Bericht an. »Ein Wunder, daß wir noch schwimmen«, seufzte er.

Sie wandten sich um, als sie das Quietschen der Signalrah hörten; ein Seemann hißte die neue Gefechtsflagge.

Archer erschien und sagte müde: »Der Zweipfünder funktioniert nur noch mit Handbedienung. Er wurde von einem Stahlsplitter getroffen, so groß wie eine Faust.«

Weeks kam mit einem Tablett voller Becher auf die Brücke geklettert. Es war reinerRum, und Weeks schwor, daß Splitter das Faß in seinem Vorratsraum durchlöchert hätten.

Goudie öffnete die Augen und starrte zu ihnen auf. »Rum für alle, Weeks.« Er versuchte zu lächeln, aber der Schmerz ließ seine Lippen wieder gefrieren.

Weeks kniete sich neben ihn. »Hier, Sir.«

Goudie hustete, als der Rum durch seine Kehle rieselte, konnte aber noch keuchen: »Das tut gut!«

Schweigend arbeiteten die Leute fast die ganze Nacht. Die Toten wurden in Segeltuch eingenäht und an der leeren Wasserbombenhalterung festgezurrt. Obergefreiter Sullivan bemerkte: »Die Nässe macht ihnen nichts aus, die spüren sie nicht mehr.«

Ives stand am Ruder, die Augenlider schwer vor Müdigkeit. Ihm war, als sei er ein unbeteiligter Zuschauer außerhalb seines Körpers. Erst als Goudie mit ihm sprach, merkte er an seiner Antwort, daß er noch denken konnte.

Frazer blieb an der vorderen Brückenreling und schickte Archer so oft wie möglich in den Kartenraum, um ihren Standort zu überprüfen. Der Chief warnte und nörgelte, vollbrachte aber trotzdem wahre Wunder. Selbst mit nur zwei Schrauben schafften sie achtzehn Knoten. Bei Hellwerden würden sie die Südspitze Sardiniens passieren. Er dachte an das deutsche Schnellboot, das wahrscheinlich nicht mehr zu reparieren war. Was auch geschehen mochte, wenn das Tageslicht sie verriet und sie dann versenkt wurden, konnte niemand ihnen nachsagen, daß sie nicht das Unmögliche versucht hätten. Er grinste über das ganze salzverkrustete Gesicht. Nur Wunder dauern etwas länger. Lynn Balfour würde alles über ihren Einsatz erfahren. Vielleicht stand sie jetzt im Lageraum, zusammen mit Prothero und dem vornehmen Captain Heywood.

Goudies Stimme drang scharf in seine Träumereien: »Dösen Sie nicht, *Pilot**!«

Frazer nickte und stieß sich vom Brückenkleid ab. Er war tatsächlich beinahe im Stehen eingeschlafen.

Allenby fand noch einen ungeöffneten Verbandskasten und begann, die Verwundeten zu versorgen. Dann machte er sich daran, den großen Splitter aus Turners Bein zu entfernen. Somit war er beschäftigt und hatte keine Zeit, sich vor dem nahenden Tageslicht zu fürchten. Während der Arbeit dachte er an Joanna Hazel. Wann würde sie wohl seinen Brief erhalten, und würde er sie überhaupt interessieren?

Beim ersten Anzeichen der Morgendämmerung begab sich die erschöpfte Besatzung wieder auf Gefechtsstationen.

Goudie schien Frazer bei der Neueinteilung der überlebenden Leute freie Hand zu lassen, sagte jedoch: »Holen Sie auch die Verwundeten an Deck und setzen Sie sie ein, dazu einen Heizer aus dem Maschinenraum. Sie können alle helfen, und wenn sie nur beten!« Das Sprechen schien ihn zu ermüden, und er fiel wieder in unruhigen Schlaf.

Der östliche Horizont hob sich schon klar und leuchtend von der dunklen See ab.

Die Bedienungsmannschaften fingerten an ihren Waffen herum, und Archer stand aufrecht neben seinem Zweipfünder. Das zunehmende Tageslicht enthüllte erst den ganzen Umfang ihrer Beschädigungen: Splitterlöcher und Durchschüsse in der Brückenbeplankung,

* Navigationsoffizier

große Blutlachen unter den Grätings. Selbst die Speigatten leuchteten blaßrot im Gischt, der über das ganze Boot fegte.

Und über allem knatterte die weiße Gefechtsflagge in der Morgenbrise, sauber und unwirklich.

»Grün vier-fünf!« Die Stimme des Ausgucks schreckte sie hoch. »Drei Schnellboote!«

Im Sonnenlicht, das durch eine Wolkenlücke fiel, wirkte die See plötzlich so hell und klar wie geschmolzenes Metall.

Goudie krächzte: »Richtet mich auf!« Er drehte den Kopf, als die Alarmglocken durch das Boot schrillten, und rief noch einmal: »Helft mir auf, verdammt!«

Frazer richtete sein Glas in die gemeldete Richtung und blinzelte, als ihn das grelle Licht blendete. Dann sah er sie, sie fuhren langsam in Dwarslinie. Als er noch einmal hinsah, formierten sie sich bereits in Kiellinie. Offenbar hatten sie das Motorkanonenboot entdeckt.

Ruhig sagte Frazer: »Sie kommen,« und merkte, daß Allenby neben ihn trat. Es war zwecklos, ihn an die Örlikons zu schicken. Das Ganze würde bald vorüber sein.

Allenby fragte: »Kämpfen wir?« Er hatte die verzweifelte Unsicherheit im Gesicht des Kanadiers bemerkt.

»Es wäre kein Kampf, Dick. Und mit den vielen hilflosen Menschen unten ...« Er schüttelte den Kopf. »Wenn es nur ein einziges Schnellboot wäre, aber leider sind es drei.«

Goudie torkelte zum Brückenschott und lehnte sich dagegen. Vor Schmerz knirschte er mit den Zähnen, während der Gefreite Turner versuchte, ihn zu stützen. Er war aber selbst durch Blutverlust geschwächt.

Traurig sah Allenby die beiden an. »Wie könnten wir sie sterben lassen, Keith?«

Goudie holte tief Luft und schrie dann gellend: »Seht mal genauer hin!« Er packte Frazer an der Schulter und schüttelte ihn. »Es sind *unsere*!« Er senkte den Kopf, so daß niemand sein Gesicht sehen konnte. »Es sind wirklich unsere!«

Frazer beobachtete die näherkommenden Silhouetten. Natürlich! Es waren Boote der größeren MTB/MGB-Klasse vom Typ *Fairmile*. Schon oft waren sie mit deutschen Schnellbooten verwechselt worden.

Frazer senkte das Glas, und Allenby flüsterte ihm zu: »Sag dem Maschinenraum Bescheid. Wright sollte es auch erfahren.«

Die drei großen Boote bildeten einen schützenden Ring um sie. Frazer sah die Besatzungen schweigend herüberstarren, und dann hörte er durch das Megaphon die Stimme des Gruppenführers über das Wasser schallen. Sie kam ihm vor wie der lieblichste Ton, den er jemals vernommen hatte.

»Wir sollen Sie heimwärts geleiten, wenn Sie nicht lieber geschleppt werden oder das Schiff aufgeben wollen.«

Goudie rief keuchend: »Mütze! Gebt mir meine Mütze!« Er stülpte sie sich – blutverschmiert, wie sie war – auf und schleppte sich zur Reling, bis er schließlich auf den vorderen Grätings stand.

»Schleppen? Aufgeben?« Er sah Frazer an. »Sagen Sie diesem Esel, Alpha eins kehrt aus eigener Kraft zur Basis zurück wie befohlen.« Dann entspannte er sich. »Und fügen Sie hinzu: Besten Dank für Ihre Gesellschaft!« Er sackte zusammen und murmelte noch: »Hab' euch ja gesagt, es sind gute kleine Boote.« Dann verlor er die Besinnung.

Eine Stunde später traf die versprochene Luftsicherung ein.

Feierlich gaben sich Frazer, Allenby und Ives die Hand, als die eigenen Flugzeuge dicht über ihre Köpfe hinwegdonnerten, daß die Gefechtsflagge wie in einer Sturmbö flatterte.

Es war vorüber.

11 Gesichter des Krieges

Commander Aubrey Prothero beugte sich über seinen Schreibtisch und starrte die große Wandkarte an. Irgendwo über seinem Kopf ertönte der ohrenbetäubende Lärm der Niethämmer. Die Werft in Portsmouth reparierte Schiffe aller Art, die aus mindestens einem Dutzend Schlachten übriggeblieben waren. Niemals ruhte die Arbeit, jetzt nicht einmal mehr bei Luftangriffen.

Es war Januar 1944, und während Prothero die große Wandkarte studierte, konnte er den Umfang der alliierten Erfolge bis zur augenblicklichen Pattsituation verfolgen. Vor sechs Monaten hatte die Invasion Siziliens begonnen, die Operation *Husky*. Es hatte zwar einige kritische Augenblicke gegeben, aber schließlich war sie doch ein voller Erfolg geworden.

Dann, im September, folgte die Operation *Avalanche**, die Anlandung einer weitaus größeren Armee an den italienischen Küsten.

* Lawine

Dieses Unternehmen hatte einen wirklich zutreffenden Namen erhalten, dachte er grimmig; aber es wurde kein zweites Sizilien. Der Feind hatte sich zwar zurückgezogen, unternahm aber immer wieder gefährliche Gegenangriffe. Jetzt, im Winter, blieben die alliierten Armeen im Schlamm stecken und erzielten keine wirklichen Fortschritte mehr. An der Ostfront, wo Millionen von Russen und Deutschen kämpften, erfroren und fielen, war es genauso.

Protheros Gedanken kehrten wieder nach Sizilien zurück. Er war stolz auf das, was seine Abteilung dort erreicht hatte. Wie mit Nadeln hatten sie den Feind gestochen und gequält, so oft dies möglich war. Im großen und ganzen hatte die Royal Navy recht gut abgeschnitten, fand er. Im September zum Beispiel waren Kleinst-U-Boote in einen norwegischen Fjord eingedrungen und hatten unter dem größten deutschen Kriegsschiff, dem Schlachtschiff TIRPITZ, Sprengladungen angebracht. Danach fiel sie für den Rest des Krieges aus, wahrscheinlich sogar für immer.

Und vor etwa einer Woche hatte es Meldungen über einen weiteren Sieg gegeben. Admiral Frasers Flaggschiff DUKE OF YORK hatte in einem erfolgreichen Gefecht den Schlachtkreuzer SCHARNHORST versenkt, das letzte der deutschen Großkampfschiffe. Der Gedanke daran berührte ihn seltsam. Die SCHARNHORST war das erfolgreichste deutsche Kriegsschiff gewesen und hatte bei der Royal Navy Bewunderung hervorgerufen. Seeleute waren eben ein seltsames Völkchen, dachte er.

Prothero blickte auf die Uhr und drückte dann auf seinen Summer. An der Uhr hingen noch immer Papierschlangen, eine Erinnerung an die Weihnachtsfeier.

Kapitän Heywood würde bald eintreffen. Er kam niemals zu spät oder zu früh, sondern genau zur festgesetzten Zeit. Das war seine Art.

Die Tür öffnete sich, und die Wren-Gefreite Hazel sah ihn fragend an. »Sir?«

Sie ist wirklich sehr hübsch, dachte Prothero nicht zum ersten Mal. Sie hat entzückende Augen und wohlgeformte Beine, was nicht einmal die häßlichen Dienststrümpfe verbergen können.

»Ich möchte ein paar Funksprüche aufsetzen. Haben Sie Ihren Block da?«

Sie setzte sich und schlug die Beine übereinander, während ihr dunkles Haar in der grellen Beleuchtung schimmerte. Ein sehr selbstsicheres Mädchen, dachte Prothero. Das war sie auch schon gewesen, bevor ihr Bruder bei dieser Minendetonation umkam. Er dachte an Allenbys blasses Gesicht und auch an das, was er auf Sizilien geleistet hatte. General Tesini hatte die von ihm erwartete Rolle gespielt, und als die Alliierten vorrückten, schlugen sich die italienischen Armeen auf ihre Seite. Als Reaktion auf Tesinis Rundfunkaufruf, sagten die meisten Soldaten.

Die kleine, dezimierte Gruppe mit dem Decknamen *Jupiter* hatte sich nach den beiden Invasionen für eine Weile in alle Winde zerstreut. Das Boot Alpha eins war zur Reparatur nach Gibraltar gelaufen und befand sich jetzt mit einer Überführungsbesatzung wieder auf dem Weg nach England.

Frazer und Allenby hatten mit anderen Fahrzeugen Agenten abgesetzt oder aufgenommen, hatten Feldgeschütze und Material zu den jugoslawischen Partisanen unter ihrem charismatischen Führer, einem Mann namens Tito, gebracht.

Goudie war nach kurzem Aufenthalt im Feldlazarett nach Hause geflogen worden, und Prothero hatte ihn im Marinelazarett Haslar besucht. Er war schwer verwundet, aber noch immer genauso unnachgiebig und freimütig wie zuvor.

Jetzt drehte sich alles um die unvermeidliche Invasion auf dem Kontinent. Sie würde auf alle Fälle in der Normandie stattfinden. Das war so offensichtlich, daß der Feind bestimmt dasselbe annehmen mußte.

Prothero richtete sich auf und diktierte die Funksprüche mit der bei ihm üblichen Kürze, wobei seine kleinen Augen vor Konzentration halb geschlossen waren.

»Und eine Kopie an den Flaggoffizier in Plymouth.«

Joanna sah zu ihm auf, der Bleistift schwebte noch über ihrem Schreibblock. »Heißt das, daß Oberleutnant Allenby und die anderen nach Hause kommen, Sir?«

Prothero grunzte. »Ja, sobald die Geleitzüge es zulassen.«

Nachdenklich sah er sie an. Sie hatte große braune Augen. Wenn nur –

Er fragte: »Wieso dieses Interesse?«

Sie wurde rot. »Sie haben beide eine Menge durchgemacht, Sir.«

Damit war zwar seine Frage nicht beantwortet, aber Prothero wußte, daß dies alles war, was er von ihr erfahren würde.

»Sagen Sie dem Zweiten Offizier Balfour, daß ich sie sehen möchte, ja?«

»Ich vergaß Ihnen zu sagen, Sir, daß sie krank ist. Dritter Offizier Manners hat zur Zeit die Leitung.«

»Verstehe.« Er verwarf den Gedanken, nach Lynns Vertreterin zu schicken. Sie war so eiskalt wie ein Fisch. In dieser Beziehung paßte sie ausgezeichnet zu Heywood.

Das Telefon schnarrte, und Prothero hob ab. Dann sagte er zu Joanna: »Captain Heywood ist hier. Führen Sie ihn bitte herein.«

Sie hat auch ein niedliches Lächeln, dachte er versonnen. Es kam ihm nicht in den Sinn, daß diese Freundlichkeit daher rührte, daß sie ihn trotz seiner oft rauhen und schroffen Art alle gern hatten.

Captain Heywood trat ein und setzte sich. Fröstelnd sagte er: »Oben bläst es wie in der Arktis.«

Prothero reichte ihm den Stoß Funksprüche und wartete auf eine Reaktion seines Vorgesetzten.

Schließlich sagte Heywood: »Sie scheinen an alles gedacht zu haben, Aubrey. Ihre Lordschaften haben eingewilligt, daß Sie mit der Verlegung Ihres Hauptquartiers nach Cornwall ohne weiteren Aufschub beginnen können. Natürlich muß ein Reststab hierbleiben.«

Der Umzug an die Westküste war Protheros Idee gewesen. Ihre Vorbereitung und Neuformierung fiel bestimmt weniger auf bei dem dort herrschenden Gewimmel von Schiffen und Landungsfahrzeugen, die jeden Hafen und jede Bucht bis Kap Land's End und sogar bis hinauf nach Wales füllten: die Armada für die Invasion.

Ihnen war ein kleines Hotel direkt am River Fal angeboten worden, eine nette Abwechslung.

Heywood fuhr fort: »Aber die beste Nachricht: Ich habe zwei weitere Motorkanonenboote für Sie bekommen, die im Augenblick für Special Operations umgerüstet werden. Sobald sie fertig sind, können alle drei mit der Ausbildung anfangen.«

Wieder dachte Prothero an die Beinahe-Katastrophe im Mittelmeer, als Alpha zwei versenkt worden war. Er hatte sich immer drei Boote gewünscht, die hatten bessere Überlebenschancen.

Ein neues Hauptquartier und zusätzliche Boote. Was aber war mit den Besatzungen?

Heywood fuhr fort: »Ihre Lordschaften haben auch in diesem Punkt Ihren Vorschlägen zugestimmt. Einen halben Streifen für Frazer und einen halben für Archer, aus klar ersichtlichen Gründen. Es wird auch ein paar Auszeichnungen geben: das DSO für diesen verrückten Goudie und das DSC für Frazer. Vielleicht noch ein paar Orden für die anderen.«

»Und was ist mit Allenby, Sir?«

»Er hat doch bereits das Georgskreuz.«

Prothero lächelte. »Das hat die Insel Malta auch, Sir.«

»Nun, wir werden sehen. Wenn die beiden zurückkommen, können Sie ihnen erst mal Urlaub geben.« Er runzelte die Stirn. »Sind Sie sicher, daß Sie diesem Goudie das Kommando überlassen wollen?«

»Gar keine Frage, Sir. Er ist ein Naturtalent, zwar ein bißchen aufsässig, aber verdammt gut.«

»Ich dachte, Sie würden sich anders entscheiden. Major Thomas scheint zu glauben, daß Goudie kurz vorm Durchdrehen steht.«

Achzelzuckend erwiderte Prothero: »Thomas hat seine Gesichtspunkte, ich habe die meinen, Sir.«

Heywood preßte die Fingerspitzen zusammen und musterte ihn ernst. »Ich weiß, was Sie empfinden, aber Sie haben unrecht. Um den Feind zu schlagen, müssen wir seine eigenen Waffen benutzen und seine eigenen Methoden, wie skrupellos sie uns auch erscheinen mögen. Wenn die Deutschen die Bevölkerung in Angst und Schrecken versetzen, müssen auch wir das tun. Dazu brauchen wir die Thomasse dieser Welt.«

Prothero seufzte. »Wenn Sie's sagen, Sir.«

Heywood hatte die Angelegenheit bereits abgehakt. Er fuhr fort: »Ich werde Ihr neues Hauptquartier besichtigen, sobald Sie klar melden.«

Prothero versuchte, sein Unbehagen zu verbergen. Die drei Boote würden zwar sicher und geborgen im River Fal liegen, aber die Schwierigkeit bestand darin, daß die ständig wachsende Invasionsflotte allen Raum für sich beanspruchte. Vor ein paar Tagen erst hatte ihn der Standortoffizier, der die Liegeplätze zu vergeben hatte, angerufen, um sich über Mangel an Rücksicht zu beschweren. Er sei kein verdammter Zauberkünstler. Prothero hatte die Dinge mühsam wieder ausgebügelt, aber er erinnerte sich daran, daß er Lynn Balfour schon vor Wochen aufgetragen hatte, die Liegeplatz-Vereinbarung schriftlich zu bestätigen. Irgendwie versuchte der Standortoffizier, ihr eins auszuwischen. Jetzt war sie krank, er würde sich also der Angelegenheit selbst annehmen müssen, und zwar rasch.

Heywood fuhr fort: »Wir müssen die drei Boote neu streichen lassen und ihnen neue taktische Nummern zuteilen. Sie werden Teil einer neuen Flottille.« Er stand auf. »Ich muß mich beeilen.«

»Noch einen Drink, bevor Sie gehen, Sir?«

Heywood warf einen Blick auf die Uhr. »Die Sonne ist noch nicht untergegangen. Aber ich habe ohnehin keine Zeit.«

Prothero lächelte. Heywood ließ sich nie mit irgendjemandem

näher ein, er fürchtete wohl, seinem Ruf zu schaden. So begleitete er den Kapitän höflich hinaus.

Als er durch seine Räume ging, hatte er den Eindruck, als sähen einige der Mädchen ausgesprochen blaß aus. Die frische Luft in Cornwall würde ihnen allen gut tun.

Wren-Gefreite Hazel warf einen Blick auf Prothero, als dieser sich von Heywood verabschiedete. Sie dachte an Allenby und an dessen Brief, der sorgfältig gefaltet in ihrem Soldbuch lag.

Frazer und Allenby betraten die Räume von Special Operations und blickten sich verwundert um. Es schienen weniger Leute als sonst in den Kellern zu arbeiten, und die Gänge waren voller Lattenkisten und Stahlschränke. Es sah aus, als sei eine Bombe hochgegangen. Aber Prothero wartete auf sie, als hätte er sich niemals fortbewegt.

Zunächst sah er Frazer an. »Sie werden auf Urlaub gehen, aber vorher Ihre Uniform ändern lassen, klar? Ich nehme an, Sie haben bereits die Nachricht über Ihren zusätzlichen halben Streifen erhalten?«

Grinsend antwortete Frazer: »Ja, besten Dank, Sir. Ich fühle mich schon wie ein anderer Mensch.«

Prothero lächelte. »Wer's glaubt...« Dann wandte er sich an Allenby. Seltsam, dachte er, daß Frazer so braungebrannt war und Allenby genauso blaß wie immer.

»Ich nehme an, es war alles ganz anders, als Sie erwartet hatten. Sie haben gute Arbeit geleistet, sehr gute.«

Allenby fragte: »Was geht hier vor, Sir?«

»Wir sind dabei, den Stab nach Cornwall zu verlegen. Sie werden beide während Ihres Urlaubs die neuen Marschbefehle bekommen.« Er zögerte und sah wieder Frazer an. »Da ist noch etwas, das ich Ihnen sagen muß. Als Kanadier sind Sie berechtigt, sich wieder in den allgemeinen Dienst zurückversetzen zu lassen oder sogar zur kanadischen Marine. In diesem Fall würden Sie höchstwahrscheinlich ein eigenes Kommando erhalten, möglicherweise eine der neuen Korvetten.« Forschend sah er Frazer an und bemerkte in dessen Gesicht die plötzliche Unentschlossenheit. »Aber ich muß Ihre Entscheidung wissen, bevor wir anfangen, die neuen Boote einzufahren.«

Allenby empfand plötzlich eine große Leere. Er hatte gehofft, Joanna Hazel wiederzusehen, und kaum an etwas anderes gedacht. Jetzt war sie weg, und möglicherweise verließ ihn auch Frazer. Er wäre ein verdammter Narr, dieses Angebot nicht anzunehmen, nach allem, was sie durchgemacht hatten.

In Frazers Kopf brodelte es: Beförderung, Auszeichnung, und jetzt noch die Aussicht auf ein eigenes Kommando. Er konnte es kaum fassen.

Prothero fuhr fort: »Auf jeden Fall nehmen Sie beide erst mal Urlaub, sobald die Nachrichtenleute mit Ihrer Befragung fertig sind.« Er hatte schon mit Archer gesprochen, der Prothero völlig verändert schien, zurückhaltend, sogar mürrisch. Sie mußten es sich wohl noch einmal überlegen, ob sie ihn behalten sollten.

Plötzlich stieß Frazer hervor: »Ich habe mich entschlossen, Sir: Ich möchte bleiben.«

Prothero strahlte, froh darüber, daß er Frazer richtig eingeschätzt hatte.

Er sagte: »Sie sehen nun beide, warum es so schwierig war, unter all den Freiwilligen die richtigen auszusuchen. Daß Sie Ihre Arbeit hervorragend erledigen, ist natürlich wichtig, aber bei Special Operations brauchen wir ein bißchen mehr.« Er lehnte sich weiter zurück und fügte ernst hinzu: »Aber Sie wissen das selbst, nicht wahr?«

Allenby nickte. »Werden Sie Ihren gesamten Stab mit nach Cornwall nehmen, Sir?«

Protheros blitzende Äuglein ruhten einen Augenblick auf Allenbys Gesicht. So war das also. Ein tapferer Mann, aber seine Gefühle verbergen, das konnte er nicht.

»Ja, sogar noch mehr Leute. Wir bekommen gewissermaßen unsere eigene Flottille. Sie, Frazer, werden John Goudies Stellvertreter. Bereuen Sie es schon, das Angebot ausgeschlagen zu haben?«

Frazer freute sich, weiter unter Goudie dienen zu können. Dieser war fast vollständig wiederhergestellt und sollte bald Urlaub machen. Frazer hätte nie gedacht, daß er Goudie mögen oder gar vermissen würde.

Beiläufig fragte er: »Ist Zweiter Offizier Balfour noch immer Ihre rechte Hand, Sir?«

Prothero war gerade im Begriff, ihre Fragen unter dem Vorwand der Geheimhaltung kurzerhand abzuwimmeln, aber Frazer hatte so etwas Hartäckiges, vielleicht gerade das, was Lynn Balfour brauchte. Sie war sofort nach ihrer Genesung ins neue Hauptquartier in Cornwall gefahren, der Chefarzt des Lazaretts hatte ihre Krankheit als Überarbeitung diagnostiziert. So etwas kam zur Zeit häufig vor.

Schließlich erwiderte Prothero: »Ja, Lynn ist bereits dort.« Er wartete ein wenig. »Cornwall ist zu dieser Jahreszeit ziemlich rauh und öde. Meine Stabsschreiberin stammt aus Cornwall, die kann Ihnen ein paar praktische Tips geben.« Mit Mühe unterdrückte er eine plötzliche Neidanwandlung. »Aber lassen Sie sich vorher Ihren halben Streifen annähen. Jetzt warten Sie bitte draußen, ich muß noch mit Allenby sprechen.«

Als die Tür sich geschlossen hatte, sagte Prothero: »Sie beide scheinen gut miteinander auszukommen.«

»Ja, Sir.« Was zum Teufel wollte er noch von ihm? War etwas mit seinem Vater? Oder war sein Haus ausgebombt?

Prothero sagte: »Ich muß Sie etwas fragen, es ist wichtig.«

Eine Viertelstunde später traf Allenby seinen Freund draußen im Gang.

»Ich werde Dich jetzt *Sir* nennen müssen.« Allenby lächelte dabei, aber das Lächeln reichte nicht bis zu seinen Augen.

Frazer musterte ihn nachdenklich. »Drei Wochen Urlaub sind auch nicht zu verachten, oder?«

Allenby wandte den Blick ab. »Eine Woche.«

Frazer sah ihn an. »Wieso nur eine Woche?«

»Ich werde danach zurückgerufen, um eine andere Aufgabe zu übernehmen.«

Frazer starrte ihn an. »Schon so bald? Wer denn noch, um Himmels willen?«

Allenby schritt an Frazers Seite durch den Gang, seine Gedanken kreisten noch immer um die unerwartete Mitteilung.

»Ich allein, Keith, kein anderer ist dabei.«

Am nächsten Tag stand Allenby zu Hause in seinem Schlafzimmer und starrte hinaus in den kleinen, jetzt kahlen Garten. Die Apfelbäume, Stolz und Freude seines Vaters, hoben sich pechschwarz von der dünnen Schneeschicht ab. Er fror. Das ganze Haus kam ihm kalt vor, trotz des flackernden Feuers im Wohnzimmer.

Es war bestimmt nur Einbildung, aber seine Eltern schienen ihm sehr gealtert. Er mußte ihnen seine neue Aufgabe verheimlichen. Doch sein Vater hatte schon seine Nervosität bemerkt, seine Unfähigkeit stillzusitzen.

Er seufzte, als er von unten Geschirrklappern hörte: Teezeit. Langsam stieg er die Treppe hinunter und sah die Überraschung im Gesicht seiner Mutter, die gerade den Tisch mit ihrem besten Geschirr deckte.

»Deine Uniform, Dicky! Warum trägst du sie nicht?«

Allenby hatte einen Pullover und eine alte Flanellhose angezogen, die ihm seltsam weit vorkam. Wie bei Alice im Wunderland, dachte er: Das Haus wurde bei jedem Besuch kleiner, aber seine Kleider wurden größer.

»Du siehst ja wüst aus! Zieh dich bloß noch einmal um. Die Mannerings kommen heute abend.«

Allenby haßte die Mannerings beinahe ebenso sehr wie er es verabscheute, Dicky genannt zu werden. Aber sie wohnten in derselben Straße, und der männliche Mannering war ein selbsternannter Experte in Kriegsangelegenheiten. Keiner der Mannerings schien einen Vornamen zu haben. Es war sein erster Abend zu Hause, und ihm graute davor.

Sein Vater nahm die Pfeife aus dem Mund. »Laß den Jungen in Ruhe, Mutter. Er hat eine harte Zeit hinter sich.«

Nun tat sie etwas, das weit schlimmer war als ihre ewigen Klagelieder. Sie kam durchs Zimmer und legte ihm eine Hand an die Wange.

»Ich weiß. Das brauchst du mir nicht erst zu sagen. Sieh ihn dir bloß an.«

Allenby setzte sich hin. »Es ist eine andere Art der Kriegführung, mehr nicht.«

Als seine Mutter gegangen war, um die riesige Teekanne zu holen, fragte sein Vater: »Es war schlimm diesmal, nicht?«

Allenby nickte, seine Augen brannten. »Ja, verdammt schlimm.«

Lächelnd rückte der Alte seine Beinprothese zurecht. »Laß deine Mutter nur nicht hören, daß du fluchst.« Dann fügte er hinzu: »Wie ist dein kanadischer Kamerad?«

»Prima.« Allenby versuchte, sich zusammenzunehmen. Was war denn los mit ihm? Ihm war beinahe der Kragen geplatzt, wegen nichts und wieder nichts. Nun stellte er sich Frazer in Cornwall vor, der sich dort etwas ausdachte, um seine Wren wiederzusehen.

Sein Vater seufzte. »Sieben Tage Urlaub! Das ist nicht sehr viel.«

»Na ja, du weißt, wie das ist. Wir hecken etwas Neues aus, aber alles ist natürlich streng geheim.«

»Habt ihr viele Verluste gehabt, Dick?« Ruhig sah ihn sein Vater an. »Mir kannst du's erzählen, das weißt du.«

Allenby merkte, daß er aufgestanden war, ohne sich dessen bewußt zu sein.

»Nicht viele, Dad. Aber wir waren von Anfang an nur wenige.«

Nun sah er seinen Vater an. Wie hatte er seinen Krieg durchhalten können? Monatelang in stinkenden Schützengräben, in denen das Wasser stand. Hunderte, Tausende fielen bei geradezu selbstmörderischen Angriffen. Der Stacheldraht, das Giftgas, die Maschinengewehre ... Dagegen war die Gefangennahme eines italienischen Generals ein Kinderspiel.

Seine Mutter trat ein und starrte sie an. »Kommt zum Essen.« Aber sie beobachtete ihren Sohn bei diesen Worten. »Mr. Mannering sagt, wir hätten längst ganz Italien erobern müssen.«

Allenby lächelte. »Warum schickt man ihn dann nicht hin? *Er* würde die Deutschen bestimmt das Fürchten lehren. Mich jedenfalls lehrt er es.«

Seine Mutter schenkte Tee ein und fragte: »Hast du ein nettes Mädchen kennengelernt, Dicky?«

»Ja, das habe ich.« Das war nur zum Teil eine Lüge. Er sah Joanna vor sich, ihre schönen Augen und ihr dunkles Haar, hörte ihre Stimme, die er niemals vergessen würde. »Sie ist eine Wren-Gefreite.«

Fragend sah sie ihn an. »Also nicht im Offiziersrang?«

»Nein.«

Sein Vater nahm ein Stück Kuchen. Selbstgebacken für die Rückkehr des Sohnes. »Wie heißt sie denn?«

»Joanna Hazel.« Der Name entschlüpfte ihm, ohne daß er es wollte. Dann sah er die plötzliche Besorgnis in den Augen seines Vaters. Seiner Mutter schien nichts aufgefallen zu sein. Als sie aus dem Zimmer ging und sagte: »Joanna? Hübscher Name«, flüsterte sein Vater: »Derselbe wie der deines Gehilfen, der bei der Sprengung umkam?«

Allenby nickte. Das Zimmer schien ihm plötzlich erstickend eng zu werden.

»Seine Schwester.«

»Wie ist sie?«

Allenby beschrieb Joanna, so gut er konnte, und bemerkte nicht einmal, daß seine Mutter mit einem weiteren Kuchenteller zurückgekehrt war.

Schließlich sagte der Vater: »Du mußt sie mal mitbringen, wenn du kannst.«

Allenby senkte den Blick auf seinen Teller. »Ja, wenn ich kann.« Abrupt stand er auf. »Ich muß jetzt nach oben.« Er sah ihre betroffenen und verletzten Gesichter und versuchte einzulenken. »Ich will meine Uniform anziehen.«

Lächelnd antwortete seine Mutter: »Braver Junge. Aber du mußt mehr essen, du bist dünn wie ein Strich.«

Als die Tür sich hinter Allenby schloß, hörte er seinen Vater sagen: »Laß ihn in Ruhe, Mutter. Begreifst du denn nicht? Er ist wirklich durch die Hölle gegangen.«

Allenby betrat sein Zimmer und starrte blicklos aus dem Fenster. Die Dunkelheit war bereits wieder angebrochen. *Sieben solcher Tage.* Er zog die Verdunkelung herunter, setzte sich auf sein Bett und vergrub das Gesicht in den Händen.

Frazer sah sich in dem kleinen, aber gemütlichen Zimmer um, das so viel Behaglichkeit ausstrahlte wie das alte, strohgedeckte Gasthaus selbst. Er wollte diesen King Charles Inn auf jeden Fall für seine Mutter fotografieren. Das würde ihr bestimmt gefallen.

Sein Zimmer war das einzig verfügbare, und er wußte auch, warum: Es lag genau über der Bar, und er hörte das Klimpern des Klaviers, das Dröhnen der Stimmen, Gesang und Gelächter, ja selbst das Klirren der Biergläser.

Frazer hatte verschiedene Mitfahrgelegenheiten benutzt: Lastwagen des Heeres und einmal sogar einen Stabswagen mit einem hohen Offizier der Royal Marines, der mit ihm über Fischen und Hühnerjagd plauderte. Der letzte, der ihn mitnahm, war ein Arzt aus der Gegend, der ihn bis vor die Tür des King Charles Inn gebracht hatte. Vielleicht wollte er damit seine Bemerkung beim Aufnehmen von Frazer wieder gutmachen. »Sie sind Amerikaner?«

Frazer hatte gegrinst. Diese Frage war der sicherste Weg, sich Feinde zu machen. »Nein, Kanadier.«

»Man trifft nicht oft Offiziere, die mitgenommen werden wollen«, hatte der Arzt bemerkt.

Die Frau am Empfang hatte ihm eine kleine Landkarte der Gegend überreicht. Das ganze Gebiet war voller Truppen, Waffen und Fahrzeuge, die sich auf die Invasion vorbereiteten. Leicht hätte er ein feindlicher Spion sein können, aber niemanden schien das zu kümmern.

Doch er irrte sich. Ein Ortspolizist kam bereits herbeigeradelt und fragte Frazer sehr höflich nach seinem Personalausweis und Urlaubsschein. Er brachte es fertig, die Formalitäten ohne beleidigenden Unterton abzuwickeln und dabei gleichzeitig ein großes Glas Apfelwein hinunterzukippen.

Frazer hatte natürlich die Telefonnummer des neuen Hauptquartiers. Morgen würde er sein Glück versuchen und hoffentlich eine Möglichkeit finden, mit Lynn zu sprechen. Warum war er so unsicher, so nervös? Es war geradezu albern. Wenn er sich nicht zusammennahm, würde er sich lächerlich machen.

Er griff nach seiner Mütze und stieg die Treppe hinunter, dorthin, woher der Lärm kam. Er würde noch einen Spaziergang machen, um diesen wunderbar frischen Geruch des Landes einzuatmen, und danach zu Bett gehen. Der Regen hatte aufgehört, und er genoß die ländliche Umgebung, die sich seit Jahrhunderten kaum geändert zu haben schien.

Aber zuerst würde er noch einen Drink nehmen. Er bahnte sich einen Weg durch die khakifarbenen Heeres- und blaugrauen Luftwaffenuniformen, bis er schließlich an der Bar landete.

Ein freundlicher Mann mit einem Gesicht wie ein rotbäckiger Apfel strahlte ihn an.

»Ja, Sir, was soll's sein?«

»Einen doppelten Whisky –« Frazer brach ab und grinste verlegen. »Oh, ich vergaß: Den gibt's ja nicht. Dann also ein Glas von dem da.« Er deutete auf ein Holzfaß hinter der Bar.

»Zider«, sagte der Wirt.

Frazer trank den Apfelwein und fragte sich, wie viele Gläser davon man wohl brauchte, um betrunken zu werden.

Er drückte sich in eine Ecke, möglichst weit ab vom Klavier und zwei sich streitenden Soldaten, und dachte an morgen und daran, wie er seinen Urlaub verbringen sollte. Möglicherweise bedauerte Lynn längst, ihn in Gibraltar angerufen zu haben. Sie hatte es wohl nur deshalb getan, weil sie wußte, welch gefährlichen Einsatz er vor sich hatte. Auf jeden Fall – er wandte sich um, als jemand ein Glas auf den Steinboden fallen ließ, und sah sie auf der anderen Seite der Bar sitzen.

Noch während er sie völlig verwirrt anstarrte, blickte sie auf und sah ihn ebenfalls. Während er sich einen Weg durch die Menge bahnte, hielt er ihren Blick fest. Es kam ihm vor, als hätte er diese Situation schon einmal erlebt.

Er erreichte den Tisch, und ihr Gesprächspartner, ein junger Marineoffizier, sprang auf. Seine Uniform schien noch so neu, als habe er sie zum ersten Mal an. Frazer bemerkte, daß der Leutnant seine Ärmelstreifen anstarrte. Er war offensichtlich beeindruckt, genau wie Frazer selbst, dem der dritte Streifen und seine plötzliche Beförderung noch völlig ungewohnt waren.

Er grüßte. »Ich wollte morgen versuchen, Sie anzurufen«, sagte er.

Sie sah ihn noch immer unverwandt an, als suche sie etwas in seinem Gesicht.

»Jetzt brauchen Sie das nicht mehr.« Sie deutete auf einen Stuhl. »Setzen Sie sich zu uns.«

Frazer bedauerte den jungen Leutnant. Nun war ihm wohl der Abend verdorben.

Leise sagte sie, und dabei zog ein fast schmerzlicher Ausdruck über ihr Gesicht: »Dies ist Alex.« Sie wartete, bis sich die beiden die Hand gegeben hatten, dann fügte sie hinzu: »Mein Bruder.«

12 Anfänge

Bei Tag schien der King Charles Inn ein völlig anderer Ort zu sein. Der Wirt hatte Frazer in eine kleine, holzgetäfelte Bar geführt, da er es offensichtlich nicht schätzte, wenn die Offiziere mit Unteroffizieren und Mannschaften zusammensaßen.

Lynn hatte gesagt, sie würde um zwölf Uhr mittags hier sein, aber es war schon später. Frazer hatte in dieser ersten Nacht schlecht geschlafen, und jetzt versuchte er sich an die Unterhaltung des gestrigen Abends zu erinnern; er fragte sich, ob er nur das herausgehört hatte, was er hören wollte.

Sie und ihr Bruder waren früh gegangen. Alex Balfour erinnerte ihn an den armen Ryder; er hoffte nur, daß er ein bißchen länger am Leben bleiben würde. Frazer setzte sein Glas ab und blickte aus dem Fenster. Wie rasch sich doch das Wetter hier änderte! Jetzt war es hell und klar, und vor den Gesichtern der Vorbeigehenden stand der Atem wie ein Wölkchen in der frischen Luft.

Er hatte mit dem neuen Hauptquartier telefoniert, hatte erklärt, wer er war, und seine Urlaubsadresse angegeben. Die Stimme am anderen Ende der Leitung klang höflich, aber desinteressiert.

Der Wirt sah ihn an. »Noch einen Gin, Sir?«

Frazer schob das leere Glas über den Tisch. »Ja, danke.« Gin war das einzige, was man in der Bar bekam, außer Bier, Apfelwein und Rum.

Der Wirt hatte einen dicken Labradorhund namens Hector, der die meiste Zeit in der Gaststube vor dem Feuer lag. Irgendwie schaffte er es, daß er auch beim dichtesten Gedränge nicht getreten wurde, und er ergatterte jeden Leckerbissen. Auch jetzt lag er vor dem Feuer, und während Frazer seinen Gin trank, sah er, daß der alte Hund den Kopf hob, zur Tür starrte und dann ganz langsam mit dem Schwanz wedelte.

Die Tür ging auf, und da stand sie wie ein gerahmtes Bild, im Hintergrund der saubergewaschene Himmel und eine Reihe kahler Bäume.

Sie kam herüber zu ihm, hielt aber kurz an, um Hectors Kopf zu tätscheln. Ihr Gesicht war von der Kälte gerötet, und sie gab Frazer beinahe förmlich die Hand. Dann stellte sie ihre Handtasche auf einen Stuhl und zog ein Päckchen Zigaretten heraus.

Sie sah seinen Gin und sagte: »Ich möchte dasselbe, falls Sie mich gerade danach fragen wollten.« Sie stieß eine Rauchwolke aus, legte ihren Schal ab und sagte: »Tut mir leid, daß ich mich verspätet habe; aber bei uns ist im Augenblick allerhand los. Wie meistens, wenn der Boß weg ist.« Ernst sah sie ihn an. »Und was haben Sie getrieben?«

»Ich habe zunächst mal einen Spaziergang gemacht.« Dann fuhr er zögernd fort: »Sie sehen wunderbar aus.«

Sie verriet weder Überraschung noch Freude. »Wie kommen Sie mit unserer Art der Kriegführung zurecht?«

Frazer lehnte sich zurück und blickte ihr in die Augen. Sie waren blau wie der Himmel. »Sie ist völlig anders. Ich bin es gewohnt, Schiffe sinken zu sehen, die deutschen U-Boote im Atlantik zu jagen, nur um dann festzustellen, daß sie entwischt sind und den Konvoi von neuem angreifen.«

»Und was ist jetzt anders?«

»Niemals sahen wir dabei den Feind selbst, wir mußten den Verlust von Schiffen oder Freunden anonym hinnehmen. Jetzt weiß ich, daß der Feind wirklich existiert, als Mensch von Fleisch und Blut.« Er wechselte das Thema. »Mit Alex läßt sich gut reden. Wie lange ist er schon bei der Marine?«

Sie sah an ihm vorbei, in ihren Augen zeigte sich Unruhe. »Vor sechs Monaten kam er von der Ausbildung, fuhr kurze Zeit auf einem Geleitzerstörer, und dann hat er sich freiwillig zu den Special Operations gemeldet.« Es klang, als hätte sie die Geschichte schon oft erzählt. »Ich mache mir Vorwürfe. Wäre ich nicht dabei, sondern vielleicht Aufsichtsoffizier in einem netten Wohnheim für Wrens, wäre er nie auf diese Idee gekommen.«

Frazer fürchtete, den Zauber des Augenblicks zu zerstören, sorgte sich, daß sie aufstehen und hinausgehen könnte. »Er hat eben noch nicht viel Erfahrung«, antwortete er deshalb vorsichtig.

Sie sah ihn an. »Alex ist ein aufgeweckter Junge, er spricht fließend deutsch und französisch. Klar, daß seine Vorgesetzten ihn gern behalten wollten.«

Sie warf einen Blick auf die Uhr, und das alarmierte Frazer. Er mußte verhindern, daß sie schon wieder ging.

Tatsächlich sagte sie: »Ich muß sofort wieder weg, kann aber noch einen Drink nehmen.«

Frazer sagte ein wenig unbeholfen: »Ich würde Sie gern wiedersehen, wenn –«

»Sie sind auf Urlaub. Ich bin im Dienst, und der geht rund um die Uhr, da ich meine Abteilung neu organisieren muß. Und selbst wenn ich Zeit hätte –«

Er legte ihr die Hand auf den Arm, ganz zart und vorsichtig, spürte aber, daß sie sich sofort versteifte. »Das weiß ich. Aber ich möchte Sie trotzdem sehr gern wiedersehen. Ich habe viel über Sie nachgedacht.«

Sie beobachtete seine Hand, zog aber ihren Arm nicht zurück. »Es ist nicht gut, sich zu nahe zu kommen. Jedenfalls nicht in Kriegszeiten.«

Frazer lächelte. »Meine Mutter behauptet immer, es sind die Urlaubsromanzen, die nicht lange dauern.« Plötzlich fügte er hinzu: »Erzählen Sie mir von Paul.« Er sah sie zusammenzucken. »Nur wenn Sie möchten«, fügte er leise hinzu.

»Wer hat Ihnen das mit Paul erzählt?« Dann hob sie die Schultern. »Egal, ich weiß es ohnehin.«

Frazer hatte das Gefühl, daß die Situation ihm zu entgleiten drohte. Hartnäckig fuhr er fort: »Wie lange kannten Sie ihn?«

»Sechs Wochen.« Sie ließ den Kopf sinken. »Das mag Ihnen nicht viel erscheinen, aber sehen Sie –« Sie brach ab und starrte ihn ärgerlich an. »Sie würden das ohnehin nicht verstehen. Ein paar Küsse und Ihr nordamerikanischer Charme, und schon gehe ich mit Ihnen ins Bett – so denken Sie doch.«

»In Gibraltar haben *Sie* mich angerufen.«

»Weil ich mir um Sie Sorgen machte. Jetzt wissen Sie, warum ich Alex aus diesem schmutzigen Krieg heraushalten wollte. Wenn ihm irgendetwas zustößt –«

Frazer sah zu, wie sie einen kurzen Blick in den Spiegel ihrer goldenen Puderdose warf und dann nach ihrer Handtasche griff. Er hatte alles ruiniert.

»Gehen Sie nicht so weg, Lynn.« Er bemerkte ihre Überraschung, als er sie mit Vornamen ansprach. »Und es ist nicht so, wie Sie sagen. Wir haben uns zwar nur kurz gesehen, aber ich kenne Sie schon länger als sechs Wochen.«

Nachdenklich sah sie ihn an. »Nun, solange Sie verstehen –« Sie stockte. »Ich bin nicht sicher.«

»Sie waren krank, wenigstens sagte man mir das in Portsmouth.«

»Krank?« Sie wandte sich um, als zwei junge Heeresoffiziere in die Bar getrampelt kamen und nach Drinks riefen. Der alte Hund schien auch sie zu kennen. Schließlich antwortete sie: »Ich glaube, in gewisser Weise war ich wirklich krank.« Sie stand auf und strich über ihren Hut. »Rufen Sie mich in ein oder zwei Tagen an. Aber mein Rat lautet noch immer: Verbringen Sie Ihren Urlaub anderswo.«

Frazer begleitete sie zur Tür. »Vielleicht haben Sie recht. Aber man weiß ja nie, ob's nicht der letzte ist.«

Mit wütend blitzenden Augen fuhr sie herum. »Sagen Sie so was nicht! Nicht zu mir!«

Sie schien die Anwesenheit des Wirts und der beiden Offiziere vergessen zu haben, die sie wie versteinert anstarrten.

Leise sagte Frazer: »Paul war ein Glückspilz.«

Sofort hatte sie sich wieder in der Gewalt, als wirke der Name ihres Verlobten wie etwas, an das sie sich klammern konnte.

»Nein, *ich* war die Glückliche.« Sie wandte den Blick ab, um ihr Gesicht zu verbergen. »Tut mir leid, was ich vorher zu Ihnen gesagt habe. Es war nicht Ihre Schuld.«

Rasch sagte Frazer: »Wie wäre es mit morgen, hier im Gasthaus? Und wenn es auch nur ein paar Minuten sind.«

»Sie sind wirklich hartnäckig.«

»Ich habe Angst, daß Sie es sich überlegen und nicht kommen, wenn Sie erst Zeit zum Nachdenken haben.« Er lächelte. »Nun?«

»Ich kann's nicht versprechen.« Dann lächelte auch sie. »Vielleicht läßt es sich einrichten.«

So leise, daß die anderen es nicht hören konnten, sagte Frazer: »Sie sollten öfter lächeln, dann sehen Sie entzückend aus.«

Sie antwortete nicht, sah ihn aber ein paar Sekunden unverwandt an. Aus ihren Augen schimmerte dieselbe Wachsamkeit, die er schon in der Bar bemerkt hatte. Dann war sie gegangen.

Er fand sie erregend und begehrenswert, trotz ihrer Zurückhaltung. Die schien nur ein Schutzschild zu sein. Aber sie hatte eingewilligt, ihn wiederzusehen. Das war die Hauptsache.

Der Seemann in langem Wachmantel, weißem Koppel und Gamaschen prüfte Allenbys Kennkarte und seinen Sonderausweis.

Hinter der sauberen Auffahrt entdeckte Allenby in der Ferne ein großes dreistöckiges Gebäude, das einstmals wohl ein Hotel gewesen war für Leute, die das Landleben liebten. Die Marine tat ihr bestes, um dies zu ändern.

Der Posten verlagerte das Gewicht seiner Maschinenpistole und sagte freundlich: »Commander Prothero erwartet Sie. Erste Tür rechts.«

Das neue Hauptquartier lag etwa vier Meilen von Truro und fünf Meilen von Falmouth entfernt; allerdings Luftlinie, dachte Allenby. Er lächelte, als er sich an die engen, gewundenen Wege zwischen den hohen Hecken erinnerte, die er als Kind in den Ferien hier entlanggewandert war. In Cornwall mußte man jede Straßenentfernung mindestens verdoppeln.

Der Fahrer des Jeeps, der ihn hergebracht hatte, rief: »Ich liefere das Gepäck gleich in Ihrer Unterkunft ab, Sir!« Mit diesen Worten wendete er. Es war wohl seine Art, dem Oberleutnant mitzuteilen, daß Prothero Warten nicht gewohnt war.

Allenby ging die Auffahrt hinauf und erwiderte den Gruß zweier Seeleute in Ölzeug. Sie sahen aus, als gehörten sie auf See und nicht hierher. Dann fiel Allenby ein, daß der Fluß gleich unter dem Hotel war. Landungsboote, Treibstoff- und Munitionsleichter sowie Bergungsschiffe und fahrbare Kräne lagen am jenseitigen Ufer. Sicher war es so den ganzen Strom abwärts bis zu den Carrick Roads und Falmouth selbst. Wie konnte man diesen gewaltigen Aufmarsch geheimhalten? Bestimmt wußten die Deutschen längst, was gespielt wurde.

Noch einmal dachte er an seinen siebentägigen Urlaub. Ständig hatte Spannung geherrscht, als seien sie alle drei weit voneinander entfernt. Die Mannerings kamen am Abend, wie angedroht, und Mr. Mannering ließ sich kritisch über die Landung bei Salerno aus und über die unnötig hohen britischen Verluste. Einmal sagte er: »Ich hätte eigentlich erwartet, daß die Marine besser vorbereitet gewesen wäre; aber es ist immer dasselbe.«

Allenby hatte die plötzliche Besorgnis im Gesicht seines Vaters bemerkt und daher ruhig geantwortet: »Wir haben keinen Einfluß auf die Qualität der Schiffe oder Waffen, die wir erhalten. Wir haben nur auszulaufen und draußen diesen verdammten Krieg zu führen!«

Scharf hatte seine Mutter erwidert: »Dicky, *bitte!*«

Mannering hatte beinahe begütigend geäußert: »Macht nichts, meine Liebe, ich habe breite Schultern.«

Fast hätte Allenby hinzugefügt: »Und ein großes Maul«, aber es war ihm gerade noch gelungen, die Worte zurückzuhalten. Der Abend war trotzdem eine Tortur.

So war er froh, wieder hier zu sein. Dies war das Leben, das er kannte, hier gehörte er her. Er hielt an und warf einen Blick zum Himmel, der leer war bis auf einige Sperrballons. Sie sahen aus wie eine Schule fliegender Wale.

Er trat ein und sah eifrig hastende Gestalten. Leere Kisten mußten weggeschafft, volle geöffnet und ihr Inhalt auf die verschiedenen Abteilungen verteilt werden. Es war niemand da, den er kannte. Ein älterer, untersetzter Signalmeister mit rotem Gesicht sah einen Stapel Funksprüche durch.

Allenby sagte: »Guten Morgen, Signalmeister. Wo finde ich Commander Prothero?«

Der Signalmeister sah ihn an und stieß einen lauten Seufzer aus. Dann deutete er hinüber zum Empfang, wo sich einst die Hotelgäste eingetragen hatten.

»Dort drüben, Sir. Er ist heute ein bißchen eingeschnappt.« Allenby trug seinen Regenmantel, so daß keine Rangabzeichen zu erkennen waren, und der Signalmeister wollte ihm offenbar eine freundliche Warnung zukommen lassen.

»Danke.« Er biß sich auf die Lippen. »Ist Wren-Gefreite Hazel hier?«

Gleichgültig sah der Mann ihn an. »Sie hatte Frühdienst, Sir, und ist jetzt in ihrer Unterkunft. Sie müssen sie gerade verpaßt haben.«

Allenby ging und merkte, daß der Signalmeister hinter ihm herstarrte.

Eine Wren, die er nicht kannte, führte ihn durch das Vorzimmer in einen größeren Raum, an dessen Wänden bereits Karten, Luftaufnahmen und Funksprüche hingen. Einige Wrens und ein Schreibersmaat verteilten Akten und andere Schriftstücke, und ein Gefreiter überprüfte die neu installierten Telefonapparate. Die hektische Geschäftigkeit war genauso entnervend wie der Gestank nach frischer Farbe.

In einem weiteren Dienstzimmer meldete die Wren: »Oberleutnant Allenby, Sir.«

Prothero trank Kaffee aus einer großen Tasse und reichte ihm die Hand.

»Freut mich, Sie zu sehen.« Seine blitzenden Äuglein blickten Allenby forschend ins Gesicht. »Tauglich?«

»Ja, ich war beim Chefarzt, Sir.« Dann erst merkte Allenby, daß noch ein Offizier im Raum war, halb verborgen durch einen Ledersessel mit hoher Rückenlehne: ein Oberleutnant mit den geflochtenen Goldlitzen der Royal Naval Reserve auf den Ärmeln. Er hatte ein rundes, intelligentes Gesicht und sah aus wie ein Berufsseemann.

Prothero sagte: »Das ist Oberleutnant Quinlan.« Weitere Erklärungen gab er nicht. Allenby grüßte und setzte sich unbehaglich.

»Niemand hat mehr bedauert als ich, daß ich Ihren Urlaub verkürzen mußte«, fuhr Prothero fort. »Aber der vor Ihnen liegende Einsatz ist äußerst wichtig, und ich möchte, daß er in der Familie bleibt. Der Admiral ist der gleichen Ansicht. Ich schicke Sie hinüber auf die Kanalinseln, nach Jersey, um genau zu sein.« Milde musterte er Allenby.

Der starrte ihn verblüfft an. Die Kanalinseln waren seit dem Fall Frankreichs feindbesetzt. Es war das einzige britische Gebiet mit deutscher Besatzung. Sonst wußte er sehr wenig über die Inseln.

Prothero fuhr fort: »Erstaunlich, nicht? Jersey liegt nur hundertfünfzig Meilen entfernt, aber es könnte ebensogut auf dem Mond liegen.« Er stand auf und ging quer durch den Raum zur nächsten Wandkarte. Sie zeigte die englische Südküste und die westlichen Zufahrtswege. Am unteren Ende sah man ein Stück der französischen Normandie mit Cherbourg und unmittelbar daneben die kleine Inselgruppe.

Prothero fuhr fort: »Die Deutschen haben starke Befestigungen angelegt, Geschützstellungen und Panzersperren oberhalb der Strände, die jeden Landungsversuch unmöglich machen. Die Garnison aber ist nicht die beste, meist ältere Männer, Reservisten oder Rekonvaleszenten. Es gibt jedoch eine Menge Patrouillenboote, einige auf den Inseln selbst stationiert, andere, wie die Schnellbootflottille, gegenüber in St. Malo. Beeindruckend, nicht wahr?«

Allenby trat ebenfalls zur Wandkarte. Wie Prothero die Inseln schilderte, erschien ihm der bevorstehende Einsatz wie ein »Einbahn«-Unternehmen.

Langsam fuhr Prothero fort: »Die Alliierten werden eher früher als später in der Normandie landen, und *wir* werden eine wichtige Rolle dabei spielen. Meine Gewährsleute haben mir berichtet, daß die Deutschen eine neue Radaranlage an der Nordküste von Jersey errichtet haben. Sie soll ihre Flanke sichern, da sie sämtliche See- und

Luftbewegungen zeigt. Es ist ein sehr fortschrittliches Gerät und muß unbedingt zerstört werden.«

Allenby warf einen Blick aus dem Fenster, während er das Gehörte verarbeitete. Prothero fügte hinzu: »Die britische Inselbevölkerung hat es geschafft, fast ohne Repressalien durch die deutsche Besatzungsmacht zu leben. Es gibt dort keinen Widerstand wie in Frankreich und den skandinavischen Ländern. Nur gelegentlich haben leichtsinnige Einzelpersonen Sabotage begangen, die natürlich streng bestraft wurden. So ruhig soll es dort auch bleiben. Ich möchte auf jeden Fall vermeiden, daß auf diesen Inseln strenge Vergeltungsmaßnahmen wie in vielen anderen Gebieten stattfinden.«

Allenby fiel Sizilien ein. Er hatte gehört, daß nach ihrem Einsatz SS und Gestapo im Fischerdorf mehrere Leute, darunter auch Frauen, hingerichtet hatten.

»Ich soll also die Radarstation sprengen, Sir?«

»Sie werden sich dort mit Leuten treffen, die eine kleine Widerstandsgruppe gebildet haben. Ihr Anführer hat beim Bau der Station mitgearbeitet und auch Zutritt zum Gelände. Das Gerät muß vor unserer Invasion ausgeschaltet werden, wir wissen nur noch nicht wie.«

»Warum kann das der Mann von der Insel nicht machen, Sir?«

»Es muß aussehen wie eine Landung von außen. Wir starten ein Ablenkungsmanöver, während Sie mit Ihrer Aufgabe beschäftigt sind. Klar?«

Allenby war nur klar, daß es zwecklos war, nach seinen Überlebenschancen zu fragen. »Wann soll ich anfangen?«

Prothero strahlte. »Gut. Es dauert noch ein oder zwei Tage, dann ist alles vorbereitet.« Er runzelte die Stirn. »Ihnen macht es doch nichts aus, im U-Boot hinzufahren?« Er zeigte auf den Oberleutnant, bevor Allenby antworten konnte. »Quinlan hier wird Ihr Chauffeur sein. Er ist Kommandant des Kleinst-U-Bootes X-19, eines von denen, die auch die TIRPITZ angegriffen haben.«

Allenby sah den mondgesichtigen Oberleutnant mit neuen Augen an, als dieser ankündigte: »Wir laufen mit einem regulären U-Boot aus Falmouth aus, das X-19 in Schlepp nimmt. Wenn wir vor dem Ziel sind, steigen wir auf den Zwerg um und lassen die Überführungsbesatzung im großen Boot. Von St. Malo kommt regelmäßig ein Versorgungsschiff nach Jersey, mit Truppen, Treibstoff und Verpflegung.« Er warf Prothero einen kalten Blick zu. »Es ist fürwahr kein Ziel, für das wir normalerweise eins unserer Kleinst-U-Boote aufs Spiel setzen würden. Aber die Deutschen sollen annehmen, es handle sich um einen regulären Angriff.«

Prothero starrte ihn an. »Sie sollen nicht, sie *müssen* es glauben!«

Quinlan wandte sich an Allenby. »Machen Sie sich keine Sorgen. Wir schaffen es schon. Und denken Sie nicht an eine technische Panne. Das haben wir im Griff.«

Prothero verschränkte die Arme. »Also klar zum Einsteigen, Allenby.« Das war die Entlassung. »Ich habe noch ein paar Punkte mit Quinlan zu besprechen.« Oder wollte er sie nur bis zum Auslaufen trennen?

Allenby fragte: »Kann ich davon ausgehen, daß Major Thomas diesmal nicht in die Angelegenheit verwickelt ist, Sir?«

Prothero zog ein finsteres Gesicht. »Hören Sie, Allenby, gerade Sie...« Aber er beruhigte sich wieder. »Es steht Ihnen nicht zu, danach zu fragen, wer was wo und wann tut. Aber nein, Major Thomas ist diesmal anderweitig eingesetzt. Bevor Sie ihn verdammen, denken Sie daran, seine ganze Familie ist von der SS ausgerottet worden. Er hat nicht viel für die Deutschen übrig.«

»Ich weiß das, Sir.« Allenby sah ihn offen an. »Aber er genießt die Rache gar zu sehr.«

Damit ging er hinaus und schloß die Tür hinter sich. Im Vorzimmer traf er auf den Signalmeister, der sich mit einer Wren unterhielt. Er grinste, als er Allenbys grimmiges Gesicht sah.

»Alles vorbei, Sir? Ich hab' Sie ja vor ihm gewarnt.«

Als Allenby zur Treppe ging, rief er ihm nach: »Übrigens, Sir...« Dabei hielt er ihm einen Zettel hin. »Da war gerade ein Anruf für Sie, eine junge Dame. Ich habe die Nummer aufgeschrieben!« Er blinzelte vielsagend. »Die, nach der Sie gefragt haben.«

Allenby fand ein Telefon, und nach einigen Verzögerungen hörte er, daß der Ruf durchging. Sein Mund war so trocken, als ginge es geradewegs in die Schlacht. Wenn er doch nur Zeit gehabt hätte, sich zu sammeln! Gleichzeitig war ihm klar, daß das auch keinen Unterschied gemacht hätte.

Es klickte, und dann hörte er sie fragen: »Ja?«

»Hier Oberleutnant Allenby. Sind Sie...«

Er glaubte, im Hintergrund Mädchenstimmen zu hören und das Klappern von Geschirr. Sie mußte in der Unterkunft der Wrens sein. Dann kam ihre Stimme wieder, diesmal etwas deutlicher, als hätte sie eine Tür geschlossen.

»Ich – ich wollte Ihnen nur danken für Ihren Brief.«

Dann folgte eine längere Pause, und Allenby befürchtete schon, sie seien getrennt worden. Doch sie fuhr fort: »Es war lieb von Ihnen, mir zu schreiben, nachdem ich Sie so schlecht behandelt hatte.«

Rasch sagte Allenby: »Nein, es war mein Fehler. Ich wollte es Ihnen erklären.« Die Worte purzelten wirr aus ihm heraus. »Sehen Sie, ich kann mich an nichts erinnern.« Er riß sich zusammen. »Tut mir leid. Aber das war nicht alles, was ich Ihnen sagen wollte.«

»Was wollten Sie mir denn sagen?«

»Bitte lachen Sie mich nicht aus, aber ...« Er suchte nach Worten. »Ich habe so viel an Sie gedacht. Und mich gefragt, ob wir uns wiedersehen könnten?«

Es schien eine Ewigkeit zu dauern, bis sie antwortete: »Ja, gut.« Er konnte ihren Atem hören, der so rasch ging, als wäre sie ebenfalls nervös. Schließlich sagte sie: »Ich weiß, auf welchen Einsatz Sie gehen, ich habe die Funksprüche gesehen. Ich wünschte ...«

»Lassen Sie uns nicht darüber sprechen.« Ihr brauchte er nichts vorzumachen wie seinen Eltern. »Ich möchte Sie so gern sehen.«

»Gut. Wir arbeiten hier Wache um Wache. Vielleicht könnte ich zwischen vier und sechs Uhr nachmittags freikommen, wenn auch nur kurz. Haben Sie ein Fahrrad?«

Allenby glaubte, sich verhört zu haben, aber sie erklärte: »Etwa eine Meile von hier ist eine kleine Teestube, da könnten wir uns treffen. Sie ist normalerweise ganz leer. Der Signalmeister wird Ihnen ein Fahrrad besorgen.«

»Woher wußten Sie, daß ich angekommen war?«

Sie lachte. »Er hat mich angerufen, während Sie drin beim Boß waren.«

»Ich bin um vier Uhr dort.«

Das Gespräch wurde unterbrochen, und eine beleidigte Stimme rügte: »Tut mir leid, Sir, aber dies ist eine *Dienst*leitung.«

Wie betäubt ging Allenby davon. Er würde Joanna sehen, würde ihr erklären können, wie das mit ihrem Bruder passiert war.

Er fand den Signalmeister, der sich gerade seine Pfeife stopfte. Es herrschte jetzt mehr Ordnung in dem Chaos, und der Mann machte einen zufriedenen Eindruck. »Vielen Dank, Yeo*.«

Der Mann grinste. »Und jetzt suchen Sie ein Fahrrad, stimmt's, Sir?«

Sie lachten wie zwei Verschwörer.

* Yeoman of signals = Signalmeister

Die kleine Teestube hieß *The Marigolds** und lag am Rand eines Dorfes namens Feock. Allenby strampelte so rasch auf dem ungewohnten Fahrrad, daß er schon um vier Uhr eintraf, als die Hundewache gerade erst anfing.

Eine ältere Dame mit strengem Haarknoten musterte ihn mißtrauisch und wartete, bis er sich gesetzt hatte. Außer zwei weiblichen Wesen in einem Erker war niemand anwesend. Der Raum erinnerte Allenby an seine Kindheit: karierte Tischdecken und ländliche Szenen auf der Tapete.

Die Wirtin trat an Allenbys Tisch. »Tee?«

Allenby warf einen raschen Blick auf seine Armbanduhr und erwiderte: »Ich bin ein bißchen zu früh dran. Ich warte noch auf jemanden.«

Sekundenlang musterte sie ihn kühl. »Dies ist aber kein Warteraum, junger Mann.«

Allenby wurde rot, als die beiden Frauen im Erker sich umdrehten und ihn anstarrten.

Vielleicht kamen hier oft Soldaten her, um sich mit ihren Mädchen zu treffen, dachte er, denn die Lokale am Ort wurden von den Streitkräften verschiedener Nationen geradezu überschwemmt und hatten um ihren Ruf zu fürchten.

Plötzlich fragte die Wirtin scharf: »Was ist das?« Sie zeigte auf das Ordensband auf Allenbys Brust.

Warum verwirrte es ihn jedesmal, wenn man ihn darauf ansprach? Als Junge hatte er sich oft mit Taten gebrüstet, die er gar nicht vollbracht hatte. Die Wirklichkeit jedoch schien ihn stumm zu machen.

Leise erwiderte er: »Das Georgskreuz, Madam.«

Sie beugte sich vor, und er konnte ihren Lavendelduft riechen.

»Das Georgskreuz?« Sie betrachtete das Band und musterte ihn dann schweigend. Plötzlich tat sie etwas, das ihn so verwirrte, als habe seine Mutter es getan. Sie legte ihm die Hand auf die Schulter und sagte: »Bleiben Sie, so lange Sie wollen, mein Sohn.« Damit wandte sie sich ab und verschwand im Hinterzimmer.

Das Glöckchen über der Tür bimmelte, und Joanna Hazel trat ein, blieb stehen und sah ihn an.

Rasch stand Allenby auf. Die anderen Frauen waren vergessen, als er sie anstarrte. Ihr keckes Mützchen saß schief auf dem dunklen

* Butterblumen

Haar, und sie war noch atemlos von der raschen Fahrt. »Es ging fast den ganzen Weg bergauf«, lächelte sie zur Erklärung.

Dann saßen sie einander gegenüber, beide sehr nervös und unsicher.

Endlich erwiderte er: »Ich weiß. Ich wäre beinahe vom Rad gefallen, als mich zwei Soldaten grüßten und ich versuchte, den Gruß zu erwidern.«

Sie lachte. Allenby fand, daß es entzückend klang und alles viel leichter machte.

Die Wirtin kam an den Tisch und betrachtete Joanna neugierig. Schließlich schien sie zufrieden und sagte: »Ich bringe Ihnen jetzt den Tee.« Im Gehen wandte sie sich noch einmal um und fügte hinzu: »Auch Sahne.«

Als sie weg war, sagte Allenby: »Sie sehen hinreißend aus.« Er brach ab, hatte das Gefühl, zu rasch und zu plump vorgegangen zu sein. »Tut mir leid, ich bin leichte Konversation nicht gewöhnt.«

Sie lächelte traurig. »Sie machen es aber ausgezeichnet. Wenn ich daran denke, wie rüde ich mit Ihnen gesprochen habe . . . Und jetzt sind Sie doch wiedergekommen. Ich schäme mich direkt.«

Unwillkürlich langte er über den Tisch und ergriff ihre Hand.

»Davon wollen wir nicht mehr sprechen. Einmal dachte ich, ich würde Sie nie wiedersehen, und das beunruhigte mich mehr als alles andere.«

Die kleine alte Dame kam mit dem Tee und setzte das Tablett so vorsichtig auf den Tisch, daß Allenby die Hand des Mädchens nicht loszulassen brauchte.

Er fuhr fort: »Ich muß Sie hiernach noch mal wiedersehen, wenn Sie es einrichten können. Ich muß einfach.«

Aufmerksam musterte sie sein Gesicht, die Linien um seinen Mund. Er wirkte wie ein verirrter, verzweifelter Junge. Leise antwortete sie: »Nach Ihrem Anruf habe ich mit meiner Familie gesprochen.« Mit gesenktem Blick rührte sie in ihrem Tee. »Ich habe eine Woche Urlaub, und meine Angehörigen würden Sie gern kennenlernen.«

Allenby blickte sie unverwandt an, bewunderte die Art, wie ihre Wimpern sich auf die Wangen senkten. Ihr Haar war schwarz und viel dunkler, als er es in Erinnerung hatte. Noch immer rührte sie in ihrer Tasse herum. Sonst wäre er nie auf den Gedanken gekommen, daß sie ebenso unsicher sein könnte wie er selbst.

»Aber Sie wissen doch, mein Einsatz . . .«

Endlich hob sie den Blick. »Ja. Aber es ist ganz nahe. Wir wohnen genau an der Grenze in Devon und könnten zusammen hinfahren. Der Versorgungsoffizier hat einen Lieferwagen, der uns fast vor der Tür absetzen würde. Und Daddy kann einen Wagen organisieren, für den Fall Ihres Rückrufes.« Unverwandt blickte sie ihn an. »Es würde mich sehr freuen.«

Er drückte ihr Handgelenk. »Mich auch.«

»Meine Eltern werden Sie vermutlich über Tim ausfragen, das ist Ihnen doch klar?«

Allenby hatte das erwartet. »Ich will versuchen, ihnen alles zu erklären.« Er konnte nicht weitersprechen. Statt dessen fragte er: »Was macht Ihr Vater denn?«

»Daddy ist Soldat.« Dabei ließ sie es bewenden.

Sie plauderten weiter, bis es draußen dunkelte. Allenby bemerkte, daß die beiden anderen Frauen gegangen waren. Er hatte nicht einmal die Glocke über der Tür gehört.

Ihre Hand lag jetzt in der seinen, sehr still und warm. Er konnte kaum glauben, daß es Wirklichkeit war. Der gefahrvolle Einsatz, das Kleinst-U-Boot, Protheros Plan, all das existierte für ihn nicht mehr.

Dann wurde es Zeit zu gehen. Sie hatte die erste Wache und wollte vorher noch duschen. Lächelnd sagte sie: »Die Bäder in der Unterkunft werden nämlich streng zugeteilt. Man bekommt nie eins außer der Reihe.«

Sie standen auf, und Allenby sagte: »Ich begleite Sie zurück, wenn ich darf.«

Die alte Dame kam an den Tisch; als Allenby seine Brieftasche zog, sagte sie: »Nein, diesmal nicht, mein Sohn.« Sie warf noch einen Blick auf sein Georgskreuz und fügte hinzu: »Kommen Sie nur wieder.«

Was sollte das? fragte sich Allenby. Hatte sie einen Angehörigen in der Marine verloren?

Die alte Dame blickte ihnen nach, als sie gingen, und murmelte dann: »Wie füreinander geschaffen.«

Sie radelten schnell bergab, bis ein freistehendes Gebäude mit einem Marineposten vor der Tür aus der Dunkelheit auftauchte. Einen Augenblick standen sie unschlüssig, die Fahrräder zwischen sich.

Dann sagte Allenby: »Ich würde Sie gern küssen.« Daß er *das* ausgesprochen hatte, konnte er selbst kaum glauben.

Joanna beugte sich vor, und er küßte sie auf die Wange. Er konnte ihr Gesicht nicht erkennen, als er sagte: »Es war sehr schön.«

Ob er den Tee meinte oder den Kuß, war nicht ganz sicher. Schließlich bestieg sie ihr Rad wieder und fuhr durch das Tor.

Allenby schob sein Fahrrad bis zum Fluß. Er wollte noch nicht nach Hause, wollte diesen Augenblick so lange wie möglich auskosten.

13 Ein Haus auf dem Lande

Der Lieferwagen des Versorgungsoffiziers nahm wieder Fahrt auf und ließ Allenby mit dem Mädchen am Straßenrand stehen. Er sah nichts weiter als ein riesiges Tor und dahinter eine lange, gewundene Allee.

Sie sagte: »Also los.« Zusammen schritten sie durch das Tor, und Allenby gewahrte einige Sanitätswagen des Heeres, die vor dem Haus und den Gebäuden daneben parkten. Es waren auch Verwundete da, Männer in blauen Kitteln, die wie Morgenröcke aussahen, einige auf Krücken, andere in Rollstühlen.

Es mußte einst ein wunderschönes Landhaus gewesen sein, dachte Allenby. Jetzt war es offensichtlich ein Militärhospital.

Besorgt sah er sie an. »Ist Ihr Vater einer von diesen armen Verwundeten?«

Sie blieb stehen und sah ihn an, ein warmes Leuchten in den Augen. »Ich dachte nicht daran, daß Sie das ja annehmen müssen.« Sie ergriff ihn am Arm und drückte ihn. »Nein, dies ist mein Elternhaus, oder wenigstens ein Teil davon im Augenblick.« Sie sah sein Erstaunen und sagte rasch: »Werden Sie bitte nicht nervös. Meine Eltern sind auch nur Menschen.«

Aber als sie das Haus erreichten und die Tür von einem Dienstmädchen geöffnet wurde, ging Allenby allmählich der Umfang seines Irrtums auf.

Genau wie im Film, dachte er.

Jenseits der Halle öffnete sich eine Tür, und eine imponierende Gestalt in Khaki schritt ihnen entgegen, um sie zu begrüßen. Allenby sank das Herz in die Hose. Der »Soldat«, wie Joanna ihn genannt hatte, schien General zu sein.

Sie gaben sich die Hand, während Joanna den Hut abnahm und sich das Haar aus dem Gesicht strich, wobei sie die beiden beobachtete.

»Es war sehr freundlich von Ihnen, mich einzuladen, Sir.«

Joannas Vater sah erst ihn an und dann das Kreuz auf seinem

Jackett. Endlich konnte Allenby auch die Rangabzeichen auf seiner Schulter erkennen; er war Brigadegeneral.

»Kommen Sie einen Augenblick mit in mein Arbeitszimmer, ja?« Dann rief er dem Dienstmädchen zu: »Bring sein Gepäck hinauf in sein Zimmer, Lucie, sei so gut.«

Er war ganz und gar nicht so, wie Allenby erwartet hatte, hatte auch nicht die geringste Ähnlichkeit mit Joanna oder ihrem toten Bruder. Gepflegtes graues Haar, kurz geschnittener Schnurrbart – ein Mann, der sich absolut selbstsicher bewegte und sprach, der Gehorsam gewohnt war.

Das Arbeitszimmer war behaglich und von hohen Bücherborden gesäumt. In einer Ecke stand ein großer Schreibtisch mit silberner Garnitur und Erinnerungsstücken aus der Dienstzeit des Brigadegenerals.

Joanna saß in einem tiefen Ledersessel, streifte ihre Schuhe ab und zog die Knie bis ans Kinn. Trotz der Gegenwart ihres Vaters mußte Allenby sie dauernd ansehen. Ihre gute Figur konnte auch die weiße Dienstbluse nicht verbergen.

Ihr Vater sagte: »Deine Mutter ist im Ort, Joanna, um noch einiges für das Abendessen zu besorgen. Es kommen noch ein paar Freunde.« Fragend sah er Allenby an: »Einverstanden?«

»Natürlich, Sir. Es ist wunderschön hier. Ich kenne das Land ein bißchen. Vor dem Krieg haben wir . . .« Seine Stimme wurde undeutlich.

»Wirklich? In welchen Hotels haben Sie gewohnt? Ich fürchte, die meisten von ihnen sind jetzt Soldatenunterkünfte.«

Allenby sah sich um. Er fühlte sich wie ein Gefangener und spürte, wie Joanna ihn beobachtete. Der Brigadier wollte ihn wohl zum Narren halten: Hotels? Bestenfalls konnten sie sich damals eine Pension oder ein Zimmer mit Frühstück leisten. »Eins war das *White Horse,* glaube ich«, murmelte er.

»Kann nicht sagen, daß ich es kenne.« Wütend wandte sich der Brigadier um, als schwere Schritte auf der Terrasse ertönten. »Ich muß dem Sanitätsoffizier endlich mal einschärfen, daß er seinen verdammten Soldaten verbietet, meine Terrasse als Abkürzung zu benutzen!«

Er setzte sich und hielt Allenby ein silbernes Zigarettenetui hin, auf dessen Deckel ein Regimentswappen graviert war.

Allenby schüttelte dankend den Kopf und fragte sich, warum wohl zwei Kinder des Generals zur Marine gegangen waren.

Der Brigadier schlug die Beine übereinander und blies Zigarettenrauch in Richtung des Kaminfeuers. »Erzählen Sie mir von meinem Sohn Timothy. Alles, woran Sie sich erinnern können.«

Allenby wußte, daß Joanna noch einen Bruder hatte, den ältesten, der als Hauptmann irgendwo in Italien stand. Er begann zu erzählen und fand es leichter als gedacht. Als beschreibe er jemand anderen.

Ein paarmal unterbrach ihn der Brigadier, um einen Punkt klarzustellen. Ansonsten hörte er gespannt zu.

Als ein großer Holzklotz im Feuer plötzlich aufflammte, sah Allenby, daß Joannas Augen feucht geworden waren. Aber sie lächelte ihm zu, beschützend, ermutigend.

Schließlich schloß er: »Und das ist leider schon alles, woran ich mich erinnern kann, Sir.«

»Er stand auf der anderen Seite der Tür, sagten Sie?«

»Ja.« Allenby sah es so deutlich vor sich, als sei es gestern gewesen: den Raum, die entsetzliche Mine ...

»Als ich endlich ausgegraben und ins Lazarett gebracht worden war, war in meinem Kopf alles wie ausgelöscht, Sir. Ich wollte Ihnen schreiben, aber – aber ich wußte nicht, was.«

Joanna sah ihren Vater an. »Das war meine Schuld, Daddy.«

»Vielleicht.« Der Brigadier schien in Gedanken weit weg zu sein. »Sie riefen ihm eine Warnung zu?«

Allenby blickte auf seine fest zusammengepreßten Hände nieder. »Ich bin mir nicht sicher, Sir. Die entscheidenden Sekunden fehlen mir. Das tut mir sehr leid. Wir waren gute Freunde.«

Leise sagte sie: »Tim hat nicht das geringste gespürt?« Sie sah Allenby an, es war eine Frage.

Er schüttelte den Kopf. »Nein.«

Der Brigadegeneral blickte auf die Uhr. »Ich muß jetzt gehen.« Er musterte noch einmal Allenby, dann seine Tochter. »Wir treffen uns vor dem Dinner zu einem Drink.« Damit ging er hinaus und rief nach seinem Fahrer.

Sie saßen minutenlang schweigend, dann stand Joanna auf und kam zu ihm. Allenby konnte ihr Gesicht nicht erkennen, weil sie direkt hinter ihm stand.

Sie sagte: »Stören Sie sich nicht an seiner Kürze. Er kann manchmal etwas schroff sein.«

Allenby gab es auf, in seiner Erinnerung zu wühlen. Alles, woran er im Augenblick denken konnte, war, daß der Brigadegeneral seine Tochter bei der Begrüßung weder umarmt noch geküßt hatte. Doch das lag ihm vielleicht nicht. Sicher steckte er bis über die Ohren in den

Plänen für die Invasion, die jeden Tag beginnen konnte. Das erklärte vielleicht seine schroffe Art.

Sie sagte: »Ich danke Ihnen, daß Sie uns alles erzählt haben. Wie oft habe ich darüber nachgegrübelt. Er schrieb in seinen Briefen, wie gern er Sie hatte und wie besorgt Sie auf ihn aufpaßten. Tim war so ein guter Schüler, es wunderte uns, daß er Bomben entschärfen wollte.«

»Er war ein tapferer Junge. Es käme der Wahrheit näher zu sagen, daß er auf mich aufpaßte und nicht umgekehrt.«

Sie strich ihm mit den Fingern übers Haar, und als er sich umdrehte, um zu ihr aufzublicken, sah er sie lächeln. Aber ihre Wangen waren naß. Da legte er ihr den Arm um die Taille. »Ich liebe Sie. Sie wissen das, nicht wahr?«

Sie antwortete nicht, aber er sah die rasche Bewegung ihrer Brüste unter der Bluse, die ihre Selbstbeherrschung Lügen strafte.

»So etwas dürfen Sie nicht sagen, Richard. Sie kennen mich kaum.«

»Ich kann's nicht ändern.« Er versuchte zu lächeln. »Nennen Sie mich Dick. Alle tun das.« Er dachte an seine Mutter, die einzige Ausnahme. Unglücklich sagte er: »Ich bin ein Narr. Ich weiß nicht, was in mich gefahren ist. Uns beiden ist klar, daß mir jederzeit was passieren kann.«

Er machte Anstalten aufzustehen, aber sie schüttelte den Kopf, legte die Arme um seinen Hals und zog seinen Kopf an ihre Brust.

»Sagen Sie nicht so etwas. Das dürfen Sie nicht, ich mache mir sonst zu große Sorgen. Als ich Ihren Brief erhielt, spürte ich etwas, das neu für mich war. Es erschreckte mich. Aber Liebe? Wie können Sie das wissen?«

Er zog sie dichter an sich und hörte das Schlagen ihres Herzens, spürte ihre Nähe, ihre Wärme.

»Ich weiß es eben.«

Irgendwo schlug eine Tür zu, dann hörten sie einen Wagen langsam davonfahren.

»Ich bringe Sie in Ihr Zimmer.« Sie lachte unsicher. »Man hat Ihnen ein Zimmer gegeben, das etwa eine Meile von meinem entfernt ist.«

Allenby stand auf und hielt sie fest, ihr Haar berührte seinen Mund. »Ich wünschte, wir könnten irgendwo allein sein.«

Sie befreite sich aus seinem Griff. »Seien Sie brav, Sir.« Sie trat zurück, aber ihre Augen leuchteten vor Erregung. »Mami muß jeden Augenblick kommen.«

Allenby lächelte. »Dann also nicht.«

Später, als er sich in dem großen Gästezimmer rasiert und im

Badezimmer daneben geduscht hatte, machten sie gemeinsam einen Rundgang durch das Haus. Ein ganzer Flügel war als Erholungslazarett für verwundete Offiziere beschlagnahmt worden. Einige von ihnen sah Allenby beim Vorbeigehen. Sie schienen kaum ansprechbar und machten einen verwirrten Eindruck; *Überlebende* hätte Frazer sie genannt.

Es war ein riesiges Haus. Wie hatte er da hoffen können, auf Joanna Eindruck zu machen?

Sie trafen sich zum Cocktail wieder, und Allenby wurde Joannas Mutter vorgestellt. Sie war äußerst attraktiv und glich ihrer Tochter sehr. Gäste waren der leitende Sanitätsoffizier aus dem Lazarett, ferner der örtliche Friedensrichter und seine Frau, ein paar Heeresoffiziere aus dem Stab des Brigadegenerals und eine enge Freundin der Familie, deren Mann in Burma als vermißt gemeldet war. Sie nahm sich sehr zusammen, schien aber den Tränen näher zu sein als dem Lachen.

Beim Dinner hatte Allenby den Platz neben Joannas Mutter erhalten; ihm war klar, daß dies eine Prüfung sein sollte. Der Friedensrichter war äußerst langweilig und beklagte sich dauernd darüber, daß die Soldaten überall kampierten.

Joanna sah ihn an und lächelte. »Aber es sind doch *unsere* Soldaten, oder?«

Zwischen den Gängen fragte der Brigadier: »Ich nehme an, Sie waren zu jung, um vor dem Krieg schon einen Beruf auszuüben, stimmt's?« Lächelnd sah er Allenby an. »Ohne Zweifel waren Sie noch auf der Universität; was haben Sie studiert?«

Wie die Katze mit der Maus, dachte Allenby.

Nach seiner Beförderung zum Offizier war ihm häufig dieselbe Frage gestellt worden. Er war einer direkten Antwort ausgewichen, indem er sagte, er habe eine Hochschule besucht. Schließlich, hatte er sich gesagt, war ein Technikum beinahe eine Hochschule.

Jetzt erwiderte er: »Ich war nicht auf der Universität, Sir.«

Er haßte es, vor Joanna an Gesicht zu verlieren, aber ihren Vater anzulügen hätte alles verdorben. Keinesfalls würde der Brigadier ihn so leicht vom Haken lassen.

Die Augenbrauen des Generals hoben sich ein wenig. »Überraschend.«

Der leitende Sanitätsoffizier, bereits leicht betrunken, rief: »Das ist eben die Marine, Sir! Da kommt das Heer nicht mit!« Dabei brüllte er vor Lachen.

Allenby war wütend auf sie alle, jedoch am meisten auf sich selbst, weil er es sich so zu Herzen nahm.

Die Tür ging auf, und der Brigadier sah das Dienstmädchen an. »Ja, Lucie?«

Allenby bemerkte Joannas Blick, der auf ihm ruhte: besorgt, trotzig, das war schwer zu entscheiden.

Das Mädchen stotterte: »Verzeihung, Sir, aber da ist jemand am Telefon ...«

Der Brigadier betupfte sich den Mund mit der Serviette. »Der Dienst ruft.« Er sah sich an der Tafel um. »Wenn Sie mich bitte entschuldigen wollen?«

Das Mädchen jedoch erklärte: »Nein, Sir, der Anruf ist für den Herrn von der Marine.«

Allenby stand auf, seine Gedanken waren plötzlich wie eingefroren. Doch nicht *jetzt* schon! Nicht so bald!

Das Mädchen stand noch in der geöffneten Tür. Beim Verlassen des Raumes hörte er Joannas Stimme, so klar und deutlich, als spräche sie zu ihm.

»Er war nicht auf der Universität, Daddy, aber der König hat ihm das Georgskreuz verliehen, und er ist für das DSC eingereicht, obwohl er das vermutlich selbst noch nicht weiß!« Ihre Stimme klang, als sei sie den Tränen nahe.

Im Raum war es völlig still, als Allenby zurückkehrte. Er musterte die Gesichter und deren unterschiedlichen Ausdruck, dann wandte er sich an Joanna und hob die Schultern.

»Rückruf. Ich muß fort.«

Sie eilte um den Tisch und ergriff ihn am Arm, alles andere vergessend.

»Ich komme mit, Dick.«

Er versuchte, den Abschied mit einem Lachen herunterzuspielen. »Vielleicht war es auch ein Irrtum. Sie bleiben besser und ...« Seine Stimme versagte.

»Ich lasse meinen Fahrer rufen.« Zum ersten Mal wußte der General nicht, was er sagen sollte.

Allenby verabschiedete sich und nahm von Lucie sein Gepäck entgegen. Nun war er gar nicht dazu gekommen, in dem schönen Bett zu schlafen.

Sie gingen hinaus zum Wagen. Die Luft war wie Eis, der Himmel voller Sterne.

Joanna klammerte sich an Allenbys Arm, den Kopf an seine

Schulter gepreßt, als der Wagen mit hoher Fahrt die Auffahrt hinunterdonnerte und in die Hauptstraße einbog.

Sie sprachen kaum, bis sie am Fluß waren. Dann hob sie ihr Gesicht und zog seinen Arm enger an sich, wobei sie flüsterte: »Küß mich.« Als er seinen Mund ihrer Wange näherte, drängte sie: »Nein, Dick, richtig!«

Ihr Mund kam ihm entgegen, und ihre Lippen öffneten sich, als er sie hungrig und verzweifelt küßte.

Der Wagen schoß um eine Biegung, und vor sich sahen sie den Drahtzaun und den bewaffneten Posten, der dem Stabswagen entgegenstarrte.

Mit pochendem Herzen fuhren sie auseinander. Zum letzten Mal küßte er sie auf den Mund. »Ich liebe dich, Joanna.«

Leise antwortete sie: »Komm zurück, Dick. Ich warte jeden Tag auf dich.«

Der Fahrer öffnete die Wagentür und sah ihm nach, bis der Oberleutnant das Tor erreicht hatte.

»Wieder nach Hause, Miss?«

Kaum imstande zu sprechen, schüttelte sie den Kopf. »Nein, bringen Sie mich bitte zur Wren-Unterkunft, ich sage Ihnen den Weg.«

Sie warf noch einen Blick zurück, aber Allenby war bereits in der Dunkelheit verschwunden.

Als Allenby aus ruhelosem Schlummer erwachte, dauerte es ein paar Augenblicke, bis er sich erinnerte. Er zog den Kojenvorhang auf und blickte hinunter in die Messe des U-Bootes. Es war ein winziger Raum, von Kojen und Spinden gesäumt, in der Mitte stand ein Tisch mit einigen Proviantkisten, für die sich kein anderer Platz im Boot gefunden hatte.

Er leckte sich die trockenen Lippen und blickte auf seine Armbanduhr. Vier Uhr morgens. Seit Falmouth waren sie jetzt zwei Tage auf See, im Schlepp das Kleinst-U-Boot X-19 mit seiner Überführungsbesatzung. Was für ein unnatürliches Höhlenleben, dachte er und schmeckte Dieselöl und nassen Stahl.

Jemand zog die Vorhänge beiseite, ein Seemann erschien und flüsterte: »Es ist gleich soweit, Sir. Hier ist Tee für Sie.« Damit verschwand er.

Allenby ließ sich hinunter und sah Quinlan und seinen Ersten Wachoffizier Lomond bereits am Tisch sitzen.

Quinlan sah auf und nickte ihm zu. »Ziemlich ruhig bis jetzt.« Er wirkte angespannt, aber nicht nervös. Wahrscheinlich verlangte es ihn danach, endlich in sein eigenes Boot zu kommen, wo er sich zu Hause fühlte.

Der Lautsprecher krächzte: »Auf Tauchstationen, auf Tauchstationen!« Selbst die Stimme klang gedämpft, als fürchte sie, außerhalb des Rumpfes gehört zu werden.

Die anderen nahmen ihre Taschen auf, und Allenby überprüfte rasch seinen Spezialbeutel. Dabei erinnerte er sich an das besorgte Gesicht des U-Boot-Kommandanten, als er mit diesem Gepäck das Turmluk hinabstieg.

Allenby hatte gesagt: »Keine Sorge, Sir. Nichts Gefährliches dabei.«

Ihm war klar, was der Mann dachte. Vor etwa einem Jahr hatten sich einige Agenten an Bord eines U-Bootes eingeschifft, um später an der Feindküste abgesetzt zu werden. Einer trug einige kleinere Bomben in der Tasche, von dem Typ, der unter Druck detonierte. Als das Boot tauchte, war einer der Sprengkörper hochgegangen und hatte drei Männer getötet. Irgendwie hatte es der Kommandant aber dennoch geschafft, wieder aufzutauchen.

Den Vorfall würde man in der gesamten U-Boot-Waffe nicht so bald vergessen.

Sie gingen aus der Messe in den Kontrollraum. In der schwachen, orangefarbenen Beleuchtung wirkte er überfüllt. Es war schwierig, einander aus dem Weg zu gehen.

»Ruhe im Boot!« Der Kommandant, ein riesiger bärtiger Kapitänleutnant, wirkte zu groß für diese Dimensionen, dachte Allenby; aber er bewegte sich mit einer Leichtigkeit, die ihn an Ives erinnerte.

Druckmesser und andere Kontrollgeräte wurden überwacht. Über und neben ihnen war die See ruhig. Allenby hatte einen Blick auf die Karte geworfen und gesehen, daß das Boot einen weiten Umweg gemacht hatte, um sicherzustellen, daß sie sich den Inseln in genügend tiefem Wasser näherten.

Der bärtige Kommandant trat an den Kartentisch.

»Sie steigen jetzt über. Das Vorluk wird geöffnet, wir müssen uns also beeilen.« Fragend sah er Quinlan an. »Alles klar? Treffpunkte, Signale, Alarmmaßnahmen?«

Ruhig erwiderte Quinlan: »Alles in Ordnung.« Jetzt sahen alle Allenby an. Quinlan fügte hinzu: »Er hat hier wohl die schwierigste Aufgabe.«

Der Kommandant spürte die trübe Stimmung, dachte an die

Gefahr, die daraus entstehen konnte, und sagte nur knapp: »Also laßt uns anfangen, und viel Glück!«

Er warf einen Blick über seine Besatzung, den Bootsmann und den Gefechtsrudergänger am Tiefenruder, den Mann am Periskop, den Ersten Offizier, der die Trimmlage des Bootes überwachte, die Ausgucksmänner am Turmniedergang, die dort sprungbereit standen, um sofort durch das Turmluk nach oben zu flitzen. Sie trugen dunkle Brillen, um ihre Augen auf die nächtliche Dunkelheit draußen vorzubereiten, und kamen Allenby vor wie Blinde.

Überall standen die Leute still und lauschten, bereit zum Auftauchen. Sie waren nur fünf Meilen von der feindlichen Küste entfernt.

Der Kommandant wartete auf die endgültige Meldung des Postens am Horchgerät. »Kein Schraubengeräusch, Sir.« Der Weg war frei.

»Gehen Sie auf Sehrohrtiefe, Number One.« Der Kommandant fuhr sich mit den Fingern durch das dichte Haar und bückte sich dann startbereit.

»Dreißig Fuß, Sir.«

Außer dem Geräusch der Pumpen hörte und spürte Allenby wenig.

»Sehrohr ausfahren!«

Der Kommandant trat an die Bügel des Periskops und warf einen langsamen Rundblick über die dunkle See.

»Sehrohr einfahren. Klar zum Auftauchen. Die Dingibesatzung soll sich beeilen.«

Das untere Turmluk wurde geöffnet, der Kommandant stieg auf die Leiter. Um den Hals trug er unter dem Dufflecoat ein Handtuch, darüber lag der Riemen seines Nachtglases. Es wird oben kalt sein, dachte Allenby.

Quinlan meldete sich von Bord und ging mit seinen Leuten nach vorn zum wartenden Dingi.

Allenby hörte noch die Meldung des Ersten Offiziers: »Klar zum Auftauchen, Sir!« Er warf einen raschen Blick durch das Sehrohr, wobei der Kommandant ihn von der Leiter her beobachtete.

»Alles klar, Sir!«

»*Auftauchen*!«

Der Lärm schien betäubend nach der unheimlichen Ruhe der Tiefe. Donnernd schoß die Preßluft in die Ballasttanks. Das Boot, befreit vom Druck der Tiefenruder, nahm plötzlich Eigenbewegung auf und rollte frei in der ablandigen Dünung.

Bevor das Vorluk geöffnet wurde, waren Kommandant, Ausgucksleute und Geschützbedienung auf dem Turm, klar zum Feuern, klar zum Tauchen.

Obgleich Allenby dick eingepackt war unter seinem wasserdichten Überzeug, traf ihn der eisige Wind doch unvorbereitet und schien sein Gesicht wie mit Stahldraht zu zerschneiden. Mit den anderen Männern taumelte er zum Vorluk. Das Dingi war bereits im Wasser, bevor ihm klar wurde, was sich ereignete. Quinlan und seine kleine Besatzung waren offenbar daran gewöhnt, und was ihm selbst wie ein plötzlicher Höllenlärm vorkam, war für sie lediglich ein oft exerziertes Manöver.

Das Dingi wurde von der Bordwand freigehalten, damit die Schleppleine nicht in die Schrauben kam. Das U-Boot schien ihm ein großer schwarzer Schatten zu sein, lediglich die Wasserlinie war sichtbar durch leuchtenden Schaum.

»*Springen*!«

Allenby sprang und wurde atemlos ins Dingi gezerrt, das sofort achteraus sackte. Gischt fegte über sie weg, hochgerissen von den eifrigen Paddeln, und dann sah Allenby einen anderen Schatten, der auf sie zukam: das Kleinst-U-Boot an seiner Schleppleine.

Er hörte kurze Ausrufe und fühlte, wie ihm jemand auf die Schulter klopfte, als wünsche er ihm Glück. Als er sich umsah, wurde das Dingi bereits wieder an der Schleppleine zum Mutter-U-Boot zurückgeholt. Quinlan führte Allenby zu einer offenen Luke; die anderen drei waren schon unten, ihre Stimmen klangen unwirklich und hohl.

Zitternd vor Kälte kroch er unter Deck. Der Rumpf war noch kleiner, als er erwartet hatte. Diese Zwerg-U-Boote waren nur einundfünfzig Fuß* lang, und der Innenraum war zum größten Teil mit den Maschinen ausgefüllt. Der Kontrollraum war so niedrig, daß niemand aufrecht stehen konnte, außer unter einer winzigen Kuppel in der Mitte.

Er sah den Chief, einen Obermaschinisten, der am Tiefenruder saß, während Lomond, der Erste Wachoffizier, sich an das eingefahrene Sehrohr klammerte. Im Vergleich zu dem Periskop des großen U-Bootes war es lediglich ein dünner Stock. Das dritte Besatzungsmitglied, ein blutjunger Leutnant namens Eastwood, der Bordtaucher, wartete mit dem Kommandanten auf das Signal zum Loswerfen.

Eine ovale Tür führte in den vorderen Rumpf. Allenby entdeckte darin eine transportable Koje; im Einsatz wurde dieser Raum, der

* 15,5 m

»Naß und Trocken« genannt wurde, zum Aussetzen des Tauchers geflutet.

»Signal: loswerfen!«

Der Rumpf gierte heftig, als die Schleppleine losgeworfen wurde. Ihre Nabelschnur. Allenby vernahm das plötzliche Donnern, als das Mutterboot seine Tanks flutete, um wieder zu tauchen.

Quinlan sah seinen Ersten Wachoffizier an. »Ich übernehme, Charles. Hol was Heißes zu trinken, sobald wir auf Tiefe sind.«

Allenby sah zu. Er war Passagier. Der I.W.O. saß achtern mit dem Gesicht nach Steuerbord und überprüfte die Pumpen. Der Chief saß am Ruder, den wachen Blick auf den Kreiselkompaß gerichtet. Der Taucher hatte eine Ersatzkoje vom Kartentisch gehoben und arbeitete nun eifrig mit Bleistift, Stechzirkel und Lineal.

Die Luke wurde geschlossen, und die Luft wurde ein bißchen wärmer.

Quinlan fuhr sein kleines Sehrohr aus und zog eine Grimasse.

»Tauchen, tauchen, tauchen! Dreißig Fuß, achthundertfünfzig Umdrehungen. Kurs null-neun-null.«

Allenby lauschte dem Einströmen des Wassers, als die Ventile geöffnet wurden, und malte sich die beiden großen, halbmondförmigen Sprengladungen aus, die außen auf jeder Seite der Bordwand angebracht waren. Sie bestanden aus je zwei Tonnen Amatol*, das reichte, um ein Schlachtschiff in die Luft zu sprengen.

Die kleine Besatzung überprüfte nochmals alles: Kurs, Geschwindigkeit, Tiefe, Pumpen, bis Quinlan zufrieden war.

Allenby stellte sich das andere U-Boot vor, das bereits in tiefem Wasser ablief. Sie waren allein.

Er versuchte nochmals, an den Tag in Joannas Elternhaus zu denken. Aber es wurde immer schwieriger, sich an Einzelheiten zu erinnern. Er öffnete seine wasserdichte Jacke und griff mit der Hand in die Innentasche, um sicherzustellen, daß er das Ersatzwerkzeug bei sich hatte. Wie ein Einbrecher. Jetzt dachte er an die Fahrt zurück zum Fluß, an Joannas Kopf an seiner Schulter, an ihre Worte, als er sie küßte: »Nein, richtig!«

Die Erinnerung gab ihm Zuversicht. Er würde von diesem Einsatz zu ihr zurückkehren, irgendwie.

* Sprengstoff aus Ammoniumnitrat und Trinitrotoluol

14 Kaltes Blut

Oberleutnant Quinlan schob den Ärmel seines Pullovers hoch, um auf die Armbanduhr zu sehen. »Zeit für einen raschen Rundblick. Es muß schon hell werden.« Er ging an den Kartentisch und wartete, bis Allenby zu ihm trat. Das Boot rollte und stampfte, es war jetzt in den starken Strömungen bei den Kanalinseln.

Allenby sah zu, wie die Spitzen des Stechzirkels die Karte berührten.

Quinlan erklärte: »Das hier ist eine gefährliche Küste, überall sind Felsen. Aber Gott sei Dank haben die Deutschen mit ihrer üblichen Tüchtigkeit einen großen Sendemast errichtet.« Der Zirkel bewegte sich über die Karte. »Er müßte uns eigentlich eine gute Peilung geben für das letzte Stück.«

Allenby spürte seinen empfindlichen Magen. Der geschlossene Raum mit seinen unangenehmen Gerüchen verursachte ihm Brechreiz. »Rechnen Sie mit vielen Patrouillenbooten?«

»Nein, hier nicht. Da liegt ein ausgedehntes Minenfeld.« Er stach mit dem Zirkel auf die Karte. »Sehen Sie?«

»Wann kommen wir hin?«

Quinlan lächelte. »Wir sind bereits drin.«

Dann wurde er wieder sachlich: »Sehrohrtiefe, Charles!«

Die Preßluft zischte, und das Boot richtete sich auf, während Lomond mit seiner Pumpenkontrolle jonglierte.

»Neun Fuß, Sir.«

Quinlan bückte sich und drückte auf den Periskopknopf. Allenby beobachtete sein gespanntes Gesicht, um zu erraten, was sich oben abspielte. Das Sehrohr wurde wieder eingefahren, und Quinlan eilte zum Kartentisch. Über die Schulter rief er: »Ändern Sie Kurs, steuern Sie eins-eins-null.«

Sorgfältig drehte der Chief das Rad. So dicht unter der Oberfläche konnte man leicht die Kontrolle über Pumpen und Tiefenruder verlieren.

Quinlan starrte auf die Karte und grunzte: »Noch einen Blick.«

Das Sehrohr wurde ausgefahren, und Allenby sah, daß Quinlan es langsam drehte. Dann hielt er inne und rief: »Plemont Point und Funkmast peilen Grün vier-fünf.« Er tat nochmals einen raschen Rundblick und forderte dann Allenby auf: »Hier, aber rasch.«

Allenby preßte seine Augen in die Gummimuffe und starrte überrascht auf das Land. Es schien zum Greifen nahe: felsige Steilhänge, darüber lange grüne Streifen. Noch hatten sie im Dämmerlicht nicht die richtige kräftige Färbung. Er sah auch ein Stück Strand. Dann peitschte Gischt über die Linse, und er duckte sich unwillkürlich.

Quinlan übernahm das Sehrohr und warf einen letzten Blick nach beiden Seiten. Dann fuhr er es wieder ein und sagte: »Ich glaube, wir sind am richtigen Ort. Wir legen uns jetzt auf Grund. Das Riff wird die schlimmste Strömung abhalten.«

Allenby sagte: »Ich habe den Sendemast gesehen.«

Quinlan nickte. »Ohne ihn...« Er brauchte es nicht auszusprechen.

»Bring das Boot hinunter auf dreißig Fuß, Charles. Dann haben wir Grundberührung. Der Karte nach müßte es hier sicher sein. Fester Sand und...« Sie blickten alle auf, als etwas Hartes am Rumpf entlangscharrte. Es war, als ertaste ein Blinder seinen Weg. Das Geräusch hörte genau neben Allenby auf, und Quinlan murmelte: »Das hat die Steuerbord-Seitenladung erwischt.«

Dann bewegte sich das Boot, und das Geräusch verstummte.

Quinlan sagte ruhig: »Mach weiter, Charles.«

Endlich lagen sie in dreißig Fuß Tiefe still.

Allenby räusperte sich. »War das eine Mine?«

Der I.W.O. grinste. »Warum? Wollten Sie aussteigen und das Ding entschärfen?«

Alle lachten, ein wenig zu rasch und zu nervös. Der Lärm hallte wider in dem feuchten Kontrollraum, der beinahe ihr Grab geworden wäre.

Genau zur festgesetzten Zeit berührten sie Grund. Frazer hätte Quinlans Geschick als Navigator imponiert, dachte Allenby.

Quinlan lauschte, als der Motor abgestellt war. Nichts. Man hatte nicht einmal das Gefühl der Tiefe.

Schließlich sagte er: »Es reicht noch für eine warme Mahlzeit.« Er sah zu, wie der Chief die Vorreiber an der Durchgangstür des achteren Schotts aufdrückte und in dem winzigen Maschinenraum verschwand. Der Kommandant fuhr fort: »Wir wollen soviel wie möglich ruhen. Die Luft ist im Augenblick nicht schlecht, wir sollten zusehen, daß es so bleibt.«

Allenby setzte sich neben sein Bündel. *Wenn ich gefangengenommen werde.* Er hatte viele Male darüber nachgedacht, aber bis jetzt noch keine Antwort darauf gefunden.

Der junge Taucher pfiff fröhlich vor sich hin, während er Becher und Teller auspackte.

Allenby kam der Brigadegeneral in den Sinn und seine beiläufigen Fragen. Universitäten, Hotels... Hier unten zählte das nicht viel. Joanna würde nun bald aufstehen, dachte er. Sicherlich war sie nicht nach Hause zurückgekehrt, sondern in der Wren-Unterkunft, möglicherweise sogar schon wieder im neuen Hauptquartier, wo Prothero voller Ungeduld auf die ersten Berichte über ihren Einsatz wartete.

Allenby erinnerte sich, wie bedrückt Prothero gewirkt hatte, bevor sie aus Falmouth ausliefen. In einem alten Zollschuppen hatte er zu ihm und zur Besatzung des Zwerg-U-Bootes gesprochen. Jetzt glaubte er, den Grund seiner Niedergeschlagenheit zu verstehen. Möglicherweise würden überhaupt keine Berichte eintreffen, sondern nur eine Feststellung der Admiralität: »Das Sekretariat der Admiralität bedauert, den Verlust von HMS So-und-so bekanntgeben zu müssen. Die nächsten Verwandten sind unterrichtet.« Es war vielleicht gut, daß die müde, abgekämpfte britische Öffentlichkeit nie die Wirklichkeit hinter diesen kühlen Feststellungen erfuhr.

Der Chief beugte sich über ihn, einen Becher in der Hand. »Ein Stück Zucker oder zwei, Sir?«

Allenby lächelte. Was für ein Jammer, daß die Öffentlichkeit auch niemals Männer wie diese hier sah.

Quinlan sagte: »Sie werden um zweiundzwanzig Uhr am Treffpunkt erwartet.« Er sah an Allenby vorbei, beobachtete die Instrumente und Tiefenmesser. »Morgen um dieselbe Zeit lasse ich Sie dort wieder abholen, nachdem ich *meine* Aufgabe erledigt habe. Wenn Sie nicht da sind –«, er hob die Schultern, »werde ich am nächsten Tag noch einmal wiederkommen. Das ist alles, was ich für Sie tun kann.«

Allenby nickte. Das war deutlich genug. Er warf einen letzten Blick auf die Karte. Drei Männer sollten ihn am Treffpunkt erwarten. Keine Namen wurden genannt, und das war auch besser so, wie Prothero betont hatte. Die Radarstation lag ungefähr zwei Meilen vom Strand entfernt in der Nähe eines Ortes namens Champ Donne. Sie würden sich beeilen müssen, um rechtzeitig zum Rendezvous zurück zu sein.

»Klar zum Auftauchen!« Quinlan blickte wieder auf seine Uhr und sagte dann zu Allenby: »Sie nehmen das Schlauchboot mit an Land und verstecken es gut. Die Leute werden schon einen geeigneten Ort kennen. Aber wenn Sie zurückkehren, lassen Sie es dort so liegen, daß die Patrouillen es später mit Sicherheit finden. Es soll alles so aussehen wie ein Kommandounternehmen von außen.« Dann trat er ans Sehrohr. »Zwo-fünf-null Umdrehungen, Sehrohrtiefe.«

Allenby lauschte auf den Elektromotor, spürte das leichte Vibrieren, als das Boot sich aufwärts bewegte.

Als sich die Nadel des Tiefenmessers bei neun Fuß eingependelt hatte, fuhr Quinlan nochmals sein Periskop aus.

Ein rascher Rundblick; jetzt mußte es draußen schon sehr dunkel sein, dachte Allenby.

Quinlan sah ihn an. »Klar zum Aussteigen?«

Allenby ergriff sein Bündel und nickte. Plötzlich haßte er es, das Boot verlassen zu müssen.

»Auftauchen!«

Das Boot schüttelte sich und schwankte in den kurzen, steilen Seen. Der Lukendeckel flog mit einem Knall auf, eiskalte Luft blies den Mief aus dem Bootsinneren.

Der Tauchoffizier zerrte das Schlauchboot aus seinem Bezug, und Allenby folgte ihm mit seinem Bündel. Quinlan trat zu ihnen und hielt sich an der kleinen Reling fest.

»Viel Glück!« Sein Blick glitt über den schmalen schwarzen Streifen Küste.

Allenby stieg ins Schlauchboot und paddelte, um möglichst rasch von dem niedrigen Bootsrumpf freizukommen. Er nahm eine rasche Peilung und begann dann kräftig auf eine schmale Brecherlinie zuzuhalten.

Bald verlor er X-19 außer Sicht, das vielleicht bereits wieder getaucht hatte. Aber Quinlan würde wahrscheinlich bis zum letzten Augenblick warten.

Das Schlauchboot stieß knirschend auf harten Sand, und Allenby hielt den Atem an, als ein paar dunkle Gestalten zwischen den Felsen auftauchten und auf ihn zukamen. Fast erwartete er einen Schuß oder Anruf, einen Hinterhalt.

Aber der erste, der ihn erreichte, klopfte ihm auf die Schulter und sagte: »Fein, daß Sie hier sind!«

Der zweite flüsterte heiser: »Wir können nicht länger warten.«

Er sprach mit bretonischem Akzent und war offenbar sehr nervös. Sie zogen das Schlauchboot in einen tiefen Einschnitt zwischen Felsen und bedeckten es mit Seetang. Der erste Mann, offenbar der Anführer, ergriff Allenby am Arm und führte ihn den schmalen, sanft ansteigenden Strand hinauf. Verrosteter Stacheldraht und einige Panzersperren aus Beton säumten den Pfad.

Ein Mann ging voraus, und die kleine Gruppe hielt alle paar Minuten an, um sich zu vergewissern, daß der Weg frei war. Sie kreuzten eine schmale Straße, auf der ihre Schritte plötzlich laut klangen, und der Anführer murmelte: »Ein Panzerspähwagen fährt jede halbe Stunde hier entlang.«

Allenby rief sich ins Gedächtnis, was Prothero gesagt hatte: Dieser Unbekannte war ein Ingenieur, der für die Deutschen arbeitete. Er hatte keine andere Wahl, durfte sich aber frei bewegen.

In einem dichten, unübersichtlichen Gebüsch waren drei Fahrräder versteckt. Leise sagte der Anführer: »Wir können den größten Teil des Weges radeln, müssen aber scharf aufpassen. Bei den Deutschen weiß man nie genau, woran man ist.« Er rief dem dritten Mann etwas zu, der auf dem Weg zurückblieb, offenbar um sie notfalls zu warnen, wenn sie zurückkehrten. »Bis bald, Harry!«

Sie bestiegen ihre Räder und radelten davon, Allenby in der Mitte.

Der Anführer hatte einen der Männer ›Harry‹ genannt. Vielleicht war es eine List, wahrscheinlicher jedoch eine durch Furcht verursachte Unachtsamkeit. Schließlich waren sie Amateure, und das war für sie ein äußerst gefährliches Spiel.

Gelegentlich kamen sie an kleinen, geduckten Häusern vorbei. Irgendetwas sagte Allenby, daß sie leerstanden; der Küstenstreifen war offenbar völlig geräumt, um zu verhindern, daß irgendjemand zur offenen See hin signalisierte.

Sie legten eine Ruhepause ein, während der zweite Mann vorausging, um zu sichern. Er kehrte zurück und flüsterte dem Anführer etwas zu.

Dieser sagte: »Alles klar. Dort ist ein Abflußrohr der Radarstation. Es ist noch nicht fertig.« Er grinste, seine Zähne schimmerten in der Dunkelheit. »Das wird es nun auch nie werden.«

Er schien jeden Stein und jedes Gebüsch zu kennen. Einmal blieb er stehen und warf eine leere englische Zigarettenschachtel weg, die im Schlauchboot gewesen war. Allenby hoffte, daß der Hinweis nicht gar zu offensichtlich war.

Das mannsdicke Rohr ragte aus dem Hang, und es dauerte ein paar Minuten, bis sie das Schutznetz vor seiner Öffnung entfernt hatten.

Der Anführer kam dicht an Allenby heran. »Können Sie da durchkriechen?«

Allenby schulterte sein Bündel und nickte. Er kroch in die Metallröhre, deren Kälte er selbst durch seinen wasserdichten Anzug spürte. Die Deutschen beabsichtigten anscheinend, ihre Verteidigungsanlagen noch erheblich zu erweitern, da sie etwas so Großes hier errichteten.

Der Hang war zwar nicht sehr steil, aber das Bündel und die enge Röhre trugen dazu bei, daß er bald außer Atem geriet. Er hatte sich die Hände und ein Knie aufgeschnitten, spürte aber, daß der Anführer dicht hinter ihm kroch. Der nervöse Mann war im Gebüsch zurückgeblieben, um ihren Rückzug zu decken.

Der Anführer ließ eine kleine Taschenlampe aufblitzen und grunzte. »Hier, die Inspektionsluke. Normalerweise verschlossen.« Er drückte mit der Schulter dagegen, und als sie aufging, blickte er ein paar Sekunden lang hinaus. Er mußte das schon öfter gemacht haben. Wie schafften diese Leute es wohl, mit Prothero Kontakt aufzunehmen? Wer tat den ersten Schritt?

»Kommen Sie!« Er gab Allenby die Hand und half ihm hinaus. Als sie reglos verhielten, stellte Allenby fest, daß es nicht völlig dunkel war. Über ihnen hingen winzige Lichtpunkte, wo elektrische Kabel durch die Betondecke führten.

Er hörte etwas kratzen, und sein Gefährte flüsterte: »Über uns ist das Wachlokal. Nur zwei Mann. Darüber liegt der Arbeitsraum. Ich habe ihn entworfen.« Er führte Allenby über den noch rohen Betonboden und richtete dann den Lichtstrahl auf einen stählernen Kasten, hinter dem sich ein zum Teil verdeckter Tragbalken befand. Er trat beiseite und hielt die Taschenlampe waagrecht, während Allenby den Träger untersuchte.

Der Mann flüsterte: »Ich habe Dynamit hier, müßte es aber verstecken, sobald die Abschlußarbeiten am Rohr beginnen.« Er seufzte tief, was seine Anspannung verriet. »Sie kommen gerade rechtzeitig.«

»Holen Sie das Dynamit.« Allenby tastete nach seinen Zündern und einem Satz Plastikbomben. »Sind Sie sicher, daß die Deutschen hier nicht herumschnüffeln?«

Der Mann schüttelte den Kopf. »Ich werde zur üblichen Zeit an meinem Platz erscheinen. Verschiedene Arbeiten müssen noch vor Fertigstellung des Abflußrohres ausgeführt werden. Für Sie habe ich eine Thermosflasche und Sandwiches mitgebracht. Es sieht so aus, als müßten Sie längere Zeit warten.«

Allenby bewegte die Schultern. Ihm war bereits kalt, und er dachte mit Schaudern an die Aussicht, hier neben einem Stapel Sprengstoff zu warten, als einzige Gesellschaft den Feind über sich.

Wenn er nur bessere Zünder gehabt hätte, die wenigstens ein paar

Tage lang brauchbar blieben. Das hätte seine Aufgabe erheblich erleichtert und die Gefahr verringert.

Sie arbeiteten schweigend, bis Allenby endlich zufrieden war. Der Träger war eine der Hauptstützen.

Schließlich sagte er: »Soweit ist alles klar. Ich glaube, Sie gehen jetzt besser.« Er versuchte, ruhig zu sprechen und seine Nervosität zu verbergen.

Der Mann schien es plötzlich eilig zu haben. Vielleicht ging ihm erst jetzt die Ungeheuerlichkeit ihres Vorhabens auf.

Sie gaben sich die Hand, der Anführer kletterte durch die Inspektionsluke, und Allenby hörte die schwächer werdenden Geräusche, die der Mann verursachte. Dann vernahm er ein kurzes Kratzen, ähnlich wie das Entlanggleiten der Mine am Rumpf des Zwerg-U-Bootes, danach war es vollkommen still. Offenbar hatten sie das Drahtgitter wieder über die Rohröffnung gelegt.

Stunde um Stunde verrann, und Allenby mußte sich die Beine massieren, damit sie nicht verkrampften. Einmal fing jemand über ihm mit gewaltigen Freiübungen an, und er erstickte beinahe, als er den Hustenanfall zu unterdrücken versuchte, den ihm der in der Dunkelheit herabrieselnde Staub verursachte.

Er trank den Kaffee aus, aß die Sandwiches und versuchte, nicht zu oft auf das Leuchtzifferblatt seiner Armbanduhr zu sehen. Tat er es dennoch, hatte er stets den Eindruck, daß die Zeiger sich überhaupt nicht bewegten.

Manchmal hörte er das Trampeln von Stiefeln über sich und stellte sich seinen nächtlichen Gefährten dort oben beim Feind vor. Er war wirklich in einer gefährlichen Lage. Wenn er gefangengenommen wurde, gab es bestimmt keine Gnade, kein Mitleid für ihn, genausowenig wie bei Thomas. Er fragte sich, was die Bewohner der Kanalinseln wohl empfanden. Ihr Land war vom Feind besetzt, sie sahen ihn täglich, haßten ihn und fürchteten doch, dies zu zeigen. Die Deutschen hier waren ältere Leute oder Männer, die sich von Verwundungen erholen sollten, hatte Prothero gesagt. Allenby vermutete, daß sie dankbar waren, hier statt an der russischen Front zu dienen.

Es war wirklich ein langer Tag.

Allenby dachte an Quinlan und malte sich aus, was passieren würde, wenn dem U-Boot etwas zustieß. Während er hier in seinem Betonversteck gefangen saß, tasteten Quinlan und seine drei Gefährten sich um die Südwestecke von Jersey herum in die Bucht von St. Hélier, dem kleinen Hafen, in dem die deutschen Nachschubtransporter anlegten. Wenn das Boot ausfiel, war Allenby auf sich allein gestellt.

Als sich der Abend endlich über die Inseln senkte, hörte Allenby wieder das Geräusch, mit dem das Drahtgitter von der Rohröffnung genommen wurde; kurz danach kletterte der Ingenieur durch die Inspektionsluke und überreichte Allenby ein weiteres Sandwich.

Allenby hatte das Gefühl zu verhungern, trotz der Nähe der Gefahr. Zwischen zwei Bissen fragte er: »Alles ruhig?«

Der Mann nickte. »Die Deutschen installieren neue Geschütze weiter oben an der Küste, für den Fall eines Luftangriffs. Sie sind zu sehr beschäftigt, um uns hier zu stören.« Seine Stimme klang erschöpft.

Allenby warf einen Blick auf seine Uhr. »Dann wollen wir es hinter uns bringen.« Während der Mann die Taschenlampe hielt, brachte er den Zeitzünder an und einen weiteren für den Fall, daß er versagte. Er würde wie ein völliger Idiot aussehen, wenn die Radarstation in die Luft flog, und er am Strand immer noch in seinem Schlauchboot wartete. Er griff in seinen wasserdichten Anzug und vergewisserte sich, daß die Pistolentasche aufgeknöpft war. Dabei fragte er sich, ob er wohl den Mut haben würde, sie gegen sich selbst zu richten, bevor er gefangengenommen und zur Vernehmung geführt wurde. Insgeheim bezweifelte er das. Plötzlich merkte er, daß er schwitzte, und zwang sich zur Konzentration. Noch einmal überprüfte er die Drähte, dann drückte er den Schalter herunter.

Schließlich kroch er zurück. »Hoffen wir, daß alles funktioniert«, sagte er, nur um etwas zu sagen, um sich selbst am Wegrennen zu hindern.

Im Dunkeln dachte er an Joannas Gesicht, wie er es zuletzt gesehen hatte. Er würde zu ihr zurückkehren.

Sie rutschten im Rohr abwärts, und der Ingenieur stellte sicher, daß das Drahtgitter wieder ordentlich aufgesetzt wurde für den Fall, daß eine Patrouille vorbeikam.

Als sie ihre Räder bestiegen, merkte Allenby, daß seine beiden Gefährten sich ständig umsahen, als erwarteten sie schon die Detonation.

Allenby trug einige Fotografien und den genauen Plan der Anlage, die er von dem Ingenieur erhalten hatte, in seiner Innentasche, dazu ein paar kleine Metallarmaturen in einem Lederbehälter, alles für die Experten des Geheimdienstes in England bestimmt.

Beinahe hätte er das führende Fahrrad gerammt, bevor er merkte, daß der Mann stand, sich lauschend über die Lenkstange beugte und die Hand hob.

Der Anführer flüsterte: »Irgendwas stimmt nicht.«

Sie stiegen ab, und Allenby sah, daß der Vordermann sein Rad in die Büsche schob und neben der Straße niederkniete.

Allenby roch bereits die See, spürte ihren Rhythmus draußen in der Dunkelheit.

Der Mann kroch zu ihnen zurück und sagte leise: »Er ist nicht da.«

Es mußte sich um den Mann namens Harry handeln. Hatte er sie verlassen? Oder war er gefangengenommen worden? So oder so, die Zeit lief ihnen davon.

Vor ihnen lag eine Wegbiegung, die man allerdings in der Dunkelheit kaum sehen konnte.

Die beiden flüsterten miteinander, und er spürte ihre neue Besorgnis. Das Unerwartete, Unverständliche war schlimmer als eine sichtbare Drohung.

Endlich entschloß sich der Anführer zum Handeln, klopfte Allenby beruhigend auf die Schulter und verschwand rasch im Dunkeln. Der andere Mann versteckte sich in den Büschen, sprach kein Wort und hielt sich von Allenby fern, als könne das seine Chancen verbessern.

Der Anführer kam bald zurück.

Leise berichtete er: »Dort vorn steht ein deutscher Spähwagen, keine fünfzig Meter entfernt. Mit drei Soldaten.« Er sprach in raschen, atemlosen Sätzen. »Ich glaube, der Wagen hat eine Panne. Sie starren alle in den Motor.«

Allenby erwog seine Optionen. Es konnte Ewigkeiten dauern, bis sie mit der Reparatur des Wagens fertig waren. Wenn sie ein Funksprechgerät besaßen, hatten sie wohl schon Hilfe herbeigerufen. Andererseits würde Quinlan bald auftauchen. Er mußte also unter allen Umständen zum Strand. Die Deutschen würden das Boot möglicherweise sehen oder das Ausblasen der Ballasttanks hören.

Der Anführer straffte sich. »Ich kann sie ablenken.« Seine Furcht schien verschwunden, seine Stimme klang entschlossen. »Es ist keine Patrouille.« Er sah seinen Gefährten an. »Kommst du mit?«

Der Gefragte schüttelte den Kopf und kroch wieder zurück in die Büsche. Das schien den Ingenieur nicht weiter zu überraschen; er sagte zu Allenby: »Zeit für Sie. Achten Sie gut auf die Blaupausen.« Ohne einen weiteren Blick bestieg er sein Fahrrad und fuhr langsam dem Spähwagen entgegen.

Allenby warf sein leeres Bündel in einen Busch und überquerte rasch die Straße, wobei sein Herz im Rhythmus seiner Schritte klopfte.

Jemand rief: »*Halt! Wer da?*« Einen Augenblick befürchtete Allenby, der nervöse Anruf gelte ihm. Er beschleunigte den Schritt und hörte den Ingenieur rufen: »Was ist denn los?« Er brachte es sogar fertig zu lachen, obgleich er schreckliche Angst haben mußte.

Einer der Soldaten brüllte: »*Halt!*« Dann flammte die Straße unter einem Feuerstoß auf. Das Schießen verstummte, Allenby vernahm mehrere Stimmen und das Scheppern eines Fahrrades, das auf die Straße fiel.

Er merkte, daß er seine Pistole in der Hand hielt. Am liebsten wäre er zurückgerannt und hätte sie alle totgeschossen. Doch das wäre Selbstmord gewesen.

Er rannte, bis er die Felsen erreichte. Dort zerrte er das Schlauchboot aus dem Versteck und hörte, wie seine Pistole klatschend ins Wasser fiel, als er vom Strand abstieß. Keuchend, beinahe schluchzend, paddelte Allenby drauflos, bis er das Pulsieren des Blutes in den Armen spürte. Er zog nicht einmal in Betracht, daß das U-Boot vielleicht nicht kommen und er dann hilflos auf die offene See treiben würde. Alles, was er vor sich sah, war der Mann, der auf sein Fahrrad stieg und den Soldaten entgegenfuhr: *Ich kann sie ablenken.*

Wenigstens würden die Deutschen nun nie die Wahrheit erfahren.

Jemand rief aus der Dunkelheit: »Hierher! Hier herüber!«

Er krallte sich an Stahl fest und kletterte über den runden Rand des Schlauchbootes.

Er merkte, wie Hände ihn an Bord zogen, hörte Quinlans Stimme: »Gott sei Dank! Wir dachten schon, die Schüsse hätten Ihnen gegolten!« Alles weitere vernahm er so undeutlich, als sei er nur halb bei Bewußtsein: das Zuschlagen der Luke, das verstärkte Beben des Bootes, als sie von der Küste wegfuhren.

Er konnte nicht aufhören, daran zu denken, und war dankbar dafür, daß die anderen mit ihren Tauchvorbereitungen zu beschäftigt waren, um seinen Zustand zu bemerken. Die Furcht krallte sich wie mit Stahlfingern um sein Herz und ließ ihn nicht zur Ruhe kommen.

Frazer saß auf seinem Bett und las Protheros letzte Befehle durch. Sie enthielten Einzelheiten über die neue Gruppe der *Special Operations*, die aus dem alten, jetzt völlig überholten MGB und zwei ähnlichen Booten bestand.

Sie würden zusammen üben und sich darauf vorbereiten, im Notfall die Aufgaben der jeweils anderen Boote zu übernehmen. Sie hatten aus dem Verlust von ALPHA ZWEI wirklich gelernt, dachte er.

Das kleine Haus, das den Offizieren als Unterkunft diente, war leer. Wenn sie nicht dienstlich benötigt wurden, verschwanden die meisten Offiziere sofort in einem der örtlichen Wirtshäuser und kamen später so vollgepumpt mit Bier oder Apfelwein zurück, daß sie die Kälte und Leere der Räume nicht mehr bemerkten.

Es war schon spät, bald würden sie zurückkommen, dachte er. Wie sollte er es bloß anstellen, mit Lynn Balfour hier auszugehen, wo doch jedes Lokal überfüllt war? Es war einfach nicht die richtige Atmosphäre. Er hatte sie nur ein paar Mal bei ihren gelegentlichen Begegnungen im Gasthaus gesehen.

Er fragte sich, ob Allenby zurück sei oder tot. Niemand erwähnte ihn. Es war, als versuche er, eine Steinmauer zu fragen.

Das Läuten eines Telefons schrillte durch die Stille. Zögernd stand er auf, denn es war sonst niemand im Haus.

Er eilte den Gang entlang und nahm den Hörer. »Ja? Hier Kapitänleutnant Frazer.« Er zögerte noch immer ein wenig, ehe er seinen neuen Dienstgrad aussprach.

Es war eine weibliche Stimme. »Können Sie ins Hauptquartier kommen, Sir?«

Frazer blinzelte. »Aber ich bin doch sicher nicht der ranghöchste Offizier am Ort? Ist Zweiter Offizier Balfour denn nicht da?« Vielleicht ergab sich eine Gelegenheit, sie zu sehen.

Die Stimme erwiderte: »Leider nein, Sir.« Das klang verzweifelt. »Und der andere Zweite Offizier ist bis morgen auf Urlaub.«

Frazer sagte: »Da scheint was schiefgelaufen zu sein.« Allmählich dämmerte es ihm, er hätte die Stimme erkennen sollen. »Sind Sie die Wren-Gefreite Hazel?«

»Ja, Sir. Commander Prothero und der Stabsoffizier des Admirals werden morgen früh hier eintreffen.« Dann fuhr sie zögernd fort: »Lynn braucht Ihre Hilfe, Sir. Sie weiß nicht, daß ich Sie anrufe. Ich wußte aber nicht, was ich sonst tun sollte . . .« Es klang, als sei sie den Tränen nahe.

So ruhig wie möglich sagte er: »Ich komme sofort, in drei Minuten bin ich dort.« Leise fügte er hinzu: »Und besten Dank.«

Es war eins der üblichen Ferienhäuschen, das Lynn Balfour mit einer anderen Wren im Offiziersrang teilte, mit der, die bis morgen Urlaub hatte.

Die dunkelhaarige Joanna mußte rasch laufen, um mit Frazer

Schritt zu halten. Als sie durch die Eingangspforte eilten, sagte sie: »Es geht ihr nicht gut.«

Frazer sah sie von der Seite an. »Sie machen sich Sorgen um sie?«

Joanna erwiderte: »Sie ist immer so anständig, läßt einen niemals im Stich.« Sie zögerte ein wenig, als sie den Eingang des Häuschens erreichten. »Sehen Sie, Sir, da ist noch etwas, das Sie wissen sollten.«

Er berührte sie leicht am Arm. »Später. Lassen Sie uns erst hineingehen.«

Sie schlossen die Tür hinter sich und knipsten die Lichter an. Es war eins der kleinen Häuser, wie sie für Cornwall typisch waren. Die Möbel stammten wohl noch von den Inhabern, die vor dem Krieg in den Ferien herzukommen pflegten.

Die Jacke einer Wren im Offiziersrang lag unordentlich auf einem Sofa, und das Hütchen thronte keck auf einer leeren Blumenvase.

Joanna sagte: »Ich – ich will hineingehen und sehen...«

Frazer sagte rasch: »Wir gehen zusammen hinein.«

Er stieß die Schlafzimmertür auf und sah, daß noch Licht brannte. Mit einem Blick überflog er alles. Auf der Frisiertoilette stand die Fotografie eines ernsten älteren Mannes mit einem Hund. Das mußte ihr Vater sein, Veterinär in Edinburgh. Hazel trat beiseite, und er sah Lynn auf dem Bett liegen, halb zugedeckt, ein nackter Arm hing wie leblos herab. Neben der Lampe stand eine weitere Fotografie, der junge Oberleutnant, der einst ihr Verlobter gewesen war. Frazers Blick blieb an einem leeren Pillenröhrchen hängen, das unter ihrer ausgestreckten Hand lag.

Rasch sagte Frazer: »Helfen Sie mir.« Er schob einen Arm unter den Körper der jungen Frau und hob sie hoch, bis sie saß. Joanna zog ihr das Nachthemd zurecht, bis es ihre Brust bedeckte.

Frazer dachte plötzlich an die junge deutsche Dolmetscherin und an Ives' Sorge um sie.

»Ist sie...« Joanna berührte Lynns Gesicht und strich ihr das Haar aus den Augen.

Frazer zögerte einen Augenblick, dann griff er mit der Hand unter ihre linke Brust. Ihr Kopf rollte haltlos gegen seine Schulter, als sei ihr Genick gebrochen. Sie war eiskalt.

Er blickte auf und merkte, daß Joanna ihn beobachtete; ihre braunen Augen schienen auf das Schlimmste gefaßt.

Frazer sagte: »Das Herz schlägt noch.« Er hob Lynns Gesicht an und stützte ihr Kinn. »Könnten Sie Kaffee kochen?« Er bemerkte Joannas Erleichterung, ihren Eifer zu helfen, etwas zu tun.

Sie eilte hinaus und ließ die Tür weit offen.

Frazer hielt Lynn sorgsam in seinen Armen, spürte ihren Körper, sah, wie schön sie war, so ganz anders ohne ihre Uniform. Was hatte sie getan? Er senkte den Kopf und berührte ihre Lippen mit seinem Mund. Er roch und schmeckte Gin. Daß sie gern trank, hatte er schon vorher bemerkt. Aber das hier traf ihn wie ein Keulenschlag. Wenn Prothero mit dem Stabsoffizier am frühen Morgen hier eintraf, dann war das ihr Ruin. Warum hatte sie es getan?

Er hörte Geschirr klappern und betete voller Angst, daß ihr Leben zu retten sein möge. Vorsichtig hob er sie auf den Rand des Bettes und ließ ihre Füße hinunter auf den Teppich.

Wieder rollte ihr Körper wie leblos gegen ihn, und er versprach: »Was es auch ist, Liebste, wir werden es bewältigen. So geht das nicht.«

Joanna war mit einem Becher schwarzen Kaffees zurückgekommen, blieb aber stehen und sah Frazer an, der Lynns Haar streichelte und leise, beruhigend auf sie einsprach. Als er Joanna bemerkte, griff er nach dem Kaffee.

Zusammen zwängten sie ihr etwas davon zwischen die Lippen. Noch immer gab sie kein Lebenszeichen von sich. Wie viele Pillen hatte sie wohl genommen? Er wußte nicht einmal, welche es waren.

Nachdem sie ihr ein paar Schlückchen eingeflößt hatten, sagte er: »Sehen Sie zu, ob Sie ein heißes Bad einlaufen lassen können.« Ihre Blicke trafen sich über Lynns kurzem, zerzaustem Haar. »Es kann ihr vielleicht helfen. Pillen und Gin vertragen sich nicht. Wußten Sie das?«

Ruhig begegnete sie seinem Blick. »Einige von uns wissen es.«

Er setzte den Becher ab und hielt Lynns Gesicht gegen seine Schulter. »Warum denn bloß, warum?«

Joanna blieb an der Tür stehen. »Es ist der Krieg, Sir.«

Frazer lauschte besorgt auf ein Zeichen, daß sie noch atmete. Er sah, daß sich ihre Lippen ein wenig öffneten, bemerkte die schwache Bewegung ihrer Brust.

»Los, komm, versuch's.« Er stellte sie auf die Füße und trug sie durch das Zimmer, ihre Schatten an den Wänden wirkten wie die zweier wilder Tänzer.

Er hörte, daß Joanna Badewasser einlaufen ließ, und fragte sich, was wohl passieren würde, wenn jetzt jemand hereinkäme. Daß er im Haus des italienischen Generals einem Mann das Handgelenk gebrochen hatte, war nichts im Vergleich zu dem hier.

Er setzte Lynn vorsichtig auf das Bett und griff wieder nach dem Becher. Er mußte es noch mal versuchen. Oder sollte er einen Arzt rufen? Plötzlich bemerkte er, daß ihre Augen weit offen standen, so unbeweglich, als sei sie bereits tot.

Ihr Blick war völlig leer, sie schien nichts zu erkennen. Wie blau ihre Augen waren und so groß, daß sie ihr ganzes Gesicht zu füllen schienen.

»Ach, du bist es.« Langsam hob sie einen Arm und versuchte, ihn auf Frazers Schulter zu legen, aber er fiel kraftlos wieder herab. Zum ersten Mal wechselte sie die Blickrichtung und starrte auf ihren Arm.

»Du bist es«, wiederholte sie. »Du bist gekommen.« Ihre Stimme klang, als sei sie weit weg.

Rasch sagte er: »Sie müssen aufstehen, Lynn. Und hin und her gehen.«

Aber sie sah ihn immer nur an, ihr Gesicht schien völlig entspannt.

»Ich will's versuchen.« Er half ihr auf, aber sie lehnte sich gegen ihn, konnte nicht alleine stehen. Ihre Schultern waren wieder entblößt. Als sie versuchte, ihre Brust zu bedecken, sagte sie: »Ich wußte, daß du so sein würdest.« Ihr Kopf sank wieder an seine Schulter. »Zart, so zart.«

Die Tür ging auf, und Joanna sagte: »Sie sieht schon besser aus.« Aber ihr Blick schien immer noch ängstlich.

Lynn starrte sie an. »Hallo.« Dann lächelte sie. »Jo.«

Sie ließ sich zum Badezimmer führen, und Frazer fragte: »Kommen Sie allein zurecht?«

Joanna nickte.

Lynn Balfour wandte ihm wieder den Kopf zu. »Geh noch nicht.«

Frazer schüttelte den Kopf. »Ich warte draußen. Machen Sie sich um nichts Sorgen, wichtig ist nur, daß es Ihnen bald besser geht.«

Als er zurücktrat, sagte sie: »Ich bin froh, daß du da bist, Keith.«

Sprachlos schloß Frazer die Tür.

Sie hatte ihn also doch nicht für den anderen gehalten.

Er warf einen Blick auf das gerahmte Foto. Vielleicht war der endlich auch in ihren Augen tot.

15 Keine Geheimnisse

Es war heller, klarer Morgen, in der Luft spürte man noch den Nachtfrost. Commander Prothero stand vor dem offenen Feuer und rieb sich die Hände. Nach der raschen Fahrt von Plymouth fühlte er sich zwar erschöpft, war aber trotzdem hellwach vor Erregung. Sein Gefährte, der Stabsoffizier des Admirals, Commander Whitley, richtete sich auf, als eine Wren mit einem Kaffeetablett eintrat.

Prothero sagte: »Allenby hat es geschafft, Gott sei Dank! Die Berichte treffen jetzt ein.« Seine kleinen Augen blickten durch das Fenster, als könnte er die Szene vor sich sehen: die Detonation, das Kleinst-U-Boot, die Sieger.

Whitley schlürfte den heißen Kaffee und fragte: »Das klingt, als hätten Sie damit gerechnet, daß es anders ausgehen würde, Aubrey?«

Prothero nickte. »Das habe ich auch. Ich verlangte Unmögliches von ihm. Aber das ist heutzutage ja üblich.«

»Wie ist denn dieser Oberleutnant Allenby? Wirklich der Held, für den alle ihn halten?«

Prothero war nicht eingeschnappt, sondern lächelte. »Sie werden ihn bald kennenlernen; letzte Nacht sind sie in Falmouth eingelaufen.« Held? Was für eine Frage. Von allen tapferen Männern, die Prothero bisher eingesetzt hatte, war Allenby vielleicht der bemerkenswerteste. Er schien außerstande aufzuhören, selbst wenn er halb wahnsinnig vor Angst war.

Wren-Gefreite Hazel trat mit einem Bündel Funksprüche ein. Sie sah angegriffen aus, und ihre Augen waren gerötet.

Beruhigend sagte Prothero: »Sie können aufhören, sich Sorgen zu machen.« Sie starrte ihn an, außerstande zu sprechen. »Er ist zurück, gesund und munter.«

Sie verließ das Dienstzimmer, und Whitley sagte: »Sie haben eine seltsame Art, mit Ihren Leuten umzugehen, Aubrey. Als wären Sie alle eine Familie, stimmt's?«

»Ja. Das sind sie auch für mich.« Er drückte auf den Klingelknopf und runzelte die Stirn. Er hatte etwas über Zweiten Offizier Balfour gehört, das er nicht einfach unbeachtet lassen konnte.

Lynn Balfour trat ein und blickte lächelnd Commander Whitley an. »Sir?«

Neugierig musterte Prothero sie. Ihr Gesicht strahlte rosig wie der taufrische Morgen. Sie bot wie stets einen erfreulichen Anblick.

Ein wenig unsicher sagte er: »Oberleutnant Allenby wird bald hier sein, Lynn, und seinen Bericht abgeben.«

»Werden Sie ihn jetzt auf Urlaub schicken, Sir?«

Prothero erwog ihre Worte, lauschte forschend ihrer Stimme. Sie hatte sich irgendwie verändert. Zum Besseren? Er konnte es nicht sagen. Schließlich erwiderte er: »Ich glaube ja. Wir werden sehen.«

»Heißt das, daß Sie daran denken, ihn in den allgemeinen Dienst zurückzuversetzen, Sir?«

»Darf *ich* Sie mal was fragen?« Whitley beugte sich vor. »Berechtigt Sie Ihre Stellung hier, die Befehle eines Vorgesetzten in Frage zu stellen?«

Prothero machte eine Bewegung, als wolle er Lynn verteidigen, aber sie sagte bereits: »Ich denke ja, Sir.« Ihre Augen blitzten, sie wurde sehr blaß. »Darf ich *Sie* etwas fragen, Sir?«

»Natürlich.«

»Wann sind Sie zum letzten Mal auf See gewesen?«

Whitley wurde rot. »Ich wollte ja immer...« Er war an Land im Stabsdienst, seit er aus seiner unerwünschten Pensionierung wieder zur Marine einberufen worden war.

Rasch sagte sie: »Tut mir leid, Sir. Das war unfair.«

Prothero blickte von einem zum anderen. »Sie würden besser beide zur Kenntnis nehmen, daß ich meine Entscheidungen selbst treffe.« Er schnappte sich den Telefonhörer, als dessen Schnarren die Spannung brach. »Ja?«

»Er ist da.«

Außerhalb des Gebäudes blieb Oberleutnant Richard Allenby stehen, den Regenmantel über die Schulter geworfen, und starrte hinab in den Fluß. Es war bitterkalt, aber das half ihm, einen klaren Kopf zu bekommen. Er hatte bemerkt, daß ihn mehrere Leute beobachteten, sowohl hier wie auch in Falmouth, als er Quinlan und seiner Besatzung Lebewohl sagte. Was hatten diese Blicke zu bedeuten? Überraschung darüber, daß er zurückgekehrt war? Oder waren sie nur neugierig, was die Unternehmung aus ihm gemacht hatte?

Ein Schatten fiel neben ihm an die Wand, und als er sich umdrehte, sah er einen großen Unteroffizier, der ihn grüßte. Er erwiderte den Gruß und hätte seinen Weg zur Eingangstür fortgesetzt, wenn der Mann ihm nicht in den Weg getreten wäre. Es war Ives.

Ives betrachtete ihn besorgt. »Ich bin's doch, Sir!« Er bemerkte Allenbys Unsicherheit und fügte hinzu: »Ich bin zum Unteroffizier befördert worden.« Grinsend fuhr er fort: »Kapitänleutnant Goudie sagt, das geschah nur, um im Mannschaftsdeck mehr Platz für die anderen zu schaffen.« Er beugte sich vor. »Ist mit Ihnen alles in Ordnung, Sir?«

Allenby hielt ihm die Hand hin. »Ich gratuliere. Sie haben es zehnmal verdient. Freut mich sehr.« Er starrte ihn ein wenig hilflos an, außerstande weiterzusprechen.

Ives sagte: »Sir, ich weiß, was Sie durchgemacht haben. Soll ich nicht zum Boß gehen und ihm sagen, daß Sie eine Zeitlang abtauchen wollen?«

Allenby blickte ihn an, seine Nerven schienen zu schreien: *Aufhören! Mehr kann ich nicht ertragen. Nicht einmal seine Freundlichkeit, besonders die nicht.*

Als er sich wieder einigermaßen gefangen hatte, sagte er: »Nein. Aber trotzdem besten Dank.« Er ging zur Tür und spürte, daß Ives ihm nachsah.

Die Eingangshalle war menschenleer, obwohl er die Stimme eines Mannes aus dem Lautsprecher hörte. Wieder fiel ihm der Ingenieur auf Jersey mit seinem Fahrrad ein. Das war die tapferste, selbstloseste Tat gewesen, die er jemals erlebt hatte.

Eine Tür ging auf, und er sah sie mit hängenden Armen dastehen, den Blick auf ihn gerichtet, als er durch die Halle auf sie zukam.

Nur ein paar Schritte waren es, aber sie schienen ihm eine Ewigkeit zu dauern. Während dieser Zeit bemerkte er ihre Betroffenheit, den schmerzlichen Ausdruck ihrer Augen.

Er hatte sich genau überlegt, was er ihr sagen wollte, wenn er jemals zurückkam. Nun aber schlang er nur die Arme um sie und preßte sein Gesicht in ihr Haar.

Sie hielt ihn fest, ihre Stimme klang halb erstickt an seiner Brust: »Alles in Ordnung, Dick. Jetzt ist alles vorbei.«

Allenby versuchte sich zusammenzunehmen, aber es war zwecklos. Er hörte sich unkontrolliert schluchzen und verachtete sich deswegen. Was mußte sie nur von ihm denken?

Und während der ganzen Zeit sprach sie zu ihm, kleine, gestammelte Sätze, während sie ihn festhielt. Wenn sie in diesem Augenblick etwas empfand, so war es eine Mischung aus Stolz und Überraschung.

Stolz, weil er ihr seine innersten Gefühle zeigte und sonst niemandem. Überraschung, weil sie jetzt wußte, daß sie ihn liebte; ihn schon geliebt hatte, seit sie seinen Brief in Händen hielt.

Captain Jocelyn Heywood, Royal Navy, musterte die vor ihm sitzenden Offiziere und leistete sich den Anflug eines Lächelns.

»Sie haben eine volle Woche Zeit gehabt, um mit Ihren Booten vertraut zu werden und sich an ihre Eigenarten zu gewöhnen.«

Er sah einige von ihnen wie erwartet grinsen, da er diese Eröffnungsworte öfter benutzte.

»Jetzt bleibt Ihnen nicht mehr viel Zeit. Sie werden mit den anderen Spezialeinheiten zusammenarbeiten, zur Unterstützung der Angriffsgruppen, welche die Invasion in der Normandie anführen werden.«

Frazer saß dicht an einem Fenster und sah, wie sich die kahlen Bäume unter dem steifen Südwest bogen. Es war gut, wieder zur See zu gehen, diesmal auf seinem eigenen Boot. Goudie hatte sie fast pausenlos geschunden, im Kanal und an der Küste von Wales. Sie hatten Kommandoeinheiten der Infanterie beobachtet, die aus ihren seltsamen, kastenförmigen Landungsfahrzeugen an Land sprangen und schwitzend scheinbar senkrechte Felswände in voller Ausrüstung erkletterten. Die drei Boote hatten denselben Anstrich bekommen wie alle Kleinboote der Küstenstreitkräfte der gesamten Süd- und auch der Ostküste. Frazer war froh darüber, Kommandant desselben Bootes zu sein, das er als ALPHA EINS gekannt hatte. Jetzt hatte es allerdings eine neue taktische Nummer, wie alle anderen Boote auch.

Er sah sich in dem großen Raum um, der einst der Billardsaal des Hotels gewesen war. Die anderen schienen Heywoods Worten aufmerksam zu lauschen. Archer, jetzt Oberleutnant und Kommandant von MGB 194, sah älter aus und hatte einiges von seiner Arroganz verloren. Sein Wachoffizier war ein Leutnant namens Lockyer von den Küstenstreitkräften, der bereits ein Jahr auf MTBs gefahren war. Der Kommandant des dritten Bootes war Oberleutnant Kellett, der ebenfalls auf MTBs gefahren war, aber über eine geheimnisvolle Abteilung zu ihnen gestoßen war, die sich Levante-Schonergruppe nannte. Sie operierte gewöhnlich zwischen den griechischen Inseln und legte sogar an solchen an, die von den Deutschen besetzt waren. Sein Erster Wachoffizier, Leutnant Tanner, war gerade erst befördert worden und angeblich ein guter Boxer.

Frazer musterte sein eigenes kleines Kommando. Allenby, sein Erster Offizier, fungierte gleichzeitig als Sprengstoffexperte der Flottille. Sein junger Leutnant, Alex Balfour, wurde hauptsächlich als Nachrichtenoffizier und Funker eingesetzt, wobei seine Sprachkenntnisse von enormer Wichtigkeit waren.

Goudie hatte das Oberkommando über sie alle. Trotz seiner Wunde und der Schmerzen, die sie ihm offensichtlich noch verursachte, hatte seine Energie nicht im geringsten nachgelassen. Noch am Morgen hatte er gesagt: »Nun, Keith, wenn es mich beim nächsten Fiasko erwischt, stehen Sie in meinen Schuhen. Was ist das für ein Gefühl?«

Frazer konnte sich an seine Antwort nicht mehr erinnern. Er kannte Goudie jetzt besser und ärgerte sich nicht mehr über seine brutalen Witze.

Allenby sollte heute von seinem Kurzurlaub zurückkehren. Frazer hatte gehört, daß Prothero sich seinetwegen Sorgen machte, es aber nicht zeigen wollte. Heywood erwartete Erfolge, und wenn einer dabei Schaden nahm, so war das Pech, nichts weiter.

Im Hintergrund saßen ein paar Stabsoffiziere und zwei Wrens, die das Stenogramm aufnahmen. Prothero und Commander Whitley saßen zwar nebeneinander, schienen aber trotzdem Hunderte von Meilen getrennt, dachte Frazer.

Vorsichtig wandte er den Kopf, um einen Blick auf Lynn Balfour zu werfen. Er hatte sie seit jener verzweifelten Nacht kaum mehr gesehen. Sie waren alle viel zu sehr eingespannt, und außerdem machte sich Lynn jetzt noch zusätzliche Sorgen um ihren jungen Bruder. Er war zunächst Archers Boot zugeteilt gewesen, aber sie hatte wohl Prothero darum gebeten, ihn auf Frazers Boot zu versetzen. Er war sich nicht ganz sicher, ob es sich dabei wirklich um einen weisen Entschluß handelte.

Überrascht blickte er auf, als Heywood trocken verkündete: »Sie haben einiges an neuer Ausrüstung bekommen und müssen selbst versuchen, zusätzliche Leute dafür aufzutreiben. Aber Radar«, er verweilte genüßlich bei diesem Wort, »wird eine wichtige, vielleicht sogar die entscheidende Rolle spielen. Ich nehme an, Commander Frazer, daß Sie in diesen Dingen bereits bestens versiert sind, auch wenn sie Ihnen vielleicht langweilig vorkommen?«

»Verzeihung, Sir.« Er hatte kein einziges Wort gehört und sah jetzt, daß die anderen boshaft grinsten, froh darüber, daß es ihn traf und nicht sie.

Er bemerkte, daß Lynn den Blick von ihrem Schreibblock hob und ihn direkt ansah. Ihr Mund bewegte sich, aber es war kein Lächeln.

Heywood drückte seinen Ordner dem Zahlmeister in die Hand und sagte: »Also dann bis morgen, meine Herren.«

Frazer sah, daß Heywood Prothero etwas zuflüsterte, und bemerkte, daß Lynn ihren Block aufnahm, als wolle sie mit dem Chef zusammen hinausgehen.

Er eilte durch den ganzen Raum zu ihr.

»Ich wollte Sie noch sprechen, Lynn.« Er senkte die Stimme, weil eine der Wrens ihn neugierig musterte.

»Tut mir leid. Ich kann wirklich nicht...« Sie sah ihm ins Gesicht. »Es wird von jetzt ab immer hektischer. Schiffe, Menschen, Fahrzeuge, kaum ein Quadratmeter ist noch frei in Südengland.« Sie lächelte traurig. »Aber das wollten Sie nicht von mir hören, stimmt's?«

»Ich möchte Sie sehen, mit Ihnen sprechen.«

Sie senkte den Blick. »Ich habe Ihnen noch immer nicht richtig gedankt für das, was Sie für mich getan haben.«

»Das war nichts weiter.«

»Es war *alles*.« Sie legte ihm die Hand auf den Arm. »Ich habe mich so geschämt.« Ihr Blick hob sich wieder. »Aber vielleicht war gerade das heilsam.« Sie drehte sich um, als Prothero ihren Namen rief. Dann hob sie die Schultern. »Sie sehen ja selbst...«

Sie nickte ihren beiden dienstjüngeren Wrens zu und sagte: »Also, wir treffen uns ja ohnehin heute abend auf der Party des Admirals. Sie kommen doch?«

Das klang wie eine Bitte. »Ja, natürlich.«

Lächelnd fuhr sie fort: »Und morgen werden Sie wieder auslaufen.«

»Sie wissen alles über uns, stimmt's? Wohin wir gehen, was wir tun.«

»Stört Sie das?«

»Ich sorge mich nur um Sie.«

Gereizt rief Prothero: »Lynn, falls Sie einen Augenblick Zeit haben...«

»Verdammt soll er sein!« sagte Frazer rasch. »Also heute abend. Ich muß mit Ihnen sprechen.«

Der Saal war überfüllt mit lärmenden Gestalten, die meisten in Uniform. Alle Waffengattungen waren vertreten, einschließlich der Wrens und der Krankenschwestern vom hiesigen Militärlazarett. Sogar einige Offiziere der Royal Marines waren zugegen, die einem anderen Geheimkommando an der Küste Cornwalls angehörten.

In der Mitte des Gedränges stand Konteradmiral Percival Oldenshaw, der Befehlshaber der Special Operations (Marine), und strahlte wie ein Honigkuchenpferd. Er war bereits mehrere Jahre im Ruhestand gewesen, dann hatte man ihn bei Kriegsbeginn wieder zum Dienst eingezogen, den er so liebte, hatte ihn aber auf einen Posten gesetzt, den viele ihm nicht lange zutrauten.

Dünkirchen, Singapur, alles Namen, die mit Blut geschrieben wurden, ließen die meisten Zweifler glauben, der Krieg werde rein defensiv geführt. Oldenshaw dagegen, mit seiner rücksichtslosen Begeisterung, hatte das geändert. Überfälle kleiner Gruppen auf feindbesetzte Küsten, zunächst nichts weiter als Nadelstiche, waren der Anfang gewesen. Dann folgten kühnere Angriffe mit sorgfältig ausgesuchten Freiwilligen, die bei den konventionelleren Truppenteilen meist als aufsässige Eigenbrödler galten.

Jetzt drehte sich die allgemeine Unterhaltung fast ausschließlich um die bevorstehende Invasion und deren Problematik, von der frühere Strategen nicht einmal geträumt hätten und bei der eine so ungeheure Armada eingesetzt werden sollte, daß es ein Wunder gewesen wäre, wenn der Feind den ganzen Plan noch nicht durchschaut hätte.

Ein kleines Orchester tat sein Bestes, um mit dem Stimmengewirr und Gelächter zu konkurrieren.

Goudie stand offenbar schon seit längerem an einem Tisch, der in eine Bar umgewandelt worden war. Frazer nickte ihm zu und erhielt einen glasigen Blick als Antwort. Das beunruhigte ihn aber nicht mehr. Was es auch war, das Goudie zusammenhielt, es schien stärker als jede Krise.

Er entdeckte Archer, der ungewöhnlich erregt schien und dessen rotes Haar wie zwei Flügel nach beiden Seiten abstand, während er eifrig auf eine großäugige Angehörige der WAAF* vom hiesigen Jagdfliegerhorst einredete. Prothero, mit knallrotem Gesicht und schweißglänzend, diskutierte mit dem Admiral. Heywood, anscheinend völlig unberührt von dem Gedrängel, beobachtete alles schweigend, wobei seinen hellen Augen jedoch nichts entging.

Gut, daß sie nicht vor Mittag auslaufen mußten, dachte Frazer, denn am Morgen würde es manchen Kater geben.

Plötzlich entdeckte er Lynns kastanienbraunes Haar zwischen zwei jungen Heeresoffizieren und bahnte sich einen Weg zu ihr hin. Sie lachte gerade und tat, als sei sie über einen Witz schockiert, den der eine der beiden Subalternoffiziere erzählt hatte. Sie sah Frazer, und sofort blieben ihrer beider Blicke aneinander hängen, schienen alles andere auszuschließen.

Er rief: »Sie sind aber schwer zu finden, Lynn!«

Einer der beiden jungen Offiziere sagte: »Wir wollen Ihnen das auch nicht leichtmachen, Kumpel.«

* Womens's Auxiliary Airforce = Luftwaffenhelferinnen

Frazer ignorierte ihn. »Kommen Sie, Lynn, lassen Sie uns etwas trinken.«

Der Offizier, der den schlüpfrigen Witz erzählt hatte, murmelte böse: »Verdammte Kolonialsoldaten!«

Frazer fand eine Ecke und schirmte Lynn mit seinem breiten Rücken gegen die Menge ab. »Sie sehen großartig aus.«

»Sie heute aber nicht.« Besorgt musterte sie ihn über den Rand ihres Glases. Schließlich sagte sie: »Danke, daß Sie Alex zu sich genommen haben. Er ist wirklich noch ein Kind.«

Frazer lächelte. »Nicht so erwachsen wie Sie, was?« Er roch ihr Parfüm. Es war dasselbe, das sie während der Nacht benutzt hatte, als er sie auf seinen Armen trug. »Kann ich Sie hinterher für einen Augenblick allein sprechen?«

Wieder blickte sie ihn mit diesem seltsam suchenden Blick an, als grüble sie über etwas nach. »Ich bin aufgefordert worden, mich hinterher dem Boß und dem Admiral anzuschließen.« Sie bemerkte die Enttäuschung in seinem Gesicht und fuhr fort: »Sie haben mir doch einmal gesagt, daß Sie ein Verehrer Nelsons seien ...«

Frazer konnte sich kaum daran erinnern. Sie mußte es ihm während einer ihrer kurzen Begegnungen in dem Gasthaus entlockt haben.

Grinsend fragte er: »Ja, warum?«

»Was, glauben Sie, hätte *er* in dieser Situation getan?« Ihre Augen strahlten, es kam ihm aber so vor, als wolle sie ihre Gedanken vor ihm verbergen.

Er ergriff ihre Hand und erwiderte: »Horatio hätte gesagt, Befehle sind kein Ersatz für Eigeninitiative.«

Sie entzog ihm ihre Hand und rückte ihre Uniformjacke zurecht. »Kein Wunder, daß Emma* auf ihn hereinfiel.«

Damit drehte sie sich um und verschwand in der Menge.

Ein weiterer Admiral trat mit seinem Flaggleutnant ein, und Frazer erinnerte sich, ihn in Plymouth gesehen zu haben. Es war ihm aber gleichgültig, welche Stellung er dort bekleidete. Er dachte immer noch an Lynn. Was meinte sie wohl? Was verbarg sich hinter ihrer sorgfältig aufrechterhaltenen Abwehr?

Er entdeckte Oberleutnant Quinlan und seinen Wachoffizier an der Bar und bahnte sich einen Weg zu ihnen. Kein einziger in dieser seltsamen »Marine innerhalb der Marine« fehlte, außer denjenigen, die nie mehr kommen würden.

* Lady Hamilton

Im Eingang stand Allenby, starrte das Gedränge an und zog eine Grimasse. »Mein Gott, was für ein Auflauf!«

Joanna ergriff seine Hand und sah ihn an. »Wir brauchen nicht lange zu bleiben, aber der Boß wäre zutiefst verletzt, wenn wir uns davonschleichen.«

Er drückte ihre Hand. Sie würde niemals auch nur ahnen, was sie für ihn getan hatte, wie dicht er am Rande des Zusammenbruchs gewesen war.

Sie hatten zusammen eine wundervolle Woche verlebt. Selbst ihr Elternhaus in Devon hatte seine für ihn bedrückende Atmosphäre verloren. Vielleicht lag es daran, daß ihr Vater in London war.

Sie hatten stundenlange Spaziergänge unternommen, ohne Rücksicht auf das Wetter. Ihre Mutter war zu Hause, es waren auch mehrere Besucher gekommen, aber für Allenby spielte sich das alles wie auf einem anderen Planeten ab. Es war wie Zauberei. Ihm fiel auf, daß er sogar nachts schlafen konnte, ohne die Alpträume, die ihn sonst quälten. Nur einmal war er aufgeschreckt. Es war nicht die Detonation einer Sprengladung, die er im Traum gehört hatte, sondern nur das Scheppern des Fahrrads auf der Straße.

Joanna war in sein Zimmer gekommen. Er mußte wohl laut geschrien haben, obwohl sie das abstritt. Einige kostbare Minuten lang hielten sie sich eng umschlungen. Trotz allem, was er sich vorgenommen hatte, streichelte er sie und spürte ihren Körper durch das dünne Nachthemd. Schließlich war auch ihre Mutter ins Zimmer gekommen, und er fragte sich noch immer, ob die Verzögerung ihres Eintretens wohl beabsichtigt war.

Sie standen noch immer an der Tür. »Ich liebe dich, Jo«, flüsterte er ihr zärtlich ins Ohr.

Joanna küßte ihn auf die Wange. »Und ich liebe dich.«

Sie bemerkten nicht den erstaunten Blick des Oberstewards und seines Assistenten, denn Allenby rief plötzlich: »Dort ist dein Vater.« Er merkte, daß er ohne Unbehagen reagierte. In einer einzigen Woche hatte sie das bei ihm geschafft.

Joanna starrte hinüber und entdeckte die ihr wohlbekannte aufrechte Gestalt mit den roten Kragenspiegeln. Aus irgendeinem Grund verspürte sie Angst, als sie sah, daß ihr Vater eifrig auf den Admiral aus Plymouth einsprach. Bedrückt erwiderte sie: »Die beiden sind zusammen zur Schule gegangen.« Fest drückte sie Allenbys Hand. Nichts sollte das Verhältnis zwischen ihnen trüben, zumindest nicht, soweit es in ihrer Macht lag.

Das Zimmer sah genauso aus wie damals, als Dick Allenbys Mädchen ihn voller Verzweiflung zu Hilfe gerufen hatte. Wenigstens soweit sich Frazer noch daran erinnerte.

Im Kamin brannte kein Feuer, aber Lynn knipste einen elektrischen Heizofen an und zog dann die Vorhänge zu.

Frazer fragte: »Ihre Freundin ist noch nicht hier?« Er blickte in den angrenzenden Raum.

»Vielleicht kommt sie in der nächsten Minute hereingewankt, möglicherweise volltrunken.« Lynn schleuderte ihre Schuhe von den Füßen und setzte sich aufs Sofa. »Nehmen Sie sich etwas zu trinken.« Sie sah zu, wie er die Tür der Anrichte öffnete. »Sie müssen müde sein. Und Sie haben morgen einen langen Tag vor sich.«

Bestimmt war diese kostbare Gelegenheit bald vorbei. Entweder würde sie ihn bitten zu gehen, oder ihre Zimmergenossin würde eintreten.

Er wandte sich ihr zu und sah sie voll an. »Sie sind wirklich wunderbar.«

Sie hob die Hand. »Langsam, Keith. Ich bin lediglich eine Ex-Sekretärin, die ein bißchen Aufregung suchte. Ich hätte niemals gedacht, daß mir so etwas passieren könnte und daß es dann so weh tun würde. Ich bin wirklich nur Durchschnitt.«

Er ergriff ihre Hand und drückte sie fest. »Ich weiß es besser, Lynn. Und auch, warum alle Leute Sie so gern haben.« Er spürte, wie sein Wille unter dem Blick ihrer blauen Augen schwach wurde. »Und weshalb ich Sie liebe.« Sie versuchte, ihm ihre Hand zu entziehen, aber er hielt sie fest. »Ich habe so vom ersten Tag an empfunden, als ich Sie in Portsmouth sah. Ich spürte es, aber Sie waren noch so unglücklich über Ihren Verlust, daß Sie nichts merkten. Ich liebte Sie schon damals, obwohl ich glaubte, es sei völlig hoffnungslos und würde zu nichts führen.«

Sie stand abrupt auf. »Ich glaube, ich muß jetzt was trinken.« Sie bedeutete ihm, sitzenzubleiben. »Nein, lassen Sie mich. Ich muß nachdenken.« Sie schritt am Kamin vorbei, das Geräusch ihrer nur mit Strümpfen bekleideten Füße wurde vom Teppich verschluckt. »Und mich umziehen.«

Als Frazer allein vor dem elektrischen Feuer saß, überlegte er, was er ihr sagen sollte. Es war ungeheuer wichtig, daß er die richtigen Worte fand. Draußen vor dem Haus hielt ein Wagen, und er hörte das Zuschlagen einer Tür. Seufzend sagte er sich, daß er wieder einmal den richtigen Augenblick verpaßt hatte.

Die andere Zimmertür öffnete sich, und Lynn trat mit einem Glas in der Hand ein. Sie trug jetzt ein langes pflaumenblaues Kleid; im Widerschein des Feuers leuchtete es ebenso wie ihr Haar. Sie stand ganz still und beobachtete ihn.

Schließlich fragte sie: »Ist es nicht hübsch? Reine Seide. Der Boß hat es mir von einer seiner Spritztouren aus Nordafrika mitgebracht.«

Sie stellte ihr Glas auf ein Tischchen und streckte ihm beide Hände entgegen. Frazer ergriff sie und zog sie zu sich herunter. »Ich glaube, wir kriegen gleich Gesellschaft.« Kaum erkannte er seine eigene Stimme.

Draußen startete der Wagen und fuhr weiter, das Geräusch erstarb in der Ferne.

Leise sagte sie: »Nein, die kriegen wir nicht. Jane kommt heute nacht nicht heim.«

Er starrte sie an, bemerkte den Ausdruck ihrer Augen, halb Bitte, halb Trotz.

»Ich habe ihr gesagt, sie soll nicht kommen. So einfach ist das.«

Sie glitt neben ihn, hob das Gesicht und öffnete die Lippen ein wenig wie damals in der Nacht, als sie nichts von seiner Betroffenheit und seinem Verlangen wußte.

Sie küßten sich, zart zuerst, dann jedoch mit einer Gier, die sie beide bestürzte und verwirrte. Sie schmiegte den Kopf an seine Schulter, als er vorsichtig begann, ihr Kleid aufzuknöpfen und abzustreifen. Mit wild klopfendem Herzen sah sie ihm in die Augen, als er sie aufhob und ihr ins Ohr flüsterte: »So hab' ich dich schon einmal getragen, Lynn.«

Als sie das Schlafzimmer betraten, legte sie ihm die Arme um den Hals und küßte ihn, bis sie beide völlig atemlos waren. Vorsichtig ließ er sie auf das Bett nieder, aber als er zum Lichtschalter ging, sagte sie: »Nein. Ich möchte dich sehen. Keine Geheimnisse, versprich mir das.«

Er warf seine Kleider ab und kniete dann auf dem Bett neben ihr. »Ich liebe dich so sehr«, sagte er.

Sie griff nach seinen Schultern, ihre Hände brannten auf seiner nackten Haut. Ganz genau betrachtete sie sein Gesicht, Zug um Zug. Nur das rasche Heben und Senken ihrer Brüste verriet ihm, daß ihre Sehnsucht genauso groß war wie seine. Als er sich auf sie legte, keuchte sie: »Es ist so lange her, vielleicht tut's weh. Aber bitte hör nicht auf.«

Frazer hörte ihr Aufschluchzen, sah, daß sie die Augen schloß, aber er spürte, wie sie sich ihm entgegenhob und ihn festhielt, bis sie beide eins waren.

16 Sonnenuntergang

Kapitänleutnant John Goudie stand an einem Geländer oberhalb des Flusses und beobachtete die Betriebsamkeit in dem kleinen Hafen.

Prothero kam zu ihm herübergeschlendert. Er sah müde aus. Seit Wochen, ja Monaten hatte seine kleine Flottille gearbeitet und trainiert, bis einige Besatzungsmitglieder und auch der Einsatzstab anfingen zu glauben, dies sei ihr einziger Daseinszweck.

Prothero folgte Goudies Blick. Der Fluß war voller Fahrzeuge, noch überfüllter als bisher, dabei hatten sie schon damals geglaubt, als sie ihr neues Hauptquartier bezogen, daß wirklich alles bis auf den letzten Platz besetzt sei. Ein paar Landungsfahrzeuge spien Soldaten auf einen Ponton, wo sie von barschen Unteroffizieren in Empfang genommen, gemustert und dann weitergehetzt wurden. Selbst auf diese Entfernung hatte Prothero das Gefühl, die Männer seien nur noch widerwillig bei der Sache. Man konnte nur ein bestimmtes Maß an Ausbildung und Training ertragen, dann nutzte sich das ab, und die Leute wurden gleichgültig. Das konnte sich übel auswirken.

Goudie knurrte: »Sie werden gleich Brennstoff übernehmen, Sir.« Er sah die drei MGBs nebeneinander unter einem Schleier aus Benzindunst liegen. Die Besatzungen sahen in ihren Pullovern, Wollmützen und Seestiefeln wie Piraten aus. Wurfleinen flogen an Land, und er konnte allmählich die einzelnen Leute unterscheiden. Wäre es seine Art gewesen, hätte Goudie wohl zugeben müssen, daß er stolz auf sie war, aber Stolz war etwas, das man nicht ausposaunte.

Die Boote sahen nicht mehr neu aus. Die Farbe war bereits schmutzig und zerkratzt und zeugte von Kollisionen in pechschwarzen Nächten. Aber nichts Kriegswichtiges war beschädigt, weder die neuen Geschütze noch die mächtigen Packardmotoren, die trotz der schweren zusätzlichen Ausrüstung noch immer vierzig Knoten leisten konnten.

Prothero stellte sich die Karten in seinem Operationsraum vor, die leuchtenden Pfeile und Sterne, eine Armada, wie sie noch kein Mensch gesehen hatte. Aber dazwischen lag der Kanal. Der hatte die Feinde Englands aufgehalten, er konnte aber auch Operation *Overlord* aufhalten, wie die Geheimbezeichnung des Landungsunternehmens lautete.

Goudie sah ihn von der Seite an. »Jetzt dauert es noch Wochen, nicht Monate, ist meine Vermutung, Sir.«

Prothero grunzte. »Mag sein.« Das war das Äußerste, was man an Zustimmung von ihm erhalten konnte.

Er sah die ersten Seeleute an Land klettern, müde und schmutzig. Aber er kannte seine Teerjacken besser. In einer Stunde spätestens würden sie sich in den örtlichen Kneipen drängeln, schmuck in sauberen Ausgehuniformen und goldenen Abzeichen, würden die Sticheleien der Heeresoffiziere oder Zivilisten zu hören bekommen: »Na, wieder von Feindfahrt zurück, Jack?« Aber es konnte nicht ewig so weitergehen.

Prothero dachte an Lynn Balfour. Erstaunlich, wie sie sich verändert hatte. Sie arbeitete härter und länger, aber nichts konnte sie mehr erschüttern. Jedes Mal, wenn Frazer unter dem Vorwand, die letzten Berichte durchsehen zu wollen, den Lageraum betrat, hielten sie sich zwar weit entfernt voneinander, doch gehörte nicht viel Scharfsinn dazu, ihre Zusammengehörigkeit zu bemerken oder ihre Versuche, einander so oft wie möglich zu berühren. Er spürte das Aufsteigen seiner alten Eifersucht und sagte: »Es gibt eine Aufgabe für ein Einzelboot. Ich schlage Frazer vor. Aber keine Heldentaten, hören Sie?« Er blickte in Goudies unnachgiebiges Gesicht. »Ich kann es mir nicht leisten, ein Boot zu verlieren. Jetzt noch nicht.«

Goudie runzelte die Stirn. »Was ist denn mit den Küstenstreitkräften? Die müßten das doch selbst erledigen können.«

»Sie werden natürlich auch mit eingesetzt.« Prothero überprüfte sein Gedächtnis. Er wußte so viele Einzelheiten, daß er immer befürchten mußte, die eine oder andere zu vergessen. »Der Marine-Nachrichtendienst hat von einem seiner holländischen Agenten gehört. Wir müssen ihn herüberbringen.« Er bemerkte den Widerspruch in Goudies Gesicht. »Es gibt keine andere Möglichkeit, die Deutschen haben die ganze Küste dicht gemacht.«

Goudie nickte, aber sein Blick ging in die Ferne. »Mein altes Kampfgebiet, Hoek van Holland.«

»Der Agent ist wichtig im Hinblick auf die bevorstehende Invasion.«

Goudie hob die Schultern. »Sind wir das nicht alle?«

»Seien Sie nicht so verdammt zynisch! Denken Sie, ich bin begeistert von diesem Auftrag?«

Goudie sah ihn voll an. »Er macht sich gut in Ihrem Kriegstagebuch, Sir.«

Prothero starrte vor sich hin. »Diesmal bestimmt nicht, verdammt!« Dann grinsten beide.

Schließlich sagte Prothero: »Frazer hat das richtige Temperament; es ist nichts für den draufgängerischen Archer.«

»Und wie wär's mit mir, Sir?«

Prothero lächelte. »Sie sind zu wertvoll.« Er sah Frazer und Allenby den steilen Pfad vom Fluß heraufsteigen, vorbei an einer durch Sandsäcke geschützten Bofors-Kanone.

Abrupt sagte Prothero: »Erzählen Sie ihm noch nicht davon, John.«

Goudie suchte nach seiner Pfeife. So was brauchte man ihm wirklich nicht zu sagen. Prothero schlenderte von dannen. »Ich sehe Sie dann bei der Besprechung.«

Frazer und Allenby legten eine Pause ein und blickten noch einmal hinunter zu den Booten.

»Ob wir wohl ein paar Tage Urlaub bekommen?« Allenby wußte, daß Goudie sie beobachtete, es war ihm aber gleichgültig.

Frazer nickte. »Wahrscheinlich.« Er wunderte sich immer noch über Allenbys völlige Erholung. Während der häufigen und manchmal sehr schwierigen Übungen bei völliger Dunkelheit und mit Höchstfahrt war Allenby gewöhnlich der erste gewesen, der die Leute ermutigte und sie beruhigte, wenn etwas schiefging. Er war wie ein ganz neuer Mensch, völlig anders als der gebrochene Mann, der seinerzeit von den Kanalinseln zurückgekehrt war.

Frazer dachte über sein eigenes neues Leben mit Lynn nach. Sie waren vom Krieg zusammengewürfelt worden, aber es hatte sich bewährt. Sie trafen sich so oft wie möglich. Wenn Lynns hilfsbereite Zimmergenossin Jane nicht da war, liebten sie sich oder plauderten stundenlang zufrieden, daß sie zusammensein konnten.

Zögernd sagte Allenby: »Wir werden uns verloben, Keith.« Er wurde rot, als Frazer ihn ansah. »Das ist zwischen uns schon abgesprochen.«

Frazer schüttelte ihm die Hände. »Du schlauer alter Fuchs! Warum, zum Teufel, hast du mir nicht längst davon erzählt?«

Allenby lächelte. »Es dauert bei mir immer eine Ewigkeit, bis ich etwas unternehme.«

Frazer klopfte ihm auf die Schulter. »Diesmal offenbar nicht.«

Goudie begrüßte sie mit den Worten: »Gibt's denn was zu feiern, Jungs?«

Frazer nickte. »Daß wir heil und unversehrt zurückgekehrt sind. Bald aber möchte ich wieder einen wirklichen Kampf erleben.«

Goudie grinste träge. »Lügner.« Dann sagte er: »Es braut sich irgendwas zusammen. Wir brauchen nur Ihr Boot, scheint es.« Er dachte an Protheros Worte. »Aber keine Heldentaten. Also bleiben Sie im Stützpunkt, Landurlaub nur für die Mannschaft.« Er blickte von einem zum anderen: »Nun grinsen Sie nicht mehr, wie?«

Langsam ging er weg, Pfeifenrauch wehte ihm über die Schulter.

»Was bedeutet das?« Frazer sah seinen Freund an. Das war ausgesprochenes Pech.

Allenby äußerte bedrückt: »Ich ziehe mich um und gehe dann hinüber ins Hauptquartier.«

Frazer sah ihm nach, als er davonschritt. »Grüß sie herzlich von mir, Dick.«

Das schien ein bißchen zu helfen. Grinsend wandte Allenby sich um. »Mach' ich.«

Leutnant Alex Balfour und Unteroffizier Ives kamen zusammen durch das Tor, und Frazer erzählte ihnen die Neuigkeit. Sie nahmen es ihrem Temperament entsprechend auf. Ives hatte es schon lange erwartet und blieb gelassen. Leutnant Balfour war erpicht darauf zu zeigen, was er leisten konnte. Seine Schwester aber würde nicht sehr begeistert sein.

Später, als Allenby frisch rasiert und in seiner besten Uniform das Hauptquartier betrat, sah er Lynn Balfour einen Aushang am schwarzen Brett studieren.

Sie drehte sich sofort um, und Allenby dachte an Frazers Freude, als er ihm sein Geheimnis anvertraut hatte. Mit seiner Verlobung war er den beiden zuvorgekommen. Er konnte sich kaum ein Grinsen verbeißen, obwohl ihn der bevorstehende Einsatz beschäftigte. Aber es schien diesmal eine einfachere Sache zu sein, und die Besatzung würde wenigstens beisammenbleiben.

Lynn Balfour sagte: »Freut mich, Sie zu sehen.« Aber sie wirkte plötzlich unsicher. Allenby hatte das seltsame Gefühl, daß sie auf ihn gewartet habe.

Bedrückt fuhr sie fort: »Joanna hat einen Versetzungsbefehl bekommen.« Sie sah seine Bestürzung. »Nur nach Plymouth, aber ich weiß, was das für Sie bedeutet. Deshalb wollte ich es Ihnen selbst sagen. Sie ist völlig außer Fassung und hat mir von Ihrer bevorstehenden Verlobung berichtet. Ich werde es für mich behalten, aber ich freue mich sehr für Sie beide.«

Allenby hörte ihre Worte kaum. *Plymouth!* Sie wurden also getrennt, gerade in dem Augenblick, da er Hoffnung hatte, sie jetzt öfter sehen zu können. Seine Gedanken rasten. Joanna würde vielleicht einen anderen kennenlernen, schließlich war Plymouth eine große Marinebasis, ganz anders als dieser stille, kleine Ort. Plötzlich dämmerte es ihm: Er sah wieder Joannas Vater mit dem Admiral aus Plymouth sprechen, damals bei der Party, und wie sich ihre Stimmung schlagartig änderte: *Sie sind zusammen zur Schule gegangen.* Er hatte es also absichtlich arrangiert, um seine Tochter von ihm fernzuhalten.

Unglücklich fragte er: »Könnten Sie nicht etwas dagegen unternehmen?«

Vorsichtig ergriff sie seinen Arm. »Ich habe es versucht, aber es war zwecklos. Joanna ist sehr gut eingearbeitet, und sie brauchen jemanden in Plymouth, der Verantwortung übernehmen kann.« Das klang nicht sehr überzeugend, vor allem schien sie selbst nicht daran zu glauben.

Schließlich fuhr sie fort: »Gehen Sie schonend mit ihr um. Sie liebt Sie sehr.«

Allenby nickte. »Danke.« Er eilte in Richtung des Schreibzimmers davon, aber Lynn rief ihn zurück: »Sie ist im Funkraum.«

Dort fand er sie. Es war ein Reserveraum, in dem die alten Funksprüche aufbewahrt wurden und der nur selten benutzt wurde.

Sie hielten sich lange eng umschlungen, ohne ein Wort zu sagen. Allenby streichelte ihr Haar. Leise und kläglich fragte sie: »Du hast schon davon gehört?«

»Ja, gerade eben.« Mit dem Fuß stieß er die Tür hinter sich zu. »Mach' dir deswegen keine Sorgen. Wir werden bald wieder zusammen sein.« Er sprach mit einer Zuversicht, die nicht aus seinem Herzen kam. »Ich möchte nicht, daß du unglücklich bist.«

Sie sah auf, ihre Augen waren rot, als habe sie geweint. »Es ist nicht fair. Ich müßte hierbleiben für den Fall, daß ...«

Allenby legte ihr die Finger auf den Mund. »Für den Fall, daß ich dich brauche? Das werde ich immer tun.«

Zusammen traten sie ans Fenster und blickten hinüber zum Fluß. Es war jetzt schwieriger, ihn durch die Bäume zu sehen, da sie bereits in vollem Laub standen.

Die Erinnerung peinigte Allenby: ihre Spaziergänge im Regen, der stürmische Wind. Er dachte an die ersten Sonnentage, als sie nach einem ruhigen Plätzchen gesucht hatten, wo sie sich unterhalten konnten, sich gegenseitig entdecken. Jetzt war das alles zu Ende. Es konnte Monate dauern, bis sie sich wiedersahen. Und bis die »zweite Front« errichtet war, konnte er längst gefallen sein.

Er drückte sie noch heftiger an sich. »Ich möchte dich nicht verlieren.«

Sie lehnte sich in seinen Armen zurück, ihre Augen strahlten.

»Das wirst du niemals. Wenn du das denkst, dann laß es ganz schnell sein. Es gibt keinen außer dir, ich will auch keinen anderen. Ich liebe *dich.*« Sie legte ihm die Arme um den Hals und flüsterte: »Ich weiß alles über euren nächsten Einsatz. Er sollte eigentlich nicht sehr lange dauern, Liebster. Dann ...« Sie senkte den Kopf, und er spürte ihr Zittern. »Danach möchte ich mit dir verreisen. Ich möchte, daß du mich liebst, verstehst du?« Ihre Stimme war halb erstickt, und er konnte nur vermuten, was es sie gekostet hatte, das zu sagen. »Niemand kann uns dies jemals wegnehmen oder uns trennen.« Sie sah voll zu ihm auf, ihr Gesicht war blutrot, aber ihr Blick fest und ruhig.

Er antwortete: »Das werden wir, meine liebste Jo.«

Sie trat zurück und strich ihre Krawatte glatt. »Und dann, wenn du es wünschst, können wir auch unsere Verlobung bekanntgeben.«

Draußen am schwarzen Brett hörte Lynn Balfour ihre Stimmen, sie schwankten zwischen Lachen und Tränen. Sie empfand das Glück der beiden mit, das sie jetzt selbst entdeckt hatte und das sie doch alle so leicht verlieren konnten.

Sie standen um den Tisch herum und blickten hinunter auf die Karte. Draußen vor den geschlossenen Fensterläden war es hell. Die Tage wurden schon länger und die Nächte wärmer.

Goudie sagte: »Wie Ihnen sicherlich bekannt ist, sind überall entlang der holländischen und belgischen Küsten Rettungsflöße verankert.« Er wies auf eine Luftaufnahme, auf der schwach etwas zu erkennen war, das so ähnlich aussah wie der Turm eines U-Bootes. Goudie erklärte: »Wenn Flugzeuge vor der Küste notwassern müssen, können die Piloten zu diesen Flößen schwimmen oder paddeln. Sie geben Schutz vor Wind und Wetter, aber nicht viel mehr. Nach jedem größeren Luftkampf werden sie von Flugsicherungsbooten abgesucht, ob sich jemand auf die Flöße retten konnte, gleichgültig ob Freund oder Feind. Das ist ein Anflug von Menschlichkeit, obwohl man dabei vermutlich vorwiegend die teure Ausbildung neuer Flugzeugbesatzungen im Auge hatte.«

Frazer beugte sich über den Tisch. Goudie mußte alles in den Schmutz ziehen; er konnte wohl nicht anders.

»Unser Mann wird in der Nähe eines dieser Flöße abgesetzt.« Sein Blick ruhte auf dem Gesicht des Leutnants. »Ihr Deutsch könnte uns bei diesem Einsatz zugute kommen.«

Frazer sah Allenby an. Er hörte überhaupt nicht zu, schien meilenweit entfernt zu sein.

Frazer fragte schließlich: »Warum schickt man nicht ein anderes Boot?«

»Befehl von oben. Sie nehmen den Agenten nur auf und verschwinden sofort wieder. Sollten auch Flieger auf den Flößen sein, vermeiden Sie jeden Kontakt mit ihnen, es könnte sonst alles ruinieren.«

Frazer warf einen Blick auf seinen Schreibblock. Sie sollten bei Anbruch der Morgendämmerung auslaufen, in Felixstowe Treibstoff ergänzen und Geleitfahrzeuge aus dem dortigen Stützpunkt aufnehmen.

Goudie fuhr fort: »Auch wenn Sie mit feindlichen Schnellbooten oder dergleichen in Berührung kommen, verschwinden Sie so schnell Sie können, klar?«

Lächelnd nickte Frazer. »Wie gesagt: keine Heldentaten.«

Kalt sah Goudie ihn an. »Sie müssen noch in dieser Woche zurückkommen. Sie *müssen*!«

Allenby war neben Leutnant Balfour getreten und sah jetzt zum ersten Mal auf die Karte; beide hatten Goudies Worten keinerlei Bedeutung beigemessen. Aber Frazer rieselte es plötzlich eiskalt über den Rücken. Als er Goudies Blick wieder begegnete, war ihm klar, daß er sich nicht geirrt hatte: Die Invasion würde noch *in dieser Woche* stattfinden.

»Allmächtiger Gott«, seufzte er leise.

Goudies Gesicht glättete sich. »Oh, der weiß es bestimmt schon.«

Frazer sah die anderen an. »Nehmen Sie Ihre Sachen und gehen Sie an Bord zurück. Wenn irgendwelche Urlauber noch fehlen, melden Sie es mir, bevor Sie es an die große Glocke hängen.« Zusammen mit Allenby schritt er zur Tür. »Bei dir alles in Ordnung, Dick?«

Allenby seufzte. »Wenn wir zurückkommen, ist sie bereits weg.«

»Ich weiß. Tut mir verdammt leid für euch beide.«

Leutnant Balfour sagte: »Ich werde lieber noch einmal bei meiner Schwester vorbeischauen.«

Goudie entgegnete sofort: »Nein. Der letzte Befehl gilt auch für Sie. Gehen Sie an Bord.« Er kümmerte sich nicht um das niedergeschlagene Gesicht des jungen Mannes und wartete, bis die Tür geschlossen war. Dann sagte er: »Sie ist ohnehin genügend belastet, auch wenn ihr beide sie nicht besucht.« Er warf einen Blick auf die Uhr. »Ab mit euch. Ich bringe die versiegelten Befehle selbst an Bord, bevor ihr ablegt.«

Frazer ging hinüber in den Operationsraum, wo ihn das vertraute Klappern der Schreibmaschinen und Fernschreiber begrüßte. Das Pult der Wren-Gefreiten Hazel war leer, ihre Schreibmaschine bezogen.

Lynn saß in ihrem Dienstzimmer, ein Telefon unter das Kinn geklemmt, während sie einige Papiere durchsah. Als sie ihn bemerkte, deutete sie ihm mit den Lippen einen Kuß an. Dann sagte sie ins Telefon: »Hier hab' ich es, Sir. Nummer einunddreißig. War's das, Sir?« Geräuschvoll knallte sie den Hörer auf und schimpfte: »Blöder alter Kerl! Zu faul, selbst nachzusehen.« Dann sprang sie auf und rannte auf ihn zu.

»Ich mache dir keine Abschiedsszene, Keith.« Suchend sah sie ihm ins Gesicht. »Aber bitte sei vorsichtig. Nimm dich in acht – für mich. Für uns beide.«

Sanft nahm Frazer sie in die Arme. Er fühlte ihren geschmeidigen Körper unter der leichten Bluse, erinnerte sich an jede Einzelheit, die sie gemeinsam entdeckt hatten.

Rasch sagte er: »Ich komme zurück, Liebste, hab' keine Angst.«

Sie sah ihm in die Augen. »Du weißt es schon, nicht wahr?«

»Klar, die Invasion mußte ja nun bald kommen.« Noch fester drückte er sie an sich. »Der Boß würde es mir niemals verzeihen, wenn wir nicht rechtzeitig vor ihrem Beginn zurück wären.«

Sie berührte seinen Mund mit den Fingern, wie damals beim ersten Mal. »Ich liebe dich von ganzem Herzen, das weißt du.« Irgendwo klingelte es wieder, und sie drängte: »Küß mich!«

Als sie sich schließlich widerstrebend trennten, sagte sie: »Geh jetzt. Ich werde immer an dich denken – *immer*.«

Es war vorüber. Frazer stand bereits in der Tür, als er spürte, daß ihn mehrere Augenpaare hinter den eifrig klappernden Schreibmaschinen hervor ansahen.

Eins der Mädchen sagte: »Viel Glück, Sir.«

»Besten Dank.« Er stolperte hinaus in den Gang. Dieses Gefühl war für ihn völlig neu, etwas, das er bisher noch nie empfunden hatte. Es war ebenso belastend wie erregend. Kein Wunder, daß Allenby sich verändert hatte.

Er setzte die Mütze auf und ging in seine Unterkunft, um sein Seepäckchen anzuziehen. Einmal wandte er sich noch um und blickte zurück, aber er wußte schon, daß sie ihm weder folgen noch versuchen würde, ihn noch einmal zu sehen. Äußerlich würde sie sich völlig normal geben. Ihr war wohl klar, daß sie jede Beherrschung verlieren würde, wenn sie sich jetzt gehen ließ.

Eine Tür ging auf, und Prothero trat in den Korridor, wobei er eine kleine, stahlgeränderte Brille zusammenklappte.

»Passen Sie mir gut auf das Boot auf, Frazer.«

Frazer nickte. Er hatte den Boß noch nie mit Brille gesehen.

Geistesabwesend fügte Prothero hinzu: »Und auf sich selbst natürlich auch.«

Frazer ging weiter, in Gedanken noch bei Lynn. Sie hatte ihn nicht mal darum gebeten, auf ihren kleinen Bruder achtzugeben, obwohl sie doch bestimmt auch an ihn dachte. Aber ihr war klar, daß ihm genügend andere Dinge den Kopf beschwerten, und außerdem hatte sie Vertrauen zu ihm.

Frazer traf Allenby erst wieder, als er den überfüllten Kartenraum unter der Brücke betrat. Es war hier jetzt noch enger, da man eine Ecke davon abgeteilt hatte, um für das neue Radargerät Platz zu schaffen. An Deck zeugte wenig von ihrer neuen Ausrüstung, lediglich eine kleine drehbare Antenne auf einem Dreifuß unmittelbar hinter dem Mast. Goudie hatte mißtrauisch geäußert: »Ich hoffe, das Gerät funktioniert besser als es aussieht.«

Der Beginn ihres Einsatzes hatte wie ein Uhrwerk geklappt, genau wie damals im Mittelmeer. Sie waren mit dem letzten Abendlicht in Felixstowe eingelaufen, hatten Treibstoff ergänzt und waren von einem Nachrichtenoffizier aus dem Admiralstab aufgesucht worden. Es sei alles eine Frage der Pünktlichkeit, hatte er gesagt. Die deutschen Streitkräfte hielten die Küste vollständig unter Kontrolle, nichts konnte ohne ihr Wissen passieren. Ein holländischer Schlepperkapitän sollte den unglückseligen Agenten auf See in der Nähe des beschriebenen Rettungsfloßes absetzen, wenn er auf seiner Fahrt von Vlissingen nach Kiel dort vorbeikam. Der Küstenverkehr war für die Deutschen lebenswichtig, da die Alliierten Straßen und Bahnstrecken mit beharrlicher Regelmäßigkeit bombardierten. Wenn der Schleppkapitän erwischt wurde, würde er teuer dafür bezahlen müssen, wahrscheinlich mit seinem Leben.

Frazer fragte sich oft, wie viele dieser tapferen Männer und Frauen es in den besetzten Gebieten gab, die stets ihr Leben riskierten, wenn sie den Weisungen folgten, die sie aus ihren Empfängern erhielten, während sie ungeduldig auf die Invasion warteten.

Sie mußte klappen. Es konnte keinen Rückzug, keinen zweiten Versuch geben. Es hieß alles oder nichts.

Frazer war seltsam zufrieden, daß er auf diesen Einsatz geschickt wurde. Sollte er in Gefangenschaft geraten, würde er als Kriegsgefangener behandelt werden. Wenn er fiel, war dies ein kleines Opfer verglichen mit dem ungeheuren Verschleiß an Menschenleben.

Die Agenten und Widerstandskämpfer genossen den Schutz der Uniform nicht. Niemand hätte sie getadelt, wenn sie passiv dagesessen und nichts getan hätten, wie die überwiegende Mehrheit ihrer Landsleute. Aber für sie war es ein wilder, persönlicher Krieg. Die Beschuldigungen und Racheaktionen hinterher mußten entsetzlich werden.

Allenby ignorierte das Quietschen und Schwirren des Radargeräts und blickte auf die Karte. »Noch eine Stunde, würde ich sagen.«

Frazer nickte. »Das denke ich auch.« Er tippte auf einen Punkt der Karte. »Unser Geleit sollte jetzt ungefähr hier stehen.«

Drei große MGBs und ein MTB hielten sich an ihrer Backbordseite, um ihnen notfalls Schutz zu gewähren.

Beide starrten durch den schwarzen Vorhang auf das Blinken des Radargeräts, das sich auf dem gespannten Gesicht von Crocker, ihrem einzigen Radarspezialisten, widerspiegelte. Er hatte die Offiziersprüfung nicht bestanden, schien sich aber mit seinem neuen Spielzeug zufriedenzugeben.

Allenby zeigte auf den Radarschirm, als der Taststrahl die vier Begleitboote erfaßte: kleine, schimmernde Lichtpunkte, leicht zu erkennen. Bisher war der größte Teil der MGBs in dieser Hinsicht blind und mußte sich auf menschliche Fähigkeiten verlassen, die sich seit Jahrhunderten kaum verändert hatten.

Draußen auf der offenen Brücke warteten sie, bis sich ihre Augen nach der blendenden Kartenbeleuchtung an die Dunkelheit gewöhnt hatten.

Frazer warf einen Blick auf das Leuchtzifferblatt seiner Armbanduhr. »Mach bitte noch eine Runde durch das Boot, Dick, und stell sicher, daß wir völlig abgeblendet sind.« Allenby war froh, sich beschäftigen zu können.

Frazer trat auf die vorderen Grätings und spürte salzigen Gischt auf den Lippen. Er schmeckte wie Tränen.

Ives stand am Rad, dicht neben ihm ein Ausgucksmann.

In jeder Brückennock war ein neues Maschinengewehr montiert, eine Zwillings-Vickers von –.303 Zoll*, die mit Trommeln versehen war statt mit Munitionsgurten, die bei dunkler Nacht für Ahnungslose eine üble Falle werden konnten.

An einem der beiden MGs stand grinsend Obergefreiter Weeks, hinten auf der Brücke hob sich Leutnant Balfours Schatten vom Flaggenspind ab.

Sie fuhren langsam, nur mit den Außenmotoren. Frazer suchte das vor ihnen liegende Seegebiet ab und sagte: »Die Royal Air Force wird heute nacht über der Küste Folien abwerfen, um die Radargeräte zu verwirren. Das wird natürlich auch unser Gerät beeinflussen.«

So viele neue Erfindungen, dachte er. Hätte man sie doch schon zu Anfang des Krieges gehabt. Die schrecklichen Verluste im Atlantik wären erheblich reduziert worden.

Der Mond war nicht zu sehen, nur ein paar Sterne, sehr blaß und undeutlich. Frazer hörte Ives leise vor sich hinsummen. Einmal hatte er ihn in seiner Unterkunft aufgesucht, um mit ihm über die neue Besatzung zu sprechen. Ives hatte seinen Besuch nicht erwartet und rasierte sich gerade mit nacktem Oberkörper. Dabei hatte Frazer gesehen, daß um seinen muskulösen Hals außer der eigenen noch eine zweite Erkennungsmarke an einem Metallkettchen hing.

Ives hatte seinen Blick bemerkt und wie zu seiner Verteidigung gesagt: »Wer weiß, Sir? Vielleicht finde ich sie damit wieder, wenn dieser verdammte Krieg erst mal vorbei ist.« Er trug die Erkennungsmarke der deutschen Dolmetscherin, für die er damals gesorgt hatte, auf der Brust. Wirklich, ein seltsamer Krieg, dachte Frazer.

Jetzt war Ives nur ein Schatten, der mit gespreizten Beinen am Ruder stand und auf den hellen Schlitz der verdunkelten Kompaßscheibe starrte, während er das Boot auf Kurs hielt.

Unten in ihrer Welt krochen jetzt Chief Wright und seine beiden Heizer bestimmt um ihre öligen Maschinen herum, wobei sie stets den Umdrehungsmesser am Maschinenleitstand beobachteten. Der neue Funker, »Blondie« Page, ein unschuldig aussehender Jüngling, was aber bestimmt täuschte, hörte eifrig den Funkverkehr ab, auch für den Fall eines Rückrufs. Ob er wohl jemals an seinen Vorgänger dachte und daran, wie dieser umgekommen war? Vorn auf der Back stand Obergefreiter Sullivan, von seinen Kameraden »Bert« genannt, an

* –.846 cm

seinem Zweipfünder und war sich durchaus der Bedeutung bewußt, die er als Geschützführer hatte.

Allenby kehrte zurück. »Alles in Ordnung, Sir.« Vor den anderen bestand er darauf, Frazer »Sir« zu nennen.

»An alle Stellen! *Achtung*!« Frazer hob sein Nachtglas und hörte, wie der Befehl flüsternd im Boot weitergegeben wurde. Er überprüfte seine Gefühle, fand aber nichts Ungewöhnliches, lediglich eine Art Taubheit, fast wie ein Krampf.

Ives beugte sich vor, das schwache Licht der abgeblendeten Kompaßbeleuchtung spiegelte sich in seinen Augen.

Wie üblich, schrieb er in Gedanken wieder einen Brief an sie. Natürlich war es Unsinn, aber er dachte oft an das verängstigte Mächen namens Christiane. Es war verrückt, bestimmt konnte es niemals zu etwas führen, aber dennoch... *Meine liebe Christiane, heute nacht fahren wir zur holländischen Küste, wo ich noch nie war. Ich bin nämlich nicht aus England herausgekommen, bevor ich in die Marine eintrat. Vielleicht können wir uns nach dem Krieg*...

Das Krachen einer Detonation schien den Bootskörper aus dem Wasser zu heben. Ein blendender Blitz beleuchtete die See und eins ihrer Geleitfahrzeuge weit entfernt an Backbord querab.

Frazer rief: *»Alle Maschinen äußerste Kraft voraus!«* Er sprang auf die andere Seite der Brücke, seine Augen waren noch geblendet. Er hörte in der Ferne den Motorenlärm der Geleitfahrzeuge, die ebenfalls auf äußerste Kraft gingen, fand aber noch keine Erklärung für den plötzlichen Beschuß. Dann endlich entdeckte er das andere Fahrzeug. Es sah aus wie ein alter Fischdampfer mit sehr langem Schornstein und unmoderner Brücke. Aber Goudie hatte ihn vor diesen Schiffen gewarnt. Die Deutschen besaßen Dutzende davon, hatten sie mit schweren Geschützen bestückt und sie so stark gepanzert, daß sie beinahe unverwundbar waren. Sie kreuzten oder trieben bewegungslos vor der Küste und warteten auf MTBs oder MGBs. Ihr Tiefgang war für einen Torpedoschuß zu gering, und sie konnten eine Menge Treffer einstecken.

Auf dem Fischdampfer mußte man geglaubt haben, das MGB sei allein. Wieder schoß eine orangefarben leuchtende Feuerzunge aus einem seiner Geschütze; der Aufschlag und die betäubende Detonation schienen in ihrer unmittelbaren Nähe zu liegen. Sie hatten jedoch bereits hohe Fahrt und pflügten mit einem gewaltigen Schnurrbart aus weißem Schaum diagonal hinter dem bewaffneten Fischdampfer vorbei.

Leuchtspurgeschosse perlten über sie hinweg, peitschten das Wasser auf und verwandelten es in Gischt. Der Fischdampfer drehte jetzt und brachte ein anderes Geschütz zum Tragen, das auch die Geleitfahrzeuge bestreichen konnte. Frazer sah, daß die Granaten gefährlich dicht beim Führerboot einschlugen, sah die als Antwort abgefeuerten grünen Perlenschnüre der Leuchtspurgeschosse, die den Fischdampfer einhüllten.

»Hart Backbord!«

Das Boot legte sich stark über, die See brach über den Bug herein. Die Granaten der Geleitfahrzeuge, die jetzt zum Angriff übergingen, schlugen dicht hinter ihnen ein. Frazer versuchte durch sein Nachtglas zu spähen, aber das war bei der wilden Bewegung hoffnungslos. Er deutete über das Brückenkleid. *»Dort!* Rot vier-fünf!«

Balfour schrie: »Ich sehe es!« Sein Gesicht glänzte im Licht einer Leuchtgranate.

Der Ausguck rief: »Funkraum meldet, daß sie senden, Sir!«

Frazer versuchte verzweifelt, das Rettungsfloß im Auge zu behalten. Es war ein seltsam geformtes Ding, mit einem turmartigen Gebilde in der Mitte. Über und über mit weißen und orangefarbenen Streifen bemalt, wirkte es im Aufblitzen des Geschützfeuers unwirklich.

Frazer dachte rasch. Sie waren nur zehn Meilen von Rotterdam, der nächsten deutschen Schnellbootbasis, entfernt. In kürzester Zeit konnten diese hier eintreffen und den Kampf entscheiden.

»Klar zur Übernahme!« Der Fischdampfer ignorierte sie jetzt, lief angriffslustig den Geleitfahrzeugen entgegen, wobei er ein ständig stärker werdendes schäumendes Kielwasser hinter seinem breiten Heck zurückließ. Frazer nahm an, daß die an Bord vielleicht glaubten, das MGB sei ein Rettungsfahrzeug, das zufällig ins Gefecht verwickelt wurde. Er durfte keine Zeit verlieren.

Er hörte einen vielstimmigen Schrei und blickte gerade noch rechtzeitig in Richtung der Geleitfahrzeuge, von denen ein MGB gerade detoniert war und bereits in hellen Flammen stand. Die anderen näherten sich, aus allen Rohren feuernd, rasch dem Fischdampfer. Überall schlugen bei ihm Granaten und Leuchtspurgeschosse ein, sein Mast mit der Funkantenne war endlich über Bord gestürzt. Nicht rechtzeitig genug, dachte Frazer böse und sagte: »Ein bißchen mehr nach Steuerbord, Swain. Langsame Fahrt voraus. Wir gehen längsseits.«

Balfour starrte wie gebannt zum brennenden MGB hinüber. Es lag schon sehr tief, sein zerschmetterter Bug schnitt unter, während die

Schrauben noch immer auf vollen Touren liefen. Vielleicht war die Brücke nur noch mit Toten besetzt. Das Licht erlosch wie ausgeschaltet, das Boot legte sich über und verschwand.

»Können wir nicht einige von ihnen aufnehmen?« Balfours Stimme klang halb betäubt.

»Seien Sie kein verdammter Idiot!« Frazer schüttelte ihn am Arm. »Machen Sie, daß Sie runterkommen, klar zum Entern des Floßes. Wenn jemand Sie hindern will –«, er riß die Pistolentasche des Leutnants auf, »dann benutzen Sie diese hier!«

Er haßte sich selbst dafür, aber es war weder die Zeit noch der richtige Ort für Mitleid oder gute Umgangsformen.

Balfour sprang über den schäumenden Wasserstreifen, ein bewaffneter Seemann folgte ihm. Er konnte sich kaum konzentrieren, sein Kopf dröhnte vom Lärm des Kampfes. Alles war so grell und wild, ganz anders als erwartet. Der Fischdampfer brannte, feuerte aber noch immer pausenlos. Die MGBs hatten sich getrennt, um die Feuerkraft des Feindes zu zersplittern, während das Motortorpedoboot wie ein Mörder um ihn kreiste, klar zum Wasserbombenwerfen auf allergeringste Entfernung.

Balfour kletterte in den Turm des Floßes, halb in Erwartung eines Schusses, trug aber seine Pistole noch immer im Halfter.

Eine schwache Taschenlampe wurde angeknipst, und er sah, daß ein Mann in dem schwankenden, unbequemen Schutzzelt lag. Er trug eine zerknitterte Fliegerkombination mit Schwimmweste, als sei er ein abgestürzter Pilot. Balfour fand noch Zeit sich zu fragen, ob die Deutschen diese Verkleidung wohl als echt angesehen und ihn als Kriegsgefangenen behandelt hätten.

Er keuchte: »Wer sind Sie?«

Der Mann erhob sich. *»Rothaut«,* antwortete er.

Balfour grinste ein wenig verlegen. Das Kennwort hatte er beinahe vergessen.

Sie kletterten hinaus und warteten den richtigen Augenblick ab, dann sprang der Agent, indem er sich auf den Seemann stützte, an Bord.

Eins der anderen MGBs raste vorbei, sein ständiges Schießen tauchte die See in rotes und grünes Licht. Der Fischdampfer hatte endlich gestoppt, feuerte aber weiter. Die Bugsee des MGB hob das Floß an und trennte es dadurch von dem längsseits liegenden Boot. Balfour suchte gerade nach einem Halt, als sich der Spalt verbreiterte, eine Welle ihn von den Füßen riß und er kopfüber in die See stürzte.

Allenby ließ sein Glas auf die Brust fallen und rief: *»Schnellboote, recht achteraus!«*

Frazer lief zur Brückennock. *»Ablegen!«* Dann sah er Balfour im Wasser. Wenn er die Maschinen jetzt startete, mußten ihn die Schrauben zerfetzen. Wenn er wartete...

Er schrie so laut er konnte: »Holt ihn an Bord!«

Die Schnellboote – es schienen sechs zu sein – rasten mit Höchstfahrt heran, feuerten jedoch noch nicht wegen des Fischdampfers. Es ging um Sekunden, aber sie genügten, Balfours Leben zu retten. Er wurde an Bord gezogen und wankte triefend zur Brückenleiter. Im selben Augenblick rief Frazer: *»Äußerste Kraft voraus! Hart Steuerbord!«* Er spürte, wie sich das Boot unter dem plötzlichen Schub anhob, und sah gerade noch eine Ladung Wasserbomben unter dem Rumpf des Fischdampfers detonieren. Sofort begann er zu sinken. Die Männer sprangen über Bord, einige schwammen bereits auf das leere Rettungsfloß zu. Ein laufendes Gefecht hatte sich entwickelt, aber die kämpfenden Boote fielen weiter und weiter zurück. Es waren ihre alten Widersacher. Goudie wäre hier in seinem Element gewesen.

Frazer entspannte sich allmählich und versuchte, seinen Atem unter Kontrolle zu bekommen. Die Geleitfahrzeuge hatten den Einsatz gerettet, aber es kam sie teuer zu stehen.

Balfour schleppte sich zur vorderen Brückenreling, zitternd am ganzen Körper. Aber er war noch sehr jung und würde darüber hinwegkommen. »Ich danke Ihnen, Sir, daß Sie mir das Leben gerettet haben«, keuchte er.

Frazer grinste; ihm war bewußt, daß er wohl ziemlich wild aussah.

Nicht einen Mann verloren, keine Beschädigung. Das half ein wenig, die Rechnung auszugleichen.

Er rief fröhlich: »War mir ein Vergnügen, Alex!« Dann blickte er zu den Sternen auf. »Und jetzt nach Hause, Jungs!«

Vor der Isle of Wight kam ihnen eine Hafenbarkasse entgegen, die den Passagier übernahm. Frazer fiel später ein, daß dieser nicht ein einziges Wort gesagt hatte, nur das Kennwort. Am folgenden Abend fuhren sie langsam über die vollgepackte Reede von Carrick Roads, vorbei an den reihenweise vor Anker liegenden Landungsfahrzeugen; dann ging es flußaufwärts, bis das grüne Dach des alten Hotels in Sicht kam.

»Laß die Leute wegtreten, Dick.« Frazer musterte die Ankerlieger und sah die Reihe erwartungsvoller Gesichter auf den anderen beiden

Booten. Er hatte es geschafft! Fest packte er das Brückenkleid. Er hatte es geschafft, mit seinem eigenen Boot!

Sie drehten und steuerten ihren Liegeplatz an, wo schon Seeleute bereitstanden, um ihre Leinen zu übernehmen.

Als Vor- und Heckleine festgemacht waren, befahl Frazer: »Alle Maschinen stopp!« Dann musterte er die Brückenbesatzung. »Gut gemacht!«

Ein eleganter Unteroffizier mit weißem Koppel und weißen Gamaschen war der erste, der an Bord kam. Er suchte Frazer auf der Brücke und salutierte. »Verzeihung, Sir, Commander Prothero möchte Sie sofort sprechen, bevor Sie Ihre Besatzung an Land lassen.«

Typisch Prothero! Er konnte natürlich nicht warten, mußte es zuerst hören, vor allen anderen. Schließlich war es *seine* Marine.

Frazer eilte den steilen Pfad hinauf, an grinsenden und salutierenden Seeleuten vorbei. Er fühlte sich wie ein Sieger.

Prothero erwartete ihn in seinem Dienstzimmer, mit dem Rücken an den leeren Kamin gelehnt. Irgendwie ahnte Frazer, daß er schon einige Zeit so dagestanden hatte.

Prothero gab ihm wortlos die Hand. Dann sagte er langsam: »Ich dachte mir, er sollte es vielleicht besser von Ihnen erfahren, Frazer.«

Frazer spürte wieder, wie es ihm eiskalt über den Rücken lief. »Was ist passiert, Sir?«

»Gestern abend fand ein Luftangriff auf Plymouth statt. Wren-Gefreite Hazel kam dabei ums Leben.«

Frazer antwortete: »Ich werde es ihm sagen, Sir.« Er wandte den Blick ab, seine Augen waren wie blind. »Irgendwie.«

17 Countdown

Frazer lag auf dem Rücken und lauschte dem Wind, der heulend um die Kate fegte. Es war erst Nachmittag, und doch erschien der Raum schon so dunkel, als wäre bereits die Abenddämmerung angebrochen.

Die junge Frau richtete sich auf und streichelte seine Brust. Leise fragte sie: »War es so schlimm, wie du erwartet hattest?«

Frazer legte den Arm um sie und zog sie an sich.

»Eigentlich sogar schlimmer.« Er stellte sich Allenbys ohnehin blasses Gesicht vor. »Ich dachte, er würde den Verstand verlieren. Du weißt doch, wie schwer er sich nach seinem letzten Einsatz tat? Der war schlimm genug, um jeden Mann zu zermürben. Ich schickte Alex von Bord, weil ich erwartete... Ich weiß wirklich nicht, was ich erwartete.« Er zog sie an sich, bis ihre Brüste seine Haut berührten. »Statt dessen sagte er nur etwas wie: ›Ich glaube, ich wußte es.‹ Das hat mich wirklich erschüttert.«

Ein Fensterladen klapperte draußen gegen die Wand. »Sie müssen die Invasion abblasen, sonst wird sie ein Fiasko bei diesem Sturm.«

»Das werden sie nicht tun. *Eine* Verschiebung war genug.«

Frazer sah sie schweigend an. Er war sich ihrer Liebe bewußt und auch der großen Trauer, die über ihnen hing.

Nach einer Weile sagte er: »Man denkt immer nur an diejenigen, die sterben müssen. Viel schwerer ist es für die, die zurückbleiben. Mein Gott, durch welche Hölle muß er jetzt gehen.«

»Der Boß hat ihm eine Versetzung angeboten, aber er hat abgelehnt. Er besteht darauf, bei dir zu bleiben. In gewisser Weise bin ich froh darüber.«

Frazer lächelte. »Ja. Wenn er jetzt den Boden unter den Füßen verlöre, wäre er zu allem fähig.«

Er dachte an ihre Einsatzbefehle. Vielleicht war es falsch, Allenby an Bord zu behalten. Wenn er unterwegs zusammenbrach, gab es keine Rückkehr. Er verbannte diesen Gedanken aber sofort wieder aus seinem Kopf. Treue war wichtig, mußte aber für beide gelten. Allenbys letzte Worte, bevor er in seine Unterkunft ging, waren gewesen: »Im nächsten Urlaub wollte ich die Ringe kaufen.«

Frazer sagte: »Wenn mir irgendwas passiert...«

Sofort legte sie die Finger auf seinen Mund. »Sag so etwas nicht.«

»Aber wenn es passiert, schreibe bitte an meine Mutter, ja? Sag ihr, wie das hier war.«

»Wie es hier *ist*.« Ernst musterte sie ihn. »Wie oft haben wir uns heute nachmittag geliebt?«

Er lächelte. »Viele Male.«

»Dann denk daran, denk an uns.« Sie streichelte ihn mit den Fingerspitzen. »Denk *daran*.«

Er küßte sie und sagte: »Du weißt, daß ich daran denken werde. Du bist mein ganzes Leben.«

Sie griff über ihn hinweg nach ihrer Armbanduhr.

»Du mußt bald gehen.«

Er zog sie an sich, wollte sie noch einmal fühlen, ihren Körper, ihre Wärme spüren. »Ich weiß.«

Leise sagte sie: »Ich versuche zu begreifen, wie es da draußen ist. Was die Beteiligten empfinden und denken, die nur Kreuzchen und Pfeile auf Protheros Seekarte sind.«

»Bitte sei hier, wenn ich zurückkomme.« Er spürte, wie ihr Griff fester wurde, und hörte sie heiser flüstern: »Noch einmal, mein Liebster.« Sie legte ein Bein über ihn und zog ihn an sich.

Später gingen sie zum Flußufer und blickten hinunter auf die drei MGBs. Die meisten anderen Fahrzeuge schienen bereits ausgelaufen zu sein, waren unterwegs zu dem großen Treffpunkt im Kanal südlich der Isle of Wight, wo sie sich zum endgültigen Angriff formieren würden. Das Aufmarschgebiet hatte den Spitznamen *Piccadilly* erhalten.

Prothero hatte ihrer kleinen Streitmacht den Kodenamen *Jupiter II* gegeben. Sie sollten vor der Invasionsflotte herlaufen und einen Küstengeleitzug abfangen, der den Meldungen nach von Rotterdam westwärts fuhr. Seine Transporter hatten angeblich Bieber, die deutschen Zweimann-U-Boote, an Bord, die heimlich im Schwarzen Meer und in der Ostsee erprobt worden waren. Wenn die erst zwischen die Invasionsflotte mit ihren dichtgeschlossenen Reihen gerieten, mußte es schwierig werden, sie zu entdecken und zu bekämpfen. Die Wirkung auf die Invasion konnte verheerend sein, denn jede Verzögerung gestattete es den Deutschen, ihre Panzer gegen die alliierten Brückenköpfe einzusetzen.

Frazer vermutete, daß der Agent, den sie von dem Rettungsfloß geholt hatten, eine ganze Menge mit diesem Konvoi zu tun hatte.

Lynn ergriff seine Hand. »Mir wäre lieber nichts über eure Einsätze bekannt.«

»Ich weiß.« Ihre Haut fühlte sich eiskalt an.

Keiner von beiden erwähnte das wirkliche Problem. Der kleine Konvoi fuhr höchstwahrscheinlich dicht unter der Küste und wurde von deutschen Marinefährprähmen geleitet, den schnellen Prähmen von etwa zwanzig Meter Länge, die für ihre Größe stark bewaffnet waren. Hinzu kam, daß die Küstenbatterien den Transportern auf jeder Meile Feuerschutz geben konnten.

Der Angriff mußte während der Nacht stattfinden, schnell und wirksam sein. Dies war schließlich ihre Spezialität. Diesmal würde es ein Einsatz ohne Rücksicht auf Verluste werden.

Er sah Goudie unten mit Archer und Kellett, den anderen beiden Kommandanten, sprechen. Jedes Boot war mit zusätzlichen Wasserbomben und Munition beladen, was auf Kosten des Treibstoffs ging. Die Planer hatten offenbar damit gerechnet, daß es ein Himmelfahrtskommando werden würde, eine Einbahnstraße.

Er musterte sein eigenes Boot und erinnerte sich an seine gehobene Stimmung, als sie von ihrem letzten Einsatz zurückgekehrt waren. Und dann kam Protheros traurige Mitteilung.

Jetzt mußte er gehen. Mit fester Stimme sagte er zu Lynn: »Warte nicht hier. Und kein Winken zum Abschied.« Er hob ihr Kinn mit den Fingerspitzen und küßte sie zart auf den Mund.

Sie wischte irgendeine Faser von seiner Jacke. »Ich kann dich noch immer in mir fühlen.« Dann trat sie zurück. Sie schwieg, aber ihre Lippen formten die Worte: »Ich liebe dich.« Sie machte auf dem Absatz kehrt und ging rasch zum Hauptquartier. Sie blickte sich auch nicht mehr um, aber als sich die Tür hinter ihr schloß, glaubte er, ihre Augen immer noch auf sich zu fühlen. Grüßend legte er die Hand an den Mützenschirm und murmelte: »Und ich dich.«

Dann ging er an Bord und sah, daß die am Bug aufgemalte taktische Nummer 193 frisch ausgebessert worden war, um eine Narbe zu verdecken. Die weiße Kriegsflagge, die so steif wie Metall im Wind stand, war neu.

Ives, der ihn mit den Fallreepsgasten erwartete, salutierte grinsend: »Jetzt geht's los, Sir.«

Ein Postboot legte vom Außenboot ab, es hatte letzte Briefe an Mütter, Ehefrauen und Freundinnen abgeholt. Bei dem geringen Alter der Besatzungen waren sie wohl größtenteils an die Mütter gerichtet, dachte er.

Goudie war ganz groß in Form. »Ich habe schon mit den anderen Kommandanten gesprochen. Jeder hat Fotografien und Silhouetten der zu erwartenden Gegner an Bord, die prägen Sie sich ein, klar?«

Frazer musterte ihn. Vielleicht war es das letzte Mal, daß sie miteinander sprachen.

»Bagatelle«, sagte er und reichte Goudie die Hand. »Wer als letzter zurückkehrt, gibt eine Runde aus.«

Goudie erwiderte den Handschlag und dann, zu Frazers Überraschung, salutierte er.

»Ziehen Sie immer den Kopf hübsch ein.« Dann ging er unter dem Getriller der Bootsmannsmaatenpfeifen hinüber zu 195, Kelletts Boot, auf dem er als Flottillenchef einstieg.

Frazer sah Allenby mit Leutnant Balfour auf ihn wartete. »Klar zum Auslaufen, Sir.«

Dick sah aus wie der Tod, und seine ruhige Entschlossenheit machte die Sache nur noch schlimmer.

Allenby war froh, etwas tun zu können, um endlich den mitleidigen Blicken zu entgehen. Er hatte Qualen ausgestanden, als das Postboot längsseits lag. Eine Wren war die Treppe zur Messe heruntergekommen und hatte gefragt: »Haben Sie Briefe mitzugeben, Sir?«

Allenby hatte sie angestarrt, auch den blauen Anker auf ihrem Ärmel. Eine Wren-Gefreite wie Joanna, aber doch ganz anders.

Er hatte einen völlig wirren Brief an seine Eltern geschrieben, aber es war hoffnungslos. Seine Mutter würde ihn nie verstehen. »Nimm's nicht so schwer, Dicky«, würde sie sagen. Er konnte sie fast hören.

Da hatte er den Brief zerknüllt und den Kopf geschüttelt. Die Wren zögerte auf der Treppe. Wie die meisten im Stützpunkt wußte auch sie von der Beziehung zwischen Allenby und Joanna. Schließlich sagte sie: »Es tut uns allen so leid, Sir. Sie war ein großartiger Mensch.«

Allenby starrte die Seeleute an, die zum Loswerfen der Trossen bereitstanden. Sie *war*. Das Wort schlug auf ihn ein wie ein Hammer.

Besorgt sagte Ives zu seinem Freund, dem Maschinisten: »Ihm wird sicher was passieren, wenn er sich nicht fängt.«

Wright, der Chief, mit neunundzwanzig der älteste Mann an Bord, erwiderte traurig: »Innerlich ist er bereits tot, wenn du mich fragst.«

Frazer stand auf seiner kleinen Brücke, und als er einmal aufblickte, sah er eine Reihe Gesichter über dem Zaun des alten Hotels: Prothero und sein Ingenieur-Offizier, ein paar Wrens, vielleicht sogar Kapitän Heywood.

Es gab noch so unendlich viel, was er Lynn hätte sagen wollen. Aber es war nie genug Zeit, und ihm fehlten die Worte immer gerade dann, wenn er sie am meisten benötigte. So drehte er dem Land den Rücken und sah auf dem Führerboot ein Licht aufflackern. Gleichzeitig kam aus den Auspuffrohren eine Wolke, als die starken Packardmotoren ansprangen. Frazer drückte die Mütze fest auf sein widerborstiges Haar.

»Also los!« Er lächelte Ives und den anderen auf der Brücke zu. »Wieder einmal.«

Der Fluß erbebte unter dem Donner der Maschinen, als ein Boot nach dem anderen ablegte und sich zur Kiellinie hinter dem Anführer formierte. Frazer winkte hinauf zum Hauptquartier, und alle dort oben erwiderten sein Winken. Er lächelte. Sie würde wissen, daß es nur ihr galt.

Bei Anbruch der Dunkelheit waren die drei MGBs bereits mitten im englischen Kanal und steuerten Ostkurs. Die Stimmung auf Frazers Boot schien entspannt wie oft vor einer Angriffsfahrt. Bald würde es stockdunkle Nacht sein, und doch hatte er das Gefühl, der Kanal sei voller Schiffe. Ein- oder zweimal hörten sie dumpfe Detonationen in der Ferne, und als Frazer sich fragend an Allenby wandte, hatte dieser mit völlig veränderter Stimme geantwortet: »Sie räumen Minen in der Dunkelheit. Das braucht Mut.« Sie hatten mehrere Minensucher passiert, einige Neubauten, andere ehemalige Fischdampfer. Auch Allenbys Laufbahn hatte auf Minensuchern begonnen.

Ein kurzer Funkspruch kam von der Admiralität: Der feindliche Konvoi hielt Kurs und Fahrt bis jetzt genau ein, sein Bestimmungsort war Le Havre. Das war so ziemlich der ungünstigste Hafen für ein Nest von Kleinst-U-Booten, soweit es die Invasionsflotte betraf.

Frazer ging in den Kartenraum, überprüfte seine Berechnungen und verglich sie mit seinen Befehlen. Sie sollten den Konvoi gegen drei Uhr morgens nordöstlich von Dieppe abfangen. Der Name erinnerte ihn an den kostspieligen Überfall, der so viele Kanadier das Leben gekostet hatte, soweit sie nicht in Gefangenschaft geraten waren. Die kanadische Marine war noch jetzt bitterböse über diesen Fehlschlag.

Er trat hinaus auf die offene Brücke, froh, wieder an der frischen Luft zu sein.

Ives sagte: »Bitte um Erlaubnis, mich ablösen zu lassen, Sir.«

Frazer nickte. »Genehmigt. Aber bleiben Sie nicht zu lange. In fünfzehn Minuten gehen wir auf Gefechtsstationen.«

Ives ging zur Leiter, und jemand rief: »Willst du deine braune Hose anziehen, Swain?« Das klang wie Sullivans Stimme, aber Ives ignorierte ihn.

Der Matrose, der jetzt am Ruder stand, sagte fröhlich: »Ich habe gerade festgestellt, Sir, die Quersumme unserer Bootsnummer ergibt dreizehn.«

Frazer sagte scharf: »Das genügt. Lassen Sie den Quatsch.«

Allenby senkte sein Nachtglas. »Vom Führerboot, Sir: Dwarslinie bilden.«

Als sie auf das Ausführungssignal warteten, eilte Ives an ihnen vorbei und nahm seinen Platz am Ruder wieder ein. Frazer bemerkte, daß er in Sekundenschnelle seine beste Ausgehuniform mit den goldenen Abzeichen angezogen hatte.

Allenby strengte seine Augen an. *»Ausführung!«*

Ohne viel Aufhebens liefen die Boote aus der Kiellinie auf und formierten sich zur Dwarslinie querab vom Führerboot. Der Abstand betrug eine Kabellänge; gerade ausreichend.

Frazer bemerkte, daß er dem Lärm der Motoren lauschte. Sie waren gedrosselt und klangen heiser. Er fürchtete dann immer, daß möglicherweise einer ausgefallen wäre. »Geben Sie an alle Stellen: Gefechtsstationen besetzen.«

Ob der Konvoi wohl da stand, wo er nach ihren Berechnungen stehen sollte? Aber warum zweifelte er daran? Die Geleitzüge konnten wegen der drohenden Gefahr durch die Royal Air Force nur nachts fahren, und selbst dann riskierten sie in der engen Fahrrinne Luftangriffe bei Dunkelheit.

Frazer beantwortete sich seine Frage selbst: Insgeheim hoffte er, daß sie den Konvoi verfehlen würden. Es war das erste Mal, daß er wirklich in Betracht zog zu fallen. Nach einer Begründung brauchte er nicht lange zu suchen.

»Boot auf Position, Sir.«

Frazer versuchte, Allenbys Gesicht in der Dunkelheit zu erkennen. »Du gehst hinunter aufs Achterdeck, Dick. Du weißt warum.«

Allenby antwortete: »In Ordnung.« Seine Stimme klang, als wäre ihm alles gleichgültig.

Der Ausguck meldete: »Führerboot hat gestoppt, Sir.«

Frazer bückte sich zum Sprachrohr. »Alle Maschinen stopp.«

Goudie wußte genau, was er tat. In der plötzlichen Stille rollte das Boot unangenehm in der Dünung, und alle Geräusche hörten sich fremdartig an. Ein Fall klatschte gegen den Mast, irgendetwas rollte über Deck und wurde sofort festgehalten.

Ives spürte, wie das Rad an seinen Händen riß, als sie ohne Eigenfahrt trieben. Er glaubte, das Land riechen zu können; es lag ja lediglich ein paar Meilen entfernt. Keine Leuchtgranaten, kein unerwarteter Anruf. Die Deutschen rechneten wohl mit der Invasion, vielleicht wußten sie auch schon genauere Einzelheiten und standen empfangsbereit am Strand. Auf alle Fälle erwarteten sie kaum einen derartig gewagten Bootsangriff.

Frazer dachte etwa dasselbe. Er hörte, daß Balfour von einem Fuß auf den anderen trat, und fragte sich, wie er wohl zurechtkam. Er war froh, daß er Balfours Augen nicht sehen konnte. Sie waren so blau wie die seiner Schwester.

Seltsamerweise war es Balfour, der es als erster hörte.

»Maschinengeräusche, Sir.« Er deutete über das gläserne Brückenkleid. »Backbord voraus, glaube ich.«

Jetzt hörte es auch Frazer, in Nordost. Ganz dicht unter Land. Das mußten sie sein. Er merkte, daß seine Hände zitterten, und steckte sie wütend in die Tasche. Er hoffte, daß auch Goudie und die anderen es hören würden. Sie konnten weder eine Morselampe noch Funk benutzen, denn das hätte sofort ihren Standort verraten.

Er zwang sich, ruhig zu bleiben und zu lauschen.

Rum – rum – rum... Das Geräusch schwerer deutscher Dieselmotoren, wie sie auch die Marinefährprähme benutzten. Er riß die Augen auf und versuchte sich zu konzentrieren, sich an alles zu erinnern, was Goudie angeordnet hatte. Die Transporter würden in Kiellinie fahren, denn sie konnten in diesen engen Gewässern keine Breitenformation riskieren, auch wenn sie vor Minen sicher waren.

Frazer sagte knapp: »An alle Stellen: Achtung.« Seine Stimme klang wie die eines Fremden. Er hörte, daß Ives sich so vorsichtig räusperte wie ein Kirchenbesucher zwischen den Strophen eines Chorals.

»Achten Sie auf das Führerboot!«

Das war leichter gesagt als getan. Goudies Boot stand am weitesten entfernt und war durch irgendeine Strömung noch mehr abgetrieben worden. Jetzt könnten wir Quinlan mit seinem Zwerg-U-Boot brauchen, dachte Frazer. Er hätte ihnen Größe und Anzahl der Schiffe dank seines Sonars verraten können. Ihr Radar war wegen der Foliensperren nutzlos. Er fragte sich, ob die deutschen Kleinst-U-Boote wohl schon ihre Besatzungen und Torpedos bei sich hatten. Wenn man zwei Torpedos pro Boot rechnete, konnte es eine gewaltige Detonation werden.

»Führerboot läuft an, Sir!«

Frazer brüllte: »Alle Motoren äußerste Kraft voraus! *Tallyho**!«

Die anderen Boote waren sofort im Gischt ihrer Bugsee und des Kielwassers verschwunden. Frazer sagte: »Backbord fünfzehn. Steuern Sie Nordnordost!« Wenn sie doch nur einen verdammten Kreiselkompaß gehabt hätten!

Aber Ives schaffte es auch so, und das MGB schoß über die See wie ein Gleitboot. Die anderen blieben unsichtbar, während Frazer das vermutliche Ende des Geleitzugs ansteuerte. Er biß sich auf die Lippen, als die ersten Leuchtspurgeschosse über das Wasser fegten, durch ihre Spiegelung doppelt eindrucksvoll. Nun fiel ein schweres

* Angriffsruf, übernommen vom Waidruf der englischen Jäger beim Erblicken des Fuchses

Geschütz ein, und im nächsten Augenblick detonierte eine Leuchtkugel über ihnen und blendete sie mit ihrem grellen Licht.

Frazer packte die Reling, als das Boot bockend über ein paar steile Wellen sprang. Jetzt konnte er die dunklen Rümpfe der Transporter sehen, anscheinend drei im ganzen.

»Feuer eröffnen!« Die Brücke bebte, als der Zweipfünder und die Zwillings-Örlikons vom Achterdeck in den Lärm einfielen. Frazer sah, daß auch die anderen Boote aus allen Rohren feuerten. Diese Leuchtkugel konnte den Feind teuer zu stehen kommen.

»Hart Steuerbord!« Frazer hielt sich fest, als eine Wrackboje in der Dunkelheit auftauchte und an ihrer Backbordseite entlangschlierte.

Ives brachte das Boot wieder auf Kurs, das Gesicht grimmig entschlossen, während die Leuchtspurgeschosse ihr Netzwerk über die See zogen und die Granaten ringsum detonierten.

Er hörte Weeks rufen: »Und jetzt die Kavallerie!« Dann erwachten die Zwillingsrohre seiner Vickers rasselnd zum Leben, während zwei niedrige Fährprähme zwischen den Transportern hervorbrachen und sofort in den Lichtkreis der treibenden Leuchtgranate gerieten.

Die anderen MGBs verschwanden aus seinem Blickfeld, als Frazer mit seinem Boot dicht hinter dem Heck des letzten Transporters vorbeijagte, während seine Geschützbedienungen aus allen Rohren feuerten.

Allenby benötigte keinen Befehl. Im nächsten Augenblick schossen donnernd zwei weiße Wassersäulen in die Höhe. Es hörte sich an wie das Schlagen einer Riesentrommel. Die Wasserbomben mußten den Grund berührt haben, als sie detonierten. Der Transporter drehte ab, sein Ruder war offenbar beschädigt. Frazer machte eine rasche Kursänderung, und Allenby warf zwei weitere Wasserbombenlagen, als sie fast längsseits an ihm vorbeirasten. Die Entfernung war so gering, daß sie die sengende Hitze der Detonation spürten und die blassen Gesichter sahen, bevor die Maschinengewehre sie niedermähten.

Balfour schrie wild: »Der ist hin!«

Sie drehten fast auf dem Teller und jagten am Bug des bereits mit schwerer Schlagseite stilliegenden Transporters vorbei, gerade rechtzeitig, um eins der MGBs ein Nahduell mit zwei Marinefährprähmen ausfechten zu sehen. Der eine stand jedoch schon in Flammen, und der andere wurde vom Bug bis zum Heck mit Geschossen beharkt, während das dritte MGB seine Wasserbomben dicht neben dem führenden Transporter warf.

Eine gewaltige Wassersäule schoß keine fünzig Fuß von ihnen entfernt himmelwärts, und Frazer glaubte einen Augenblick, daß auf einem der Boote die Wasserbomben hochgegangen seien. Dann hörte er ein tiefes Heulen, und eine weitere riesige Wassersäule stieg genau vor ihnen auf.

Küstenbatterien! Sie feuerten blind in dieses Durcheinander hinein. Aus nordöstlicher Richtung würden sicherlich gleich Schnellboote auftauchen. Es konnte nicht mehr lange dauern.

Die MGBs drehten mit wild aufheulenden Motoren und sammelten sich für einen neuen Angriff. Man hörte das metallische Klicken, als neue Magazine eingesetzt wurden.

Das führende Transportschiff und das andere, das Frazer von achtern beharkt hatte, lagen außer Kontrolle und mit schwerer Schlagseite still. Möglicherweise würden sie in dem flachen Wasser sinken, aber die Royal Air Force konnte sie nach dem Hellwerden sichten und jegliche Hoffnung auf Bergung zunichte machen.

Jetzt war nur noch ein Transporter übrig. Im Flackern des Geschützfeuers sah Frazer, wie ein MGB heranjagte und eine weiße Furche durch das Wasser zog, als es zum Angriff überging. Eine Granate detonierte dicht neben ihm, so daß die Bootsnummer lesbar wurde: 194, Archers Boot.

Ives rief: »Irgendwas stimmt da nicht!«

Frazer starrte hinüber und sah winzige Gestalten vom Deck des Transporters springen und in jeder Richtung davonschwimmen. Sie verließen das Schiff vor dem Kampf. Einige der verzweifelten Schwimmer wurden unter den Kiel von Archers Boot gedrückt und in die rasenden Schrauben gezogen, bevor sie wußten, was geschah.

Frazer hörte Goudies barsche Stimme aus dem Lautsprecher, da nun kein Grund mehr zur Vorsicht bestand. Es war, als stünde er zwischen ihnen.

Goudie schrie: »Gefecht abbrechen! Er hat die Torpedos an Bord!« Aber der Lärm des Geschützfeuers und der detonierenden Granaten, die im Rumpf des Transporters einschlugen, mußte auf 194 die Warnung übertönt haben.

Frazer rief: »Hart Backbord!« Das Boot legte sich über, und die See schoß donnernd über das Deck. Kein Wunder, daß die Besatzung des Transporters über Bord gesprungen war!

Dann kam die Detonation. Sie rollte krachend und donnernd die ganze Küste entlang, als wolle sie nie mehr enden. Der Transporter barst in einem einzigen riesigen Feuermeer auseinander. Es schien ewig zu dauern, und doch wußte Frazer, daß es sich nur um Sekunden handelte. Das ganze Gebiet wurde aufgewühlt von herabfallenden Trümmerstücken, und eine Stahlplatte von der Größe einer Tür krachte auf ihr Achterdeck, wo sie Allenby nur knapp verfehlte.

Frazer sah das Heck von Archers Boot einen Augenblick hoch aufragen, wobei die Schrauben sich noch immer drehten. Dann verschwand es unter Wasser.

Die Küstenbatterie benutzte die Flammen als Ziel, und die Einschläge zwischen den beiden überlebenden MGBs wurden immer dichter.

»Goudies Boot stoppt, Sir!« Balfours Stimme klang verzweifelt.

Das Führerboot sackte tiefer ins Wasser, als seine Antriebskraft erlahmte. Es mußte von Granatsplittern getroffen worden sein. Im Feuerschein sah Frazer Goudie auf der Brücke bei Kellett stehen, dem Kommandanten, der sich offenbar verwundet an ihn klammerte.

Frazer rief: »Wir holen sie von Bord! Klar zum Längsseitsgehen!«

Langsam fuhren sie heran. Das Krachen der Küstenbatterien mischte sich mit den Schreien der Verwundeten an Bord des sinkenden Bootes. Trotz allem wurde Frazer klar, daß sie ihren Auftrag erfüllt hatten. Am liebsten hätte er laut gelacht oder hurra gerufen, so verrückt und unmöglich kam ihm alles vor.

Er hörte ein kurzes Heulen und spürte dann den Luftdruck der Detonation. Sie warf ihn gegen das Brückenschott, von wo er auf den zerschmetterten Zweipfünder mit den Überresten des Obergefreiten Sullivan hinabstarrte.

Frazer begriff: Wäre der Zweipfünder nicht gewesen, hätte diese letzte Granate das Deck durchschlagen und wäre im Innern detoniert. Das hätte ihr Ende bedeutet. Aber er konnte nicht klar denken, und als er sah, daß Balfour ihn entsetzt anstarrte, spürte er den Schmerz zum ersten Mal. Zwei scharfe, weißglühende Gabelzinken drangen immer tiefer in seine Seite und in die Schulter ein, bis er merkte, daß er gleich schreien würde. Er hörte noch, daß Ives jemandem das Rad in die Hand drückte, spürte, daß er ihn gegen das Brückenschott lehnte, während Allenby vom Achterdeck heranraste.

Das andere Boot lag jetzt längsseits, und beide schimmerten rot im Widerschein des Feuers.

Allenby packte Balfour am Arm und rüttelte ihn.

»Gehen Sie hinunter und helfen Sie ihnen!« Er schüttelte ihn noch einmal. »Deswegen sind Sie doch schließlich an Bord?« Er stieß ihn zur Leiter und duckte sich blitzschnell, als eine weitere Granate dicht hinter Goudies Boot detonierte. All dies sah Frazer, obwohl er vor Schmerzen nicht sprechen, ja kaum atmen konnte.

Goudie zeichnete sich deutlich vor den Flammen ab. Man hörte ihn schreien: »*Geschafft!* Wir haben es geschafft!« Dann detonierte wieder eine Granate neben ihnen, und der tödliche Splitterregen begann. Als Frazer wieder hinüberblickte, sah er, daß das Führerboot rasch sank. Goudie saß noch wie vorher in der Brückennock; aber sein Kopf fehlte.

Allenby schrie so laut er konnte: »Los vorne! Alle Maschinen halbe Fahrt voraus!« Er packte den Rudergänger am Handgelenk. so daß dieser zusammenfuhr, als sei er getroffen worden. Er hatte noch immer wie gebannt Goudies kopflosen Leichnam auf dem längsseits liegenden Führerboot angestarrt.

»Hart Steuerbord!« Allenby hielt Ausschau, duckte sich nicht einmal, als eine weitere Granate in den dichten Rauchschwaden detonierte. »Steuern Sie Nordwest.« Er hörte das Geräusch der Pumpen unten im Maschinenraum. Sie waren zwar schwer beschädigt, hielten sich aber noch über Wasser.

Frazer spürte, daß ihm Ives' starke Finger Jacke und Hemd aufrissen und zwei Kompressen auf die Wunde drückten. Der Schmerz trieb ihm die Tränen in die Augen.

Ives sagte beruhigend: »Nichts gebrochen, Sir, soweit ich feststellen kann.« Dann warf er einen Blick auf den Rudergänger und knurrte: »Paß gefälligst auf, Junge! Du willst wohl mit dem Kielwasser deinen Namen schreiben?«

Allenby sah zu, wie Ives den Kommandanten vorsichtig an Deck bettete und einige aufgetuchte Flaggen gegen seine Seite schob, um ihn zu stützen.

Keine weiteren Granaten schlugen in ihrer Nähe ein. Das einzige Geräusch, das sie jetzt hörten, war das ständige Dröhnen von Flugzeugen, einer endlosen Prozession über ihren Köpfen.

Bei Tagesanbruch sahen sie, daß die See nicht mehr leer war.

Ives sagte zu dem Ausgucksmann: »Sieh dir das an, Strewth!« Seine Stimme klang ungewöhnlich bewegt.

Frazer, der vor Schmerzen mit den Zähnen knirschte, wurde wieder auf seinen alten Platz gesetzt, sein Blut auf der grauen Farbe war bereits getrocknet.

Er wollte diesen Augenblick nicht versäumen, nach allem, was sie dafür getan hatten. Goudie – Gott segne ihn – hätte vermutlich vor

Freude laut geschrien. Allenby stützte Frazer von der einen, der Signalgast von der anderen Seite, so daß er den äußersten Flügel der ungeheuren Armada sehen konnte, die der französischen Küste entgegensteuerte. Es waren Landungsschiffe für Menschen und Panzer. Auf einigen hörte man die verrückten Schotten Dudelsack spielen. Wie Ives, der seine beste Uniform angezogen hatte, so zeigten auch sie trotzige Zuversicht.

Ein Zerstörer tauchte aus dem Frühdunst auf, dicht gefolgt von einem großen Kreuzer, dessen Türme bereits nach vorn gerichtet waren. Die Geschützrohre hatten die größte Erhöhung, um so früh wie möglich Deckungsfeuer geben zu können.

Er kam dicht an das übel zugerichtete Motorenkanonenboot heran, Gläser an Bord richteten sich auf die Toten und die Überlebenden. An seinem Bug stand zwar kein Name, aber nach Frazers Meinung hätte es seine alte LEVANT sein können.

Das war ein Erlebnis, von dem er später zehren würde, dachte Frazer in seinem müden Hirn. Das konnte er *ihr* erzählen, falls er dazu noch imstande war.

Er wollte seine Begeisterung mit Allenby teilen, aber dessen verschlossenes Gesicht verbot jeglichen Kontakt. Ein Blick auf Allenbys schmallippigen, festgeschlossenen Mund genügte Frazer. Nichts konnte die Invasion noch aufhalten. Egal, was später passieren mochte, sie hatten die Aufgabe bewältigt, zu der sie ausgelaufen waren.

Er berührte den Verband an seiner Seite und lauschte dem Klappern des Handscheinwerfers, mit dem Allenby einen Anruf beantwortete.

Ives sah ihm zu und hörte ihn murmeln: »Die Glückszahl dreizehn.« Und sie waren noch immer zusammen.

Epilog

Leutnant zur See Alex Balfour blickte hinauf zur Brücke und salutierte. »Alle Leinen fest und gesichert, Sir.«

Wie alle Besatzungsmitglieder an Deck und auf den anderen Motorkanonenbooten neben ihnen gab er sich äußerst selbstsicher, denn Hunderte von Deutschen sahen ihnen zu.

Ives trat vom Ruder weg und betrachtete den mit Wracks übersäten Hafen. Jenseits des Wassers stand eine endlose Reihe eingestürzter Gebäude. Kiels angebliche Zerstörung durch die Bombenangriffe schien keine Übertreibung gewesen zu sein.

Es war Mai 1945, der Krieg in Europa beendet, und sie befanden sich hier im stärksten Kriegshafen Deutschlands. Selbst für ein kleines MGB war es schwierig gewesen, einen sicheren Liegeplatz zu finden. Halbversenkte Wracks lauerten überall, darunter so berühmte wie die ADMIRAL HIPPER, die mit schwerer Schlagseite, im Inneren noch immer brennend, tief im Wasser lag. Daneben sah man den ungeheuren Ozeanriesen NEW YORK, einst Stolz der Hamburg-Amerika-Linie, der ebenfalls nur zur Hälfte aus dem Wasser ragte. Es hieß, sein Rumpf sei noch voller Leichen, Flüchtlinge, die an Bord von einem schweren Bombenangriff überrascht worden waren.

Beinahe das Schlimmste aber war die schweigende Menge starrender Deutscher. Sie schienen darauf zu warten, daß man ihnen sagte, was sie tun, wohin sie gehen sollten. Frazer war bereits an Land gewesen, bevor sie den Liegeplatz gewechselt hatten. Dicht beim zerbombten Bahnhof standen die Frauen. Sie hielten den vorbeikommenden Gefangenen Fotografien von Soldaten entgegen und fragten: »Haben Sie den hier gesehen? Meinen Sohn? Meinen Mann?« Um sie zu verstehen, mußte man nicht Deutsch können, dachte Frazer.

Ives nahm ein Glas und betrachtete einen deutschen Zerstörer. Er war buchstäblich aus seinem Trockendock herausgerissen worden und lag nun an Land auf der Seite. Unfaßbar.

Er sah, daß Frazer einen Brief aus der Tasche zog. Etwas Post war also schon angekommen. An Frazers Gesicht konnte er deutlich ablesen, von wem der Brief stammte.

Ives faßte nach der Erkennungsmarke, die um seinen Hals hing. Was ihm noch vor ein paar Wochen unmöglich erschienen war, hielt er hier in Kiel für gar nicht mehr so abwegig. Sie hätten eigentlich Triumph über ihren hart errungenen Sieg empfinden sollen. Aber dem war nicht so. Sie hatten einen langen Weg zusammen zurückgelegt, und doch erinnerte er sich am deutlichsten an den Morgen des 6. Juni 1944, den Tag der Invasion. Ein Jammer, daß Oberleutnant Allenby nicht hier sein konnte, dachte Ives. Aber er war gleich nach ihrer Rückkehr von den Special Operations wegversetzt worden und zunächst auf Urlaub gefahren.

Er blickte hinüber zu den teilnahmslos dreinschauenden deutschen Seeleuten, den ›Feinden‹. Wie er seine Kameraden kannte, würde es nicht lange dauern, bis sie die Schokolade und die Nußstangen ihrer Verpflegung an die deutschen Kinder weitergaben.

Als er wieder Frazer ansah, bemerkte er eine plötzliche Veränderung an ihm.

»Stimmt was nicht, Sir?«

Frazer starrte hinunter auf den Brief, auf ihre vertraute Handschrift, die ihm bisher immer geholfen hatte, auch das Schlimmste zu überstehen.

Erschüttert sagte er: »Dick Allenby ist tot.« Während er es aussprach, sah er ihn vor sich, glaubte zu wissen, wie es passiert war.

Ives rief erschrocken: »Wieso?«

Frazer antwortete: »In den Wiesen bei ihm zu Hause war eine Fallschirmmine niedergegangen. Sie bedeutete keine Gefahr für die Häuser, lag aber in der Nähe eines Flusses. Dick Allenby ging hin, um sie zu entschärfen.« Er sagte Ives nicht alles, was Lynn ihm geschrieben hatte: daß Allenby nämlich übers Feldtelefon noch seinem Gehilfen zugerufen hatte, in Deckung zu gehen. Die Zündung war aktiv geworden, es dauerte nur Sekunden, bis sie detonierte. Später hatte der Gehilfe seinem Kommandanten berichtet, Allenby habe nicht den geringsten Versuch gemacht wegzulaufen, sondern im Gegenteil ruhig gewartet. Er erinnerte sich, daß der Oberleutnant nur ein einziges Wort gerufen hatte, einen Mädchennamen.

Ives kämpfte mit seiner Bewegung. »Das hätte er nicht tun sollen! Es war nicht mehr seine Aufgabe!« Er kam sich verloren und irgendwie betrogen vor.

Sorgsam faltete Frazer den Brief zusammen. »Ich weiß.« Er lächelte traurig, da sie bestimmt beide dasselbe dachten. »Aber er meldete sich freiwillig.«